JN411689

"아니, 역시 이야기로서
접하는 것만으로도
충분——."
본래는 여자들끼리 꺄륵꺄륵 므흐흣하는 광경을 보고 싶었다.
하지만 자신이 중심이 되어 버리면
딜러 일행에게 둘러싸였을 때와 다를 게 없어진다.
아노테 일행의 의도를 알아챈 미라는
즉시 거부하려고 했다.
하지만 그 말을 내뱉기도 전에
세 사람이 행동에 나섰다.
그야말로 흥미진진하다는 미소를 지은 채
미라를 끌어당긴 것이다.

현자의 제자를 자칭하는 현자

She professed herself pupil of the wise man.

22

〈1〉

소환술의 탑에 위치한 현자의 방. 그곳에서 맞이하는 아침만큼 기분 좋은 것은 없다.

히노모토 위원회의 연구소로 출발하는 날의 새벽. 미라는 언제나 늘 그 자리에 있는 행복에 둘러싸인 채, 느긋하게 시간을 보내고 있었다.

아침 식사 후, 커피 등을 즐기며 마리아나와 대화를 하는 평온한 시간이다.

그렇게 한껏 기운을 보충한 후, 자리에서 일어났다.

"그럼, 다녀오마."

"네, 다녀오십시오."

"뀨이!"

소환술의 탑 앞. 미라는 배웅을 나온 마리아나와 루나, 둘을 살며시 끌어안으며 작별 인사를 했다.

그러고서 가루다 왜건에 올라타자 서서히 지상이 멀어졌다.

이렇게 마리아나 일행의 배웅을 받으며 미라는 히노모토 위원회의 연구소를 향해 날아올랐다.

히노모토 위원회의 연구소는 어스 대륙과 아크 대륙 사이에 자리한 해역의 북쪽에 존재했다.

어스 대륙 최서단인 세인트 폴리에서 바다를 건너 북상해야 하는 곳이다.

그렇기에 어스 대륙의 남동부에 위치한 알카이트 왕국에서는 상당히 거리가 멀었다.

덕분에 미라가 알카이트 왕국을 떠나고서 이미 사흘이 경과해 있었다. 하지만 가루다에게 무리를 하게 할 수는 없는 일이라, 중간중간 휴식을 취해가며 날아갔다.

또한 가루다 본인도 하늘 여행을 함께 하는 게 즐거운지, 평소보다 더 기분이 좋아 보였다.

"오, 저것이로군. 이제야 보이기 시작하는구나."

그렇게 정오가 지났을 즈음. 점심 대신 카라아게를 집어먹으며 창밖으로 망망대해를 바라보고 있던 때였다.

드디어 진행 방향 저 너머로 커다란 섬의 실루엣이 보이기 시작했다.

카디아스마이트 섬. 대륙 최대, 최강이라 일컬어지는 해군을 보유한 카디아스마이트 연합국이 다스리는 섬나라다.

그 연합국의 대표의 이름은 카딜라 하루미레이아 오르타바. 거친 바다 사나이들이 모인 군을 통솔하는 여걸이다.

(이 몸이 처음 찾았을 때는, 마침 세대교체 시기였더랬지. 분명 선대의 이름은… 데오라 하루미레이아 오르타바……였던가?)

아직 덤블프였던 시절. 카디아스마이트 연합국에서 그들을 통솔하는 대표 자리의 계승식이 수십 년 만에 이루어진다기에 다 같이 견학한 적이 있었다.

오래된 전통에 따라, 이 최강의 해군을 통솔하는 자는 군에 소속된 여성에서 선발된다. 그리고 선발된 이는 하루미레이아 오르타바라는 이름을 계승한다고 한다.

그것은 일찍이 분쟁이 끊이지 않던 나라들을 통합해 연합국으로 만든 두 영웅의 이름이라는 모양이다.

(그 해상 퍼레이드는 실로 장관이었지.)

그렇게 당시의 추억에 젖은 채로 향하고 있는 이번 여행의 목적지는 그 섬의 북쪽 끝. 바위산 지대의 안쪽이다. 바다에 면한, 깎아지른 듯한 절벽으로 된 장소에 입구가 있었다.

"흐음, 앞으로 얼마나 더 걸릴는지."

섬은 보이기 시작했지만 연구소는 아직 멀었다. 이러니저러니 해도 카디아스마이트 섬의 크기는 일본의 혼슈*보다 약간 작은 정도이기 때문이다.

지금은 그런 섬이 겨우 보이기 시작했을 뿐이다. 그럭저럭 높은 고도로 날고 있기도 하니, 섬에 도착하려면 앞으로 몇 시간은 더 걸릴 것이다.

그러니 조급해 할 필요는 없다. 미라는 일단 마음을 가라앉힌 후, 연구소의 입구에 관한 사항을 재확인했다.

입구의 표식에 관해서는 이전에 소울하울에게 들은 바가 있었다. 또한 솔로몬이 상대측에 연락을 취해두었으니 연구소에서 누군가가 그 근처로 마중을 와 있을 거다.

"분명, 마중을 나올 것이라 들었는데……."

몇 시간 후. 멀리 돌아서 카디아스마이트 섬의 북부 절벽에 접

* 일본을 구성하는 4개의 섬 중 하나로 일본 본섬 중 가장 크다.

근한 미라는 지도를 확인하며 입구의 표식을 찾았다.

아마 이 근처일 거라는 생각에 왜건의 마부대로 나와 눈에 불을 켜고 주변을 둘러보았다. 그렇게 이쪽으로 어슬렁, 저쪽으로 어슬렁 날아다니던 도중.

깎아지른 듯한 절벽 앞에서 이야기로 들었던 표식 같은 것을 발견하였는데, 다름이 아니라 그 근처의 수면에 떠 있는 낯선 물체였다.

"저건 또 무엇이지……?"

아직 다소 거리가 있어서 자세히는 보이지 않았다. 하지만 그것은 명백하게 인공물이라고 확신할 수 있을 만큼 특징적인 형태를 띠고 있었다.

흥미가 동한 미라는 그쪽으로 다가갔다.

그러자 놀랍게도. 저쪽도 이쪽을 알아챘는지, 갑자기 움직이기 시작했다. 심지어 수면에서 수직으로 상승해 똑바로 이쪽을 향해 날아오는 것이 아닌가.

의문의 비행 물체. 그 속도는 어지간한 새보다 훨씬 빨랐다. 그 때문에 정체를 알 수 없는 무언가가 급접근하자 가루다가 요격 태세를 취했다.

순식간에 주변 일대가 폭풍에 휩싸였다.

그 직후. 비행 물체는 잽싸게 궤도를 변경하더니 가루다를 농락하듯 날아다니기 시작했다. 그러자 가루다는 그것을 수상쩍은 위험물이라고 판단한 것인지, 본격적인 요격 태세로 전환했다.

"가루다여. 괜찮다. 꽤나 까불거리고 있지만, 저건 적이 아님 게다.”

그대로 내버려 두면 주변 일대에 태풍이 발생하고 말 거다. 그리고 무엇보다도 비행 물체의 정체가 대충 짐작되어서 미라는 괜찮다며 가루다를 달래주었다.

미라의 말을 전적으로 믿겠다는 듯이 가루다는 휘몰아치던 바람을 가라앉혔다.

비행 물체도 그를 신호 삼기라도 한 듯 움직임을 멈추더니, 이번에는 그대로 미라의 앞까지 접근해 왔다. 이윽고 원반형 물체의 상부가 벌컥 열리더니 그곳에서 여성이 고개를 내밀었다.

손질을 게을리 한 듯한 긴 검은머리와 축 쳐진 눈매에 마른 체격. 그 모습은 그야말로 건강과는 담을 쌓은 연구자라는 단어를 그대로 체현한 듯 보였다.

“아아~ 왜 멈춰~. 하늘의 왕자(王者)에게 얼마나 통할지 시험해 보고 싶었는데.”

그녀는 대뜸 그런 소리를 하며 매우 언짢은 얼굴로 미라를 쳐다보았다.

“바보 같은 소리. 멈추지 않았으면 지금쯤 바다에 가라앉았을 게다.”

미라는 그 여성에게 어이가 없다는 투로, 동시에 다소 즐거운 듯이 대꾸했다.

미라는 그녀를 알고 있었다. 술구 제작 등으로 자주 신세를 졌던 세공장인, 미케이샤마레—— 약칭 미케다.

“이니아니, 이거 꽤 잘 만들어졌다고. 설령 최강의 가루다가 상

대라 해도 하늘에서 밀리지는 않을걸?"

미케는 가루다를 상대로 의문의 비행 물체—— 하늘을 나는 원반의 기동성을 시험해보고 싶었던 모양이다. 심지어 상당히 자신이 있는지 도발적인 눈빛을 띤 채 미소까지 지어 보였다.

참으로 알기 쉬운 도전장이다.

평범한 사람이라면 냉큼 그 도전장을 북북 찢어서 버리고 본론에 들어갔을 거다. 하지만 이곳에 있는 이는 실험이라면 사족을 못 쓰는 아홉 현자의 일원이었다.

"정 그렇다면, 시험해 볼 테냐?"

그럼 그 원반을 얼마나 빨리 격추하는지 보여주겠다는 듯이 미소를 띤 채 미라는 페가수스를 소환해 등에 올라탄 후 왜건을 수납했다. 그로써 짐이 없어진 가루다는 완벽한 상태가 되었다.

"그래, 바라던 바야!"

야심작이기에 미케는 봐주지 말고 온 힘을 다해 덤비라고 답했다. 원반에 들어간 그녀가 안전장치라도 해제했는지, 기계적인 소리가 요란하게 나기 시작했다.

그 후, 미라의 신호에 따라 하늘의 왕자 가루다와 하늘을 나는 원반의 도그 파이트가 시작되었다.

대체 무엇을 어떻게 한 것인지는 알 수 없지만, 미케가 자신만만해 할만도 했다. 하늘을 나는 원반의 움직임은 어지간한 새나 비룡 등과는 비교도 안 될 만큼 날쌨다.

정지 상태에서의 급격한 이동과 방향 전환. 하늘을 종횡무진으로 날아다니는 모습은 그야말로 모두가 상상하는 UFO의 그것이라 할 수 있었다.

한 차례 가루다의 시야에서 빠져나간 후로는 원반의 독무대가 펼쳐졌다. 엄청난 기동성으로 화려하게 하늘을 날며 농락하는 모습은 새로운 하늘의 지배자의 탄생을 예감케 할 정도였다.

하지만 그것을 바라보는 미라의 얼굴에는 은은한 연민의 정이 떠올라 있었다.

"뭐어, 그럼에도 이 몸의 가루다를 상대하기에는 어림도 없구나."

얼핏 원반이 가루다를 농락하고 있는 듯 보이는 광경이었지만, 실제로는 그렇지가 않았다. 바람의 흐름을 모두 파악하고 있는 탓에 가루다는 그 움직임을 일일이 쫓지 않고 있는 것뿐이었다.

그리고 무엇보다도 그 승부는 가루다의 다음 움직임에 의해 막을 내렸다.

계기가 된 것은 이걸로 끝내겠다는 듯이 원반이 돌격한 순간이었다. 완전한 사각에서 공격했음에도 가루다는 이미 포착하고 있었다.

그리고 한 차례 날갯짓을 해서 폭풍을 일으켜, 눈 깜짝할 새에 원반을 휩쓸리게 했다.

그 후의 상황은 완전히 가루다가 지배했다. 원반은 자유자재로 휘몰아치는 바람에서 탈출하지 못하고 그대로 소용돌이치는 바람에 빨려 들어가, 빙글빙글 돌았다.

『항복~! 항복할세~!』

원반에 스피커라도 달려 있었던 것인지. 휘몰아치는 폭풍 속에서 애원하는 목소리가 똑똑히 들려왔고, 무언가를 입에서 뱉어내는 소리가 그 뒤를 이었다.

히노모토 위원회가 운영하는 연구소 중 하나. 카디아스마이트 섬 북쪽 끝에 위치한 장소인 '현대 기술 연구소'.

미케의 안내를 받아 그곳의 숨겨진 입구를 통해 내부로 들어갔다. 그리고 미라는 그곳에 있던 항구를 보고 이 정도일 줄은 몰랐다며 감탄했다.

너비와 길이가 대체 몇 백 미터나 될까 싶을 만큼 광대해서, 엄청난 크기의 대형선도 정박할 수 있을 듯했다.

심지어 현재 건조 중인 듯한 배의 모습도 보였다. 생김새로 미루어 비공선일 듯했다. 하지만 그 크기는 지금까지 보아온 비공선들과 비교도 되지 않았다.

이곳에서는 지금 호화 객선을 하늘에 띄우는 계획을 추진 중인 걸까. 건조 도중인데도 엄청난 박력이 느껴져서 미라는 그저 놀랄 따름이었다.

그렇듯 이 장소를 보기만 해도 히노모토 위원회가 보유한 기술과 힘이 어느 정도인지를 엿볼 수 있었다.

"개선점은 파악했어. 다음엔 이길 줄 알아!"

그런 연구소의 책임자 중 한 명이 미케라고 한다. 그녀는 한 발 먼저 착륙해서 휘청거리는 발걸음으로 어디론가 달려갔다가 방금 전에야 돌아온 참이다. 차림새가 좀 전과는 완전히 달라져 있었다.

또한 하늘을 나는 원반은 그녀가 소속된 팀의 힘을 결집해 만들어낸 최신기라는 모양이다. 하지만 그녀가 패배했을 때의 상황으로 미루어, 분명 원반 내부에는 상당히 비참한 광경이 펼쳐져 있을 것이다.

"아~ 음. 잘 해 보거라."

저것 근처에는 얼씬도 하지 말자. 대충 아무렇게나 방치된 원반을 곁눈질하며 미라는 조금 더 거리를 벌렸다.

"그나저나 이야기를 듣기는 했지만, 정말로 귀여워졌네. 너무 귀여워서 깜짝 놀랐어. 이게 그 덤블프라니."

들고 있던 물을 벌컥 들이켠 후에야 미케는 진정이 됐는지, 미라를 쳐다보고는 새삼 그런 감상을 입 밖에 냈다.

덤블프가 미라라는 미소녀가 되었다는 사실. 그런 미라가 히노모토 위원회의 연구 시설을 방문할 거라는 사실을 사전에 솔로몬에게 들었던 모양이다.

하지만 자세한 사정은 본인에게 물어보라고 한 모양이라, 아주 직설적으로 "그래서, 어쩌다 여자애가 된 거야?"라고 질문을 던졌다.

"……이건 뭐…… 나라와 동료들을 위한 일이다. 다름이 아니라 아홉 현자가 귀환한 것은 말이다――."

미라는 지금까지 같은 상황에서 해온 변명을 이번에도 반복했다. 돌아오지 않는 아홉 현자를 찾기 위해 움직이기 쉬운 모습으로 변한 것이라고.

그야말로 구멍투성이 변명이다. 하지만 미라는 말에 힘을 실어 그걸 밀어붙였고, 그 결과 많은 아홉 현자를 발견해 귀환시키는

데 성공한 것이라고 우겼다.

"헤에, 그 아홉 현자 귀국 소식의 이면에는 그런 사실이 숨어 있었구나아. 근데 왜 여자애――."

"――아무튼 이 몸의 사정이야 아무래도 상관없지 않으냐! 그보다 이곳은 터무니없는 곳이로구나! 어딜 보아도 가슴이 뛰는 광경이야!"

그런 이유라면 여자애가 아니라 남자애라도 상관없었을 텐데. 아니, 덤블프의 모습 이외의 것이라면 뭐든 상관없었을 거다. 구멍투성이 변명의 치명적인 부분을 지적하기 직전. 잽싸게 낌새를 챈 미라는 화제를 돌리기 위해 주변을 둘러보며 반쯤 소리를 치듯 말했다.

실제로 이 항구는 낭만으로 가득했다. 실로 가슴 뛰는 광경이 곳곳에 존재했던 것이다.

내부가 오염된 원반이나 건조 중인 초대형 비공선만 있는 게 아니었다. 그 밖에도 상식적인 대형부터 소형에 이르기까지, 여러 대의 비공선이 늘어서 있었다.

심지어 그곳에 있는 모든 것들이 지금껏 보아온 것과는 다른 형상을 띠고 있었던 것이다.

저것은 무엇이냐, 이것은 무엇이냐고 호기심이 가는 대로 질문을 던지자 미라에 대한 관심이 식은 것인지, 미케가 의기양양하게 답해주었다.

듣자 하니 이곳에 있는 것들은 모두 실험기라는 듯했다. 완성된 비공선을 기반으로 속도나 적재량 등의 요소를 특화시키는 개조를 한 것이라고 한다.

그리고 향후에는 중소기업 등에서도 소유가 가능한 수준까지 가격을 낮춰, 각국의 물류를 발전시키고 싶다고 미케는 말했다.

"호오, 과연 마도공학의 최전선이로구나——."

그를 위한 여러 실험기들. 그리고 많은 나라의 행복을 위해 나날이 노력을 계속하고 있는 히노모토 위원회의 연구원들.

그 훌륭한 마음가짐과 확고한 기술력에 미라는 감탄했다. 하지만 동시에 그 길이 얼마나 어려운 것인지도 확인하게 되었다.

"허나 저렇게 실패한 걸 보면, 아직 한참은 시간이 걸릴 듯하군그래……."

멀리서 펑, 하는 소리가 들려오는가 싶더니 한 기의 실험기가 폭발해 불길에 휩싸이기 시작했다. 척 봐도 대참사라는 걸 알 수 있을 정도의 사고였다.

그럼에도 그에 대처하는 연구원들은 지극히 냉정했고, 수습을 하는 손놀림도 매우 능숙했다.

그만큼 폭발과 화재 정도의 사고는 이곳에서 일상다반사인 것이다.

"이런 걸 두고 시간문제라고 하는 거야. 그런 말도 있잖아. 실패한 것이 아니다, 성공하지 못할 방법을 찾아내는 데 성공한 거다, 같은 말."

그런 말을 입 밖에 내더니 미케는 의기양양한 미소를 지어 보였다.

참으로 긍정적인 명언이 아닐 수 없다. 어쩐지 어이가 없기는 했지만 그렇게 생각할 수도 있지, 하고 고개를 끄덕인 직후, 이어진 폭발음을 들은 미라는 정말로 괜찮은 건가 걱정이 되기 시작했다.

〈2〉

“그나저나 늦었잖아, 얼마나 기다렸는데!”

항구에서 연구소 내부로 들어가던 도중, 문득 생각이 났다는 듯이 미케가 호통을 쳤다.

솔로몬에게 내일 이쪽으로 향할 거라는 이야기를 듣고서 미라가 도착하기를—— 미라가 가진 마키나 가디언의 소재가 도착하기를 애타게 기다렸다는 모양이다. 심지어 미케는 좀 전에 마주쳤던 그 바다 한복판에서 계속 기다리고 있었다고 한다.

“어찔 수 없지 않으냐. 알카이트에서 이곳까지 거리가 얼마나 되는 줄 아느냐. 이래 봬도 빨리 온 편일 터인네. 그 정도는 계산을 했어야지.”

알카이트 왕국에서 이곳까지는 직선거리로 쳐도 2천 킬로미터는 된다. 쾌적한 가루다 왜건을 타고 하늘을 날아왔다지만 출발 당일에 도착할 만한 거리는 아니다.

미케가 멋대로 안달을 내며 기다렸던 것뿐, 이쪽은 불평을 들을 이유가 없다고 미라는 되받아쳤다.

그 말은 완전히 정론이었다. 이 장소에서 알카이트 왕국까지 하루 만에 이동하려면, 이곳에 있는 최신 비공선을 사용해야 가능할까 말까일 거다. 그런 거리를 사흘 만에 도착했으니 오히려 빠른 편이라 할 수 있었다.

“으우……!”

조금만 생각해 보면 알 일이다. 너무도 일리가 있는 말인 탓인지, 미케는 반론도 못하고 신음소리만 흘렸다.

그 모습을 보고 한 방 먹였다는 생각에 의기양양한 미소를 지은 직후, 그제야 이곳에 무얼 하러 왔는지가 떠올랐다.

"뭐, 그건 그렇다 치고. 좀 전에 봤던 그 원반도 그렇고, 참으로 재미난 것을 만들고 있구나!"

미케의 기술은 미라가 부탁할 장비품 제작에 꼭 필요하다. 그렇기에 미라는 최고의 일품을 만들어달라고 하려면 그녀의 심기를 건드리는 것은 어리석은 짓이란 걸 알아채고 다른 화제를 꺼냈다.

가루다의 압승으로 끝나기는 했지만 야심작이었던 듯한 하늘을 나는 원반. 그걸 칭찬해서 기분 좋게 장비품을 만들게 하려는 속셈이었다.

"아아, 그치? 재미있지?! 그 뭐라 표현하기 어려운 비행 감각. 의문스러운 동작. 머리에 떠오르는 온갖 UFO스러운 요소를 담아봤어."

도시전설이나 이런저런 미지의 존재 같은 마니아 방면의 이야기를 좋아하는 경향이 있는 것이 이 미케이샤마레라는 인물이었다.

솔로몬이 밀리터리를 너무 좋아한 나머지 전차 따위를 개발하기 시작했듯. 그녀 역시 그 취미를 발전시킨 결과, UFO를 만들어버린 것이다.

"해서, 저것도 언젠가 판매할 셈이냐?"

하늘을 나는 원반. 기발한 탈것이라는 인상은 씻을 수 없지만,

그게 보급되면 분명 교통면에서 혁명적인 영향이 일어날 것이다.

판타지 세계인데도 사이버틱한 미래가 펼쳐질 수 있겠다고 생각한 미라는 앞으로 그 원반을 어쩔 것이냐고 물었다.

"아니, 그건 그냥 취미라 그럴 예정은 전혀 없어. 애초에 그런 아까운 짓을 왜 해. 저게 완성되면, 몰래 날아다닐 거야. 그럼 어떻게 될 것 같아? 각지에서 UFO 목격 증언이 나오겠지? 그런데 진실을 아는 사람은 나뿐이야. 끝내주지 않아?"

미케는 그야말로 꿈을 일컫는 듯한 표정으로 그렇게 말하더니 흥분한 듯 몸을 떨며 대담하게 웃어 보였다.

앞으로는 도시전설이나 미스터리를 수집하는 게 아니라 그것들을 발신하는 입장이 되려고 하고 있는 모양이다.

"내 원반을 보고, 누가 어떤 소문을 덧붙일지. 어떤 존재들이 내 원반을 추켜세울지, 벌써부터 엄청 기대돼."

그렇게 말을 이은 미케는 다시금 황홀한 얼굴로 몸을 꼬물거렸다. 심지어 현재 계획 중인 것은 UFO뿐이 아니며, 현대에서 보고 들은 전설이며 미스터리 등을 재현하는 연구도 진행 중이라고 신이 나서 말하기도 했다.

"나 원…… 사람들한테 너무 폐를 끼치지는 말거라."

너무 지나쳐서 사건사고로 이어지거나, 경제에 영향을 미치기라도 하면 큰일이다. 소문이란 때때로 그러한 규모로 부풀어 오를지도 모르는 위험성을 띠고 있다. 그렇기에 충고를 한 것이다.

그렇게 충고를 입 밖에 낸 직후, 미라는 문득 어떤 소문이 떠올랐다. 이전에 셀로에게서 들었던 소문 중 하나다.

당시, 셸로가 말해준 소문은 세 가지였다. 천공성과 황금도시, 그리고 유령선에 관한 소문이다.

천공성 쪽은 범인이 같은 패거리였다는 예상치 못한 결말로 끝났지만, 나머지 두 가지는 아직 밝혀지지 않았다.

그 중 하나인 유령선 소문에서, 출현 지점이 카디아스마이트 섬 주변 해역이었던 것 같다는 사실을 기억해낸 것이다.

"그나저나 궁금한 게 있는데, 이 카디아스마이트 섬 주변에서 유령선을 봤다는 소문이 있는 듯하다만, 혹 그대가 관계된 것은 아닐 테지?"

평범한 물건을 잘못 보고 유령이라고 생각하는 사람이 있듯이, 천공성에 이어 유령선에 관한 소문의 원인도 알고 보니 지인이었다는 재미라고는 하나도 없는 결과가 나오지는 않을까, 하는 걱정에 미라는 물었다.

셸로에게 들은 이야기에 따르면, 그 유령선은 웃는 졸리 로저의 깃발을 걸고 있으며, 갑판에는 빨간 옷을 입은 선장으로 보이는 인물이 있었다고 한다.

상황을 상상하면 할수록 전형적인 유령선 같은 광경이 눈앞에 떠올랐다. 그렇기에 미케가 그것을 충실히 재현함으로써 발생한 소문이 아닐까, 하는 의심이 싹튼 것이다.

"오, 그 소문 들어봤어?!"

미라가 그렇게 말한 직후, 미케의 얼굴이 환해졌다. 마치 자신이 친 장난이 성공해서 기뻐하는 듯한 반응이었다.

하지만 다소 의외의 말이 뒤를 이었다.

"다름이 아니라 그게 계기가 됐거든. 이렇게 도시전설이니 UFO 같은 걸 재현해볼 생각을 한 계기 말이야——."

그렇게 운을 떼더니 미케는 추억을 돌이켜보듯 과거의 일을 이야기하기 시작했다.

듣자 하니 유령선 소문이 나돌기 시작했을 즈음에는 도시전설 따위의 이야기보다 현대기술을 재현하는 데 주력하고 있었다고 한다.

그도 그럴 것이, 인터넷이 없다 보니 그러한 소문 등을 전혀 입수할 수 없었던 것이다.

그러다 가끔씩 재미있을 듯한 이야깃거리가 들려와서 확인해 보면, 정령의 장난이었다거나 마수의 짓이라거나 악마가 암약했던 일이었던 등, 시시한 결말에 도달했다는 듯했다.

"아니…… 악마가 암약했던 일이라니, 거 참 흉흉한 소릴 다 하는구나……."

악마가 있는 곳에는 재앙의 조짐이 있기 마련. 그렇기에 미라는 무심결에 딴죽을 걸고 말았다. 하지만 미케는 오히려 시시하다는 듯이 답했다. 그런 부분은 다른 부서—— 모험가 종합 조합을 운영하는 기관이 할 일이라고.

미케의 말에 따르면 히노모토 위원회의 시설은 여러 개이고, 이 연구소는 말 그대로 주로 연구 개발을 한다. 따라서 다른 문제는 다른 시설에 있는 전문 부서에 맡기면 된다는 모양이다. 그리고 종종 눈에 띄는 악마의 암약은 모두 그쪽이 비밀리에 해결하고 있다는 듯했다.

그 정체를 파악하면 플레이어 출신자들로 구성된 특별 팀이 대응에 나선다. 심지어 아홉 현자들과 어깨를 나란히 할 수 있는 톱 플레이어들이 여럿 소속되어 있을 뿐 아니라, 히노모토 위원회에서 개발한 최신 무구까지 지녔다. 그 전력은 공작급조차도 상대할 수 있을 정도다.

"그렇다니, 납득이 되는군그래……."

사정을 들어보니 그녀가 악마의 암약 등을 그렇게까지 신경 쓰지 않을 만도 했다.

과연 플레이어 출신 국주(國主)들이 만든 히노모토 위원회라 해야 할지. 기술력뿐 아니라 충분한 전력도 보유한 모양이다.

그렇게 판타지스러운 세계임에도── 아니, 판타지 그 자체인 세계이기에 도시전설을 조사해보면 판타지스러운 요소가 원인으로 판명되었다.

그런 탓에 미케는 신비로운 미스터리로부터 다소 거리를 두고 있었다고 한다.

"그런데. 그렇게 딱히 신비롭지 않은 나날을 보내던 중에 날아든 게, 바로 그 유령선 소문이었어!"

그때부터 미케는 더욱 흥분한 투로 이야기하기 시작했다.

어차피 또 뭔가 판타지스러운 일이 원인일 거라 생각하면서도 유령선에 관한 조사에 착수했다. 무슨 재앙의 조짐이거나 해서 어딘가가 피해를 입을지도 모르기 때문이다.

미케는 히노모토 위원회의 기술력을 한껏 이용해, 이 소문을 파헤치려 했다.

평소에는 대략적인 원인을 밝혀내는 데 한 달 정도면 충분했다고 한다. 하지만 이 유령선에 관한 조사에서는 이상한 일들이 줄을 이었다는 모양이다.

"——조사 중에 카메라가 망가지거나, 바람이 부는데 해수면이 거울처럼 잔잔해지거나, 대낮인데도 깜깜해지거나, 수평선 끝까지 아무것도 안 보이는데 거리에 있는 것처럼 떠들썩한 소리가 들리거나, 비가 오나 했더니 뼈가 떨어진다거나. 진짜, 이상한 일들이 종종 일어났어."

거기까지 단숨에 이야기한 후, 미케는 당연히 모든 원인을 염두에 두고 조사를 계속했다고 한다.

정령이 장난을 친 일인 경우는 꽤 많았다. 하지만 이번 조사에서는 모든 경우에서 정령과의 인과 관계를 확인할 수 없었다. 또한 조사에 협조해주고 있는 정령 친구도 정령이 한 일로 보이지는 않는다고 증언했다고 한다.

다음으로 의심되는 것은 마물이나 마수였지만, 이들이 원인일 때는 실종되거나 행방불명되었다는 소문이 주류를 이루었다. 교활한 수법으로 끌고 간 결과 행방불명되는 것이다. 따라서 상황과는 가장 거리가 멀었다.

또한 현상에 따라 천차만별인 것이 악마의 암약인데, 이에 관해서도 전문 팀과 함께 온갖 조사를 다 해보았지만 그런 흔적은 전혀 없다는 결론이 나왔다는 모양이다.

그럼 대체 유령선 소문의 정체는 무엇일까.

거기서부터 미케는 진지한 얼굴로 입을 열었다. 조사 마지막

날, 운명의 시간이 찾아왔었다고.

"그건, 유독 조용한 날의 일이었어. 밤이 돼서 자고 있었지. 갑자기 '일어나, 밖을 좀 보라고!'라는 소리가 들리더라고. 무슨 일인가 하고 벌떡 일어났지. 그리고 서둘러 선실에서 갑판으로 올라가 깜깜한 바다를 본 순간, 정말로 나타났어. 소문이 자자한 그 유령선이. 그건 소문으로 들었던 대로 웃는 졸리 로저 깃발을 건 해적선이었는데, 빨간 옷을 입은 선장으로 보이는 인물도 똑똑히 확인했어. 안개에 휩싸인 바다 한복판에 있었다고――!"

미케는 거기까지 이야기한 후, 잠시 숨을 돌리고서 그 당시 보았던 신기한 일들을 나열하기 시작했다.

우선 신기하게도 가져갔던 최신예 관측 장치가 모두 아무런 반응도 하지 않았다. 눈앞에 유령선이 보이고 있음에도 관측 장치에는 그 모습조차 비치지 않았던 거다. 심지어 사진에도 찍히지 않았다고 한다.

다음으로 신기했던 점은, 다가갈 수 없었던 것이라고 한다.

우선 원인을 알 수 없는 장해로 인해 배의 동력이 정지했다. 그렇다면 직접 쳐들어가자는 생각에 보트를 띄웠지만, 당시 상태에서는 납득할 수 없을 정도의 파도가 앞을 가로막아 되돌아올 수밖에 없었다고 한다.

하늘을 통해 접근하는 방법 역시 의문의 돌풍이 휘몰아쳐서 모두가 바다에 빠지는 결과로 끝났다는 모양이다.

"――그렇게 실패를 무릅쓰고 이 방법 저 방법을 다 시험하는 동안에도, 조사원들이 무슨 일인가 하고 갑판으로 나와서 난리가 났거든. 그러다 문득 이런 생각이 들더라고. 이 유령선이 나타난 순간에는 어떤 느낌이 들었는가. 그때 뭔가 이변을 감지하지는 않았는가. 뭔가 느껴진 건 없었는가. 조금이라도 수수께끼의 정체를 알기 위한 힌트가 있었으면 해서, 우선 갑판에서 당직을 서던 사람에게 물어봤는데 뭐라고 대답했는 줄 알아?

못 봤다는 거야. 갑자기 관측 장치가 동작 불량에 빠져서, 그걸 수리하느라 집중하고 있었대. 그러던 중에 내가 갑판으로 뛰어올라오기에 봤더니 유령선이 나타나 있었다는 거야. 그래서 나는 또 한 명인 나를 깨우러 와준 녀석을 찾아갔는데——."

할 수 있는 것은 보는 것뿐. 조사를 위해 유령선으로 쳐들어가기는커녕 그 근처에 얼씬도 할 수가 없다. 사람뿐 아니라 갈고리 발톱이 달린 기구나 조사용 골렘 등도 무슨 벽 같은 것에 가로막히기라도 한 듯 바다에 빠져 버렸다고 한다.

대체 무엇이 원인일까. 출현한 순간을 포착한 자가 있다면 그의 말을 통해 유령선이 어떤 식으로 이곳에 간섭하고 있는지를 알 수 있을지도 모른다.

하지만 가장 유력한 목격자 중 한 명이었던 당직 관측수는 그 결정적인 순간을 보지 못했다.

그렇다면 남은 것은 마지막 한 명. 미케는 자신보다도 먼저 유령선의 존재를 확인하고서 부르러 왔던 그 인물을 찾았다고 한다.

"그랬더니 이번에도 이상한 일이 일어났어. 그 자리에 있던 모두에게 물어봤는데, 아무도 나를 깨우러 오지 않았다는 거야. 이상하잖아? 듣고 보니 그런 생각이 들더라고. 그러고 보니 내가 들은 건 누구의 목소리였지? 이래저래 오래 알고 지내다 보니 조사대 사람들과는 모두 친구야. 목소리만 들어도 대충 누구인지 알 수 있어. 하지만 곰곰이 생각해 보니 그중 누구의 목소리도 아니더라고. 거기까지 생각하고서야 알아챘어. 그러고 보니 그때 들었던 목소리는 문밖이 아니라 바로 옆에서 들렸던 것 같은데……."

거기서 말을 끊은 미케는 살짝 뺨을 실룩거리고 있었다. 말을 하다 보니 당시의 감정까지 떠오른 모양이었다.

"호오, 그야말로 오컬트스러운 일이로구먼……."

설마 그 시점부터……. 그리고 정체 모를 무언가가 바로 옆까지 와 있었을지도 모른다면, 소름이 돋을 만도 하리라.

판타지 세계에서는 그런 오컬트스러운 일도 충분히 일어날 수 있다. 그럼에도 그러한 체험담에서는 뭐라 형용할 수 없는 오싹함이 느껴졌다.

유령에 씌는 일은 현실에서건 판타지에서건 무서울 수밖에 없기 때문이다.

미라는 그런 생각을 하면서도 어찌어찌 냉정함을 유지했다.

사령 계열 마물 등이 얽히지 않은, 진짜 유령이라는 존재가 실제로 있다 해도 분명 정령왕 만큼 강하지는 않을 거다.

저주를 받거나 빙의된다 해도 정령왕 파워로 어떻게든 될 거다. 그렇기에 무슨 일이 생겨도 괜찮을 거라 믿으며 미라는 정체 모를 공포심을 간신히 이겨냈다.

〈3〉

"이 세계에 오고서 그런 일에 대한 내성이 조금은 생겼다고 생각했는데. 그때는 정말 간이 다 철렁하더라고……. 한동안 월포네── 아, 수정령 친구인데, 그 애한테 딱 붙어있었어."

판타지스러운 존재일 줄 알았던 유령선은, 그것만으로는 설명이 안 됐다. 또한 현대인의 감성적인 조건반사라고 해야 할지. 정령왕에게 의존하고 있는 미라와 마찬가지로 그 오싹한 체험을 한 미케 역시 정령을 의지하고 있었던 모양이다.

"그나저나 상상도 못했지 뭐야. 그만큼 조사를 했는데 아무런 단서도 못 잡을 줄이야. 그때는 정말 충격이었어. 이 판타지스러운 세계에 판타지로는 해명할 수 없는 미스터리가 있었던 거잖아. 얼마나 흥분이 되던지."

무시무시한 오컬트와 조우한 것은 귀중한 체험이었다고 미케는 말했다. 허세를 부리는 듯 보이기도 했지만, 그 얼굴에는 호기심도 떠올라 있었다.

"오싹하기는 하지만 진짜 유령선이라면 신경이 쓰이는 구나. 그러한 것에는 해적의 보물 같은 요소가 있고는 하니 말이야!"

미라 역시 오컬트이기는 해도 흥미롭다며 관심을 보였다.

상황으로 미루어 출몰하는 것은 해적 유령선으로 추측된다. 해적하면 역시 보물. 실로 단순한 발상이었다.

"그러게 말이야. 그래서 다음에는 유령선의 정체를 특정하기 위해서, 이런저런 역사를 조사해 봤는데──."

단순한 발상이기는 했지만 미케가 거기에 동조했다.

의문의 유령선은 실존한다. 하지만 그걸 직접 조사하는 건 불가능했다.

미케는 그렇다면 이건 어떨까 싶어 유령선의 형태를 참고로 그 정체에 해당할 듯한 해적이 과거의 역사에 존재했었는지를 조사했다는 모양이다.

"——그런데, 있었더라고. 나는 지금도 똑똑히 기억해. 그 유령선의 선수(船首)에 걸려 있던 목 없는 선수상을. 처음에는 일반적인 여신상이 망가진 것뿐인 줄 알았거든. 그런데 뭔가를 내밀 듯 뻗은 채 부러져 있는 팔이 신경 쓰여서, 여러 가지 가능성을 염두에 두고 조사해 봤어. 그러다 찾아냈지. 자신의 머리를 내밀고 있는 듀라한을 선수상으로 내걸었던 해적, '베이퍼 할로우'를 말이야."

노도와 같은 기세로 말을 쏟아낸 미케는 그 후로도 수다스럽게 이야기를 이어갔다.

해적 '베이퍼 할로우'가 존재했던 것은 지금으로부터 300년 정도 전. 모든 나라가 해역의 지배권을 두고 싸우고 있었던 전란의 시대였다고 한다.

그러던 중에 나타난 것이 역사서나 이야기에 등장하는 베이퍼 할로우로, 가장 많은 배를 침몰시킨 최강의 해적이었다는 모양이다.

"——그리고, 진짜 신경 쓰이는 건 그다음 내용이야. 어느 역사서를 봐도 이 해적의 최후에 관해서는 아무런 기술도 없더라고.

어째서인지 홀연히 역사에서 모습을 감춘 거야."

그런 해적이 유령선이 되어 나타났다. 무슨 미련이 있는 걸까. 아니면 원한이 남은 걸까. 그도 아니면 전하고 싶은 것이 있는 걸까. 그 유명한 베이퍼 할로우는 어떠한 이유에서 출몰하고 있는 것일까. 그 점이 매우 궁금하다며 미케는 흥분하기 시작했다.

그녀의 말에 따르면 지금도 유령선의 조사는 속행 중이라는 모양이다. 당시 역사 자료를 수집하는 것 말고도 목격된 지점의 관련성 등, 여러 방면에서 조사하고 있다고 한다.

"역사의 어둠에 파묻힌 겐지, 아니면 뭔가 다른 이유가 있었던 겐지. 확실히 궁금하기는 하구나."

"그치? 과거에 대체 무슨 일이 있었는지. 그게 오컬트적인 현상의 발생과 어떻게 연결된 것인지. 인과 관계를 알아내면 오컬트도 해명 가능한 날이 올지도 몰라!"

정체를 알 수 없기에 사람은 그 현상에 공포를 느끼기 마련이다. 그리고 무섭기에 그 정체를 해명하여 안심감을 얻으려 하는 것이다.

미케는 아직도 그때의 목소리가 어디선가 들리는 것 같다고 중얼거리더니 걸어가던 복도 끝에서 수정령의 모습을 발견하자마자 곧장 "자, 이쪽이야"라면서 달려갔다.

『헌데——.』

미라는 그런 미케의 뒤를 종종걸음으로 쫓으며 문득 궁금해진 점을 성령왕에게 물어보았다.

이 세계에서 정령은 일반적인 존재로서 확립되어 있다. 따라서 미라가 살았던 현대와 달리 전혀 오컬트적인 존재가 아니지만, 어째서인지 유령이니 뭐니 하는 문제를 어떻게든 해줄 것 같은 느낌이 들었다.

그럼 과연 이 직감은 맞아떨어질까.

그렇게 정령왕에게 직접 물어보니, 그러한 오컬트류는 대응이 불가능하다는 답변이 돌아왔다.

영혼과 같은 정신적인 분야라면 모를까, 정령왕에게도 유령이나 저주 같은 것은 전문분야가 아니라는 것이다.

하지만 그 대신 그러한 문제는 교회 등을 찾는 편이 빠를 것이라는 답변도 해주었다. 아무래도 유령 등은 신의 전문분야라는 모양이다.

(참으로 복잡한 관계성이로구먼…….)

여차할 때에는 정령왕에게 매달리기가 소용이 없다는 사실이 판명되었다. 하지만 여차할 때에는 교회에 도움을 구하면 된다는 확약을 받았다.

교회라면 연줄은 있다. 미라는 이전에 교회에 기부를 하고 대사교에게 메달을 받았던 일을 떠올리며, 만약 무슨 일이 생기더라도 괜찮을 거라며 다시금 가슴을 쓸어내렸다.

"드디어 왔군!"

"헤에, 얘가 그 덤블프구나……!"

히노모토 위원회의 현대 기술 연구소. 그중에서도 특히 중요한 회의나 개발을 위한 회의를 한다는 제1특전실(特專室)이라는 공간으로 안내받은 미라를, 그곳에서 기다리던 여러 장인들이 환영했다.

반색하는 분위기 속에서, 거의 대부분의 장인들이 미라의 모습을 흥미롭다는 눈으로 쳐다보았다.

덤블프는 겉모습만으로 따지면 현자라 하기에 가장 걸맞은 인상이었다. 그런데 지금은 완전히 정반대되는 모습이 되어있었기 때문이다.

이곳에 있는 것은 모두 일류 장인들이다. 그리고 톱 플레이어의 필두였던 아홉 현자와도 인연이 깊은 자들이 대부분이었다. 그렇기에 실제로 바뀐 덤블프의 모습을 보고 진심으로 놀란 눈치였다.

"이렇게까지 바뀌다니 과감하기도 하네."

"이렇게 생겼는데 이전과 능력은 같은 거지? 흥미로운데?"

"이건 이것대로, 괜찮네."

"이 격차, 나쁘지 않아."

미라와 덤블프, 그 차이가 상당히 흥미로운지 장인들은 대놓고 샅샅이 분석하듯 미라의 온몸을 관찰하기 시작했다.

심지어 이곳에 있는 것은 누구 할 것 없이 엄청난 탐구심을 가진 자들이었던 탓에, 아무도 성희롱 같은 그 행동에 주의를 주지 않았다.

아슬아슬하다고 해야 할지 선을 넘었나고 해야 할지 모를 수준으로 미라를 관찰했다.

그런 가운데, 성희롱이나 다름없는 짓을 말리는 이는 없었지만 당연한 의문점을 떠올린 자는 있었다. 그렇다, 좀 전에도 미케가 미라에게 던졌던 질문이다.

"근데, 왜 여자애가——."

"——그건 이미 미케에게 이야기했으니. 궁금하다면 미케에게 묻거라!"

두 번 설명하기 귀찮다는 이유도 있었지만, 이 자리에서 쓸데없는 추궁을 당하지 않기 위해 미라는 선제공격을 하듯 "그보다 이걸 기다렸던 게지?!"라고 하며 재촉을 듣기 전에 마키나 가디언의 소재를 테이블에 쏟아놓았다.

"왔구나, 기다렸다고!"

"아아, 뉴런 크리스털의 광채 좀 봐. 몇 년 만…… 아니, 몇십 년 만인지!"

"오오, 이건 상급 클리어 마테라이트군. 이걸로 완성할 수 있겠어!"

이곳 장인들은 생산 계열의 전문가인 탓에 물어보나 마나한 일이었지만. 미라라는 존재에 관한 의문보다 초희귀 소재에 대한 관심이 앞섰던 모양이다.

앞다투어 테이블을 둘러싸고 쟁탈전이라도 벌이듯 소재를 집어 들고는 이게 있으면 그걸 할 수 있다며 망상에 젖기 시작했다.

특히 고난도 레이드에서 나는 소재는 도전자가 격감한 탓에 시장에 거의 나돌지 않게 된 상태였다. 아닌 게 아니라 마키나 가디언의 격파는 수십 년 만의 쾌거라 할 수 있을 정도였다.

따라서 장인인 그들, 그녀들은 당연히 그쪽을 우선시할 수밖에 없었고, 그것은 미라에게도 의도했던 반응이었다.

(이 정도일 줄이야…….)

하지만 갑자기 자신에게 관심을 잃은 모습들을 보고 있자니, 미라는 어쩐지 어디선가 들었던 '나와의 관계는 다 장난이었구나'라는 대사가 떠올랐다.

그토록 우르르 몰려들어서 쳐다보더니, 이제는 거들떠보지도 않는다. 뿐만 아니라 소재를 내놓자 신경조차 안 쓰는 듯했다.

"오오, 이게 그……."

"처음 봤어……."

상인들은 그런 미라를 방치해둔 채 흥분하고 있었는데, 수많은 초희귀 소재 중에서 유일하게 아무도 손을 대지 않고 심상치 않은 긴장감 속에서 쳐다보고 있기만 하는 소재가 있었다.

그렇다, 마키나 가디언에서 얻을 수 있는 소재들 중에서 가장 희귀하다고 알려진 것. 게임이었던 시절에도 입수 보고가 한 손에 꼽을 정도였던 궁극의 초레어 소재.

아폴론의 눈동자다.

가치를 매길 수 없는 것은 물론이고 다시 구경이나 할 수 있을지 어떨지 모르는 물건이 눈앞에 나타나자, 장인들조차도 선뜻 손을 대기가 꺼림칙했던 모양이다.

"자, 어떠냐. 상당한 상등품이 아니냐?"

숨을 죽이고 있는 상인들 앞에서 미라가 의기양양한 태도로 그걸 손으로 쓱 집어 들었다. 그러고는 마치 농구공처럼 들고 어떠냐는 듯이 내밀어 보였다.

순간, 장인들이 동요했다. 하지만 그렇게 아무렇게나 만지지 말라는 소리는 아무도 하지 못했다. 왜냐하면 그것의 주인은, 바로 미라이기 때문이다.

"역시 덤블프…… 아니, 지금은 정령여왕이라고 불린다고 했나?"

"역시 정령여왕!"

"근사한 소재를 가져다줘서 고마워!"

소재 쪽으로 완전히 기울어졌던 장인들의 마음이 그제야 그것을 가져다 준 미라 쪽으로 돌아온 듯했다.

"음음. 되었다, 되었어."

다시 주목과 감사인사와 칭찬을 받게 된 미라는, 아주 싫지만은 않은 듯한 표정이었다.

"그래서, 장비를 조달해주는 대신 이 소재를 주기로 했었지?"

"어떤 걸 만들면 되는데?!"

"뭐든 다 만들어줄게!"

장인들은 말만 하라는 듯이 의욕을 내비쳤다.

약속한 것은 마키나 가디언의 소재를 사용해 신장비를 만들어주면, 남은 소재를 모두 기증하겠다는 것이었다.

그래서인지 다들 기합이 바짝 들어가 있었다. 보다 활약해서, 보다 좋은 소재를 손에 넣고 싶다는 욕망이 온몸에서 뿜어져 나왔다.

그러나 욕망에 찌든 장인들이기는 해도 실력은 진짜배기다. 의뢰를 하면 분명 최고품질의 무구를 만들어줄 거다.

게다가 마키나 가디언의 소재를 기증한다고 했더니, 그 밖의 필요한 것은 모두 연구소가 제공해주겠다고 했다.

연구용으로 각지에서 수집하고 있는 탓에 이곳에 비축된 소재는 다종다양하다. 심지어 이번 경우처럼 터무니없이 희귀한 게 아니면 상당히 귀중한 소재까지 갖춰져 있다.

따라서 이곳이라면 미라가 바라는 물건은 거의 다 만들 수 있을 것이다.

"음, 그럼 모두에게 제작을 부탁하고 싶은 것은 말이다——."

장인들의 이목이 집중된 가운데, 미라는 생각에 생각을 거듭해서 정리한 신장비에 대한 계획을 제시했다.

우선 미라가 원한 것은 스태미나를 증강할 수 있는 물건이었다.

스태미나. 그것은 이 세계가 현실이 되어 나타난 현상 중 손에 꼽을 만큼 영향이 컸던 요소일지도 모르는 부분이다.

게임이었던 시절에도 스태미나라는 스테이터스는 있었지만 그것이 감각으로서 나타나는 일은 없었다. 스태미나가 바닥난 상태로 계속 무리를 하면 여러 가지 페널티가 발생하는 식이었다.

하지만 현실이 된 지금은 사정이 많이 달라졌다. 설령 아무리 강했다 해도 지치면 집중력은 산만해지고, 잠재력의 절반도 발휘할 수 없게 된다.

숨은 가빠지고 권태감이 밀려들고 한 발짝도 못 움직일 만큼 피폐해진다.

그것이 현실이었고 현재의 미라의 육체로 말하자면 높은 마력 이외의 면에서는 일반인과 큰 차이가 없는 수준이었다.

온힘을 다해 뛰어다니면 얼마 안 가서 스태미나가 바닥나 버릴 정도다.

지금까지는 소환술사로서의 실력과 선술로 어찌어찌 무마해 왔지만, 앞으로도 그 방법이 통할 것이라는 낙관적인 생각은 미라에게 없었다.

근력에 관한 문제는 무장소환으로 격상시켜 해결할 수 있다. 스태미나 쪽도 일단은 무장소환의 파워 어시스트 기능으로 그럭저럭 보충할 수 있다.

하지만 보충이 가능한 것뿐, 움직이면 피로는 상당히 축적된다. 현 시점에서도 스태미나 부족이 미라의 약점이라는 점에는 변함이 없는 것이다.

그렇기에 이번 기회를 살려 그 약점을 장비로 보충해 보려는 것이다.

"흐음, 스태미나라——."

"그렇다면 가장 효율적인 형태는——."

"프리즘 셀과 에테마이트를 연결하면——."

"스태미나만 특화해도 된다면 거암왕(巨巖王)의 핵을 써보는 건 어떨까——."

미라가 바라는 바를 말하자마자 차례차례 아이디어가 나왔다.

소재와 소재의 조합에 따른 상승효과. 형태에 따른 효과의 발현률. 그렇듯 여러모로 복잡하게 얽힌 요소들을 속속들이 꿰고 있는 장인들은 최적의 답을 찾아 열정적으로 회의를 하기 시작했다.

마키나 가디언의 소재라는 최고의 보수를 얻기 위해서. 그러면서도 장인으로서 최고의 일품을 만들기 위한 노력은 아끼지 않겠다는 기백이 더욱 강하게 느껴지는 듯했다.

(한 가지 더 부탁하고 싶지만…… 뭐, 분위기가 가라앉은 후에 말해도 되겠지…….)

그러한 부분 역시 장인답다고 할 수 있으리라. 전문 용어가 난무하고 장인들이 아니면 알 수 없는 대화가 오가기 시작했다.

그런 가운데 또다시 방치된 미라는, 느긋하게 농후 크림치즈 오레를 마시며 이야기가 일단락되기를 기다리기로 했다.

〈4〉

"그럼 슬슬 다음 걸 말해도 되겠느냐?"

30분 정도가 경과했을 즈음. 스태미나 증강용 장비에 관한 아이디어가 20개 정도 나오고, 이제 시험 제작을 해보고서 조정하자는 쪽으로 이야기가 정리됐을 때. 타이밍을 살피던 미라가 대화에 끼어들었다. 부탁하고 싶은 게 하나 더 있다고.

"어이쿠, 미안하구만. 좋아, 계속 말해 봐!"

"또 있다고?! 좋아, 뭐든 말만 해!"

뜨거운 회의가 끝난 직후임에도 불구하고. 장인들의 눈에서는 아직도 정열의 불꽃이 활활 타오르고 있었다. 무기? 아니면 방어구? 전설급에도 뒤지지 않는 걸 만들어주겠다는 기개가 모두의 얼굴에서 엿보였다.

"부탁하고 싶은 또 하나의 물건은 말이다. 요컨대 마나 저장기다——."

미라가 원하는 것. 그것은 막대한 용량을 자랑하는 마나 차지용 술구였다.

미라는 늘 생각했더랬다. 자신의 막대한 마나 회복량을 좀 더 활용할 방법은 없을지.

현재로서는 최대치까지 마나가 회복되면 그로써 끝이다. 그리고 미라에게는 그 상태로 지내는 시간이 훨씬 길었다.

요컨대 그 시간동안의 마나를 어딘가에 저장하고 싶다고 생각했던 것이다.

"마나 저장이라……. 비슷한 건 널렸지만, 뭐 평범한 걸로는 안 되겠지."

"그러게. 그 유명한 아홉 현자의 주문이잖아. 당연히 평범한 걸 말하는 게 아닐 거야."

"용량. 용량이 문제겠어. 하지만 용량을 살짝만 올려도 비용이 껑충 치솟기로 유명한 게 마나 저장기인데, 이거 꽤 골치 아픈 문제인걸?"

미라의 주문을 들은 장인들은 이번에도 열띤 회의를 벌일 낌새였다.

미라가 말한 마나를 저장하기 위한 술구. 사실 그것 자체는 그렇게까지 희귀한 것이 아니었다.

그도 그럴 것이 동력으로 마동석 등을 사용하지 않는 타입의 술구에는 대개 마나를 저장하기 위한 장치가 탑재되어 있기 때문이다.

하지만 당연히 미라가 바라는 것은 그런 범용품과는 차원이 다른 물건이었다.

"그래서, 어느 정도의 용량이 필요한데?"

장인들은 조심스럽게, 그러면서도 어떤 무리한 주문을 할까, 하고 어딘가 기대하는 듯한 눈빛으로 주목했다.

소환술사는, 특히 미라는 여차할 때 쓸 수 있는 대량의 마나가 있으면 그야말로 호랑이가 날개를 단 격이 된다.

그 가능성은 무한대다. 저장량에 따라서는 '선주안(仙呪眼)'을 사용하지 않고 '군세'를 소환할 수 있게 되는 등의 효과가 있기 때문이다.

또한 마나 소비가 심한 '공절의 반지'의 운용 방법도 더욱 확대될 것이다.

다만 그것도 여러 사용 방법 중 하나에 불과하다. 미라는 그 술구에는 그 이상의 가능성이 있을 것이라고 내다보았다.

바로, 초월소환이다.

"글쎄다아, 적어도 대충, 최상급 클래스의 술식을, 일천 발 쓸 정도는 되었으면 좋겠구나."

미라가 그 용량을 입 밖에 낸 순간, 그 자리의 공기가 순식간에 얼어붙었다.

하지만 그럴 수밖에 없었다. 현 시점에서 최상급 클래스의 술식 한 발 분량의 용량을 지닌 술구조차 일천 만 리프를 넘길 만큼 값이 비쌌기 때문이다. 그것의 천 배는 되는 것을 만들라고 하다니, 그야말로 무리한 요구가 따로 없었다.

"으~음, 그렇게 하면 크기가 집채만 해질 텐데——."

"——무슨 소리냐. 당연히 손바닥만한 크기여야지."

휴대성을 고려하지 않고, 거점 등에 배치해두는 식으로라면 어찌어찌 될지도. 그런 아이디어를 내놓으려던 장인의 말을, 미라는 단호하게 일축했다. 언제 어디서나 사용할 수 있는 물건이 필요하기 때문이다.

휴대가 가능할 뿐 아니라 전투 중에도 간편하게 꺼내 사용할 수 있는 것이 아니면 의미가 없다.

현재, 연구는 계속하고 있지만 아직도 초월소환의 전모는 밝혀지지 않았다.

게다가 지금 이 상태로는 그 사용법을 알게 된다 해도 해결되지 않는 문제가 남는다.

바로 소비 마나량이다.

초월소환에는 너무도 막대한 마나가 필요하다. '선주안'을 이용하면 보충할 수 있을지도 모르지만 그 방법에는 발동회수 등의 제한이 있다. 더불어 주변 마나량의 영향도 크게 받는다.

하지만 그런 상황에, 막대한 용량을 자랑하는 마나 저장 술구가 있다면 어떻게 될까.

그것만 있으면 초월소환의 가능성뿐 아니라 지금까지는 비장의 카드였던 '군세'도 평범하게 운용할 수 있게 될 거다. 심지어 이 방법이라면 전멸하더라도 재소환이 가능해진다.

그 전력은 그야말로 일국의 군대 그 자체라 할 수 있을 것이다.

그런 꿈만 같은── 상대에게는 악몽 같은 전술을 실현하기 위한 마나 저장용 술구다.

하지만 그만한 마나를 저장하려면 미라라 해도 상당한 시간이 필요하다. 그렇기에 언제 어디서든 사용할 수 있어야만 하는 것이다.

"손바닥만한 크기라니……. 뭐든 만들겠다고는 했지만, 그쯤 되면 아무리 기술이 있어도 어려울 것 같은데."

"음~…… 마나 결정소자를 압축해서, 네오 엘리멘트 용액을 충진시킨 미스릴 케이스에…… 아니, 그래도 열 발이 한계인가."

"차라리 공진 마테리얼을 직결시켜서 오버 플로한 분량을 트랜

스 포지로 대류시키면——."

미라의 주문은 명백하게 상식의 범주를 벗어난 것이었다. 시대의 최첨단을 달리고 있는 히노모토 위원회가 자랑하는 기술력으로도 만들 수 있다고 단언할 수 있는 물건이 아니다.

그렇지만 장인들의 얼굴에 포기하려는 낌새는 보이지 않았다. 오히려 그 무리한 요구에 어떻게 하면 대응할 수 있을지를 두고 열띤 토론을 벌이기 시작했다.

"——이거 보통 까다로운 게 아닌데. 소재와 시간을 왕창 쏟아부어도 가능할지 어떨지. 새로운 기술을 두세 단계 더 발전시킬 기세로 연구를 진행시켜야만 답이 나올지도 모르겠어."

하지만 그럼에도 너무도 비현실적인 요구였다. 마키나 가디언의 소재 말고도 이 연구소에 있는 소재를 왕창 쏟아 부어도 어렵겠다는 결론만이 이어졌다.

그렇지만 장인들이 내놓은 아이디어들에는 한 가지 누락된 요소가 있었다.

"이걸 쓴다면 어떻겠느냐? 이 몸이 들은 바에 따르면, 이것의 마나 허용량은 그야말로 막대하다던대."

그런 말과 함께 미라가 내민 물건. 그것은 마키나 가디언 최대의 희귀 소재인 아폴론의 눈동자였다.

거기에 담긴 힘은 그야말로 차원이 달랐다. 술구로 가공하면 모든 술식의 효과를 증폭하고, 작은 불씨조차도 마수를 불살라 버릴 정도의 업화로 변하고 말 것이다.

방패로 가공하면 드래곤 브레스를 멀쩡하게 막아내고, 검으로 가공하면 닿기만 해도 미스릴 갑옷조차 두 동강낼 거다.

술구가 되었건 무구가 되었건, 완성하는 즉시 전설급에 이름을 올릴 게 분명하다.

또한 이곳에 있는 장인들은 동의하지 않겠지만, 병기 개발에 이용한다면 수만 명을 대량 학살할 수 있는 병기가 완성될 거다.

그렇듯 아폴론의 눈동자에는 무한한 가능성이 숨겨져 있었다.

"뭐라고……?"

"이봐 잠깐, 제정신이야?"

그리고 그렇기에 장인들은 무의식중에 생각했더랬다. 아폴론의 눈동자는 강력한 무구로 가공해야한다고.

사실 미라가 오기 전부터 어떤 걸 만들지, 어떤 것이 덤블프에게 맞을지 등을 의논하기도 했다.

오히려 이 정도의 최상급 소재를 무구로 가공하지 않는 건 아깝기 그지없는 짓이란 결론에 도달했던 것이다.

"음. 이 몸도 뭐, 무구를 생각하고 있기는 했다만. 최종적으로 내놓은 결론은, 마나 저장기로서 써먹어야겠다는 것이었지."

그렇게 답한 미라 본인도 처음에는 아폴론의 눈동자로 강력한 무구를 갖추자고 생각하기는 했었다.

무엇을 만들건 지금보다 확실히 강해질 거다. 인챈트 계열이냐 부스트 계열이냐. 어느 쪽이 되었건 마력 이외의 약점을 보충하고도 넘음이 있는 무구가 만들어질 것이 분명하다.

아닌 게 아니라 현자의 로브를 능가하는 궁극의 로브를 만드는 것도 가능할 거다.

발키리 자매를 위한 무기를 준비하는 것도 재미있겠다. 그녀들의 실력이라면 성능을 최대로 끌어내 줄 테니.

아폴론의 눈동자를 사용한 무기를 든 발키리. 그것은 그야말로 전례를 찾을 수 없을 정도의 전력이 될 것이다.

더불어 무장소환을 습득한 지금, 그 어시스트 기능으로 인해 미라 본인도 그럭저럭 무기를 다룰 수 있게 되었다. 빌려줘도 되고, 직접 들어도 되는 것이다.

그런 식으로, 미라는 하나만 고르기에는 아쉬울 만큼 여러 가지 선택지를 준비했었다.

하지만 중간부터 문득 생각을 바꿨다.

그 계기가 된 것 중 하나는, 바로 무장소환이다. 이를 더욱 발전시킨 결과, 지금은 약점이었던 근력과 방어력 등의 측면을 스스로 보충할 수 있게 되었다.

무기 쪽도 충분히 강력한 성검 상크티아가 있다.

그러한 사정 때문에, 현 시점에서는 최강의 무구에 대한 필요성이 다소 낮아진 것이다.

그런 상황에서 초월소환을 연구하던 때에 생각난 것이 이 마나 저장기였다.

"세상에……."

"그 말은 좀 뜻밖인데."

"하지만 그렇게 한다면, 어쩌면 가능할지도."

어떤 최강의 무구도 마음껏 만들 수 있다. 그런 아폴론의 눈동자를, 규격 외라고는 해도 평범한 마나 저장기를 위해 사용하겠다는 아이디어에 장인들은 전율했다.

실제로 과거에도 몇 번인가 있었던 아폴론의 눈동자 가공 사례에서는 모두 무구를 제작했었다. 심지어 그것들의 가공을 담당했던 이가 이 장인들 중에 있었다.

"나 참, 재미있는 생각을 다 했네. 예전부터 아홉 현자란 작자들은 툭 하면 유쾌한 일을 저질렀었지만."

유쾌하게 웃으며 그렇게 말한 것은 미케였다. 그녀가 바로 아폴론의 눈동자를 취급해본 경험이 있는 유일한 기술자였다.

"흠……. 무어냐, 비웃으려는 게냐?"

미케가 이렇게까지 대놓고 웃는 일은 드물었다. 그 모습을 본 미라는 좀 전의 말을 떠올리며 입술을 삐죽거렸다. 유쾌한 일을 저질렀던 기억은 전혀 없건만.

"아니아니, 칭찬하는 거야. 우리 같은 기술자들도 밤낮으로 노력하며 이런저런 생각을 하지만 말이야. 결국에는 기술자에 불과하거든. 그래서 너희 같은 현장의 목소리가, 어떤 게 필요한지 알아채기 위한 중요한 요소가 되기도 해. 그런 의미에서 예전에 너희가 저질렀던…… 너희의 공적이 참고가 되기도 했고."

그렇게 말을 이은 후, 미케는 그 결과 탄생한 기술을 간단히 나열하기 시작했다.

"이야, 정말이지 얼마나 많은 분야에서 도움을 받았는데——."

그런 말과 함께 그녀가 입 밖에 낸 첫 번째 기술은 내술도료(耐術塗料)라는 것이었다.

아홉 현자의 실험장 및 그 주변 건조물 등은 자연 환경에 비해

수백 배는 빠른, 도를 넘어선 속도로 열화된다는 사실을 지금까지의 역사를 통해 알아냈다는 모양이다.

단순한 충격과 파괴 등의 원인도 있지만, 그렇게까지 흉흉한 실험을 하지 않은 장소에서도 그러한 조짐이 확인되어서 이를 철저히 조사했다.

그 결과, 술식의 발생에 따른 마나 변화가 주변 환경에 미치는 영향이며 그 후 마나 잔재에 따른 작용 등이 관측되었다.

이러한 관측 결과를 한층 더 해석, 연구한 끝에 도달한 것이 내술도료인 것이다.

이름 그대로 술식에 대한 효과가 있는 것은 물론이고, 약간이기는 해도 부여 술식에도 대응하는 뛰어난 물건이라는 모양이다.

현재는 여러 요소의 방벽이며 탈 것 등에 사용되는 대인기 발명품이라고 한다.

"필요는 발명의 어머니라더니, 그 말이 딱이네――."

진지한 투로 미케가 이어서 입 밖에 낸 것은 방음 결계 장치라는 물건이었다.

효과는 그 이름대로 주변의 소리를 막는 결계를 전개하는 것이다.

하지만 이들은 다름이 아닌 히노모토 위원회의 개발부다. 그것의 소형화에 성공했고, 현재는 고급 숙소나 극장과 같은 장소에서 애용되고 있다고 한다.

"그리고 이 마나 잔재 분석기를 빼놓을 수 없지. 이것만 있으면 상급 술사가 아니라도 마나의 잔재를 조사해서, 어떠한 술식이 어떤 규모로 사용되었는지 즉시 알 수 있어! 술식이라는 힘이 폭발적으로 확산된 탓에 이걸 이용한 범죄도 늘었거든. 그렇기에 이 녀석이 필요한 거야."

히노모토 위원회가 관여하고 있는 조직들 중, 경라기구라는 것이 있다. 주로 플레이어 출신자가 만든 국가 등에 경라국처럼 배치되어 경찰과 같은 역할을 맡고 있었다.

이 경라국이 사용하는 대범죄자용 도구들은 모두 이 연구소에서 개발된 것으로, 그중 대부분이 아홉 현자의 실험 성과── 및 실험 피해에 따른 대책과 교훈을 살려 만든 물건들이었다.

"흠, 요컨대 우리 덕분이라는 게로구나!"

폐해와 민폐 같은 부분은 보란 듯이 흘려들은 후, 미라는 기술 향상에 도움이 되었다니 다행이라며 웃었다.

그에 반해 미케를 비롯한 장인들은 순간적으로 범죄자를 쳐다보는 듯한 표정을 지었지만, 곧바로 붙임성 있는 미소를 지어 보이며 동의를 표했다. 아홉 현자의 실험 데이터에는 아주 근사한 정보가 잔뜩 담겨 있었다고.

그 말을 진심으로 받아들인 미라는 더더욱 우쭐해졌다.

토라져서 소재를 제공하지 않겠다고 버티면 난감해진다. 그렇게 판단한 장인들은 미라의 안색을 살피며 아홉 현자는 그야말로 영웅이라고 더더욱 추켜세웠다.

〈5〉

아폴론의 눈동자를 사용해 마나 저장기를 만든다. 그런 미라의 아이디어는 이러니저러니 해도 장인들을 흥분시켰다.

아깝다는 의견도 있기는 했지만 새로운 시도에 대한 호기심이 앞선 모양이다. 장인들이 우르르 모여들더니 그대로 미케를 중심으로 한 개발 회의가 시작되었다.

전대미문의 개발 사안이기도 하다 보니 회의는 기초적인 부분부터 순서대로 진행되었다.

현재 이용되고 있는 마나 저장기의 구조를 더욱 연구해, 거기에 모종의 개량점을 추가할지. 아니면 완전히 다른 방식을 새로 성립시키는 것이 좋을지, 시작부터 여러 의견이 부딪혔다.

마나를 저장하는 원리나 효율적인 저장을 위한 회로의 구축. 그리고 그것들을 최고 수준으로 실현하기 위한 부품과 소재.

뭉뚱그려 마나 저장기라고 한들, 그 물건에는 수십 가지도 더 되는 여러 요소들이 담겨 있다.

그리고 이번에는 이전과는 압도적으로 차원이 다른 물건을 개발하게 되었다. 그렇기에 개발 회의는 시간이 지날수록 복잡해졌고, 열정적인 목소리가 여기저기서 터져 나왔다.

필연적으로 일반인은 끼어들 엄두조차 나지 않는 전문적인 분위기가 형성되었다.

술식 관련 분야라면 미라도 전문가지만 공학 분야에서는 문외한이다. 따라서 미라로서는 그곳에서 펼쳐지고 있는 회의에 개입

할 여지가 없었다.

(……이 몸은, 할 일이 없구먼.)

미라는 오도카니 홀로 남겨졌다.

이미 장인들의 마음은 새로운 도전을 향해 일직선으로 나아가고 있다. 한껏 추켜세워 주던 좀 전과는 딴판으로, 미라의 주변은 거짓말처럼 조용해졌다.

"——그래, 확실히 그게 우선이겠지. 계측을 해 봐야 알 수 있을 테니까."

마나 저장기 개발은 언제쯤 시작될까. 그리고 언제쯤 완성될까.

전망이 불확실한 상황을, 미라는 멍하니 쳐다보고 있었다. 그러던 중 미케가 뒤를 돌아보며 말했다.

"그나저나 아폴론의 눈동자를 정밀 분석하고 싶은데, 그래도 될까?"

그러더니 말을 이었다.

아폴론의 눈동자를 마나 저장기에 이용하기에 앞서, 우선 그 특성과 다른 소재와의 상성 등을 철저하게 조사해보고 싶다는 것이다.

"음, 상관없다. 바라는 대로 완성되기만 한다면야, 얼마든지."

미라가 그렇게 답하자 미케는 "허락해줘서 고마워"라고 대꾸하고서 다시 회의가 열리고 있는 테이블로 고개를 돌렸다.

그렇게 다시 장인들은 열띤 회의를 벌이고 미라는 매우 무료해하는 상황으로 돌아가는가 싶었지만…….

미케가 다시금 고개를 돌려 말했다.

"아아, 그러고 보니 그냥 내버려 뒀었네. 미안해. 새로운 일에 몰두하면 늘 이렇게 되더라고."

미라가 오도카니 남겨져 있었다는 사실을 그제야 알아챈 모양이다.

미케는 객실을 준비해두었으니 그쪽에서 느긋하게 기다려달라고 말을 이었다. 또한 용건이 생기면 미케 쪽에서 찾아오겠다고도 했다.

"음, 그렇게 하마. ……그나저나 그냥 기다리고만 있기는 좀 그런데. 뭐 만들어둔 게임 같은 건 없느냐?"

전문용어가 난무하는 제1특전실에 있기 보다는 그 객실에 있는 편이 느긋하게 쉴 수 있을 것 같아서 미라는 그러겠다고 답한 직후, 문득 떠오른 생각을 입 밖에 냈다.

니르바나의 무녀 이리스의 방에서 보았듯이 이 세계에는 이미 TV라는 물건이 존재한다. 그리고 그것은 분명 이 현대기술 연구소에서 만들어진 것이리라.

또한 TV가 있다면 어쩌면 그걸 이용한 게임도 만들었을지도 모른다. 그런 기대가 미라의 가슴속에 싹튼 것이었다.

"이야, 아무리 그대로 거기까지는 안 만들었단 말이지. TRPG 같은 거라면 얼마든지 있지만."

"누가 같이 해준다면 모를까…… 그걸 혼자서 하는 건 좀 쓸쓸하지 않으냐."

"뭐, 그렇긴 하지."

현재 이곳에 있는 장인들 중 대부분은 마나 저장기 개발에 착수하고 있다. 또한 그 이외에도 이 연구소에는 얼마든지 할 일이 널려 있다.

따라서 미라의 심심풀이에 어울려줄 만큼 한가한 인물은 존재하지 않았다.

그 때문에 TRPG를 하려고 한들 게임 마스터와 플레이어를 혼자 겸임해야 한다. 경우에 따라서는 마음의 상처를 후벼 파는 사태가 벌어질지도 모르는 탓에 도저히 그럴 수는 없었다.

"흐~음…… 어쩔 수 없구나. 그러면 어디 튼튼한 방은 없느냐? 하고 싶은 실험은 넘쳐나니 말이다. 그걸 하며 기다리도록 하마."

어차피 기다릴 거면 하고 싶은 일이라도 하고 있자. 이렇게 커다란 연구 시설이라면 나름의 실험장이 있을 거다.

그렇게 생각한 미라가 질문을 던지자.

"어?! 아~ 그게——…… 아, 맞아! 한가하다면 이 연구소라도 견학할래? 아직 세상에 내놓지 않은 것들도 이것저것 연구 개발 중이니까 구경만 해도 재미있을 거야."

아홉 현자, 실험. 이 두 가지 단어가 나란히 있을 때 초래되는 여러 결과들을 파악하고 있는 탓에, 미케는 전에 없이 당황한 얼굴로 그 선택을 어떻게든 저지하기 위해 대안을 내놓았다.

연구소 견학. 현대기술 연구소라는 이름대로, 이곳에서는 현대에 유통되었던 여러 기술들을 재현하는 것을 목표로 밤낮으로 연구를 진행하고 있다.

사진기며 통신장치 등도 이 연구소에서 만들어진 물건이다.

그리고 그러한 것들 중에서도 교통 환경면에서 이루 헤아릴 수 없을 정도의 영향을 미친 것이 바로 대륙 철도다.

심지어 그것은 현대 기술을 기초로 하면서도 이 세계에 존재하는 요소들을 듬뿍 탑재해서 실현시킨 기술이었다.

이 초대형 차량의 등장으로 인해 유통량은 증대했고 경제도 활성화되었으니, 그야말로 기술 혁명이라 해도 과언이 아니었다.

또한 딱히 현대 기술을 재현하는 방향으로만 개발이 진행된 것은 아니다. 현대 기술과 이 세계의 마법적 요소가 접목된 마도공학. 그 정수를 모아 만든 것이 바로 비공선이었다.

판타지스러운 세계에서 때때로 보이는 낭만의 집합체. 하늘을 나는 배를 만들어낸 것 역시 이 연구소였다.

현대에 있었던 것만을 개발하는 것이 아니다. 이곳에서는 상상 가능한 모든 것이 연구 대상인 것이다.

"음, 그거 확실히 재미있겠구나!"

미케가 제안한 연구소 견학이라는 이벤트에서는 아직 보지 못한 미지와의 해우가 기다리고 있다.

대체 또 어떤 연구가 이루어지고 있을까. 어떠한 물건이 개발되고 있을까. 앞으로 어떠한 물건이 세상에 나올까.

스톨워트 돌과 같은 마도인형 등도 만들어졌을 정도다. 머지않은 미래에는 안드로이드 같은 존재가 등장할지도 모른다.

아직 일반화되지 않은 TV도 향후에는 일반 가정에까지 보급될 거다. 판타지스러운 세계에서는 어떤 방송이 만들어질까, 하는 것도 몹시 기대된다.

그리고 언젠가는 분명 로봇 같은 것도 등장할 거다. 이 판타지 세계의 우주는 대체 어떠한 곳일까. 물고기가 헤엄쳐 다닐까? 우주인과도 만날 수 있을까?

머나먼 미래. 우주개발 시대가 되면 이 세계는 어떠한 모습을 하고 있을까. 그리고 그때, 자신은 어떻게 되어 있을까.

문득 그런 망상을 하고 말 정도로 이 연구소는 여러 가지 가능성으로 가득했다.

그렇기에 즉답한 후, 미라는 미케에게 시설 지도와 각 시설의 보안을 통과할 수 있는 통행증을 받아 견학 투어에 나섰다.

연구소 안은 그야말로 현대에 가까운 구조였다.

벽과 바닥, 천장까지 흰색으로 통일되어 있어 그곳을 걷다 보면 문득 현대로 돌아온 듯한 착각이 들 정도다.

"오, 저것이로군."

지도를 보며 그런 복도를 나아가던 중, 목적지가 보이기 시작했다. 미라가 처음으로 찾은, 가장 가까운 시설은 탑승물 개발부다.

"이런이런. 미케가 좀 전에 여자애가 견학 중이라는 소릴 했는데 네 얘기였구나. 심지어 그 마키나 가디언의 소재를 가지고 온 실력자라면서?! '비클(vehicle) 종합 연구 개발부'에 온 걸 환영해. 나는 이곳의 책임자인 하루아키야. 잘 부탁해!"

엄중해 보이는 기계장치로 된 문. 그 앞에 미라가 선 순간. 마치 기다리고 있었다는 듯이 문이 열리더니 그 정면에 서 있던 남자가 생글생글 웃으며 맞이해주었다.

매우 우호적인 대응이다.

하지만 미라는 어렴풋이 느끼고 있었다. 그의 미소에 가려진 꿍꿍이……라는 이름의 열의를.

아마도 그는 미라의 정체에 관해 전해 듣지 못한 것이리라.

그 사실을 아는 미라는 이런 패턴도 성가실 것 같다고 생각하며 속으로 쓴웃음을 지었다.

그렇다, 미라가 덤블프라는 정보는 현재 미케를 비롯한 최상위 책임자들 사이에서만 공유되고 있다. 다른 자들에게는 마키나 가디언의 소재를 가져온 플레이어 출신자, 정도로만 설명을 해두었다는 모양이다.

정체를 밝힐지 어떨지는 미라가 알아서 하라는 것이다.

"이 몸은, 미라다. 잘 부탁하마."

미라는 그렇게 무난하게 대답했다. 그러자 하루아키는 자신만만하게 "자아, 마음껏 견학하도록 해!"라면서 안내를 하기 시작했다.

미라는 지금까지 몇 번인가 그와 같은 태도를 보이는 자를 만났던 때의 일들을 떠올려 보았다.

귀여운 여자애와 가까워지기 위해 애쓰는 남자. 그것이 미라가 하루아키의 표정을 보고 느낀 첫인상이었다. 그리고 미라는 이런 패턴의 남자는 제어하기 쉽다는 못된 사실을 학습한 상태였다.

"이거 정말, 낭만으로 가득하구나!"

그렇게 곧장 시작기(試作機) 실험장을 찾은 미라는 그런 감상을 입 밖에 냈다.

시작기 실험장. 너비가 수백 미터는 될 듯한 광대한 공간이 펼쳐진 이 장소에는 말 그대로 실험 중인 시작기가 곳곳에 늘어서 있었다. 그리고 곳곳에서 돌아다니고 있었다.

자동차 같은 것부터 오토바이에 트럭, 헬리콥터 등, 현대에서도 활약했던 탑승물이 주르륵 늘어서 있다.

"오, 뭘 좀 아는구나?! 맞아. 이곳은 연구소에서 가장 낭만을 추구하고 있는 곳이라 해도 과언이 아니야!"

설마 이 낭만을 이해해줄 줄이야. 이건 운명이 아닐까. 그런 기대와 순수한 기쁨이 담긴 표정으로 하루아키는 소리쳤다.

인류의 역사, 그 진화 과정에서 탑승물은 결코 빼놓을 수 없는 요소인 동시에 낭만이다. 그것이 그의 신조라는 듯했다.

"흐음, 세나가 이건 그 영화에 나온 것과 똑같구나! 나는 거냐? 설마 날 수 있는 게냐?"

낭만 넘치는 여러 탑승물들을 흥미롭다는 눈빛으로 둘러보던 도중. 미라는 현실이 아니라 공상의 세계에서 보았던 어느 탑승물을 발견하자마자 흥분해서 물었다.

그것은 오래된 초대작 극장판 애니메이션에 등장한, 1인용 비행 도구였다. 독일어로 '갈매기(Möwe)'라는 뜻을 가진 이름의 그 탑승물은 그 애니메이션을 본 모두에게 동경의 대상이었다 해도 과언이 아니다.

"너도 그 작품을 아는구나! 이제는 벌써 150년도 더 된 애니메이션이지만, 역시 한 시대를 풍미한 작품은 아무리 세월이 흘러도 재미있기 마련이라니까. 너도 그렇게 생각하지?! 그래서 그에 대한 동경심을 담아 이걸 만들었어. 날 수 있냐고? 당연히 날지!"

그렇게 신이 나서 말하더니 하루아키는 의기양양하게 그 날개를 펴서 훌쩍 올라탔다.

그리고 놀랍게도. 그가 무언가를 조작하자 그 탑승물은 두둥실 떠올랐고 그대로 하늘을 날아다녔다.

"이럴 수가! 이것 참 멋지——!"

마치 애니메이션의 한 장면을 재현한 것 같다고 미라가 칭찬하려던 그때.

다소 궤도가 어긋나자 날개가 벽에 스쳤고, 어딘가에 균열이라도 가는 듯한 불길한 소리가 울렸다. 그리고 다음 순간, 하루아키가 탄 그것의 날갯죽지 부분이 뚝 부러지고 말았다.

"아……." "아……!"

직후의 미래를 예상한 두 사람이 작은 목소리로 신음했다. 그리고 예상한 대로, 하루아키는 보란 듯이 추락했다.

"이봐라, 괜찮으냐……?"

미라는 서둘러 달려가, 튕겨져 나오다시피 해서 바닥에 널브러진 하루아키에게 말을 걸었다.

어딜 어떻게 보아도 뼈가 한두 대쯤 부러졌어도 이상할 게 없을 정도의 사고였다.

그럼에도 하루아키는 무사했다. 그는 벌떡 일어나 겸연쩍은 듯이 이리저리 시선을 돌리며 "만들기는 했지만, 조종이 엄청나게 어렵거든……"이라고 변명을 늘어놓았다.

"그, 그렇군. 뭐어, 애니메이션에 나오는 걸 실현하는 건, 꽤 어려운 일이니 말이다."

한낱 금속덩이가 되어버린 탑승물의 잔해를 쳐다보며 미라는 위로의 말을 건넸다. 그것은 귀여운 여자애 앞에서 멋을 부리려다가 실수를 한 그에 대한 배려이기도 했다.

또한 다친 곳은 없느냐는 질문에 그는 전혀 문제없다고 답했다.

그는 이러한 사고에 대비해 몸을 단련하고 있다고 하더니, 의기양양하게 튼튼한 걸로 따지면 성기사에게도 뒤지지 않을 거라는 말도 덧붙였더랬다.

〈6〉

다음으로 미라가 찾은 곳은 '농업 식물 종합 연구개발부'라는 장소였다.

들어서자마자 연구실이 있고, 그 안쪽에는 커다란 식물 육성 설비가 펼쳐져 있었다.

"아아, 견학 왔니? 그래그래, 마음껏 보고 가."

이곳의 개발실장인 미나카타는 하루아키와 달리 방임주의였다.

실장실에서 몇 가지 주의사항을 전달한 다음에는 마음껏 구경하고 다녀도 좋다고 하고서 다시 연구를 하러 갔다.

어쨌든, 이건 이것대로 마음대로 자유롭게 구경할 수 있어서 좋았다.

(흠, 농업이라. ……마텔이 어떠한 반응을 보일지.)

식물의 시조정령인 마텔. 현대 기술을 한껏 활용한 농업을 보면 그녀는 어떻게 생각할까. 그런 생각을 하며 식물 육성 설비에 발을 들였다.

"……이것 참, 예상과 달리 이곳도 정말 터무니없군 그래."

미라는 농업을 연구한다기에 칼같이 구획이 정비된 밭이나 시험관에 든 모종, 선반에 빽빽하게 실린 케이스에서 배양되는 채소 등을 상상했었다.

하지만 문을 열고 들어간 곳에는 향수마저 느껴지는 시골 풍경 그 자체가 펼쳐져 있었다.

대체 뭘 어떻게 했기에 이렇게 된 것인지.

맑고 푸르른 하늘 아래에는 논밭이 펼쳐져 있고, 강이 흐르고, 벌레와 새의 울음소리가 울려 퍼졌다.

심지어 이미 가을임에도 이 장소는 여름처럼 더웠다. 코끝을 스치는 공기도 풋풋한 것이 진짜 여름의 냄새 같았다.

"철저하게도 재현했군그래."

덥기도 해서 웃옷을 벗고 홀가분한 차림새가 된 미라는 향수가 이끄는 대로 논두렁길을 따라 걷기 시작했다.

푸릇한 산에 둘러싸인 이 장소는 모두가 상상하는 여름의 시골을 완전히 재현한 모형 정원 같은 온실이었다.

그곳에는 논과 밭뿐 아니라 목조 민가까지 빈틈없이 세워져 있었다.

하지만 이곳은 연구소 안이다 보니 곳곳에 보이는 사람들은 마을 사람이 아니라 연구원이었다. 그들은 뭔지 모를 기재를 잔뜩 떠안고 각각 밭이며 야산으로 들어갔다.

이렇게 더운데 고생이 많다고 생각했는데, 자세히 보니 그렇지만도 않은 이들도 있었다.

"……저것도, 재현의 일환인가?"

오래된 민가처럼 지어진 집. 그 처마 밑에서 두 남자가 장기판을 끼고 있었다.

그 옆에는 오래된 디자인의 선풍기, 그리고 보리차 같은 게 들어있는 듯한 용기와 컵이 있다.

고개기 놀이기는 선풍기의 바람에 맞춰, 처마에 매달아둔 풍령(風鈴)이 딸랑딸랑 기분 좋은 소리를 자아내는 그 풍경은 모르는

데도 잘 알 것 같은 여름의 시골 그 자체였다.

과연 저들 역시 연구원일까. 땡땡이를 치는 걸까, 휴식 중인 걸까, 아니면 이 세계관을 구축하기 위해 배치된 연기자들일까.

미라는 어쩐지 기묘한 여름의 일면을 발견했지만, 그 이상은 가까이 가지 않기로 했다.

『역시 굉장해! 거의 완전히 다른 애야!』

오래된 민가 안쪽에 펼쳐진 채소밭. 그곳에서 기르고 있는 채소며 과일 등을 구경하던 중에 드디어 마텔의 목소리가 들려왔다.

얼핏 보면 평범한 여름의 시골이지만, 그곳은 명색이 연구소다. 이곳에 있는 식물들은 마텔이 만들어낸 것에서부터 크게 변화한 것들이라고 한다.

요컨대 마텔의 원종(原種)을 토대로 품종개량을 한 물건들인 것이다. 그야말로 마텔조차 처음 보는 종이 이곳에는 너무도 많다는 모양이다.

사람의 손에 의해 보다 맛있게, 그리고 보다 튼튼하게 성장하는 식물들을 보니 마텔도 기분이 좋아졌는지, 용케 이렇게까지 길렀다며 몹시도 기뻐했다.

미라가 농업 식물 종합 연구개발부 다음으로 찾은 곳은 '건축 기술 종합 연구개발부'라는 장소였다.

"이곳은…… 뭐라고 해야 할지, 좀 전에 있던 곳과는 완전히 딴판인 것 같군그래……."

그 이름대로 현대에서 사용되었던 이런저런 건축 기술을 재현하기 위한 연구가 진행 중인 곳이다.

실장인 비토르와 인사를 나누고서 안전을 위해 견학 코스에 관한 설명을 들은 후, 그대로 현장에 들어섰다.

건축과 관련된 장소답게, 이곳의 건축 실험장 역시 농업 연구소에 지지 않을 만큼 광대했다.

그리고 무엇보다도 연구 내용이 내용인 만큼 그곳의 장관도 압도적이라 할 수 있었다. 놀랍게도 현대에서 크게 번성했던 전자도시가 그 공간에 펼쳐져 있었던 것이다.

거대한 빌딩, 질서 정연히 뻗은 길과 육교, 그리고 번듯한 역과 호텔에 형형색색의 가게들.

발 그대로 갑자기 현대의 일본으로 돌아온 듯한 착각이 들 정도의 광경이 그곳에 있었다.

"——아무튼 대충 이래. 무슨 일을 하건 목적이 있는 편이 낫겠다 싶어서, 이 도시부터 재현해 보기로 했어."

비토르가 안내와 동시에 설명을 해주었다.

그의 말에 따르면 현대의 건축 기술을 재현하는 데 있어, 실제 거리를 지표로 설정했다는 모양이다.

그러는 편이 구체적인 모습을 그리기 쉬운 데다, 어떠한 기술이 필요할지 파악하기가 쉽기 때문이라고 한다.

그러한 목표하에 연구를 계속한 결과가 이 연구소에 있는 거리인 것이다.

"이것 참, 얼마나 많은 노력과 시간을 쏟았는지 짐작도 안 되는구먼. ……그나저나 그 말을 듣고 나니 저쪽이 더욱 궁금해지는

데——."

말 그대로 훌륭한 재현도다. 하지만 그런 만큼 미라는 도로 하나를 경계로 한 건너편의 모습이 몹시 궁금해졌다.

그럴 만도 한 것이, 낯익은 거리에 면하는 모양새로 명백하게 이질적인 도시가 펼쳐져 있었기 때문이다.

기본적으로 현대의 건축 기술이 유용되기는 했다. 하지만 그 광경은 매우 달랐다. 현대적이면서 세련된 미래적인 느낌은 어디로 가버린 것인지. 갑자기 시계를 거꾸로 돌린 듯한. 그러면서도 어쩌면 다른 곳에 있을지도 모르는 미래의 모습을 보여주는 듯한, 확실한 존재감을 띤 거리였다.

"궁금하다면 대답해주지. 그래, 이곳이야말로 나의 마음의 고향! 사이버 펑크 시티 메이지 도쿄야!"

비토르는 조용히 미라의 앞에 서서 대답하며 보란 듯이 두 팔로 그곳을 가리켜 보였다.

사이버 펑크. 그렇게 말한 그의 등 뒤에는 현란한 네온사인이 빛나는 더티 시티가 펼쳐져 있었다.

깜깜한 뒷골목에서는 범죄의 냄새가 물씬 풍기고, 곳곳에 자리한 벽은 전위적인 아트로 가득 메워져 있다.

무질서하게 쌓아올린 듯한 건조물은 실험장의 천장까지 닿아 있어, 그곳에 자리한 대부분의 조명을 가로막고 있었다. 그 때문인지 거리 전체는 어두웠고, 또한 그 때문에 휘황찬란한 네온사인의 빛이 더욱 눈에 띄었다.

메이지 도쿄는 그렇듯 요란한 거리 풍경과 색채, 치안이 좋지 않을 듯한 분위기에 휩싸여 있는 거리였다. 하지만 그러면서도 어쩐지 마음을 끌어당기는 낭만이란 것이 확실하게 존재했다.

그 낭만 중 하나는 분명 이름에도 들어간 '메이지'라는 부분일 것이다. 마법사를 의미하는 메이지가 아니라 일본의 연호인 메이지(明治)를 말하는 것이다.

굳이 '메이지'라는 이름을 붙인 만큼, 거리의 풍경은 과거의 일본── 다시 말해서 메이지 시대*를 기반으로 하고 있었다. 그럼에도 낡았다는 느낌은커녕 미래 같은 느낌이 더욱 강하게 느껴진다는 점이 대단했다.

메이지 도쿄. 그곳은 말 그대로 사이버 펑크라는 칭호를 붙일 자격이 있는 거리라 할 수 있었다.

"이것 참, 재미있어 보이는 곳이로군──."

분명 툭 하면 범죄에 휘말려들어 무참하게 죽을 게 뻔하다는 인상 때문에 사이버 펑크 세계관에서 살고 싶다고 생각할 사람은 별로 없을 거다. 하지만 희한하게도 마음을 붙들고 놓아주지 않는 그 세계관을 미라 역시 동경하고 있었다.

이건 꼭 둘러보고 싶다. 미라는 그렇게 생각했지만 문득 비토르의 얼굴을 보고서 그 말을 도로 삼켰다.

메이지 도쿄에 관해 이야기하는 비토르의 태도는, 그야말로 혼신의 역작을 발표하는 사람 같았다. 하지만 다소 표정이 수상쩍었다. 그의 눈빛에서는 뭔가, 탑의 연구사와 비슷한 분위기가 느

* 메이지 유신 이후 메이지 천황이 시대를 말하며 1868~1912년.

껴지는 듯했다.

"이왕 온 김에 보고 가겠어? 진짜 세세한 부분까지 꼼꼼하게 만들었거든. 끝내줄걸? 진짜 끝내줄걸?"

조심스러운 태도다. 하지만 그의 혀는, 소녀를 호텔로 끌고 가려는 발정 난 남자처럼 잘만 돌아갔다.

"……아니, 오늘은 다른 곳도 보고 싶어서 말이다. 그만두도록 하마."

비토르의 표정만 봐도 알 수 있었다. 이건 한번 붙잡히면, 안내하면서 모든 것을 세세하게 설명하기 전까지 만족을 안 할 타입의 인간이다.

여기서 견학하겠다고 답하면 비토르의 철저한 해설이 덤으로 따라붙을 게 뻔하다.

따라서 미라는 거절했다. 사실은 메이지 도쿄를 마음껏, 이왕이면 자유롭게 마음 편하게 탐색하고 싶었다. 하지만 지금의 비토르와 함께 가는 건 사양하고 싶다고 미라는 진심으로 생각했다.

"연구자란 족속들은 왜 저렇게 자랑을 하고 싶어하는 겐지."

본인 생각은 않고 그런 소리를 하며 미라는 복도를 걸어 나갔다.

건축기술 종합 연구개발부에는 실장의 취미에 맞는 것 말고도 정상적인 개발 구획이 존재했다.

마도공학을 응용한 기계도시 구상 등이 그러했다.

그야말로 판타지. 궁극의 마도 도시. 그런 환상적이면서도 훌륭한 건축물을 실현시키기 위한 연구도 하고 있었다.

또한 그쪽에서도 비토르가 시끄럽게 굴 낌새이기에 미라는 나중에 느긋하게 혼자서 견학할 예정이다.

그렇게 인공물로 가득한 도시를 뒤로한 미라가 다음으로 향한 곳은, 항구 근처였다.

"음, 바다 냄새가 기분 좋구먼!"

그곳에 있는 것은 '해양 기술 종합 연구개발부'. 바다의 생태 관계를 메인 테마로 하고 있는 듯했는데, 그 밖에도 각 개발부와 협력해서 지층 분석과 선박 제작, 해저와 해상 시설의 건설에 이르기까지 여러 분야를 아울러, 그야말로 각 개발부를 통합하는 것이나 다름없는 연구를 하고 있다는 듯했다.

"——자아, 이쪽이 양식장이랍니다~."

이곳의 실장은 실비아. 진행 중인 여러 연구들 중에서도 이곳이 제일이라며 그녀가 안내해준 곳은 해저 깊은 곳까지 이어진 양식장이었다.

세로로 길게 뻗은 굴의 벽 중 절반은 유리로 되어 있어, 바다의 모습이 잘 보였다.

그리고 보이는 범위 전체에 이곳에서 양식 중이라는 해산물이 자리하고 있었다.

"보다시피 이곳에서는 자연에 가까운 환경에서 양식을 하고 있어. 종종 양식보다 천연이 더 낫다고 하는 녀석들이 있는데, 전혀 그렇지 않아! 오히려 더욱 맛있게 만들기 위해 제대로 설비를 갖춘 만큼, 맛에서 양식이 뒤질 일은 절대로 없어!"

이미 몇 번이나 그러한 의견을 들어온 탓인지. 아직 아무 말도 하지 않았음에도 실비아는 견제라도 하듯 양식의 이점을 강조하고, 지금은 무엇을 양식하고 있는지에 관해 설명하기 시작했다.

"이것 참, 장관이로구나……."

커다란 유리판은 깊은 곳까지 이어져 있었다. 금방이라도 깨질 것만 같아서 겁이 나는 광경이기도 했지만, 과연 히노모토 위원회의 연구소라고 해야 할지. 그 유리는 물리적으로나 술법적으로나 몇 중으로 강화되어 있어, 고래가 돌격해 오거나 바다짐승이 물어뜯어도 깨지지 않을 만큼 튼튼하다는 듯했다.

또한 실비아는 "뭐, 유리는 튼튼해도 건물 쪽이 견딜 수 있을지는 모르겠네"라는 말도 덧붙였다.

그렇듯 최고 경도를 자랑하는 유리 창문에서 바라본 양식장은, 이곳이 연구소라는 사실을 잊을 만큼 환상적이었다. 말 그대로 미래의 수중 수족관 같은 분위기다.

"오오, 이거 기름이 좔좔 흐르는 게 맛있구나!"

몇 가지 시식을 해보겠냐기에 미라는 대표적인 해산물을 먹어보고 있었다.

바로 참치다. 바닷속을 바라보며 먹는 킹 투나의 회는 그야말로 말문이 막힐 만큼 일품이었다.

등살에 뱃살에 대뱃살. 미라는 얼마 만에 먹는 회인지 모르겠다며 신이 나서 맛을 보았다.

"……응? ……으응?!"

그렇게 오랜만에 먹는 음식을 탐닉하고 있던 도중. 의외의 존재가 유리 건너편에 있기에 눈이 휘둥그레졌다.

양식되고 있는 물고기들 속에, 놀랍게도 수정령의 모습이 있었던 것이다.

“이봐라…… 기분 탓이 아니라면, 저 안에 수정령이 있는 듯했다만……?”

양식조에 수정령. 이게 대체 어떻게 된 일이냐는 뜻을 담아 실비아를 쳐다보았다.

설마, 수정령도? 장소가 장소인 만큼 그런 짓을 해도 이상할 것은 없다……. 그런 생각이 머리에 떠올랐지만, 진상은 너무도 시시했다.

“아아, 멜티네 말이구나. 보다시피 이곳에 있는 양식장은 광대해서 관리도 힘들거든. 그래서 어떻게 하면 더 효율적으로 돌릴 수 있을까 생각하던 중에 저 애를 만났어. 저 애가 사는 해역의 보전과 마수를 토벌해주는 대신, 이렇게 가끔씩 우리 일에 도움을 주고 있지.”

그러더니 실비아는 실로 많은 면에서 도움을 받고 있다고 신이 나서 말하기 시작했다.

그리고 이야기를 듣다보니, 어쩐지 실비아와 멜티네의 사이에는 이해관계의 일치 등을 초월한 무언가가 있는 듯한 느낌이 들었다.

두 사람은 분명 절친한 친구 사이일 거다. 중간중간 섞여 나오는 자랑과 불평 같은 말들은 서로에게 마음을 허락했기에 할 수 있는 것이리라.

『저 게으른 아이가 이러한 최첨단 시설에서 일하고 있다니, 기특하기도 하군.』

『응, 그러게. 이렇게 성장했다니 놀랐어. 분명 거기 있는 실비아 덕분일 거야.』

이야기를 듣던 도중, 어째서인지 정령왕과 마텔이 이상하리만치 기뻐하는 목소리가 들려왔다.

슬쩍 물어보니, 뭐라 형용하기 어려운 멜티네의 과거가 밝혀졌다.

듣자 하니 과거의 멜티네는 구제불능이라 할 정도의 게으름뱅이였다고 한다.

정령의 역할인 자연 환경의 마나 밸런스 유지는 다른 동료들에게 몽땅 떠넘겨 놓고, 본인은 바닷속 거처에 틀어박혀 밖에 잘 나오지도 않았다는 모양이다.

굳이 말하자면 은둔형 외톨이의 정령판이었던 것이다. 심지어 정령왕과 마텔까지 아는 걸 보면, 악평이 자자할 만큼 오래된 은둔형 외톨이였던 것 같다.

그런 멜티네가 거처에서 나왔을 뿐 아니라 이렇게 사람과 협력하고 있다는 사실에 정령왕과 마텔은 감동했다. 그 태도는 그야말로 훌륭하게 독립한 자식의 성장을 기뻐하는 부모 같았다.

〈7〉

"므흐흐. 선물을 이렇게 많이 받다니. 돌아가면 마리아나에게 요리해달라고 해야겠구나!"

해양 기술 종합 연구개발부에서는 킹 투나를 비롯한 여러 어패류를 선물로 받았다. 미라는 다음 견학할 곳으로 이동하며 마리아나에게 어떤 요리를 해달라고 할지 생각했다.

그대로 구워도 맛있을 거다. 찜도 좋다. 아니면 초밥은 어떨까. 마리아나는 초밥이 뭔지 알까.

그런 생각을 하다 보니 다음 견학할 곳인 '현대 기술 재현 연구개발부'라는 장소에 도착했다.

지금까지 보아온 개발부도 현대 기술의 지식 등을 사용해 이런저런 것들을 만들어내고 있었지만, 어디까지나 이 세계의 틀에 맞추는 방식을 취했다. 굳이 말하자면 현대 기술과 마법 기술을 융합했던 것이다.

그에 반해 이번에 찾은 부문에서는 최대한 이 세계에 있는 마법적인 요소에 의지하지 않는 기술을 중점적으로 연구하고 있었다.

"자아, 이걸 봐 줘. 아무리 빨아들여도 흡인력이 변하지 않는 유일한――."

그런 개발부의 실장인 에드윈이 가장 먼저 보여준 것은 그의 야심작이라는 사이클론식 청소기였다.

그 밖에도 쿼츠식 디지털시계, 라디오 무선기에 냉장고와 같은 것까지 개발하고 있다는 듯했다.

그러한 것들 중에서도 그가 비장의 카드라며 자랑스럽게 보여준 것은 액정 TV와 비디오 카메라였다.

"——그리고 지금은, 드론을 개발하고 있지. 카메라를 좀 더 소형화해서 탑재하면 마물의 동향을 살피거나 대량 발생 등을 사전에 방지하는 식으로 써먹을 수 있을 거야!"

에드윈은 비디오카메라를 들고 뛰어다니며 향후 전망에 관해 말했다. 드론 흉내를 낸 것이었는지, 자세히 보니 액정 TV에는 비디오카메라로 찍은 영상이 띄워져 있었다.

"호오, 이쪽은 영상과 음성이 딱 맞아 떨어지는구먼."

TV와 카메라. 미라는 니르바나에서 그 은혜를 실컷 만끽했더랬다. 투기대회 예선전과 여러 이벤트를 감상했던 이리스의 방의 마도 TV였다.

다만 그때는 영상과 소리 사이에 약간의 시간차가 있었다. 그러나 지금 에드윈이 촬영하고 있는 영상은 달랐다. 발랄하게 말하는 그의 목소리와 움직임이 정확하게 일치하고 있었던 것이다.

"바로 그거야! 이 카메라에는 마이크도 탑재되어 있거든. 영상과 소리, 각각에 시간을 기록할 수 있게끔 해뒀어. 그걸 TV 쪽에서 읽어 들여서 동기화하고 있는 거지."

에드윈은 훌륭한 안목이라며 미라를 칭찬했다.

소리와 영상을 실시간으로 일치시키는 것은 당연한 듯 보이지만 상당히 어려울 듯했다.

"그나저나 용케 그 사실을 알아챘는걸. 요즘 들어 겨우 실현된 우리 부서의 자랑거리인데. 네가 그 말을 하지 않았다면 영상과 소리의 역사부터 이야기할 뻔했어."

에드윈은 신이 나서 말을 이어갔다. 그에 반해 미라는 별 생각 없이 계속해서 맞장구를 쳤다. 이전에 니르바나에서 봤던 마도 TV라는 물건에 약간의 시간차가 있었던 게 신경 쓰였다고.

그러자 이번에는, 여태 기뻐 보이기만 했던 표정이 싹 가시더니 희로애락 중 분노와 슬픔이 그의 얼굴을 가득 메웠다.

"아~ 그거? 아직 완전하지 않다고 했는데 급하다면서 어정쩡한 단계에 우리 연구 성과를 가져가서 완성시켰다는 그 마도 TV? 그럴 수밖에. 대응하는 카메라와 마이크는 서로 별개고, 동기화하기 위한 시스템도 완벽하지 않으니까. 그런 미완성품 같은 걸 만들어서 뭘 어쩌자는 건지."

기술자로서의 긍지 때문인지, 에드윈은 쉴 새 없이 불평을 쏟아냈다.

다만 마도 TV를 어디서 봤느냐는 질문에 미라가 사정을 곁들인 설명을 해주자, 다소 감정이 누그러든 듯했다.

생명을 위협받아 밖에 나가지 못하는 소녀를 위해 사용되었고, 그 소녀는 매우 기뻐했다고 설명한 것이다.

"그 나라는 가끔씩 무리한 요구를 해오지만, 그래…… 그때 그것에는 그런 이유가 있었나."

급하니 부탁 좀 하자며 억지 요구를 해온 것은 소녀를 위해서였다. 그 이유를 알게 된 에드윈은 부루퉁한 얼굴이기는 했지만 살짝 기쁜 듯이 웃으며 그렇다면 이번에는 용서해주겠다고 말했다.

다음으로 미라가 향한 곳은 바로 옆이었다.

이곳 역시 좀 전과 마찬가지로 현대 기술 재현 연구개발부이기는 하지만, 에드윈이 실장을 맡고 있는 부서와는 연구 분야가 달랐다.

저쪽에서 연구 중인 것은 가정용 전반인 데 반해, 이쪽에서 연구 중인 것은 산업과 같은 보다 규모가 큰 곳에서 도움이 되는 것이라고 한다.

"——그런 식으로 빛에 반응해서 자동으로 불이 켜져. 현대에서는 있는 게 당연한 기술이었지만 이렇게 처음부터 만들어 나가려니 아무래도 어렵더라고."

실장인 아자미가 힘들기는 하지만 그 또한 즐겁다고 말했다.

그녀가 보여준 것은 이 개발부에서 가장 처음으로 만들었다는 가로등이었다. 아자미는 개발과 연구의 소중함을 깨닫는 계기가 된 데다 많은 추억이 담겨 있는 물건이라고 감회에 젖어서 말했다.

"그리고 이쪽이 지금 개발 중인 정수 장치입니다~. 이건 이전까지 사용되던 것의 파워업판 정도가 아니라 초개량판이야. 앞으로 기술이 발전되면 분명 수질 오염도 늘어날 테니, 미리미리 완벽한 걸 만들어두고 싶었거든."

얼핏 보면 이과 계열의 지적인 인상을 풍기는 여성이었지만, 결국에는 이런저런 것들을 안내해 주는 동안 보여준 아자미의 미소가 더욱 강하게 기억에 남았다.

지금도 술구 등을 비롯한 정수 계열 설비 등은 어느 정도 실용화되어 있었다. 또한 무엇보다도 각국의 수도 시설에서 가동 중인 장치의 원형은 이 연구소에서 만들어진 것이다.

"아무래도 여긴 현대랑은 여러모로 다르잖아. 생물들도 그렇고 마법도 있고. ……그런데, 거기서 끝이 아니라 미생물 쪽도 꽤 흥미롭더라고!"

아자미는 말했다. 대륙 각지의 수원을 조사해본 결과, 그 특별한 박테리아가 발견됐다고.

현대에도 박테리아는 수없이 많은 종류가 존재했다. 그것은 이쪽에서도 마찬가지였지만 마법도 존재하는 세계이기에 박테리아 중에서도 그러한 특징을 지닌 종류가 있었다고 한다.

그리고 새로운 정수 장치는 그중 한 종류를 이용한 물건이라는 듯했다.

"——이게 또 대단하다고. 아무리 더러운 물이라도 여과수 정도의 수질까지는 정화해! 진짜 놀랍지 않아?! 그걸 보니 대체 뭘 어떻게 하기에 그렇게까지 할 수 있는 걸까 궁금해지더라고. 그래서 조사를 해 봤어. 진짜 엄청 끈질기고 자세하게."

어지간히도 충격이 컸던 것인지. 아니면 누군가에게 이야기하고 싶어서 입이 근질근질했던 것인지. 아자미의 박테리아 이야기는 끝날 줄을 몰랐다.

그 내용은 같은 분야의 전문가라면 말 그대로 수강료를 내고서라도 듣고 싶어할 정도의 것이었다.

하지만 미라는 박테리아에 관해서 아는 게 없었다. 따라서 적당히 맞장구를 치고서 도망치고 싶었지만, 이번에는 그럴 수가 없었다.

"——그렇게 8년이나 매달린 끝에 답에 도달했어. 놀랍게도, 이 박테리아는 공기와 함께 마나를 흡수하고 있었던 거야. 그리고 마나를 소비해서 오수를 정화하고 있었던 거지! 놀랍지 않아?! 왜, 마나를 소비한다는 건 굳이 말하자면 박테리아가 마법을 사용하고 있었다는 뜻이기도 하잖아!"

슬슬 다른 개발부로—— 라는 변명을 입 밖에 내려던 참에 아자미의 입에서 그런 말이 튀어나왔다. 그 말에 포함되어 있던 박테리아가 마법을 사용했다는 부분에서 미라는 흥미를 느꼈다.

"호오, 미생물이 마법을? 그것참 흥미로운 이야기구나!"

지금까지도 마법을 사용하는 생물의 존재는 다수 확인되었다. 하지만 마법을 사용할 수 있는 것은 그중에서도 비교적 높은 지능을 지닌 것들뿐이었다.

그것이 상식처럼 여겨지고 있었건만, 박테리아라니.

그리고 미라는 술식뿐 아니라 마법에 관한 연구에도 적극적이었던 아홉 현자의 일원이다 보니, 이 사실에 흥미를 품지 않을 수가 없었다.

"해서, 그 순간 마나의 흐름은 어떤 식이었느냐——."

"아, 혹시 그쪽을 잘 알아?! 여기 연구 노트가 있는데——."

정신을 차려보니 현대 기술에 관한 이야기에서 박테리아 연구에 관한 이야기로 화제가 바뀌어 있었다.

관심사가 일치한 탓인지 연구에 미친 두 사람은 그대로 박테리아의 마법에 관해 한 시간 정도 차분하게 대화를 나누게 되었다.

“그나저나 수정령급의 마법을 박테리아가 쓸 수 있다니. 이 세상에는 이 몸이 아직 모르는 일들이 잔뜩 있군그래.”

실로 유익한 시간이었다. 미라는 만족하며 복도를 거닐었다. 마법의 가능성. 그리고 술식의 확장성에 관해 새로운 식견을 얻은 것이 만족스러운 눈치였다.

『듣자 하니 박테리아라는 것도 제법인 듯하다만, 정화라면 나의 권속들도 무의식적으로 가능한 일이지.』

수정령으로 예를 든 탓인지 정령왕이 대항 의식을 불태우기 시작했다.

정령들은 자연계의 환경에서 마나 밸런스를 유지하는 역할도 띠고 있다. 개중에서도 수질 관련은 수정령의 전문 영역이다.

거기에 발을 들인 의문의 미생물. 그런 눈에 보이지도 않는 존재에게 질 수는 없다고 생각한 모양이다.

『아무렴, 아무리 그래도 수정령에게는 상대가 안 되겠지.』

정령이라는 신비의 존재가 있는 것이 당연한 세계다. 신종 박테리아라고는 해도 그 분야에서는 상대가 될 리가 없다.

미라도 그 점에는 동의를 표했다.

다만 박테리아의 유용성은 거기서 끝이 아니라는 것이 사실이었다.

수정령의 손이 미치지 않는 곳── 사회든 개인적인 곳이든, 사람이 소유한 장소에서 활약할 가능성이 커지고 있는 것이다.

다만 미라는 자신의 대답에 정령왕이 『그렇고 말고!』라면서 만족스러워 하기에 그러한 점에 관해서는 언급하지 않기로 했다.

"자아, 슬슬 밥을 먹어야겠구나."

그렇게 이곳저곳을 견학하다 보니 어느덧 밤이 되어 있었다. 그 사실을 뱃속 상태로 알아챈 미라는 그대로 식당을 향해 걸어 나갔다.

'요리 종합 연구개발부'. 식당은 그곳의 한구석에 병설되어 있었다.

실장인 몽도르와 인사를 나눈 미라는 그대로 하얀 조리사복으로 갈아입고 음식을 먹으며 연구실 겸 주방을 견학하기 시작했다.

이 개발부의 목적은 이쪽 세계의 식재료로 현대의 요리를 재현하는 것. 나아가 더욱 발전시키는 것을 목표로 밤낮으로 연구를 하고 있다는 듯했다.

따라서 식당에는 재현된 현대의 요리뿐 아니라 그러한 과정에서 생겨난 실험적인 요리 등도 늘어서 있다고 한다.

"어떠한 요리가 있을는지."

"어지간한 건 다 있지."

견학하면서 제일 맛있어 보이는 걸 찾아다 오늘 저녁 식사로 먹을까. 그런 생각을 하며 미라는 몽도르의 안내를 받아 이곳저곳을 구경하고 돌아다녔다.

"——이것 참, 정말 뭐든 다 있군그래."

처음으로 미라가 내뱉은 감상은 그러했다.

현대에 존재하는 양식, 중식, 일식은 물론이고 이 세계의 대륙 각지에 있는 향토 음식 등까지 차려져 있었다.

원생생물이나 원생식물, 마물에 마수까지. 이 세계의 요리는 현대에 존재하지 않았던 이런저런 것들도 식재료로 이용하는 탓에 현대의 지식과 기술 이외의 것들도 필요하다.

특히 마물과 마수 등의 고기는 마속성의 영향이 강하다 보니 그 상태 그대로는 먹을 수가 없었다.

"——이런 식으로 익숙해지면 몇 초 만에 끝낼 수 있지. 뭐, 익숙해지려면 몇 개월, 경우에 따라서는 몇 년이 걸리기도 하지만."

따라서 피빼기가 아니라 마(魔)빼기라는 공정이 필요하다. 방법을 알면 어렵지는 않다지만, 공정을 마치기까지의 시간은 숙련도에 따라 큰 차이가 난다고 몽도르는 의기양양하게 말했다.

"호오, 이런 것까지 재현하고 있었을 줄이야……."

다음으로 안내를 받은 곳에서 미라가 본 것은 현대적인 분위기가 물씬 풍기는, 어떠한 물건인지 한눈에 알 수 있는 코너였다.

나란히 늘어선 좌석과 그를 따라서 깔린 레인. 그렇다, 회전 초밥을 연상케 하는 것이 식당 한구석에 존재했던 것이다.

"여긴 뭐…… 이곳 연구원들의 취미 같은 거라 할 수 있지——."

회전 초밥 코너의 시스템은 현대의 것보다 훨씬 예전의 것이지만, 그 분위기며 구조는 그렇게까지 큰 차이가 없었다.

현재 초밥은 돌고 있지 않았다. 사정을 들어보니 이곳은 손님을 상대로 장사를 하는 곳이 아니라 상시 운영하는 것은 비효율적이기 때문이라는 듯했다.

그렇지만 그 이외의 것들은 빠짐없이 갖춰져 있었기에 사용 방법도 자연스럽게 이해가 되었다. 테이블 옆에 여러 가지 메뉴가 적힌 버튼이 있어, 누르기만 하면 주문할 수 있는 실로 알기 쉬운 구조였기 때문이다.

"오, 대뱃살이라. 역시 이거지!"

마음에 드는 버튼을 눌러 보라는 몽도르의 말에 미라는 곧장 욕망이 시키는 대로 버튼을 눌렀다. 제일 비싸 보인다는 이유로.

그러자 놀랍게도 몇 초 만에 테이블 옆에 자리한 문이 열리더니 척 봐도 맛있을 듯한 대뱃살 초밥이 나왔다.

"이것 참, 놀라울 만치 빠르구먼!"

미리 만들어두기라도 한 것인지, 미라는 주문하고서 몇 초도 되지 않아 나온 초밥에 놀랐다. 하지만 문제는 속도보다 맛이라는 생각에 곧장 대뱃살을 입에 넣었다.

"하욱!"

농후하면서도 스르륵 녹아버릴 만큼 질 좋은 지방은 그야말로 대뱃살의 참맛이라 해도 과언이 아니었다.

"이곳에는 달인급 초밥 장인이라도 있는 겐가? 이러한 극상의 초밥을 몇 초 만에 쥘 수 있는 자는 그리 흔치 않을 텐데."

무엇보다도 입에서 단숨에 풀어지는 이 식감은 초밥을 갓 쥐어서 내놓은 증거라 할 수 있었다. 미리 만들어둔 것이 이럴 리가 없다. 그렇게 확신한 미라는 마치 거물 미식가라도 되는 듯한 태도로 몽도르를 바라보았다.

하지만 이때 미라는 어떤 기본적인 사실을 잊은 상태였다.

"달인인지 아닌지는 모르겠지만, 상당히 열과 성을 다 하는 요리사는 많지. 하지만 효율도 중시하다 보니 뭐…… 방금 먹은 건

만들어 둔 것일걸."

몽도르가 내뱉은 진실은, 엄청나게 손이 빠른 달인급 초밥 장인이 있었던 게 아니라 단순히 만들어둔 것을 아이템 박스에서 꺼냈을 뿐이라는 것이었다.

그렇다, 아이템 박스. 이 연구소에 있는 이들은 모두 플레이어 출신자. 다시 말해서 모두가 아이템 박스를 소지하고 있는 것이다.

이곳의 요리사들은 의욕이 나는 시간에 좋아하는 요리를 만들어, 그것들을 모두 아이템 박스에 보존하고 있다는 모양이다. 그리고 주문에 맞춰 꺼내서 제공하는 것이다.

그것이 이 식당의 시스템이라는 듯했다.

또한 그렇기에 식품은 전혀 낭비되지 않고, 요리가 바닥나는 일도 거의 일어나지 않는다. 더불어 채소 끄트머리 같은 음식물 쓰레기는 그대로 농업부에서 재활용을 한다고 한다.

몽도르는 대륙에서 가장 환경적인 식당일 거라고 호언장담을 했다.

"허어……. 그렇게 돌아가는 것이었나. 허나 생각해 보니 그렇군. 넣어두면 갓 만들었을 때의 상태 그대로 시간이 멈추니, 그렇게 하는 게 가장 효율적이겠어."

그러고 보니 그게 있었지, 하고 분해하며 미라는 하늘을 올려다보았다.

플레이어 출신자가 지닌 아이템 박스는 특수해서, 거기에 넣어 둔 물건의 시간이 멈춘다. 미라는 이전에 갓 만든 도시락을 잔뜩 쟁여두었을 때의 일을 떠올리며 쓴웃음을 지었다.

"시간이 멈춘다라. 아무래도 그 점에 대해선 아직 못 알아챈 것 같군——."

미라의 말 중 일부를 언급하며 몽도르는 의미심장한 말을 한 후, 진실을 밝혔다.

그의 말에 따르면 아이템 박스 안은 완전히 시간이 정지하는 것이 아니라고 한다. 아주 조금씩, 그야말로 1년에 1분 정도의 속도이기는 하지만 시간은 경과한다는 것이다.

"——그리고 애초에 근본적으로 달라. 우리 쪽에서 만든 조자의 팔찌는 여러 가지 술식과 다차원 이론의 일부, 그리고 소립자의 걸리버 효과를 응용해서 비슷하게 재현한 것뿐이거든. 보존하기 위한 공간을 동기화해서 만들어내는 게 한계지. 하지만 진짜는 달라——."

아무래도 그것은 그의 전문 분야…… 아니, 그가 가장 관심이 있는 분야였는지. 아주 수다스럽게 말을 늘어놓기 시작했다.

하지만 미라로 말하자면 술식 관련 부분 이외의 이야기는 도통 이해가 안 됐다. 그리고 몽도르라는 인물은 이러한 타입 중에서는 보기 드물게 상대의 반응을 통해 자신의 행동을 돌아볼 줄 아는 사람인 듯했다.

"——뭐어, 이 세계의 수수께끼는 아직 대부분이 해명되지 않았지. 하지만 한 가지 확실한 건, 운영 측의 기술 수준은 현대의 그것을 월등히 능가했다는 거야. 그렇지 않다면 이런 블랙 박스 투성이인 아이템 박스 같은 걸 설계할 수 있을 리가 없고, 애초에 게임이 현실이 된 것 자체가 이상하기도 하니까."

몽도르는 그렇게 대충 내용을 요약하고서 이야기를 마쳤다.

그의 말에 따르면 무엇이 목적인지, 어쩌다가 이러한 일이 벌어진 것인지 등의 수수께끼는 이 히노모토 위원회에서도 아직 파악을 못 했다고 한다.

하지만, '아크 어스 온라인'을 운영했던 팀은 그 당시의 최첨단보다 훨씬 우수한 기술력을 보유하고 있었을 것으로 예상된다는 것이다.

"현대보다 훨씬 앞선 기술을 지닌 자들이 운영했던 게임이라……. 뭔가 수상쩍은 음모가 숨어있을 듯한 이야기로구먼."

현 시점에도 게임이 현실이 되었다는 터무니없는 체험을 하고 있는 중인 탓에, 미라는 어떠한 수수께끼와 비밀이 더 튀어나올지는 몰라도 얼마든지 덤비라는 마음가짐이었다.

하지만 현재를 만끽하고 있다고는 해도, 그러한 부분이 신경 쓰이지 않는 건 아니었다.

뭔가 알아내면 알려달라고 부탁하자 몽도르는 당연하다는 듯이 "그래, 그게 히노모토 위원회의 의무니까"라고 답했다.

지금은 상당히 여러 방면으로 손을 뻗치고 있지만, 히노모토 위원회의 기본 이념이 세계의 수수께끼를 해명한다는 것이라는 부분만은 흔들림 없는 사실이기에.

몽도르의 안내에 따라 요리 종합 연구개발부를 마음껏 견학하고 돌아다니며 이런저런 것들을 먹은 결과, 미라는 만족스러울 만큼 배가 불러졌다.

"그나저나, 바보 같은…… 재미있는 생각을 다 했군."

몽도르와 헤어진 미라는 마지막에 마셨던 차를 떠올리며 이상하리만치 몸이 가벼워진 느낌을 즐겼다.

그 차는 아직 실험 단계의 물건이라고 했다. 그럼 어떠한 실험인가 하면, 흔히 말하는 식사 부스트 효과의 실험이다.

게임 등에서 흔한, 식사를 하면 일시적으로 스테이터스가 오르는 효과.

이전에 이곳에서 열린 연회 자리에서 정말로 재현할 수 없을까 하는 이야기가 나왔는데, 그걸 계기로 연구를 시작한 것의 첫 번째 결과물이 바로 그 차였다는 듯했다.

또한 이번에 마신 차는 요리부와 약학부가 공동 개발했다는 모양이다. 몽도르는 체력이 다소 빠르게 회복된다는 효과가 있어서 밤샘을 자주 하는 연구원들에게 인기라는 말도 덧붙였다.

미라에게는 그런 음식의 최상급이라 할 수 있는 부스트 후르츠가 있다. 하지만 그럼에도 이것이 실현된다면 분명 요리계에 커다란 영향을 미칠 것이다.

(저녁 식사를 하기에는 늦은 시간일 텐데 사람이 꽤나 많군.)

정신을 차려보니 깜깜한 밤이었다. 일반 가정이라면 진작 저녁 식사를 마쳤을 시간이다. 하지만 식당 앞을 지나다 보니 오히려 지금부터가 본격적인 활동 시간이라고 주장하기라도 하듯 많은 사람들로 붐비고 있었다.

그곳에 늘어선 연구원들의 얼굴은 바쁘기는 해도 즐거워 보였다.

"……이곳인가."

그런 식당을 뒤로하여 복도를 계속 거닐어 도착한 곳은 목욕탕의 입구였다. 그 앞에서 멈춰 선 미라는 (과연, 이런 식인 겐가)라고 생각하며 입구 옆에 붙은 시간표를 확인했다.

목욕탕의 입구는 둘로, 남탕과 여탕으로 나뉘어 있었다.

하지만 시간표에 따르면 일정 간격으로 그 구분 기준이 두 개 더 추가되는 듯했다.

그 구분 기준이란 '현실의 성별에서 변경한 경우'였다. 요컨대 현재의 미라처럼 남자에서 여자로, 혹은 여자에서 남자로 바꾼 이들을 대상으로 한 것이다.

플레이어 출신자뿐인 이곳이기에 존재하는 구분 기준이라 할 수 있으리라.

시간표에 따르면 홀수 시간대의 여탕은, 현실에서 남성이었던 여성도 들어갈 수 있게끔 되어 있었다. 그리고 남탕은 짝수 시간대에, 현실에서 여성이었던 남성도 들어갈 수 있다고 한다.

또한 현실과 이곳에서의 성별이 일치하는 자는 24시간 언제든 들어갈 수 있다는 듯했다.

(지금은 아홉 시가 좀 지났으니…… 음, 괜찮겠구나!)

9는 홀수. 지금은 여탕에 들어가도 괜찮은 시간이다. 그 사실을 꼼꼼히 확인한 후, 미라는 의기양양하게 여탕으로 쳐들어갔다.

〈8〉

히노모토 위원회의 연구소에서 맞이한 아침. 객실에서 눈을 뜬 미라는 아침 준비를 마치고 식당에서 느긋하게 아침식사를 맛봤다.

일본인이 많은 탓인지 조미료부터 시작해서 일식 메뉴가 매우 충실하게 갖춰져 있었다.

향긋한 된장국에 건어물, 그리고 무엇보다도 낫토와 쌀밥. 알카이트 왕국에서도 일식은 그럭저럭 먹을 수 있었지만, 이곳의 식당에 준비된 그것들은 기합은 물론이고 영혼마저 실려 있는 것 같다는 사실을 실감할 수 있을 만큼 몹시도 익숙한 맛이었다.

"이거지, 이거. 아침에는 역시 낫토지!"

미라는 이것이야말로 이상적인 아침 식사라고 감동하며 특히 낫토를 마음껏 맛보았다.

낫토. 일식 중에서도 유명한 식재료지만 호불호가 심하게 갈리기로도 유명하다.

그리고 미라는 좋아하지만, 사실 솔로몬은 낫토에 별다른 애정이 없었다. 그 때문인지 유통이 적은 데다 원주민들 역시 호불호가 심하게 갈려서 알카이트 왕국에서는 손에 넣기 어려운 식재료이기도 했다.

하지만 이 히노모토 위원회의 연구소는 달랐다. 낫토 전용 대두(大豆)가 대량으로 재배되고 있을 뿐아니라 낫토균 등을 연구하는 부서가 있을 만큼 힘을 쏟고 있다.

그 때문에 낫토를 주문할 때도 어떤 것으로 할지 수십 종류의 선택지가 제시될 정도였다.

또한 이번에 미라가 선택한 것은 알갱이가 작고 부드러운 식감의 '미케 낫토'였다.

참고로 미케란 어제 만났던 세공장인, 미케이샤마레를 가리키며 그녀가 개발에 관여했기에 그런 이름이 된 것뿐, 유명한 모 낫토와는 아무런 관계도 없다고 한다.

"이거이거, 미안하게 됐구나. 이래저래 신기한 게 많아서 까맣게 잊고 있었지 뭐냐!"

식후에 미라가 찾은 곳은 히노모토 위원회가 운영하는 연구소의 소장실이었다.

어제는 너무도 견학이 즐거운 나머지 완전히 잊고 있었다고 말한 후, 미라는 아이템 박스에서 꺼낸 봉투를 소장에게 건넸다. 솔로몬이 소장에게 보낸 봉투다.

"즐거운 시간을 보내고 있다니 다행이야. 그리고 힘들게 가져다 줘서 고마워."

여성은 환한 미소를 띤 채 아무 문제도 없다고 대꾸했다. 얼핏 보면 딱 부러지는 커리어 우먼 같지만, 속은 몹시도 느긋한 성격에 패션 센스도 잘 이해가 안 되는 인물이었다.

"그나저나 설마 그대가 이곳의 소장이었을 줄이야. 이전에 소울하울에서는 스미스미가 소장이라고 들었는데 말이야."

여성은 대체 어느 시대 센스의 물건인지, '내가 소장입니다'라고 적힌 티셔츠를 입었다. 그런 독특한 인물이기는 해도 미라는 그녀에 관해 잘 알았다. 아니, 오히려 아홉 현자들 모두가 그녀와 면식이 있었다.

왜냐하면 그녀가 바로 아홉 현자들이 입고 있는 현자의 로브를 제작한 재봉 장인 '오리히메'이기 때문이다.

하지만 이렇게 되자 한 가지 의문이 떠올랐다. 이전에 소울하울은 대장장이 스미스미—— 스미스 미드바르트가 소장이라고 말했었기 때문이다.

"아~ 몇 달 전까지는 그랬어. 근데 그 녀석, 갑자기 만들고 싶은 게 생겼다면서 그대로 나한테 소장 자리를 떠맡기고 공방에 틀어박혔거든. 뭐, 소장이라고는 해도 잡일이나 하는 형식적인 소장이라 누가 해도 문제는 없지만 말이야."

특급 장인이 모인 연구 기관의 수장쯤 되면 그 권한과 위광이 미칠 영향은 대륙 규모일 텐데.

미라는 그렇게 생각했지만, 귀찮아 죽겠다는 듯이 쓴웃음을 짓고 있는 그녀의 태도로 미루어 딱히 그렇지는 않은 모양이다.

오리히메의 말에 따르면 그녀가 스미스미의 후임이 된 이유는 아틀란티스와 니르바나를 비롯한 대부분의 플레이어 출신자들의 국가와 연줄이 있기 때문이라는 듯했다.

굳이 말하자면 반장 후보로 추천이라도 하듯 지명해서 이런 상황이 된 것이라는 모양이다.

"그것 참, 생각보다 훨씬 어이없게 교체가 되었군. 하지만 이 몸은, 그대라서 다행이라고 생각한다."

"그…… 그래?"

"음, 확실히 적당주의 같은 면은 있지만, 이 연구소에서라면 그대는 충분히 상식적인 인간이니 말이야."

각국과 연줄이 있다. 그 말인 즉 각국의 수장들이 입고 있는 로브류는 대부분 그녀가 만든 것이라는 뜻이기도 하다. 그만큼 많은 플레이어들이 오리히메의 기술을 인정하고 있는 것이다.

그리고 그것은 생산을 생업으로 하고 있는 자들도 마찬가지였다.

톱클래스 중에서도 톱클래스——인 정도가 아니라 오리히메는 이미 그쪽 분야의 최고다. 그렇기에 그녀를 존경하는 플레이어 역시 많았다.

그러니 오리히메라면 따르겠다는 장인도 적지 않았을 것이다. 최고의 대장장이인 스미스미 소장의 후계자로는 충분하다고 할 수 있으리라.

더불어 가장 중요하다고 할 수 있는 요소가 바로 그녀의 기질이었다. 이 괴짜들 천지인 연구소에서 오리히메는 성실한 부류에 속하는 몇 안 되는 존재이기 때문이다.

그런 오리히메가 소장을 맡게 되었으니 아무도 불만이 없었을 거다. 그렇기에 연구소는 이렇게 일정 이상의 문제는 일어나지 않고 평화로울 수 있는 것이다.

어제 하루 동안 각 부서를 견학하고 돌아다닌 미라는, 오리히메 본인은 형식적인 것이라 했지만 소장으로서의 역할은 충분하고도 남을 만큼 해내고 있다고 생각했다.

"——흠…… 아직 그렇게까지 자세히는 알아내지 못한 겐가."

봉투 배달을 마친 후, 미라와 오리히메는 오랜만에 재회한 김에 잠시 잡담을 나누었다.

이런저런 연구실들을 둘러본 감상을 비롯해서 히노모토 위원회의 연구소를 찾게 된 계기인 마키나 가디언과의 싸움에 관해 자랑스럽게 이야기하던 중. 미라는 그곳에서 너덜너덜한 일기와 검은 금속 조각을 발견했던 것이 떠올라, 그쪽 일은 어떻게 되어 가느냐고 물었다.

모종의 실험이라도 한 듯했던 내용의 일기에는 매우 흥미로운 말들이 나열되어 있었다. 개중에서도 특히 신경 쓰이는 것은 일본이라는 단어가 나왔다는 점이다.

어쩌면 이 세계의 비밀과 연결되어 있을지도 모른다. 따라서 그 조사는 히노모토 위원회가 맡는 게 적절하겠다는 생각에, 솔로몬에게 맡겼던 그 물건들은 히노모토 위원회의 전문 부서로 보내진 상태였다.

다만 이 세계의 비밀을 추구하는 부서라는 것은 이곳이 아닌 다른 장소에 있다는 모양이다. 하지만 그곳에서 판명해낸 정보는 어느 정도 공유되고 있었다.

따라서 미라는 오리히메에게 그 진척 상황을 들을 수 있었다.

"게다가 고대지하도시뿐이 아니야. 그 밖에도 몇몇 장소에서 숨겨진 시설이 발견됐다고 해."

마키나 가디언과 싸웠던 그 장소보다도 더 깊은 지하에 있던 의문의 연구 시설. 현대 일본과 관련된 듯한 여러 가지 물증이 발견된 그 장소가 다른 곳에도 존재했다고 한다.

"——완전히 폐허가 되어 있어서, 복구하기는 어려울 것 같다고 들었어. 하지만 이 사실 자체가 터무니없는 일이야."

"설마 더 있었을 줄이야."

고대지하도시의 최심부보다 깊은 지하에 존재했던 거대 시설. 펜리르를 침식하는 존재를 조사하기 위해 쳐들어갔던 그곳에서는 인조신을 창조하기 위한 연구를 하고 있었다.

오리히메의 말에 따르면 그곳에 남아 있던 정보를 통해 다른 연구소들이 있다는 사실을 알아냈다는 듯했다. 그리고 그러한 곳들을 발견해 조사한 결과, 모든 곳에서 현대 일본의 흔적이 발견되었다는 모양이다.

"허어, 그렇게까지 일이 커졌을 줄이야. 하지만 새로이 발견한 것들 덕분에 수수께끼도 늘어난 듯하구나."

"그러게 말이야. 하지만 이렇게 새로운 정보가 계속해서 나오게 된 건 네 덕분이야. 이번 일로 지금까지 완전히 수수께끼였던 문제에 일종의 지표가 생겼거든. 이건 중요한 한 걸음이라고 생각해. 저쪽 사람들을 대신해서 감사인사를 할게."

진상에 다다르기에는 필요한 퍼즐 조각이 한참 부족한 상태다. 하지만 미라가 발견한 조사 자료 덕분에 필요한 퍼즐 조각과 그것을 끼워 맞출 퍼즐판이 어렴풋이 보이기 시작했다며 오리히메는 감사인사를 했다.

"되었다, 되었어. 도움이 되었나니 다행이구나. 이 몸도 분발해서 마키나 가디언을 쓰러뜨린 보람이 있었어!"

게임이 현실이 되었다. 그것은 이 세계에 있는 모든 플레이어 출신자들에게 최대의 수수께끼였다.

하지만 그것을 혼자서 어떻게 해보려는 생각은 미라에게 없었다. 오히려 감당이 안 되는 문제라 할 수 있었다. 그렇기에 그것을 추구할 수 있을 듯한 정보를 모두 맡긴 것이다.

하지만 미라는 교활하기도 했다. 어쩐지 생색이라도 내듯 가슴을 편 채, 의기양양하게 겸손을 떨었다. 이 일로 히노모토 위원회가 빚을 졌다고 느껴준다면 더 좋은 대우를 받을 수 있을지도 모른다고 생각했던 것이다.

이 세계의 비밀을 해명하기 위한 연구의 진척 상황을 들은 후, 미라는 얼마간 더 잡담을 나누고서 소장실을 뒤로 했다.

"이것 참, 설마 이렇게까지 효과가 좋을 줄이야!"

그럼 신장비 개발 상황은 어떨까. 상황을 살피기 위해 어제 찾았던 제1특전실로 향하는 미라는 평소보다 환한 미소를 짓고 있었다.

그토록 기분이 좋은 이유는 오리히메와 잡담을 할 때 나눈 약속 때문이었다.

오리히메는 소장으로서 아주 잘하고 있다. 몇 번이나 그렇게 말해준 결과, 기분이 좋아진 오리히메가 로브 한 벌을 지어주겠다고 한 것이다.

하지만 현자의 로브를 능가할 정도의 물건은 그녀라 해도 쉽게는 만들지 못한다. 품이 많이 들기도 하거니와 초희귀 소재가 잔뜩 필요하기 때문이다.

다만 이번에 약속을 받아낸 것은 그런 최상급을 목표로 한 일품으로, 그녀에게도 실험적인 물건이라는 듯했다.

대체 어떠한 로브가 완성될까. 그것은 아직 비밀이라는 듯했지만, 재봉계의 정점에 선 오리히메의 오더 메이드 작품을 짧은 잡담으로 손에 넣게 되었으니 발걸음이 가벼워질 수밖에 없었다.

또한 잡담 도중에 치수도 다 잰 덕에 이제 기다리는 일만 남아 있었다.

"흠…… 아무도 없는 겐가?"

그렇게 신이 나서 제1특전실을 찾은 미라는 그곳을 들여다보자마자 어라, 하고 고개를 갸웃했다.

벌써 회의는 끝난 것인지, 그곳에는 한 사람도 없었다.

어떻게 진척 상황을 확인할까. 일단 미케라도 찾아볼까. 미라가 그런 생각을 한 순간.

"오, 뭐야. 상황이라도 확인하러 온 거야?"

방의 안쪽. 아무것도 없는 벽이었던 장소가 열리더니 그곳에서 미케가 모습을 드러냈다.

"음, 그렇기는 하다만…… 설마 이런 식으로 되어 있었을 줄이야."

들어왔을 때는 평범한 회의실로만 보였다. 하지만 알고 보니 괜히 회의실이 아니라 제1특전실이라는 이름이 붙은 게 아니었다. 그 벽의 안쪽에는 화로며 세공대를 비롯한 여러 가지 기재가 충실하게 준비되어 있었던 것이다.

"아아, 회의만 해서는 알 수 없는 것들도 있으니까. 이것저것 만들어 보기도 하며 조정을 하거든. 게다가 우리 같은 족속들은 손을 움직이지 않으면 불안하기도 해서."

미케의 말대로 안쪽 방을 들여다보니 시험작으로 보이는 무언가가 어지럽게 나뒹굴고 있었다.

그녀의 말에 따르면 지금은 마나 저장용 용기로 가장 적합한 것은 무엇일지 알기 위한 실험을 하고 있다는 듯했다. 널브러져 있는 그것들은 여러 가지 소재로 만든 용기로, 과부하실험에 견디지 못한 실험작이라는 모양이다.

"이것 참, 참상이 따로 없군그래……."

자세히 확인해 보니 모두 다 타들어간 듯한 구멍이 뚫려 있었다. 그리고 방 곳곳에도 탄 자국이 있다.

대체 어떤 실험을 했던 것일까. 평범한 용기 제작 실험이라 하기에는 아주 난리가 나 있었다.

"이번 건 상당히 특수…… 아니, 지금까지 했던 것 중 제일 어려울지도 모르는 물건이니까. 하지만 뭐, 안심하라고. 어떻게 완성할지는 보이기 시작했으니까. 내일쯤에는 전용 개발실도 완성될 예정이야."

미케는 결코 간단한 일이 아니라고 했지만, 그 표정은 도전자의 그것 같았고 안쪽에 있는 장인들 역시 어쩐지 활기가 넘쳐 보였다.

또한 그녀의 말에 따르면 이번 제작 공정은 상당히 특수한 데다, 연구와 실험 등도 필요한 요소가 많아 그 모든 것을 한곳에서 끝낼 전용 개발실도 동시에 준비 중이라는 듯했다.

“호오, 그것 참 믿음직하구나!”

제1특전실의 설비도 상당해 보이기는 했다. 하지만 이것도 부족하다고 한다. 그 정도로 이번에 주문한 물건은 특수했던 것이다.

“해서, 혹시 시간이 꽤 걸릴 것 같으냐?”

그렇기에 미라는 그 점이 궁금해졌다. 가능하다면 빨리 손에 넣고 싶다, 그리고 빨리 이런저런 실험을 하고 싶다. 그렇듯 이미 완성 후의 예정을 빽빽하게 세워두었기 때문이다.

“뭐어, 그렇지. 그럭저럭 걸릴 거야.”

“얼마나 길리겠느냐?”

“일단 크리스마스 전까지는 확실하게 성과를 내보일게.”

미케가 예상한 시간은, 약 보름 후였다. 그것은 상당히 긴 시간이라 미라는 눈살을 찌푸리며 “흐~음” 하고 신음했다. 그 시간 동안 계속 기다리고만 있어야 하기 때문이다.

하지만 그 불만은 소요되는 시간이 아깝다고 생각할 때 생겨나는 것이다. 전대미문의 특별 주문품을 완성시키기 위한 시간이라고 보면, 오히려 그렇게 짧은 기한 안에 완성할 수 있다는 건가, 하고 놀라야 할 부분이었다.

“좋아, 맡기마. 그러면 이 몸은——.”

특수한 물건을 주문했으니 모두 맡기고 기다리는 게 도리다. 그렇게 받아들이기로 한 미라는 차라리 완성된 후에 가지러 오면 그만이라고도 생각했다.

일단 탑으로 돌아갔다가 완성되면 받으러 오자. 그러는 게 더 효율적일 거다.

그렇게 미라가 예정을 세운 순간.

"아아, 참고로 이렇게 특수한 물건은 가끔씩 자잘하게 조정할 필요가 있는데. 그때마다 사용자 본인이 없으면 귀찮아지거든. 완성될 때까지 장시간 외출은 삼가줘."

아무래도 미라의 태도를 통해 눈치를 챈 것인지, 미케가 못을 박듯이 그런 말을 입 밖에 냈다.

이번에 의뢰한 스태미나 증강과 마나 저장기. 양쪽 모두 범용품과는 차원이 다른 전용 설계품이라 제작 과정에서도 중간중간 친화성을 체크할 필요가 있다는 모양이다.

그 때문에 완성될 때까지는 이 연구소에 체류해야만 한다는 것이다.

"아아, 하지만 개발실이 갖춰져서 시험작을 만들려면 아마 사나흘 정도 걸릴 거야. 본격적인 시작은 그때부터니까, 그때까지는 자유롭게 지내도 괜찮아."

"끄응……. 뭐어, 그렇군. 음, 알았다."

사나흘. 그것은 그냥 기다리고만 있기에는 길고, 그렇다고 알카이트 왕국까지 왕복하기에는 짧은 시간이었다. 적어도 마리아나와 느긋하게 식사를 할 시간은 없을 거다.

정말이지 미묘하고 어정쩡한 시간이 아닐 수 없다. 하지만 모두 최고의 오더 메이드 장비를 위한 일이다.

그렇게 미라가 귀국을 포기하고 연구소 견학이나 계속할까 생각한 참에, 미케가 바쁜 티를 내며 "그럼 그렇게 알아둬. 부탁 좀 할게"라는 말과 함께 방 안쪽으로 사라졌다.

자세히 보니 다음 그릇 후보의 실험 준비가 끝난 모양이었다. 잠시 후, "그렇지, 좋아"라는 장인들의 목소리가 터져 나오더니, 강렬한 파열음과 함께 빛이 뿜어져 나와 벽에 탄 자국을 새겨 넣었다.

"상당히 호쾌한 실험이로구먼……."

자칫 잘못하면 부상자가 나올 듯한 실패 광경이었다. 그럼에도 장인들은 한껏 흥분해서 "다음 거, 다음 거"라면서 움직이기 시작했다.

이 방법으로는 실패한다는 사실이 판명되었으니 이 역시 성공인 셈이다. 미케 일행은 그러한 이념 아래 밤낮으로 실험을 반복하고 있는 듯했다.

일단 지금은 기다리는 수밖에 없다. 미라는 이곳에 있는 장인들에게 모든 것을 맡기기로 하고, 어제는 어디까지 구경했는지를 떠올리며 그 자리를 떴다.

〈9〉

미라는 연구소의 지도를 손에 들고 '치수 기술 종합 연구개발부'라는 장소를 향해 복도를 걷고 있었다.

"이걸 다 보고 나면 인프라 기술 쪽으로 가볼까."

그렇게 오늘도 마음껏 견학을 즐기고자 다음 예정까지 세우고 있던 그때.

"빨리빨리, 곧 출발이야!"

"늦으면 두고 간다!"

무슨 일이 일어난 것인지. 장엄한 장비로 무장한 집단이 달려가는 모습이 눈에 들어왔다.

갑옷——이라기보다는 강화복이라 부르는 편이 맞을 듯했다. 근미래적인 보호복을 입은 자들이 허겁지겁, 영차영차 기재를 옮기고 있었다.

(어째 보통 일이 아닌 듯한 분위기로군.)

스쳐 지나는 모든 이들이 완전 무장을 하고 있는 데다 하나 같이 최고급의 무기를 차고 있었다.

대충 봐도 상당한 전력을 보유한 듯한 집단이다.

(흠…… 혹 이 자들이 어제 들었던 특별 팀인가?)

문득 미케와 나누었던 이야기가 떠올랐다.

도시전설 같은 소문의 주인공은 암약 중인 흑악마였다. 그런 이야기를 나누던 때, 그녀가 전문 부서가 있다는 소리를 했었다.

눈앞을 지나쳐 가는 집단은 무장 수준으로 미루어 흑악마와도 충분히 싸울 수 있을 듯했다.

그리고 거기까지 예상하고 나자 그런 집단이 무엇 때문에 저렇게 허둥대고 있는지가 궁금해지기 시작했다.

설마 전문 부서가 나서야 할 무슨 일이 일어난 것일까. 그렇게 생각하는 게 타당할 것이다.

"바빠 보이는데 미안하다만, 뭣 좀 물어도 되겠느냐?"

그런 생각을 하던 미라는 스쳐 지나가기 직전의 한 사람에게 물었다. 질문의 내용은 단순히 '무슨 일이 있었나?'하는 것이었다.

"그래, 유령선이 또 나타났거든!"

멈춰 선 남자는 소년 같은 얼굴로 진지하게 그런 답을 입 밖에 냈다.

"유령선……이라고?!"

흑악마가 어디서 또 못된 짓을 한 건 아닐까. 그렇게 예상했던 미라는 그게 아니라는 사실에 안도하는 동시에 뜻밖의 이유에 놀랐다.

어제 미케와의 대화 중에 등장했던 유령선이라는 단어. 그것이 이런 곳에서 재등장했다는 것이 놀랍기도 했지만, 그런 이유로 허겁지겁 출동하려 하는 이 무장 집단의 정체도 궁금해졌다.

"그래서 이렇게까지 소란을 피우고 있는 그대들은, 어떠한 집단이냐?"

큰 사건이 난 것도 아니건만, 그냥 목격 정보를 쫓기 위해 긴급 출동을 하려 하는 무장 집단. 그 격차에 미라는 놀란 동시에 매우 큰 흥미를 느끼고 그렇게 물었다.

그러자 "우리는 요즘 가장 핫한, 유령선 조사대야!"라는 답이 돌아왔다.

그의 말에 따르면 방금 전, 오랜만에 목격 정보가 들어와서 서둘러 준비를 마치고 조사를 하러 가려는 참이라는 듯했다.

또한 그 조사에는 2, 3일 정도가 걸릴 예정이라고 한다.

"호오! 그렇다면 이 몸도 데려가 줄 수 있겠느냐? 자기 방어 수단은 충분히 있으니, 걸리적거리지는 않을 게야!"

유령선. 미케에게서 목격담을 들은 후로 계속 신경 쓰였던 미라는 곧장 그런 말을 입 밖에 냈다.

히노모토 위원회의 기술력으로도 아직 정체를 밝혀내지 못했다는 유령선. 하지만 이곳에 있는 자들은 그 정체를 밝히는 걸 포기하지 않은 눈치다. "야, 서둘러, 먼저 간다!"라고 말하며 달려가는 자들의 눈에는 호기심과 의욕이 가득했다.

도시전설을, 그리고 낭만과 미스터리를 쫓고자 의욕을 불사르며 청춘을 구가하고 있는 그들의 모습은 그야말로 눈부시게 빛나는 듯 보였다.

그렇기에 무의식중에 미라도 감화된 것이다.

더불어 사나흘은 손가락만 빨고 있어야 하는 지금이라면 2, 3일 정도 유령선을 쫓아다녀도 문제는 없을 거다. 만약 그보다 길어져도 중간에 돌아올 수단은 얼마든지 있다.

하지만 그 집단은 척 봐도 정예 팀이라, 그들 사이에 끼는 것은 그리 간단하지 않을 듯했다.

"자기 방어 수단이 있는 정도로는—— 가만. 응?"

당연히 남자는 그 정도로 데려갈 만큼 만만한 곳이 아니라고 답하려고 했다.

하지만 미라의 모습을 물끄러미 쳐다보다 무언가를 알아챘는지, 그 다음 말을 도로 삼켰다.

"너 혹시, 어제 왔다는 정령여왕이야?"

미라의 외모적 특징을 다시 한번 확인한 후, 그는 원래 하려던 말 대신 그렇게 물었다. 심지어 어쩐지 기대 섞인 표정으로.

정령여왕에게 모종의 관심이 있는 것은 분명하다. 그 사실을 간파한 미라는 다소 의기양양해져서 "음, 최근에는 그러한 호칭이 정착되고 있지"라고 답했다.

"역시 그랬구나! 응, 그렇단 말이지……. 분명 소환술사였던가? 그렇다면 말이야――."

남자는 이거 재미있게 됐다는 듯이 웃더니, 잠시 생각하다가 한 가지 질문을 했다. 그 내용은 바다와 관련된 소환술 중에서는 무얼 쓸 수 있느냐는 것이었다.

"흠, 글쎄다. 바다라면, 그래. 우선 역시 수정령이 있겠고. 그리고 셀키도 있다. 거기에 대검 왕거북. 배에 빈자리가 없다면 그 등에 타고 가도 된다."

유령선하면 역시 바다. 그 바다에서도 충분히 활약할 수 있다는 걸 알려주면, 분명 동행을 허락할 거다.

미라는 육지에서 사용할 수 있는 것에 비하면 적지만, 그만큼 모두 정예들이라고 주장했다.

그러한 자신만만한 태도가 먹혀든 것인지, 남자는 "분명 믿음

직스럽기는 한데?"라면서 고개를 끄덕이더니 미라가 동행하는 걸 허락해달라고 리더에게 이야기해 보겠다고 약속해 주었다.

"이거 정말 훌륭한 범선이로군그래!"

남자와 함께 복도를 달려 도착한 커다란 항구에는 거대한 범선이 정박해 있었다.

유령선을 쫓기 위해 준비된 전용 조사선이다. 얼핏 보면 그야말로 대항해시대에 망망대해를 내달리던 배 그 자체와 같은 모습이었다.

하지만 남자의 말에 따르면 속은 완전히 다르다고 한다.

마도공학을 이용해 개발한 마도 엔진을 탑재하고 있어서, 범선이기는 하지만 바람이 없어도 항행이 가능한 데다 빠르다는 것이다.

나아가 어지간한 군함에 뒤지지 않을 병기를 여럿 탑재하고 있어서, 대형 마물과 조우해도 손쉽게 격퇴할 수 있다는 모양이다.

또한 레이더와 통신 장비를 비롯해서 각종 탐사 장비도 탑재했다. 거주 공간도 철저하게 설계를 해서 어지간한 여객선보다 훨씬 쾌적하다는 듯했다.

최신 기술이 잔뜩 탑재된 그것은 배라기보다는 차라리 하늘에 떠 있는 요새라 해도 될 정도의 스펙이었다.

하지만 그럼에도 겉모습은 예스러운 대형 범선이다. 그 이유를 묻자 남자는 유령선에 지지 않기 위해서라고 답했다.

유령선에 관한 모든 목격 증언에 따르면, 유령선은 크고 번듯하며 압도적인 위압감을 내뿜는 해적선의 모습을 하고 있었다.

그렇기에 맞닥뜨렸을 때 대항할 수 있도록 하되, 상대가 있는 무대에 최고의 상태로 맞추고자 궁리한 결과 완성된 것이 이 조사선이라고 한다.

그의 말에 따르면 명품 클래식 카에 최신식 전기 자동차로 도전하는 것은 낭만 없는 짓이라는 모양이다.

하지만 편의성을 생각하면 아예 동일한 조건으로 맞출 수는 없다. 그렇기에 겉모습만이라도 맞추자고 생각한 결과가 이것이었던 거다.

“흠, 이해가 될 듯 말 듯하군…….”

무슨 소릴 하고 싶은지는 대충 알겠다. 하지만 유령선과 경쟁을 할 이유가 어디에 있는 걸까.

결과적으로 미라는 이해할 수 없는 것은 무시하기로 하고 얼른 리더를 만나러 가자고 남자를 재촉했다.

“——동지란 뜻이군. 그렇다면 환영하마!”

그것이 유령선 조사대 리더의 답변이었다.

소환술로 힘을 보탤 테니 꼭 좀 동행하게 해달라. 그렇게 설득 재료를 갖추고 교섭을 하려던 순간, 리더가 “유령선은 낭만인가?”라고 묻기에 “낭만이고말고!”라고 힘차게 답했더니 뜻밖에도 곧장 허락이 떨어졌다.

또한 미라가 동행할 수 있도록 돕겠다고 약속해준 남자—— 몰리라는 이름의 그는 리더가 정열주의자라고 알려주었다.

그런 탓에 이렇게 낭만을 가슴에 품고 있는지의 여부로 승선을 결정하다 보니, 최근에는 그 대신 다른 이들이 어느 정도 적성이 있는지를 확인하고서 소개를 하고 있다는 듯했다.

"흠…… 구심력은 있지만 그걸 뒷받침할 자들이 꼭 필요한 타입의 리더로군."

"바로 그거야. 그래서 그런 자잘한 부분을 조정하는 부관이 네 명이나 있고, 지장이 생기지 않도록 좀 전과 같은 규칙도 만들었어. 그리고 그런 부분만 잘 해결하면, 캡틴 아스트로는 이상적인 선장이 되지."

아스트로. 그것이 리더의 이름이었다.

다소 열혈 기질이라, 어쩐지 라스트라다와 죽이 잘 맞을 것 같은 인물이다.

그런 아스트로가 이끄는 유령선 조사대는 총 34명. 그 중 대부분이 낭만과 미스터리를 쫓는 도락가로, 이번 조사도 업무가 아니라 서클 활동에 가까운 것이라고 한다.

하지만 이곳은 히노모토 위원회의 연구소. 그리고 무엇보다도 진심으로 취미에 몰두하는 어른이란 때때로 일을 할 때보다 높은 잠재력을 발휘하기도 하는 법이다. 굳이 말하자면 한층 더 어른스럽지 못하게 되는 것이다.

그 결과, 이 유령선 조사대의 장비와 설비는 모두 최신식으로 갖춰졌고, 멤버들의 사기도 몹시 높았다.

준비가 완료된 후, 조사대는 유령선 조사를 위해 연구소의 항구에서 출항했다.

그러던 도중, 미라는 미케 일행에게 며칠 정도 외출하고 오겠다고 말하는 걸 깜박했다는 사실을 깨달았다.

하지만 이것은 최신 설비를 갖춘 조사선이다. 통신 장비류도 당연히 비치되어 있어서 금방 연락을 할 수가 있었다.

또한 그때 미케는 "뭐야그런소린없었잖아?!"라고 항의를 하기도 했다.

도시전설을 직접 재현할 만큼 그녀는 그러한 것들을 좋아했고, 당연히 이 유령선 조사대의 일원이기도 했다.

하지만 이번에는 특별한 제작 의뢰—— 미라의 장비를 제작하느라 바쁠 게 뻔해서 아스트로는 방해가 되지 않도록 연락을 하지 않았다고 한다.

그래서인지 미케는 통신을 끊으면서, 이번에도 분명 평소처럼 성과 없이 끝날 거라고 저주를 퍼부었더랬다.

"흠, 그럭저럭 멀구먼."

미케에게 미안하기는 하지만, 미라는 마음껏 낭만을 좇을 생각으로 가득했다. 아무튼 목적지는 어디쯤일까 싶어서 조타실에서 해도를 앞에 놓고, 이번에 목격 증언이 접수된 해역을 확인했다.

목표 지점은 이곳으로부터 남서쪽에 자리한 해역. 800킬로미터 정도 떨어진 위치로, 소문이 자자한 유령선의 출몰 지점과 일치하는 장소였다.

"이대로 가면 꽤 오래 걸리겠어——."

해도에서 창밖으로 시선을 옮긴 미라는 한적한 풍경을 바라보며 그런 말을 입 밖에 냈다.

멀리서 보면 멀리 있는 것은 움직이지 않는 것처럼 보이는데, 그럼에도 조금씩 멀어져 가는 카디아스마이트 섬의 모습으로 미루어 조사선의 속도는 시속 20킬로미터도 되지 않을 듯했다.

이대로 가면 현장에 도착할 때까지 40시간 이상은 걸리고 말 거다.

하지만 알다시피 이 배는 평범한 배와는 많이 다르다. 미라가 기대하는 눈빛으로 아스트로를 쳐다보자 그는 기대에 부응하듯 웃으며 "이 배를 흔해빠진 배와 같다고 생각하면 곤란하지!"라고 말하더니 "자아, 전속 전진이다!"라고 외쳤다.

"Aye Aye, Sir!"

조사원들 역시 신이 나서 답했다.

그러자 무얼 어쩌려는 것인지. 지금까지 바람을 잔뜩 머금고 있던 돛이 차례차례 접히기 시작했다. 그리고 조사원들이 이런저런 레버들을 조작하자 서서히 그 전모가 드러나기 시작했다.

웅웅대는 소리가 밑바닥에서부터 치밀어 오른다. 기계음이 조금씩 빨라진다. 진동과 함께 기어가 하나씩 맞물리기 시작한다.

그렇다, 범선처럼 보이기는 해도 그 돛은 장식이나 다름없었다. 이 조사선의 주동력은 마도공학제 최신형 엔진인 것이다.

"오오, 이거 상쾌하구먼!"

조타실에서 갑판으로 나가자 엔진의 성능을 잘 느낄 수 있었다.

정면에서는 격렬한 바람이 불어 닥쳐왔고, 갑판 가장자리에서 수면을 내려다보니 뱃머리가 호쾌하게 물살을 가르는 모습이 보였다.

“특별히 개발한 엔진이니까. 바다로 이어진 장소라면 어디든 갈 수 있어.”

어째서인지 몰리가 본인의 공적인 양 자신만만한 얼굴로 나왔다. 그런 그의 말에 따르면, 이 특제 엔진 덕분에 시속 60킬로미터에 가까운 속도로 망망대해를 질주할 수 있게 되었다는 듯했다.

그는 바다로 이어진 장소라면 조사대는 어디로든 빠르게 달려갈 수 있다고 몹시도 자랑스럽게 말했다.

“호오, 그것 참 대단하구나.”

이럴 때 평소 같았다면 경쟁심이 일어서 ‘소환술을 사용하면 하늘을 통해 어디든 신속하게 갈 수 있지만 말이나!’라고 했겠지만 미라도 이번에는 눈치 있게 굴기로 해서, 낭만을 추구하는 몰리 일행의 마음가짐을 칭송하는 찬사만을 보냈다.

하지만 속으로는 ‘뭐어, 마음만 먹으면 여유롭게 100킬로미터도 넘길 수 있지만’이라고 으스대서, 딱히 성장했다고 볼 수는 없었다.

〈10〉

“그러고 보니 이 바다 끝에는 무엇이 있을까.”

미라는 광대한 망망대해를 바라보며 문득 떠오른 바를 그대로 입 밖에 냈다.

이 바다의 끝. 그것은 어스 대륙과 아크 대륙 사이에 위치한 이곳에서 한참 멀리 떨어진, 대륙의 가장자리를 벗어난 곳을 가리킨 것이었다.

게임이었을 적에는 어스 대륙과 아크 대륙이 세계의 전부였다. 그리고 그 사실에 딱히 의문을 가진 적은 없었다. 게임이란 그런 것이라는 걸 알았기 때문이다.

하지만 현재, 현실이 된 지금은 어떨까. 이 세계도 하나의 별이라고 생각할 경우, 지금 있는 대륙들은 너무도 작다.

그렇다면 바다를 넘어 더 멀리 나아가면 아직 보지 못한 대륙이나 나라, 기술, 문명이 산더미처럼 많을지도 모른다.

미라는 그런 낭만 넘치는 모험을 상상해 보았다.

그것은 두루뭉술한 의문인 동시에 거의 혼잣말에 가까웠다.

그렇지만 그 말을 들은 몰리가 놀라운 소리를 했다.

“모종의 문명이 있는 건 확실하지만, 뭔가 반짝반짝 빛나는 안개가 펼쳐져 있어서 아무것도 안 보이더라고.”

놀랍게도 몰리는 바다 건너편에 가본 적이 있다고 한다. 듣자하니 한참 전에 히노모토 위원회에서도 미라와 같은 생각을 한 이가 있었다는 모양이다.

그 자를 중심으로 결성된 조사대는 우선 단순하면서도 확실한 관측 조사를 실행했다.

그 방법은 자동으로 촬영되도록 조정한 카메라를 풍선으로 하늘 높이 띄우는 것이었다.

결과적으로 사진에는 다른 대륙이 찍혔고, 그곳에서 문명으로 보이는 무언가도 확인되었다고 한다.

"——그리고 다음은 그 사진을 통해 해도(海圖)를 만들고, 신대륙을 향해 항해를 시작했어. 당시에는 지금보다 구식 엔진이었지만, 정예 멤버들이 뭉쳤었거든. 여러 마물들을 격파하며 순조롭게 원정을 이어갔지. 그리고 출발하고서 20일 정도가 지났을 즈음, 그 안개가 보이기 시작했어——."

몰리는 그때 본 광경을 떠올리는 듯한 투로 말했다. 그것은 벽처럼 우뚝 솟아 있어서, 마치 앞길을 가로막으려 하는 듯 보였다고.

"——조사해 보니 인체에는 무해한 것 같아서 계속 나아갔는데, 어떻게 된 건지 안개를 통과했다 싶었더니 원래 있던 장소로 돌아와 있더라고. 그 밖에도 지점을 바꿔서 돌입하거나, 안개에 틈새는 없나 찾아보기도 했지만 소용없었어. 무슨 짓을 해도 그 앞으로는 갈 수가 없어서, 바다 밖으로 나가는 건 단념할 수밖에 없었지."

마치 이쪽 대륙이 있는 장소에 갇혀 있는 것처럼 느껴지는 이야기였다.

하지만 돌아가는 길에서 불안해 한 사람은 한 명도 없었다고 몰리는 덧붙여 말했다.

강제로 원래 있던 장소로 돌아간다. 던전에서 그러한 부류의 함정은 드물지 않았고, 그러한 것들은 대개 악의로 가득 차 있었다.

하지만 몰리는, 그때는 달랐던 것 같다고 말했다. 안개를 통과해 원래 있던 장소로 되돌아갈 때마다 이정표가 될 듯한 작은 섬 등이 반드시 근처에 있었던 것이다.

"그 덕분에 안개 속에서 되돌아오고 있다는 걸 알아챘고, 어디로 돌아온 건지도 파악할 수 있었던 거야. 뭐라고 해야 할지, 나가시는 문은 저쪽입니다, 라고 말하는 듯한 기분이 들더라고."

만약 아무것도 없는 망망대해에서 그렇게 멋대로 진로가 변경되었다면 확실하게 길을 잃었을 것이다.

하지만 그렇게는 되지 않았다. 때문에 당시 조사원들은 원정을 방해받았다보다는 누군가가 만류했다는 느낌을 받았다는 모양이다.

"흐~음……. 대체 어찌 된 일인지."

과연 몰리가 본 반짝이는 안개란 무엇이었을까. 어째서 강제로 돌아오게 된 것일까. 그 바깥에는 무엇이 있는 걸까. 몰리와의 대화를 마친 미라는 기재를 설치해야 한다는 그를 배웅한 후, 갑판 위의 전망석에 와 있었다.

그곳에서 하늘을 바라보며 새로이 알게 된 수수께끼와 이 세계에 관해 생각했다.

문득 떠오른 의문에 관해 생각하다가 더더욱 신경 쓰이는 정보를 얻었다.

유령선도 신경 쓰이지만 지금의 미라는 바다 너머에 있는 세상이 더욱 궁금해졌다.

『헌데──.』

미라는 세계의 많은 것들에 관해 가장 잘 알고 있을 자── 정령왕에게 질문했다. 바다를 건너가면 어떠한 대륙이 있느냐고.

얼음만으로 이루어진 대륙도 있을까. 하늘에 떠 있는 호수 같은 것도 있을까. 섬처럼 커다란 거북이는 없을까. 그야말로 판타지 세계답게, 상상도 못할 정도의 신비로 가득 차 있을까.

아직 보지 못한 세계를 상상하며 정령왕은 어떤 곳을 알고 있을지 답변을 기대하고 있던 중──.

『바다 너머라……. 생각해본 적도 없군. 나에게는 이쪽 대륙에 있는 영역이 전부였으니 말이다.』

놀랍게도 정령왕이 그런 소리를 했다. 듣자 하니 정령왕에게 세계란 어스 대륙과 아크 대륙이 있는 주변 일대로, 바다 건너편은 완전히 관할권 밖이라는 것이다.

『뭣이라고……?!』

미라는 생각했다. 신에 필적한다고 알려진 정령왕이라는 존재는 온 세상── 다시 말해서 이 별 전체에 영향을 미치는 존재일 것이라고.

하지만 이 순간, 정령왕이 진실을 밝혔다. 나아가 '어라, 몰랐어?'라고 하듯이 신이 나서 자신의 이야기를 하기 시작했다.

듣자 하니 정령왕이 파악하고 있는 것은 지금 있는 어스 대륙과 아크 대륙의 주변뿐이고, 마찬가지로 정령들 역시 이쪽 대륙 안에 사는 이들만이 권속이라는 듯했다.

만약 바다 건너편에 정령이 있다면, 그것들은 정령왕과 완전히 무관한 다른 종류의 정령이라는 뜻이라고 한다.

『그렇구먼. 요컨대 정령도 살고 있는 장소에 따라 국가가 다를 수 있다는 게로군. 그렇다면 왕도 각 대륙에 있을지도 모른다는 건가…….』

솔로몬이 알카이트 왕국을 위해 일하고 있는 것처럼, 정령왕에게는 이쪽 대륙이 국가인 셈이리라.

바다 건너편에는 이곳의 몇 배, 수 백 배는 되는 세계가 펼쳐져 있을 거다. 그럴 경우, 정령이 이곳에만 있을 리는 없다.

각 지역마다 정령왕과 같은 존재가 있어도 이상할 게 없다.

『새삼 생각해 보니, 나도 그러네. 바다 끝에 뭐가 있을지는 생각해 본 적이 없어. 아니, 신경이 안 쓰였다고 해야 할까. 우리가 관리하고 있는 건 지금 있는 이 세계…… 이 일대뿐이고 다른 대륙이 있다 해도 지금 있는 장소를 떠날 생각은 들지 않았으니까.』

정령왕에 이어 마텔도 같은 감각이었다고 말했다. 이쪽 대륙 이외의 존재에 관해 생각해 본 적도 없고, 생각할 마음도 없었다고.

이 세계── 이쪽 대륙이 있는 영역을 보다 좋게 만들기 위해, 태고의 시절부터 지켜보아 온 존재. 그것이 지금의 정령이고, 분명 앞으로의 정령도 그럴 것이라고 마텔은 말하더니 『뭔가, 신기한 감각이네』라고 중얼거리고서 말을 마쳤다.

『그렇다고 하니, 더더욱 신경이 쓰이는군그래…….』

정령왕과 마텔조차도 모르는 바다 건너편과 그 앞을 가로막는 빛나는 안개. 의문은 계속해서 깊어졌다.

또한 몰리의 말에 따르면 배로 접근했을 때 앞을 가로막은 안개는 그 후 실시한 상공에서의 촬영에서는 관측되지 않았다는 모양이다.

미라는 다시 출발점으로 돌아가 생각해 보았다. 그러던 중, 정령왕이 살며시 중얼거리는 소리가――『어쩌면 그 자들이라면……』이라는 말이 들려왔다.

『그 자들이라니?』

말 그대로 무의식중에 흘러나온 혼잣말 같은 것이었으리라. 정령왕은 순간적으로『음? 아, 아아』하고 부슨 소리냐는 듯한 반응을 보였지만, 딱히 숨길 내용도 아니라 생각했는지. 그냥 순간적으로 떠오른 것뿐이라는 듯 그 말을 입 밖에 냈다.

『이 세계…… 아니, 이쪽 대륙을 관리하는 신인 그 자들이라면 알지도 모른다고 생각한 것뿐이다』라고.

정령왕이 생각하기에, 외해(外海)로 나가려 했던 배가 조우한 안개는 삼신에 의한 것일지도 모른다는 것이다.

애초에 그만한 일을 할 수 있는 것은 삼신 정도로, 길을 잃게 하는 게 아니라 되돌아가도록 재촉한 방법으로 미루어 그럴 수도 있겠다고 생각한 것이라고 한다.

『밖으로 내보내고 싶지 않은 거라면 방법은 얼마든지 있다. 아닌 게 아니라 신벌이라도 내리면, 그곳에 다가가려 하는 자는 없어지겠지. 그러나 이야기를 들어보니, 그런 낌새는 전혀 없군. 그렇기에 그자들답기도 하고.』

예나 지금이나 완전히 비정해지지는 못한다. 신치고는 물러서 허를 찔리는 경우도 있다. 정령왕은 다만 그렇기에 삼신은 사람들에게 사랑받는 존재가 되었다고 말하더니, 그런 삼신이 바깥세계로의 길을 봉쇄하고 있는 데에는 그에 상응하는 이유가 있을 것이라고 말을 끝맺었다.

『흐~음…… 신경은 쓰이지만, 그렇게나 장대한 이야기라면 어찌할 방도가 없을 것 같군그래.』

바깥세계. 대체 무엇이 있을지 궁금하기는 하지만 신이 그곳으로 가는 길을 봉쇄하고 있다면 분명 방법이 없을 것이다.

또한 무엇보다도 바깥세계는 정령왕이 상냥하다고 말한 삼신이 차단하고 있는 곳이다. 거기에는 분명 깊은 이유가 있을 거다. 그렇게 생각한 미라는 이 이상 신경 써봐야 무의미하다는 것을 깨닫고 전망석을 뒤로 했다.

하지만 도중에 만약 삼신과 해우하는 상황이 찾아온다면 물어보는 것도 괜찮겠다는 생각을 하기도 했다. 대사교에게 받은 메달과 정령왕이라는 뒷배가 있으니 가능할지도 모른다.

“오오, 뭔가 낯간지럽기는 하지만 그렇다면 마음껏 즐기도록 하마!”

부름을 받고 식당실로 가보니, 그곳에는 그야말로 진수성찬이 차려져 있었다.

듣자 하니 유령선 조사대에 오랜만에 새로운 동지가 들어온 것을 축하하기 위한 환영회라는 듯했다. 정말 오랜만의 일이라 다들 상당히 기뻐하고 있었다는 모양이다. 미라가 얼굴을 비추자 "다시 한번 환영한다!"라는 환호성이 터져 나오기도 했다.

그들 사이에 미라가 끼자 드디어 파티가 시작되었다. 호화스러운 요리와 맛있는 술. 거기에 안주거리가 될 이야기가 더해지자, 그 자리가 곧 연회 자리가 되었다.

그렇게 여러 가지 이야기로 분위기가 달아오른 가운데, 이야기가 진행될수록 그 내용이 서서히 편중되기 시작했다.

이 조사선의 조사원은 누구 할 것 없이 취미로 유령선을 쫓고 있는 특이한 자들이다. 그 때문에 자연히 화제의 비중도 그에 관한 것이 많아질 수밖에 없었다.

"――오오, 그것도 이전에 들어본 적이 있다! 황금도시…… 참으로 근사한 말이 아니냐!"

"그럼그럼. 그런데 조사를 갔던 녀석들의 이야기에 따르면, 꽝인 줄 알았던 자주수정이 사실은 정답이었던 것 같다더군――."

마시고 노래하고 흥겨운 환영회 자리에서 미라는 눈 깜짝할 새에 아스트로와 친해졌다.

그는 호기심만으로 유령선 조사대를 결성할 정도의 남자이다 보니, 그러한 부류의 이야기에 관해서도 잘 알았다.

그러다 보니 그런 화제들이 입에 오를 때가 많아서, 정신을 차려 보니 환영회는 도시전설에 관한 소문 교류회 같은 자리가 되어 있었다.

그렇게 소문이 난무하는 가운데, 미라도 들어본 적 있는 이야기가 나왔다. 예전에 셀로에게 들었던 오리아드 사막에 출현하는 황금도시에 관한 소문이다.

하지만 아스트로의 입에서 나온 것은 그런 소문이 있다는 정도의 이야기가 아니었다. 듣자 하니 이미 황금도시에 대한 조사를 시작했다는 것이다.

아스트로의 친구가 그쪽 부대의 리더를 맡고 있어서 정기적으로 연락을 주고받고 있다는 모양이다.

그리고 중간보고에서 한 가지 가능성을 시사했다고 한다.

오리아드 사막을 떠도는 신기루 사원이라는 성역. 신출귀몰한 그 장소를 찾기 위한 아이템, 자주수정.

가끔씩 아무것도 없는 엉뚱한 장소를 가리키는 꽝이 섞여 있기도 한 물건이지만, 보고에 따르면 사실 그것이 황금도시를 가리키는 이정표일지도 모른다는 설이 지금 가장 강력하다는 듯했다.

"꽝이 정답이라니…… 그 또한 낭만이로군!"

"그렇지?!"

대화를 나누고 술을 들이켜며 미라와 아스트로는 신이 나서 웃었다. 취기가 돌아서인지 두 사람 모두 상당히 들떠 있었다.

하지만 들떠 있는 것은 딱히 두 사람뿐이 아니었다. 그 주변에 있는 이들 역시 신이 나서 이야기를 나누고 있었다. 대륙 각지에서 수집했다는 소문이며 도시전설 등이 곳곳에서 들려왔다.

천공성과 어스 이터라는 단어도 나왔지만 미라는 시원하게 흘려들었다.

또한 그런 이야기를 하다가도 화제는 어느샌가 유령선에 관한 것으로 돌아와, 아스트로와 향후의 작전 등을 간단히 논의하기도 했다.

절반 이상이 술에 취해 내일 조사에 지장이 생길 듯한 상황이 되어, 환영회를 끝내기로 했다.

비교적 덜 취한 이가 제대로 걷지도 못할 만큼 취한 이를 업거나 해서 선실로 데려갔다.

그리고 미라 역시 비슷한 타이밍에 선실로 돌아왔다.

(후우, 자알 먹었다!)

듣자 하니 이 환영회를 위해 모두가 각자의 아이템 박스를 개방에서 비장의 일품들을 제공해 주었다는 모양이다.

하나같이 일품이라 할 수 있는 물건들이라 미라도 술을 다소 마시기는 했지만, 아무래도 음식을 더 많이 먹었더랬다. 따라서 그다지 취하지는 않아, 냉정하게 현재의 상황을 파악하고 있었다.

(근데, 정말 여기 있어도 되는 겐가……?)

유령선 조사대의 배는 취미 집단이라는 게 믿기지 않을 만큼 번듯하고 커다란 배였다. 하지만 마도공학의 기술을 잔뜩 사용한 탓에 그러한 기계류가 차지하는 비율이 컸다.

그 때문에 완전한 개인실은 존재하지 않아, 모든 선실이 기본적으로 다인실이었다.

그리고 당연하다는 듯이 다인실을 배정받은 미라는 같은 방을 쓰는 이들을 둘러보며 이대로 있어도 괜찮을까 하는 생각에 난감해 하고 있었다.

정령여왕이 덤블프라는 사실은 히노모토 위원회에서도 아직 일부만이 아는 사실이다. 그런 탓에 미라는 당연하다는 듯이 여성으로서 취급되었고, 그렇기에 룸메이트도 모두 여성이었다.

미라의 눈앞에는 현재 네 명의 여성이 있었다. 옷을 갈아입고 있는 게 둘, 편한 복장으로 쉬고 있는 게 둘이었다.

그야말로 완전히 여자들의 방이라 무방비한 모습이 곳곳에서 보였다.

(……어째서인지 이쪽을 엄청 쳐다보고 있군.)

심지어 방에 있는 여성은 미라를 제외하면 다섯 명이다. 그럼 나머지 한 명은 무얼 하고 있는가 하면, 옆에서 미라를 흥미롭다는 듯이 쳐다보고 있었다.

세 평 정도 되는 방의 양 옆에는 3단 침대가 하나씩 놓여 있고, 미라는 그 중 제일 아래칸에 앉아 있었는데, 그 여성도 바로 옆에 앉아있는 상태다.

"……그래, 무슨 일이냐?"

쳐다보기만 하고 딱히 아무 짓도 하지 않는다. 하지만 이대로 있기는 아무래도 불편해서 미라는 먼저 말을 걸었다.

"다시 한번 자기소개를 하려고!"

미라가 반응하기를 기다렸던 것인지. 아니면 다른 의도가 있었던 것인지. 여성은 발랄하게 그렇게 말했다.

〈11〉

여성들만 있는 방에서. 궁금한 게 몹시도 많았던 것인지, 자기 소개 후에 미라는 이런저런 질문들을 받았다. 그리고 질문들에 답을 해주다 보니, 어느샌가 같은 방을 쓰는 이들 모두에게 둘러싸여 있었다.

"헤에, 아직 1년도 안 됐구나."

다섯 명 중 가장 활발해 보이고 건강한 몸매를 지닌 여성, 아노테는 이 세계에 온지 10년도 더 되었다며 "그럼 내가 선배네!"라고 말했다. 좀 전에 옷을 갈아입고 있던 이들 중 한 명이다.

겉모습처럼 상당한 실력의 검사라는데, 히노모토 위원회의 연구소에 소속되어 있다 보니 지금은 굳이 말하자면 생산 계열, 특히 요리가 특기라는 듯했다.

"왔을 때 깜짝 놀랐지~?"

다정해 보이면서도 부드러운 분위기를 풍기는 이는 마논으로, 이쪽은 쉬고 있었던 이들 중 한 명이다.

클래스는 성술사고 게임이었던 시절에는 알카이트 왕국에서 배운 적이 있었다고 한다. 하지만 그때 연금술을 만나 푹 빠져든 결과가 지금이라는 듯했다.

"그나저나 귀엽기도 하네. 이렇게까지 공을 들여 만들다니."

감탄한 듯 미라의 몸을 관찰하고 있는 것이 좀 전부터 계속 쳐다보고 있던 앙투아네트다.

미라를 보고 귀엽다며 역시 칭찬하고 있는 그녀는 엄청난 미녀이기도 했다. 그러면서도 지적인 매력을 겸비해서, 그야말로 쿨뷰티라는 칭호가 잘 어울렸다.

그런 그녀는 재봉사였지만, 다른 이들과는 조금 달랐다. 듣자하니 전문 분야는 속옷이라는 것이다.

평소 입는 것부터 승부 속옷까지, 필요하면 언제든지 말하라고 그야말로 역설을 했더랬다.

“엄청 강하다면서요? 부럽다, 굉장해요.”

선망 어린 눈빛을 보내온 것은 겉모습이 다섯 명 중 가장 어린 소녀, 유즈하였다. 아무래도 그녀는 전투가 서툰 모양이다. 하지만 만드는 것을 좋아해서, 정신을 차려보니 톱클래스의 세공사가 되어 있었다고 한다.

또한 그러면서도 불가사의를 엄청 좋아해서, 이 유령선 조사 말고도 여러 가지 불가사의 조사에 동행하는 단골이기도 하다는 듯했다.

“있지있지, 모처럼 만났으니 기념으로 한 장 찍자. 자자, 다들 얼른 모여봐!”

다섯 명 중 가장 친근……하다기 보다는 갸루 같은 느낌이 강한 이는 마이카였다.

조금 전에 옷을 갈아입고 있던 이들 중 한 명으로, 아무래도 기념사진을 위해 옷을 갈아입은 모양이다. 캐미솔에 핫팬츠라는, 심플하면서도 선정적이고 실로 눈에 띄는 차림새를 하고 있었다.

카메라를 세팅한 마이카는 다소 억지로 모두를 모아서 구김살 없이 웃으며 “자, 미소 빵긋~!”이라고 말했다.

그 얼굴에는 순수하게 지금이 즐겁다는 감정만이 떠올라 있었다.

"나 참, 매번 이렇게 억지 부린다니까……."

아노테는 한숨을 내쉬었지만 기념 촬영에는 찬성인 듯했다. 입으로는 그렇게 말하면서도 적극적으로 움직여 위치를 잡기도 했다.

그렇게 이래저래 준비가 끝나 그대로 찰칵. 이어서 만약을 위해 한 번 더 찰칵.

결과적으로 위치와 포즈를 바꿔가며 열 장 정도의 사진을 촬영했다.

기념 촬영 후에는 이곳에 있는 모두가 플레이어 출신자라는 공통점도 있어서인지 초면임에도 자연스럽게 이야기꽃이 피었다.

특히 화제가 된 것은 역시 게임이었던 시절에 관한 이야기다. 개중에서도 다섯 명이 관심을 보인 것은 고대지하도시의 현재 상황이었다.

"헤에, 지금은 그런 식으로 되어 있구나~."

미라가 이런저런 이야기를 해주자 아노테가 놀란 듯 말했다. 듣자 하니 그곳은 그녀가 가장 자주 다닌 던전이었다는 모양이다.

하지만 게임이었던 시절과 지금은 그 공략법이 많이 달랐다.

터무니없이 광대한 고대지하도시. 그곳은 당시부터 공략에 며칠이나 걸리는 장소였다.

게임이었던 시절에는 그렇게까지 큰 문제가 되지 않았다. 피곤하면 로그아웃해서 현실에서 쉬면 그만이었기 때문이다.

그렇지만 지금은 공략을 개시하면 며칠, 혹은 몇 주 동안이나 고대지하도시에서 지내야 한다. 식사에 수면, 모든 일들을 그 장소에서 해야 하는 것이다.

실제로 그곳의 상황을 보고 온 미라의 이야기를 듣고서 아노테는 이제 자신은 공략 못 할 것 같다며 쓴웃음을 지어 보였다.

아노테보다 더 고대지하도시에 관한 이야기에 관심을 보인 것은 다름이 아니라 마이카였다.

아무래도 그녀는 이 세계의 역사에 관심이 있는 모양인지. 그 밖에도 알아챈 것, 궁금한 것은 없느냐고 시시콜콜 물어오기도 했다.

그렇게 마이카의 호기심이 걷잡을 수 없게 되기 시작했을 즈음――.

"근데 미라는 말이야, 화장 같은 거 안 했지이? 모험가들은 다들 그래애? 고대지하도시에 있던 애들은, 하고 있었어어?"

마이카의 폭주를 막기 위해서인지, 아니면 단순히 궁금했던 것뿐인지. 앙투아네트가 미라의 얼굴을 빤히 쳐다보며 그런 질문을 던졌다.

"아~ 음. 뭐, 해본 적은 없구나. 그리고 그때 만난 아이들도 화장은 안 했던 것 같고."

생각해보고 말 것도 없이 미라는 스스로 화장을 해본 적은 없다고 단언했다. 또한 고대지하도시뿐 아니라 곳곳에서 만난 여성 모험가들 역시 생각해 보니 화장을 한 것 같아 보이지는 않았다.

어쩌면 문외한이 보기에는 티가 안 나도록 화장을 했을지도 모른다. 하지만 미라는 화장을 했다고 확신할 만한 누군가를 본 적은 없다고 답했다.

또한, 그 말을 듣고서 문득 신경이 쓰여서 앙투아네트 일행을 관찰해 보니 아무래도 이 다섯 명도 지금은 화장을 안 한 듯했다.

"뭐어, 모험가 일을 하다 보면 화장할 여유도 없을 것 같으니까."

"그치~? 해도 금방 흐트러질 것 같고."

미라의 말에 아노테는 당연히 그럴 것이라고 답했다. 그리고 마이카 역시 패션에 관심이 많은 것인지. 들끓던 역사에 대한 열의를 가라앉히고는 화장에 관한 이야기에 동참했다.

"듣고 보니 그러네. 이렇게 취미로 조사를 하는 우리도 어느샌가 안 하게 됐을 정도인걸."

"응. 거의 매일 전투를 하는 모험가들은 더 어려울 것 같아."

이어서 마논과 유즈하도 짚이는 바가 있다기보다는 중요성을 생각해 보면 의외로 간단히 화장을 버리게 될 거라며 동의했다.

그렇게 아노테 일행은, 최근에는 어지간한 이벤트가 아니면 화장을 안 하게 됐다며 웃음을 터뜨렸다.

그다음은 어떻게 되었는가 하면. 화장 이야기가 나온 것을 계기로 화제는 자연스럽게 현대에 있을 적의 일로 넘어가기 시작했고, 그대로 당시에는 어떤 화장품을 사용했는가 하는 이야기가 나오기 시작했다.

(이건, 좋지 못한 사태인데…….)

끼어들 새도 없이 화제가 휙휙 바뀌는 가운데, 미라는 주변에서 오가는 말들을 허둥지둥 좇으며 식은땀을 흘렸다.

화장에 관해서는 아주 기초적인 것도 모르기 때문이다. 하지만 아노테 일행은 당연히 알고 있으리라는 것을 전제로 이야기를 나누고 있다. 이야기의 맥락을 통해 상황을 파악하는 기술도 무용지물이 된 상황이다.

이러한 흐름 속에서 주목을 받았다가는 큰일이라는 생각에 미라는 숨을 죽인 채, 조용히 화장에 관한 이야기가 끝나기를 바라고 있었다.

하지만 세상일은 그리 호락호락하지 않은 법. 게다가 신입을 그냥 내버려 둘 수는 없다는 배려심 때문인지, 무정하게도 그 순간이 오고 말았다.

"——그래서, 미라는?"

어느 메이커의 제품을 썼는지. 그리고 애용했던 도구는 있는지. 직전의 이야기로 미루어 대략 그러한 내용의 질문인 듯했지만, 미라는 그마저도 알 리가 없었다.

"응? 아~ 그게 말이다……."

그렇다고 해서 솔직하게 답해서 여성 다섯 명 속에 자신과 같은 존재가 섞여 있었다는 사실을 알릴 수는 없는 일이다. 그렇게 생각한 미라는 슬그머니 시선을 이리저리 돌리며 과거의 기억을 총동원해 보았다.

과거 연인이었던 여성은 어떤 화장품을 사용했었는지. 여동생도 게임을 좋아했지만 화장법은 알았었는지. 희미한 기억들을 되짚어보며 어떻게든 이 위기를 벗어나기 위한 정보를 찾았다.

하지만 그렇게 미라가 필사적으로 발버둥을 치던 중——.

"아~ 역시 그렇구나. 미라 씨는 원래 남자였지~?"

마논이 그런 핵심을 찌르는 말을 입 밖에 냈다.

(들켰구나~!)

단번에 정체가 탄로 난 미라는 반사적으로 어깨를 움찔했다. 그 후 미라의 정체를 알게 된 다섯 명의 안색을 살피듯, 흘끔 쳐다보았다. 이렇게 여성들 속에 숨어있었던 게 간파되었으니 이제 어떠한 처벌이 내려질까, 생각하며.

"아니, 뭐어, 그게 말이다……."

미라는 겁에 질려 쩔쩔 매면서도 그 사실을 전제로 필사적으로 변명할 말을 궁리해 보았다. 무슨 소리를 하기도 전에 이 방을 배정받는 바람에 말을 할 기회를 놓치고 말았다는 식의 변명을.

하지만 그런 미라의 걱정과는 달리, 분위기는 미라가 두려워했던 미래와는 다른 방향으로 흘러가기 시작했다.

"그 반응을 보니 맞나 보네~."

"거 봐, 역시 그랬잖아아. 이게 바로 여자의 감이라고~."

"아니아니, 네가 할 말은……."

마논은 정답을 맞췄다는 듯이 승리의 포즈를 취했다. 그리고 앙투아네트가 가슴을 편 채 처음부터 알고 있었다고 말하자, 마이카는 쓴웃음을 지은 채 그녀들을 쳐다보았다.

그녀들은, 웃고 있었다. 미라가 여자들의 정원에 숨어든 일을 조금도 신경 쓰지 않는 듯 보였다.

"아, 놀라게 했다면 미안해~. 정말 그냥 궁금했던 것뿐이야."

마이카는 그런 말을 입 밖에 내더니 그냥 관찰안을 키우기 위해 시작한 훈련 같은 것이라고 말을 이었다.

"남자가 여자이거나, 여자가 남자이거나 한 경우는 우리 쪽에 꽤 많거든. 그리고 사람에 따라서는 이걸 구분하는 게 꽤 어려워."

종종 관찰하는 사람들 중에서도 미라는 상당히 알기 쉬운 부류였다고 말하며 아노테가 웃었다.

"참고로 이 세 사람은 원래 성별을 신경 쓰는 타입이 아니니 안심해도 돼애."

그런 이들이 많기에 이제 신경을 쓰지 않는 이들도 있다. 따라서 미라가 어느 쪽이건 그걸 이유로 어떻게 할 생각은 없다는 듯했다.

다만 미라는 앙투아네트의 그 말에서 희미한 위화감을 느꼈다.

"……응? 이 세 사람은?"

그녀가 눈짓으로 가리킨 것은 아노테와 마논, 마이카까지 세 사람이었다. 그럼 나머지 둘인 앙투아네트와 유즈하는── 다시 말해서 그걸 신경 쓰는 타입이라는 뜻일까.

그런 상황을 언급한 앙투아네트의 말에 미라는 긴장했다. 하지만 진실은 예상과 다른 데다 훨씬 가까운 곳에 있었다.

"아, 나도 미라 씨랑 같아요."

그렇게 말한 것은 유즈하였다. 그녀도 플레이어 출신자라 실제 나이는 알 수 없지만 겉모습은 열네다섯 정도다. 그런 유즈하가 같다고 하다니.

무엇이 같다는 것일까. 그것은 지금까지의 이야기의 흐름을 생각해 보면 명백했다.

"참고로오, 나도 원래는 남자야아."

이어서 어쩐지 연기라도 하듯, 작위적인 투로 그렇게 밝힌 것은 앙투아네트였다. 그렇다, 다섯 명 중 두 명이 현대에서는 남자였던 것이다.

"허어, 그랬던 것이냐?!"

화장 같은 걸즈 토크를 하도 자연스럽게 하기에 미라는 그 사실에 놀랐다.

하지만 그것은 정말로 진실이라, 듣자 하니 두 사람의 경우에는 처음부터 여성 아바타로 게임을 즐기고 있었다고 한다.

그러다 정신을 차려보니 그 상태로 이 세계에 와 있었던 것이다. 루미나리아와 비슷한 상황이었다.

또한 앙투아네트는 흔히 말하는 넷카마 플레이로 남자를 속여 뜯어먹은 적도 있다는 모양이다. 그 과정에서 완벽한 여성을 연기하기 위해 여러 가지 지식을 수집한 결과, 걸즈 토크도 요령 있게 할 수 있게 되었다고 한다.

그리고 유즈하는 흔히 말하는 몸과 마음의 성별이 어긋난 상태였다는 모양이다. 그 때문에 당시에도 여성들 사이에 끼는 일이 많아서, 걸즈 토크가 당연한 것이 되었다는 듯했다.

그러한 이야기가 한 차례 지나가자, 모두의 관심이 미라에게로 향했다.

"그런데 미라느은 뭐라고 해야 할지, 행동거지가 여자가 된지 얼마 안 된 것 같은데 최근에 왔어? 아니면 화장도구상자를 쓴지 얼마 안 됐어어?"

미라의 여자 행세는, 프로가 보기에는 그야말로 초짜 같은 모양인지. 앙투아네트가 그렇게 직설적으로 질문을 던졌다.

심지어 이어서 아노테가 "마키나 가디언을 쓰러뜨릴 정도라면 최상위 유저층인 것 같은데, 이름이 낯설단 말이지"라는 말을 입 밖에 냈다.

그런 두 사람의 말에 담긴 뜻은, 요컨대 미라의 정체는 무엇이냐는 것이었다.

미라는 현재 정령여왕으로 활약 중이다. 원래는 덤블프라는 정보를 아는 것은 일부뿐이다. 하지만 마키나 가디언을 쓰러뜨리고 그 소재를 가져온 인물이라는 것은 이미 주지의 사실이다.

그리고 그것이 소소한 주목점이 되었다.

당시라면 모를까, 현재의 환경에서 마키나 가디언을 쓰러뜨릴 수 있는 이는 플레이어 출신자라 해도 그리 많지 않을 것이라는 게 히노모토 위원회에서의 공통 인식이기 때문이다.

최근 이 세계에 왔다면 게임이었던 당시부터 그만큼의 실력은 있었을 거라 봐도 될 거다. 다시 말해서 각국의 톱 플레이어처럼 플레이어들 사이에서 그럭저럭 이름이 알려져 있어도 이상할 게 없는 것이다.

하지만 당시에는 덤블프였던 탓에 미라의 이름은 알려지지 않았다.

그렇다면 이미 온 지 30년은 지났고 그 사이에 힘을 키운 것이라고 말해도 되겠지만, 그 변명으로는 앙투아네트의 눈을 속일 수 없을 거다.

그럼에도 당시의 위엄에 미련이 남은 데다, 되찾을 방법이 없는 그것을 아직도 포기하지 못한 탓에 미라는 그 사실을 솔직하게 답할 수가 없었다.

"아~ 음. 뭐어 그렇지. 게임이었던 시절에 살짝 이런저런 사고를 쳐서 말이다. 움직이기가 힘들어져서 심기일전하는 의미에서 바꾼 게다."

그 결과 미라는 레비아드── 최강의 플레이어 킬러의 현재 상황을 참고로 그런 변명을 입 밖에 냈다.

과거에 사고를 많이 쳤다고.

하지만 아주 거짓말은 아니었다. 아홉 현자로서 상당히 날뛰고 다니며 이런저런 사고를 쳤던 것은 사실이다. 또한 아홉 현자라는 칭호 때문에 움직이기 힘들어졌다는 것 역시 사실이기는 했다.

"아하~아, 혹시 악역 플레이 같은 걸 했었어?"

미라의 변명을 아노테가 멋대로 해석하고 추측해 주었다. 명탐정이라도 된 듯한 포즈를 취하며 미라가 의도했던 말들을 해주었다.

"아아~ 그럴 수 있지. 아니, 지인 중에도 있었어~. 그 녀석 말이야, 게임이었던 시절에 도적 플레이를 했었는데, 그때 죄목 같은 게 다 남아 있어서 엄청 고생했대. 그러다 화장도구상자로 다른 사람이 되어서 괜찮다고도 했었지이."

"지금은 시스템 때문에 체포될 일이 없어서 화장도구상자로 변해버리면 괜찮나 보네."

마이카가 그 사정을 이해한다고 말하자, 마는 역시 그런 패턴도 분명 있다고 동의해주었다.

히노모토 위원회에는 플레이어 출신자들의 여러 가지 정보들이 모여드는지, 레비아드 같은 경우도 있다는 사실을 파악하고 있었던 모양이다. 그래서 대충 그럴싸한 말을 내뱉자 그렇게 추측해준 것이다. 미라가 의도한 대로.

나아가 앙투아네트도 유즈하도 그런 사정이 있는 것이라고 믿어준 모양이었다. 두 사람은 선배라도 되는 듯 모르겠는 것이나 곤란한 일이 있으면 뭐든 상담하라고 말했다. 개중에서도 여성에게는 묻기 힘든 여성에 관한 사정은 특히 자세하게 설명해줄 수 있다면서.

〈12〉

(……좋아, 잘 풀린 것 같군!)

게임이었던 시절에는 악역 플레이를 했던 탓에 화장도구상자를 사용해 정반대의 모습이 되었다. 아노테 일행이 그렇게 착각을 해준 것 같아 미라는 속으로 의기양양한 미소를 지었다.

하지만 그것은 사실 조금만 조사해도 이래저래 거짓이란 게 탄로 날 변명이었다. 미라에 관해 아는 일부 사람들 중 누군가가 그 사실에 관해 말실수만 해도 은폐 공작이 물거품이 되고 말 거다.

더불어 모두 플레이어 출신자들이다 보니 그러한 비밀을 지켜야 한다는 의식이 상당히 허술했다. 솔로몬이 함구해 달라고 부탁하기는 했지만 지켜지리라고 보장할 수 없는 것이 바로 이 히노모토 위원회의 결점이라 할 수 있으리라.

"게임에서는 이것저것 할 수 있었지만, 현실이 된 탓에 무게가 달라졌잖아."

"맞아. 놀이가 아니게 된 거잖아."

마이카의 말에 아노테가 동의했다. 어쨌든 아직은 미라의 변명이 유효했다. 따라서 아노테 일행은 그에 관한 이야기로 이야기꽃을 피우기 시작했다.

그리고 지금 화제에 오른 것은 악인 플레이를 했던 플레이어 출신자들이었다.

실력과 더불어 상당히 큰 사고를 쳤다면 그쪽 업계에서도 유명하지 않았을까, 하는 추측하에 그 중 누가 지금이 미라일지를 추궁하기 시작한 것이다.

"아니, 뭐어, 왜, 그게 말이다. 그러한 것은 아무래도 좋지 않으냐."

자세히 캐물으면 위험하다는 생각에 미라는 화제를 돌리려 했지만, 이들은 호기심에 유령선 조사에 나설 정도의 자들이었다. 그러다 보니 그야말로 가차 없이 과거의 기억을 총동원해서 알아내려 했다.

그러던 그때.

"아, 그런데 말이야. 악역 플레이라는 말이 나와서 그런데, 그 사람은 어떻게 됐을까. 왜, 톱 플레이어만 노리는 톱 플레이어 킬러였던 사람."

톱 플레이어들 중 소환술사. 나아가 악역 플레이를 했던 인물. 아노테는 그렇게 범위를 좁혀나가다가 문득 생각이 난 것인지, 악역 플레이를 했던 인물의 필두라 할 수 있는 플레이어 킬러의 존재에 관해 언급했다.

"아아, 레비아드 씨였나? 그러고 보니 어떻게 됐을까. 이 세계에 왔을까? 그렇다면 꽤나 힘들 텐데……."

과연 최강의 플레이어 킬러로 악명이 자자했던 인물답게, 마이카의 입에서 곧장 그 이름이 나왔다.

마논과 유즈하도 들어본 적이 있다고 답했다. 또한 강한 상대와 싸우는 걸 좋아했기에 플레이어 킬러라는 길을 택했다는 사정도 아는 눈치였다.

"아, 레비아드 씨 이야기가 나와서 말인데, 이전에 한 가지 알아챈 게 있거든——.”

그런 흐름에서 앙투아네트가 흥미로운 이야기가 하나 있다고 말을 이었다.

듣자 하니 레비아드는 강자만을 노리는 흉악하고도 무자비한 살인귀로서 악명을 떨쳤지만, 여성 중에서 피해를 당했다는 인물은 본 적이 없다는 것이다.

특히 그녀가 친하게 지냈던 남성들은 대부분 습격을 당했었다는 모양이다. 혼자 있든 여럿이서 있든 때를 가리지 않고. 하지만 비슷한 실력을 지닌 여성들은 아무리 절호의 기회일 듯한 상황이 와도, 습격을 당한 사람이 한 명도 없었다는 것이다.

“……흠, 듣고 보니 그러하군.”

그 말을 들은 미라는 짚이는 바가 있었다. 오히려 어째서일까 하고 의아하게 여기고 있었는데 다른 곳에서도 그러했구나, 싶어서 그의 행동에 납득했다.

다름이 아니라 아홉 현자측의 피해 상황만 봐도 그랬다. 레비아드에게 습격을 당한 경험이 있는 이는 덤블프와 소울하울, 라스트라다에 발렌틴뿐으로 루미나리아는 포함되지 않았다.

다시 말해서 겉모습이 남자인 플레이어만을 표적으로 삼았던 것이다.

(이전에 레비아드를 요격하기 위해 루미나리아에게 도움을 청한 적이 있었는데, 물발로 끝났던 건 그 때문이었나.)

세간을 떠들썩하게 했던 살인귀 레비아드는 분명 좋은 물건을 가지고 있을 거다. 그렇다면 어떻게든 실험 자금—— 피해자들은 구제하는 데 써야겠다는 생각에 움직인 적이 있었다. 하지만 만나지도 못하고 끝났던 것이다.

"아, 혹시 미라도 알아? 아니, 이전에 싸워본 적이 있어?"

짚이는 바가 있는 듯한 미라의 반응을 알아챈 것인지. 아노테가 흥미롭다는 듯이 바라보았다. 또한 동시에 다른 면면들도 슬그머니 미라를 주목하며 호시탐탐 힌트를 얻어내려 했다.

"뭐어, 글쎄다. 들어본 적이 있는 정도라고나 할까."

실제로는 몇 번이나 싸운 적이 있을 뿐더러 함께 비밀 결사 놀이까지 했던 친구다. 심지어 투기 대회 때 재회했고 건국제 때도 만났더랬다. 발뺌을 못 할 정도로 잘 아는 사이인 것이다.

하지만 이 이상 정체에 접근하게 두는 건 위험하다. 순간적으로 그렇게 판단한 미라는 얼버무렸다.

하지만 그게 실수였다. 그녀들의 관찰안은 이미 상당히 단련된 상태였기 때문이다.

"아~ 얼버무린다~."

마논이 대담한 미소를 띤 채 말하자 마이카와 아노테 역시 알기 쉬운 반응이었다고 말을 이으며 동의했다.

"싸운 적, 있는 것 같네에?"

앙투아네트는 히죽히죽 수상쩍은 미소를 띤 채 말했다. 유즈하 역시 완전히 간파했는지 호기심 왕성한 눈을 반짝거리며 "이겼어요?"라고 물었다.

"아니 뭐어, 그게 말이다……."

순식간에 간파당할 줄은 몰랐던 탓에 미라는 당황했다. 그에 반해 다섯 명의 여자는 그 정보를 통해 더욱 범위를 좁힐 수 있겠다며 신이 났다.

레비아드와 싸울 정도의 강자. 그리고 남자 소환술사. 나아가 지금도 마키나 가다언을 물리칠 수 있을 정도의 실력자.

이것만으로도 후보를 상당히 한정지을 수 있을 거다. 더불어 별도의 정보로 알카이트 왕국을 본거지로 삼고 있는 데다, 일전의 아홉 현자 귀환 발표에서 이름이 거론되지 않은 것까지 알아채면 큰일이다.

이만큼 조건이 갖춰졌으니 미라의 정체에 도달하는 것도 시간문제라 할 수 있으리라.

"아, 알 것 같아!"

어떻게 다른 방향으로 유도할 방법은 없을까. 미라가 그런 생각을 하기 시작한 직후. 아노테가 알아냈다며 손을 들었다.

"오~ 누군데, 누군데?"

미라가 말릴 새도 없이 마논이 묻자, 아노테가 그 정체에 다가서는 데 도움이 힌트가 될 만한 소문이 있었다는 소리를 했다.

그리고 그 소문은 미라에게도 매우 익숙한 것이었다.

"내가 레비아드 씨에 관한 소문을 들은 적 있거든. 무슨, 어둠의 비밀결사에 소속되어 있었대——."

진지한 얼굴로 아노테가 입 밖에 낸 것은, 놀랍게도 어떤 소문이었다.

어느 어둠의 비밀결사에서 손을 씻은 암살사 알타이르. 하지만 플레이어들은, 그의 정체는 레비아드가 아닌까 하고 수군거리고 있었다고 한다.

그리고 배신자인 알타이르를 쫓아, 그를 숙청하려고 한 인물이 있었다고 아노테가 말을 이었다.

"그 인물이 엄청난 소환술을 쓰는 사람이었는데, 알타이르와 막상막하의 싸움을 펼치는 걸 봤다는 사람도 있었어. 그리고 그 사람은——."

아노테는 잠시 뜸을 들이듯이 입을 다물더니, 그 이름을 입 밖에 냈다.

"——베가라고 불렸다고 해."

거기까지 말한 후, 아노테는 살짝 의기양양한 얼굴로 미라를 쳐다보며 말을 이었다.

"그런고로 미라의 정체는 어둠의 비밀결사 소속의 베가, 맞지?!"

(……그쪽이었나!)

결국 덤블프라는 사실을 들킨 것인가. 그렇다면 평소처럼 아홉 현자를 찾기 위해서였다는 변명을 늘어놓아야 하나. 그렇게 대미지를 경감시킬 방법을 실행하려던 순간.

아노테의 추리는 갑자기 엉뚱한 방향으로 폭주하기 시작했다.

하지만 아주 틀린 것은 아니다. 레비아드가 변장한 전설의 암살자 알타이르를 숙청하기 위해 쫓고 있었던 것은 어둠의 비밀결사의 보스인 베가. 그리고 그 베가의 정체는 덤블프다.

다시 말해서, 그 답 역시 정답이기는 한 것이다.

"……흠, 들통 났으니 어쩔 수 없지. 그렇다. 이 몸이 바로 베가다."

오히려 다행스러운 착각이자 정답이다. 그렇게 생각한 미라는 이건 발뺌 못 하겠다는 듯이 미소를 지어 보이며 그 추리를 칭찬하고서 실로 그럴싸한 태도로 자신이 바로 어둠의 비밀결사의 베가라고 밝혔다.

"이번에는, 진짜 같네."

차분하게 미라를 관찰하던 마이카가 그렇게 인정했다. 실제로 과장스러운 태도를 취하기는 했지만 틀림없는 진실이기는 했다. 미라도 거짓말이 서툴렀지만 사실을 긍정하고 있는 것뿐이라 딱히 티가 나지는 않았다.

따라서 아노테 일행은 추리에 성공했다며 무척이나 기뻐했다.

(잘…… 넘어간 것 같구먼……!)

아노테 일행의 얼굴에서는 이제 의심의 빛을 찾을 수가 없었다.

하지만 그녀들은 이래저래 주도면밀하다. 정말 괜찮을까 싶어 잠시 안색을 살피자, 이번에는 신이 나서 어둠의 비밀결사에 관한 이야기를 하기 시작했다.

그 이유 중 하나는, 다름이 아니라 수수께끼이기 때문이다.

게임이었던 당시부터 어둠의 비밀결사에 대한 소문은 종종 났었다. 하지만 그 전모는 아직까지도 밝혀진 게 전혀 없었다.

대체 어떤 악행을 했었는지. 그리고 구성원으로는 누가 있었는지. 그 목적은 무엇이었는지.

유즈하의 말에 따르면 이전에 히노모토 위원회에서 팀을 결성해, 그 조직의 전모를 파헤치고자 했던 일이 있었다고 한다.

하지만 진상은 거의 드러나지 않았다. 몇몇 소문과 목격 증언이 남아있을 뿐, 자세한 정보는 없었던 것이다. 간신히 밝혀낸 것은 조직에서 빠져나온 전설의 암살자의 이름이 알타이르라는 것과 그 정체가 레비아드인 듯하다는 것, 그리고 보스의 이름이 베가라는 것뿐이었다.

하지만 그럴 수밖에 없었다. 어둠의 비밀결사는 설정뿐인 존재고 활동은 전혀 하지 않았기 때문이다.

그럼에도 진상을 모르는 다섯 명은 점차 흥분하기 시작했다. 알려진 것이 너무도 없는 점이 어둠의 비밀결사답다며 흥분한 눈치였다.

(……뭔가, 생각보다 일이 커진 듯하다만…….)

미라의 정체가 베가라는 걸 알게 된 다섯 명이 너무도 큰 관심을 보이는 바람에, 미라는 이거 설마 경솔한 짓을 한 건가 싶어서 걱정이 되기 시작했다.

사실 진실이 그러한 탓에 그녀들이 원하는 비밀 같은 것은 전혀 없었다. 그냥 소소한 역할 놀이에서 비롯된 것이기 때문이다.

하지만 다섯 명의 대화를 듣다 보니, 이야기가 서서히 불온한 방향으로 나아가기 시작했다. 지난 30년 동안 상당히 설정이 부풀려진 모양이다.

모든 이야기가 그냥 소문이거나 '그럴지도 모른다' '어쩌면'이라는 애매한 단어가 따라 붙었고, 게임이었던 당시에 일어났던 여러 사건에 어둠의 비밀결사가 얽혀 있었다는 식으로 이어졌다.

(아니아니, 아틀란티스의 장군 암살 같은 건 안 했는데——. 아니아니, 고대지하도시의 그건 유명한 PK팀의 소행이었건만——.)

사냥터에서 돌아오는 길에 그 유명한 '이름 없는 사십팔장군' 중 한 명이 PK를 당해 화제가 된 적이 있었다.

또한 그 범인은 레비아드여서 알타이르이기도 한 그의 소행이라고 하면 그렇게 볼 수도 있겠지만, 당연히 그것은 그 개인의 범행이었다.

또한 한때는 고대지하도시에서 사냥 도중에 플레이어들이 습격을 당하는 일이 다발하기도 했다.

이건 정체를 밝히고 말고 할 것도 없이, 당시 흔했던 PK들이 벌인 짓이다. 특히 효율성을 중시해 넓게 퍼져 있던 자들이 습격을 당했다. 그 때문에 정신을 차려보니 동료가 사라져 있었고, 그런 상황이 오싹하게 느껴져 화제가 되었던 것뿐이다.

그랬던 그들은 그 후에 자경단이 결성되자 일이 성가셔졌다고 생각했는지 안개처럼 사라졌다. 단순 PK사건이라는 게 밝혀진 것은 욕심을 부려 몰래 속행했던 자가 있었기 때문이다.

또한 그 자경단에 베가였던 덤블프도 참가했던 탓에 미라는 그 일에 관해 다소 자세히 알고 있기도 했다.

"——근데 그뿐만이 아니래. 최근에 무슨 악의 조직이 뒤에서 나라를 좌지우지했다는 이야기를 풍문으로 들었는데, 그 일에도 관여했을까?"

그게 다가 아니다. 아노테가 그런 말을 입 밖에 내자 나머지 네 명 역시 들어본 적 있다며 고개를 끄덕였다.

그리고 이 이야기는 미라 역시 짚이는 바가 있었다.

베가로서가 아니라 실제로 관여했던 사건이기 때문이다.

어스 대륙 최서단에 위치한 세인트 폴리는 키메라 클로젠이 만들어낸 나라였다.

그에 관해서는 정보 규제가 상당히 철저하게 이루어지고 있었는데, 그럼에도 아노테가 언급한 몇몇 소문으로 미루어볼 때 역시 세인트 폴리에 관한 이야기가 맞는 듯했다.

소문 정도이기는 해도 주워들은 걸 보면 히노모토 위원회의 정보 수집 능력은 상당한 모양이다.

"나라 하나를 좌지우지했다니, 스케일이 다르네. 그래서 미라, 진상은 뭐야……?"

대체 어둠의 비밀조직은 얼마나 강대한 힘을 지니고 있었을까. 그런 기대감이 담긴 얼굴로 마이카가 쳐다보자, 네 사람도 이어서 미라를 쳐다보며 눈을 반짝거렸다.

"……아니, 전부 전혀 모르는 이야기로구나."

그러나 아무것도 하지 않은 탓에 기대에 응할 수가 없었다. 그것들은 모두 눈덩이처럼 불어난 소문이기 때문이다.

따라서 미라는 자신과 상관없는 일이라고 답했지만, 조금은 사정을 알고 있어서인지 얼굴에 티가 난 모양이다.

"……아~ 뭔가 알고 있는 것 같네."

그런 미세한 변화를 마이카는 놓치지 않았다. 그리고 다른 네 명도 "역시"라느니 "어둠의 보스 맞네"라는 소리를 하더니 반짝반짝 빛나는 눈으로 미라를 쳐다보았다.

"아니아니, 아무것도 모른대도. 이 몸과는 전혀 상관없는 일이란 말이다."

애초에 그 흑막은 키메라 클로젠이다. 그렇지만 당연히 미라도 입막음을 당한 상태였다. 그 때문에 진실을 밝혀서 완전히 무관하다는 걸 증명할 수가 없었다.

그런 답답한 마음이 태도로 드러난 것인지. 마이카는 대담한 미소를 띤 채 “그렇구나~ 어디까지나 비밀이다 이거지?”라고 말했다.

“그렇게까지 모르는 척을 하고 싶다면, 뭐 그런 걸로 해둘까.”

아노테 역시 말하지 않아도 안다는 듯한 얼굴로 고개를 끄덕였다. 그러더니 다섯 명은 태도로 미루어 거의 확실한 것 같지만 이번에는 봐주겠다는 분위기를 풍기기 시작했다.

(이거 진실을 밝히는 것 말고는 의심을 풀 방법이 없을 것 같군 그래…….)

도시전설이니 뭐니 하는 부류의 이야기가 어지간히도 좋은 것인지. 지금까지 완전히 베일에 싸여 있던 어둠의 비밀결사의 보스를 만났다는 생각에 아노테 일행은 한동안 흥분을 가라앉히지 못했다.

이제 아무리 부정을 해도, 결정적인 진실을 밝히지 않으면 믿어줄 것 같지가 않았다.

그것은 그냥 역할 놀이였다고. 악인 플레이를 해서 화장도구상자를 사용한 게 아니라고. 애초에 잘 생각해 보면 알 일이지만, 베가라는 존재의 정체가 그렇게까지 알려지지 않았다면 굳이 화장도구상자를 사용할 필요는 없지 않았겠냐고. 세인트 폴리 사건은 키메라 클로젠의 짓이었다고.

그리고 무엇보다도 미라의 정체는 덤블프라고.

"——지금은 평범한 모험가 미라니, 그렇게 대해다오."

방법이 없지는 않겠지만 미라는 우선 안전책을 쓰기로 했다. 덤블프로 돌아갈 가능성은 없건만, 언젠가 그때가 왔을 때를 위해 모든 의심을 받아들인다는 선택지를 택한 것이다.

미라의 정체가 어둠의 비밀결사의 보스인 베가로 확정된 후. 그 분위기를 이어가서, 이 세계에 온 후로 여러모로 고생을 했을 듯한 플레이어들은 누가 있을까, 라는 화제로 이야기꽃이 피었다.

"——남자들을 너무 속여서 지명수배된 그 애는 어떻게 됐을까아."

"있었지, 그런 애가. 피해자 모임 같은 것도 생겼었잖아."

"하여간 남자들은 다 바보라니까. 속을 게 없어서 얼마든지 모습을 바꿀 수 있는 게임에서 속다니."

게임이었던 당시에는 여러 부류의 플레이어가 있었다. 악인을 타깃으로 삼았던 사기꾼, 악덕욕탕귀족을 숙청하고 다니던 암살자, 아닌 게 아니라 바다를 휩쓸고 다니던 해적도 있었다.

아노테가 그런 여러 플레이어들 중 한 명을 언급하자 마논과 마이카는 어이가 없다는 듯이 웃었다.

그에 반해 유즈하는 그런 일도 있었지, 라고 말하는 듯한 표정이다.

또한 앙투아네트로 말하자면 그럭저럭 속이고 다닌 쪽인 탓인지, 실로 떨떠름한 표정이었다.

그리고 미라는 미인이 되어서도 여성의 꽁무니만 쫓아다니는 루미나리아는 과연 어느 쪽 입장에 해당할까, 라는 고민에 빠졌다.

〈13〉

"아, 슬슬 우리 시간이네."

하잘 것 없는 이야기부터 후일담이 살짝 궁금한 사건까지, 두서없이 이야기하던 중. 문득 마이카가 그런 말을 입 밖에 냈다.

그러자 나머지 네 명도 하나같이 시간을 확인하더니 "벌써 그런 시간이네에" "그러면 가볼까~"라면서 하던 이야기를 중단하고 부랴부랴 뭔가를 준비하기 시작했다.

"흠? 무슨 시간 말이냐?"

다섯 명이 동시에 움직이자 미라는 아노테 일행을 바라보며 무슨 일이냐고 물었다. 그러자 유즈하가 "으음, 목욕 시간 말이에요"라고 알려주었다.

아무래도 배 안이다 보니 장소가 한정적이라 이곳에는 욕실이 하나밖에 없다는 듯했다.

그런 탓에 남탕과 여탕을 따로 만들 수 없어서 이용 시간으로 관리하고 있다고 한다. 또한 한꺼번에 들어갈 수 있는 인원도 제한적이라 한 방씩 돌아가면서 쓰고 있다는 듯했다.

그리고 곧 이 방의 차례가 될 시간이라는 것이다.

"그렇구먼……."

상황으로 미루어 그게 가장 관리하기 쉬울 듯하다.

하지만 미라는 문득 생각했다. 그럼 이 여섯 명이 같이 목욕탕에 들어간다는 뜻이 아닌가?

정말 괜찮은 건가? 특히 세 명은 현대에서도 여성이었는데? 여기에 카구라가 있었다면 분명 경멸하는 눈으로 쳐다보고도 남았을 상황이다. 실제로 루미나리아는 함께 목욕해도 좋다는 허락을 받지 못했다. 일전에 우연히 목욕탕에서 마주친 미라도 탐탁지 않아 했다. 처음에 같이 목욕하자고 했어도 고개를 끄덕이지는 않았을 거다.

그 때문에 미라는 불안해졌지만 아노테와 마논, 마이카는 그런 부분을 거의 신경 쓰지 않는 눈치였다.

조금 전에 앙투아네트가 말했듯, 세 사람은 현대에서의 성별이 어땠는지는 문제로 여기지도 않는 모양이다. "그러면 갈까?"라고 마이카가 당연하다는 듯이 말을 걸어왔다.

미라는 기뻐하며 고개를 끄덕였다.

선실에서 나와 복도를 걷는다. 조사선은 범선처럼 생겼지만 내부는 배라기보다는 호텔에 가까운 구조로 되어 있었다.

그렇게 목욕탕에 도착하자, 역시나 배 안답지 않은 광경이 그녀들을 맞이했다.

"뭐라고 해야 할지…… 이곳은 가정적이로군."

다소 널찍한 탈의실과 널찍한 욕실. 복도를 보고 상상했던 호텔 같은 목욕탕의 이미지와 달리, 그럭저럭 좋은 집의 시스템 욕실이 그곳에 있었다.

어쩐지 돈 많은 친구 집의 목욕탕을 빌려 쓰는 듯한 기분이 드는 분위기다.

그러한 감상을 느끼고 있는 동안에도 시간이 정해져 있는 탓에 느긋하게 있을 수 없기 때문인지. 다섯 명은 시원하게 옷을 벗고 냉큼 욕실로 들어갔다.

(역시 목욕 이벤트는 빼놓을 수 없지!)

그 밖에도 많기는 하지만 미소녀가 되길 잘했다고 느끼는 순간 중 하나가 바로 이럴 때다. 그렇게 속으로 실감하며 미라는 다섯 명에 이어 잽싸게 알몸이 되어서 욕실에 돌입했다.

욕실 내에는 살색 낙원이 펼쳐져 있었다. 그곳에서 미라 역시 알몸을 훤히 드러낸 채 즐거운 입욕 시간을 만끽했다.

함께 샤워를 하고 교대로 욕조에 몸을 담갔다가 다시 나와 분주하게 몸을 씻었다.

(……어째, 뭔가 영 부족한 기분이 드는데.)

여자 일동과 함께 목욕을 하고 있는 실로 근사한, 온 세상 남자들이 모두 동경할 상황이다.

하지만 그럼에도 미라는 이유를 알 수 없는 부족함을 느끼고 있었다.

무엇이 부족한 것일까. 모두가 플레이어 출신자인 탓일까. 그중 두 사람에게 자신과 같은 배경이 있기 때문일까.

그런 불만이 막연하면서도 확실하게 느껴진다. 심지어 그러한 감정이 살짝 얼굴에 드러났는지, 앙투아네트가 살며시 곁으로 다가와 고개를 끄덕이며 미라의 어깨에 손을 얹었다. 그리고 미라의 마음속에서 소용돌이치고 있던 불만과 이상을 대변해주었다.

"이럴 때 만화 같은 데에서는, 뭔가 반짝반짝 빛나는 백합꽃이 마구 피어나고 꺄륵꺄륵 므흐흣한 분위기가 풍기고는 하는데 말이야아. 그에 비해 현실은 때때로 참 무정하지 않니?"

그렇다, 미라는 앙투아네트가 말한 전개를 마음 한구석으로 기대하고 있었던 것이다. 하지만 목욕탕에 들어와 보니 제한 시간에 쫓겨 모든 것이 작업적으로 진행되었다. 동경 같은 것이 개입할 여지가 없었던 것이다.

"이제 와서 무슨 소리야? 그런 건 다 이야기 속에나 등장하는 환상이지."

앙투아네트의 말과 미라의 희망을 마이카가 무자비하게 싹뚝 잘라버렸다. 그러자 앙투아네트는 시원하리만치 맑은 미소를 띤 채 "그럼에도 이상이 현실에 존재하기를 바라고 마는 게, 남자란 존재야"라고 답했다.

"헤에~. 그러면 미라도 그런 걸 꿈꿨던 쪽?"

마이카는 어이없다는 표정을 지으면서도 살짝 궁금해졌는지 이어서 그런 말을 입 밖에 냈다. 과연 미라는 그런 구제불능 남자들과 같을지 어떨지 의심하는 듯한 눈으로.

"……뭐어, 글쎄다. 그런 꿈을 꿨던 시기도 있었지."

경우에 따라서는 그걸 부정해보임으로써 흔한 남자들과는 다르다는 걸 어필할 수도 있을 것이다. 하지만 그런 허세는 의외로 주변 사람들의 눈에 다 들통 나기 마련이다. 그래서 미라는 솔직하게 그 말에 긍정해, 자신은 흔해빠진 남자라는 사실을 인정했다.

또한 미라 본인은 마이카가 부정했던 환상을 눈앞에서 본——이니, 그 중심에 있었던 적이 있었다. 다름이 아니라 상대는 릴리 일행이었다. 미라가 이상으로 여기고 있는 상황과는 큰 차이가 있었던 것이다. 이 무슨 잔혹한 현실이란 말인가.

다만 현실이 그렇기에 그런 전개를 꿈꾸고 마는 것이다. 실로 덧없는 꿈이 아닐 수 없다.

"그러면 환영하는 의미에서, 그 꿈을 이루어줄까?!"

"뭣이라고?!"

현실에 좌절하고 있던 미라는 문득 들려온 아노테의 말에 눈을 빛냈다. 설마 꿈에 그리던 꺄륵꺄륵 므흐흣한 광경이 눈앞에서 펼쳐지는 것일까.

뜻밖의 전개에 미라의 가슴은 기대감으로 부풀어 올랐다. 하지만 그런 흥분도 찰나의 환상이었을 뿐. 다음 순간에는 기뻐했던 것을 후회하게 되었다.

왜냐하면 백합빛 절경을 볼 수 있을 거라 생각했더니, 그 무대에 있는 세 사람이 두 눈을 요사스럽게 빛내며 미라를 똑바로 쳐다보고 있었기 때문이다.

그리고 미라는 그 눈에 깃든 빛의 의미를 알고 있었다. 아니, 알고 싶지 않았지만 억지로 알게 되었다.

릴리 일행과 매우 비슷한 눈빛이었다.

그렇다, 아노테 일행은 이루어줄 꿈의 중심에 미라를 위치시키려 했던 것이다.

"아니, 역시 이야기로서 접하는 것만으로도 충분——."

본래는 여자들끼리 꺄륵꺄륵 므흐흣하는 광경을 보고 싶었다. 하지만 자신이 중심이 되어 버리면 릴리 일행에게 둘러싸였을 때와 다를 게 없어진다.

아노테 일행의 의도를 알아챈 미라는 즉시 거부하려고 했다. 하지만 그 말을 내뱉기도 전에 세 사람이 행동에 나섰다. 그야말로 흥미진진하다는 미소를 지은 채 미라를 끌어당긴 것이다.

"앗——!"

그 결과, 미라는 아노테 일행에게 붙들려 마구 씻겨지고 희롱당했다.

유즈하는 그런 미라를 측은한 눈으로 바라보고서, 아무 도움도 줄 수 없다는 듯이 고개를 돌렸다.

앙투아네트로 말하자면 아무래도 이렇게 될 것을 알았는지. 아주 득의양양한 미소를 띤 채 그곳에서 펼쳐진 꺄륵꺄륵 므흐흣한 광경을 만끽하고 있었다.

미라는 욕실에서 실컷 환영을 당했다. 그 스킨십에는 분명 양측의 거리를 더욱 좁혀 보려는 의도도 있었을 거다. 그 덕에 정신을 차려보니 만난 지 얼마 되지 않은 사이임에도 멤버 중 한 명으로서 보다 가까워진 듯했다.

그런 그녀들은 미라의 바람을 알아채기라도 한 것인지. 간식을 준비해서 파자마 파티를 벌였다. 이 역시 한 번은 보고 싶다고 생각했던 정석적인 망상 장면이었다.

하지만 그 자리에서 오고간 것은 이런 장면에서 빼놓을 수 없는 사랑 이야기 같은 것이 아니었다. 방 안의 화사한 분위기와 달리, 도시전설 축제가 열린 것이다.

유령선을 조사하러 나섰을 정도의 멤버들이다 보니, 오히려 예상할 수 있었던 전개였다.

그 부분에 있어서는 미라도 안도한 듯 보였다. 파자마 파티를 기대하고는 있었지만 사랑 이야기는 따라갈 수 있을 것 같지가 않았기 때문이다.

그렇기에 미라에게는 도시전설 쪽이 차라리 편했다. 하지만 그러한 도시전설 중에는 상당히 불안한 이야기도 포함되어 있었다.

"——오오, 그거라면 이 몸도 들었다. 분명 들은 바에 따르면, 고대문명이 남긴 최후의 낙원이라는 설이 유력했더랬지."

여러 가지 소문을 언급하던 중, 천공성에 관한 이야기가 나왔다. 그렇다, 플로네의 소행인 그것 말이다. 심지어 어스 이터라는 다른 도시전설도 관련되어 있는 그것은, 설령 플레이어 동료라 해도 결코 알려져서는 안 될 내용이었다.

만약 이 진실이 알려진다면 알카이트 왕국이 위기에 빠질 게 뻔하기 때문이다.

따라서 미라는 소문에 소문을 더한다는 정보 조작을 시도해 보기로 했다. 고대 문명은 고대지하도시 같은 것도 만들어냈다. 하늘에 섬을 띄웠다 한들 이상할 건 없는 것이다.

"헤에, 고대문명이라. 그 설은 처음 들었지만 확실히 가능성은 있을 것 같네!"

"고대문명과 얽힌 해저도시에 관한 소문도 있으니, 하늘에도 있을 것 같아."

그렇게까지 엉뚱하지 않았던 덕인지, 아노테와 마논의 공감을 얻는 데 성공했다.
그와 동시에 처음 듣는 소문도 튀어나왔다.
(해저도시라…… 정석이라 할 수 있는 소재지만 그래도 가슴이 뛰는구나!)
해저에 만들어진 도시일지, 아니면 해저에 가라앉은 도시일지. 어느 쪽이든 실제로 있을 듯하고, 양쪽 모두 낭만이 넘쳐났다.
미라는 판타지스럽게 해저에 만들어진 도시가 좋겠다는 생각을 하며 도시전설 걸즈 토크를 즐겼다.

마음껏 파사바 파티를 즐기고 맞은 다음 날 아침. 미라는 여섯 명 중 가장 먼저 눈을 떴다.
"——끄응. 벌써 여덟 시인가……."
멍하니 눈을 비비며 실내를 둘러보니, 뭐라 형용하기 어려운 현실의 광경이 펼쳐져 있었다.
테이블 위에는 비어있는 멋진 술병이 떡하니 놓여 있었다. 중간부터 차만 마시기에는 아쉽다며 앙투아네트가 꺼낸 물건이다.
그 밖에도 컵과 과자 부스러기가 어지럽게 널려 있었다. 바닥에도 포장지 등이 곳곳에 떨어져 있었다.
이어서 3단 침대 쪽으로 시선을 돌려보니, 어디가 누구 자리인지는 따지지 않고 저마다 잠자리에 든 듯 보였다. 맞은편 아래층에서는 아노네와 마이카가 좁은 침대에 같이 누워 있었다.
그리고 미라 역시 문득 옆을 보고서 알아챘다. 아무래도 자신은 마논과 함께 자고 있었던 모양이다.

또한 흐트러진 마논의 파자마 상태를 보니, 잠버릇이 그리 좋지는 않은 듯했다.

용케 그 옆에서 잤구나, 싶어 숙면을 취한 자신에게 놀라며 미라는 느긋하게 아침 준비를 시작했다.

참고로 유즈하는 제대로 본인의 침대에 누워 있었다. 심지어 차림새가 흐트러지지 않은 것으로 미루어, 현재로서는 가장 여성스러운 듯 보였다.

"모습이 안 보인다 싶었더니, 이런 곳에 있었나."

나머지 한 명인 앙투아네트로 말하자면, 화장실에서 술병을 끼고 잠들어 있었다. 참으로 알기 쉬운 술주정뱅이의 모습이었다.

"이봐라~ 아침이다~."

다른 건 둘째 치고 여기 내버려둘 수는 없다. 이대로 두면 화장실을 쓸 수 없기 때문이다.

그리고 미라가 눈을 뜬 이유는 화장실에 가고 싶었기 때문이라, 그곳을 앙투아네트가 봉쇄하고 있으면 사활이 걸린 문제로 번질 우려도 있었다.

하지만 술에 취해 곯아떨어진 사람은 어지간한 일로는 깨어나질 않기 마련. 아무리 말을 걸고 어깨를 잡고 흔들어도 앙투아네트는 꿈쩍도 하지 않았다. 그저 기분 좋은 숨소리만 토해낼 따름이었다.

"이 녀석이 정말……!"

그렇다고 해서 움직일 뜻이 없는 이를 움직이는 것 또한 어려운 일이었다. 사람 한 명을 옮기는 데에는 상당한 힘이 필요하다.

더불어 상대가 여성일 경우, 조심해야 할 부분도 발생한다.

하지만 한계가 멀지 않은 탓에 미라는 망설이거나 손가락만 빨고 있지는 않았다.

"자, 잘 거면 그쪽에서 자라!"

즉시 무장소환을 행사해서 그 파워 어시스트 기능을 활용해 앙투아네트를 훌쩍 짊어지고 그대로 옮겨서 침대에 던져 넣었다.

그렇게 별생각 없이 시선을 옮긴 순간 알아챘다.

"음? 좀 전까지만 해도 있었을 터인데……."

조금 전에 확인했던 마이카의 모습이 사라져 있었다. 아노테와 함께 자고 있었넌 그 자리에 지금은 아노테만 남아 있었다.

그럼 대체 어디로 갔을까. 이 다급한 아침 시간에 어디로 사라진 것일까.

미라는 의아했지만 그건 그거고. 한계에 달했다고 말하는 아랫배의 호소에 따라 가장 우선해야 할 일을 실행하기 위해 화장실로 돌아갔다.

"어째서냐~!"

직후에 미라는 소리쳤다. 앙투아네트를 제거하고 겨우 사용할 수 있게 된 줄 알았던 화장실이 어째서인지 닫혀 있었던 것이다.

"이제 막 들어왔어~ 잠깐만 기다려~."

맹렬하게 문을 노크해 보니, 그곳에서 마이카의 목소리가 들려왔다.

그렇다, 미라가 앙투아네트를 처리하는 동안, 마이카가 교대하듯이 화장실을 점거했던 것이다. 심지어 갓 잠에서 깨어 미라의 상황을 전혀 모르는 탓인지 상당히 멍한 상태였다.

“못 기다린다! 더는 못 기다릴 상태란 말이다!”

미라는 그야말로 필사적으로 애원했지만 마이카의 태도는 변하지 않았다.

태평하게 “아침엔 좀 느긋하게 지내자~”라는 소리나 해댔다.

“아, 아아~. 더는 무리다아…….”

이제 몇 초도 더 참을 수 없다는 걸 직감적으로 알 수 있는 위기 상황이었다. 한계 돌파 직전이다.

유예 시간은 없지만 그렇다고 지릴 수도 없는 일이다. 그런 극한의 상황에 몰린 미라는 그렇기에 필사적으로 돌파구를 찾았다.

우선 옆방 화장실을 쓰러 갈 만큼의 여유는 없다. 문을 노크하는 동안 실수를 할 게 뻔하기 때문이다.

차라리 세면대에서 해결하는 수도 있다. 급하기도 하거니와 지금이라면 아무에게도 들키지 않을 거다. 하지만 이런저런 용도로 사용하는 그곳을 변소 대신 사용하기는 좀 그렇다는 생각에 중지했다.

무난한 방법으로 떠오른 또 하나의 방법은, 언젠가 디누아르 상화에서 구입했던 편리한 상품이다. 연못물이건 강물이건 바닷물이건, 어떤 물이든 여과해서 식수로 만들어준다는 뛰어난 물건이다. 그리고 그것에는 다른 사용방법도 있었다.

그렇다, 수원을 확보할 수 없는 상태를 위한 최종 수단── 오줌을 식수로 만드는 것이다.

미라는 고민했다. 그것을 사용해 평범한 물로 만든 후, 그대로 세면대에 버리면 문제없지 않을까.

하지만 순간적으로 아이템 박스를 열고서 절망했다. 정리를 잘 하지 않은 탓에, 얼핏 봐서는 그걸 어디에 수납해두었는지 알 수가 없었기 때문이다.

이제 일일이 찾을 시간도 없거니와 그럴 집중력도 완전히 사라진 상태다.

그렇게 찰나의 시간 동안 여러 가지 아이디어를 쥐어짜내며 좌왕우왕하던 미라는, 또 다른 방법이 없을지 필사적으로 방을 둘러보았다.

그때. 그것을 발견한 순간, 미라는 난숨에 달려 나갔다.

목표는 선실의 창문. 채광을 위한 것이지만 고정창이 아닌 데다 사람이 드나들 수 있을 만큼 컸다.

그것에 눈독을 들인 미라는 그 자리에서 팬티를 벗어던지고 창문을 통해 밖으로 뛰쳐나갔다. 그리고 재빨리 '공활보'로 궤도를 바꿔서 창문을 등지는 모양새로 그 가장자리를 붙잡았다.

직후, 미라는 결국 한계를 맞이했다. 하지만 아래는 망망대해다. 다소 흩뿌린다 해도 나무랄 사람은 아무도 없고 그럴 이유도 없을 거다.

그곳에 펼쳐진 망망대해는 한계를 넘어선 소녀의 그것을 다정하게 받아들여 주었더랬다.

〈14〉

어수선하게 시작된 아침이었지만 그 후에는 지극히 평온했다.

마이카는 멍한 상태라 미라가 어떤 상황에 처했었는지 아예 알지 못했다. 나머지 네 명은 그 소동으로부터 20분은 경과한 후에야 잠에서 깼다.

따라서 미라가 창문으로 나가 볼일을 봤다는 사실은 아무에게도 알려지지 않은 채 어둠에 묻혔다.

(나중에 긴급시에 쓸 수 있는 화장실을 찾아두도록 할까…….)

선실이 있는 구획과 달리 기관실이나 조타실, 관측실과 같은 장소에는 개별 화장실이 존재하지 않았다. 구획별로 공용 화장실이 설치되어 있는 식이다.

만약 또 이번과 같은 비상사태가 벌어지면 곧장 선실에서 뛰쳐나가 곳곳에 있는 공용 화장실을 이용하는 게 제일일 거다.

그렇게 생각한 미라는 지금 있는 선실에서 가장 가까운 공용 화장실을 파악해두기로 결심했다.

"그럼 갈까."

"음, 가자꾸나."

많은 일이 있었지만 아노테 일행이 준비를 마쳤다기에 다소 늦기는 했지만 아침 식사를 하기로 했다.

미라 일행은 나란히 식당으로 향했다.

그러던 도중, 마이카가 문득 생각이 난 듯이 그리고 보니 밖에서 재촉을 한 것 같은데 괜찮았느냐는 말을 입 밖에 냈다. 잠에 취해 있기는 했지만 미라가 허둥댔던 것을 어렴풋이 기억하는 모양이었다.

"음, 뭐어 그렇게까지 급하지는 않았으니 문제없다."

시시콜콜 캐물으면 난감해지겠다는 생각에 미라는 그렇게 얼버무렸지만, 그래도 한마디 해둬야겠다 싶어서 앙투아네트에게 말했다. 화장실에서 자지 말라고.

"아~ 몇 번을 말해야……."

"나 참, 미라 씨한테 폐를 끼치다니."

"아니, 그치마안. 거기가 제일 안심되는 거얼. 여차할 때에 대비하자면 말이야."

아무래도 상습범이었는지, 마논과 유즈하가 또 그랬느냐고 어이가 없다는 투로 말하자 앙투아네트는 전혀 반성하지 않고 변명만 입 밖에 냈다.

여차할 때. 진탕 취했을 때라면 앙투아네트의 말대로 화장실에 있는 게 가장 안심이 되고 안전하다고 할 수 있을 것이다.

하지만 그것은 그 밖에도 화장실이 있을 경우의 이야기다. 하나밖에 없는 화장실을 점거해놓고 그대로 곯아떨어지면 다른 사람들이 폐를 입을 수밖에 없다.

앙투아네트는 마구 비난을 받았다. 그런 그녀가 도움을 청하듯이 눈빛을 보내왔지만, 오늘의 가장 큰 피해자였던 탓에 미라는 "차라리 술을 안 마시면 될 일이 아니냐"라는, 앙투아네트에게 가장 잔인한 말을 입 밖에 냈다.

(흠, 또 그런 일이 생긴다면, 이 루트로 와야겠군…….)

선실에서 가기 쉬운 공용 화장실의 위치를 파악한 미라는 그 루트를 머리에 입력하며 아노테 일행과 하잘 것 없는 대화를 나누었다.

좋아하는 음식이나 싫어하는 음식 같은, 지극히 평범한 대화였다.

그렇게 식당에 도착해서는 오늘은 이게 먹고 싶은 기분이라면서 각자 주문을 했다. 그러는 동안에도 다른 멤버들과 아침 인사를 나누기도 하며 평범한 대화를 나눴다.

그 후 미라 일행은 기다란 테이블을 둘러싸고 아침 식사를 했다. 다소 늦은 시간일 텐데도 주변을 둘러보니 그럭저럭 많은 사람들이 모여 있었다. 다들 느긋하게 아침을 시작하는 편인가 싶을 정도의 상황이다.

(그나저나 뭐라고 해야 할지…… 굳이 식당에서 식사를 하다니, 성실하기도 하군.)

그런 모습을 바라보며 미라는 문득 생각했다.

이곳에 있는 이들은 모두 아이템 박스를 소유한 플레이어 출신자다. 때문에 미리 대량의 완성된 요리를 수납해두면 굳이 식당을 이용할 필요도 없고, 편한 시간에 편한 곳에서 먹을 수 있는 것이다.

그럼에도 정해진 시간에 식당에서 만들고 식당에서 먹는다. 이걸 보고 성실하다고 하지 않으면 뭐라고 하겠는가.

하지만 미라는 의아한 동시에 대충 이해가 되기는 했다. 그렇게 하면 시시하기 때문이다. 그래서 굳이 식당에 모이는 것이다.

"아, 점심은 해군 카레래!"

"아싸!"

오늘 메뉴를 확인하던 마이카가 신이 나서 말하자 아노테가 환한 미소를 띤 채 대꾸했다.

"호오, 그거 기대되는구나!"

그리고 미라 역시 마찬가지로 기뻐했다.

분명 이런 점 때문일 거다. 그래서 식당에 모여드는 것이리라.

그 외의 즐겁게 대화를 나누는 조사원들을 바라보며, 미라는 납득이 가는 이유라며 혼자서 멋대로 이해했다.

아침 식사가 끝난 후, 미라 일행뿐 아니라 대부분의 조사원이 갑판에 올라와 있었다.

아스트로의 말에 따르면 잠시 후면 유령선 목격 지점에 도착할 것이라고 한다.

"흐~음, 보아하니 평온함 그 자체로군."

선수가 향하고 있는 방향을 바라보며 미라가 중얼거렸다. 이미 목적지가 보일 범위에 들어섰음에도 쾌청한 하늘 아래 펼쳐진 망망대해는 어딜 보아도 평화 그 자체였다. 소문에 등장했던 안개는커녕 배의 모습도 보이지 않았다. 유령선의 낌새조차 느껴지지 않았다.

그렇게 드디어 목격 지점 한복판에 도착했다.

"안 보이는 거얼."

"안 보이네."

쌍안경으로 주변을 관측하고 있던 앙투아네트와 마논이 중얼거렸다.

마찬가지로 다른 조사원들도 빈틈없이 주변을 살폈지만 무언가를 찾아냈다는 소리는 들려오지 않았다.

"하다못해 작은 흔적이라도…… 배의 일부 같은 거라도 벗겨져서 떨어져 있으면 좋을 텐데."

아노테는 몸을 내밀어 해수면을 훑어보며 말했다. 그녀의 말에 따르면 마나를 내포한 모종의 물증이 있으면 전용 술수를 써서 같은 파장을 지닌 것을 추적할 수 있다는 모양이다.

(호오, 그것과 비슷한 물건인가. 그러고 보니 경라국에서 쓰던 물건이라고 했었지.)

미라는 그러한 술구 중 짐작이 가는 물건이 있었다.

언젠가 괴도 퍼지다이스를 쫓고 있던 탐정, 울프 소장이 가지고 있던 '록온 M식형'이다.

경라국이란 것은 히노모토 위원회가 운영에 관여하고 있는 경라기구의 부서 중 하나로, 특별히 개발된 여러 가지 술구를 업무에서 사용한다.

그렇기에 아노테가 보여준 그 술구는 울프 소장이 가지고 있던 것보다 몇 단계는 더 진화한 최신형이었다.

듣자 하니 이번 유령선 조사에는 상당히 다양한 작전을 준비해 왔다는 듯했다.

그리고 방별로 나뉜 팀이 각 작전을 담당하고 있다고 한다.

아노테 일행의 작전은, 마나는 이 세상 모든 것에 깃들어 있다는 설에 근거한 것이라는 모양이다.

실제로 마나는 돌이든 나무든 관측 가능한 모든 것으로부터 검출되었다. 그렇다면 유령선도 마찬가지일 것이다, 라는 생각으로 움직이고 있는 것이 아노테 일행인 것이다.

"흐~음, 아무것도 없군그래."

그렇다면 자신이 찾아보겠다며 미라도 흔적을 찾아보았다. 이번에는 즉흥 참가 같은 것이라 미라에게는 이렇다 할 역할이 할당되지 않았다. 하지만 참가하기로 한 이상 뭔가 해보고 싶었다.

따라서 미라는 가능한 범위에서 돕기로 했는데, 관측 범위를 넓히기로 하여 곳곳으로 흩어지는 와중에 아노테를 따라갔다.

그러고서 단원 1호를 소환해 수상한 것은 없는지 조사를 시키고, 구구와이즈를 소환해 하늘에서 전체를 관측했다.

전문가를 투입할 수 있는 미라의 조사 능력은 누가 뭐래도 상당한 수준이었다.

그럼에도 현재까지는 아무것도 찾지 못했고, 그저 시간만이 지나갈 따름이었다.

"소생의 감도, 영 반응이 없습니다냥."

고양이는 때때로 아무것도 없는 허공을 바라보기도 한다. 그런 행동을 보고 혹시 그곳에 유령이 있는 건가, 하고 두려워하는 이도 있을 것이다. 그런 고양이의 대표적 존재, 캐트시인 단원 1호조차 이렇다 할 낌새는 안 느껴진다고 했다.

"새로운 시점을 통해서 보면 찾을 수 있을까 싶었는데, 무리였나…….”

사람의 눈으로는 지금까지 아무것도 발견하지 못했지만 그 이외의 눈은 어떨까. 그런 기대를 품고 있었는지, 단원 1호를 끌어안은 채 아노테는 유감이라는 듯이 어깨를 축 늘어뜨렸다.

“바다밖에 없는 거야~.”

하늘에서 찾던 구구와이즈도 이렇다 할 흔적은 찾지 못한 모양이다. 주변 일대에는 바다밖에 없다고 한다.

“이왕 여기까지 왔으니 뭔가 찾아내고 싶은데 말이다.”

미라는 배의 가장자리에서 몸을 내밀어 망원 무형술 등을 구사해 해수면부터 바다까지를 바라보았다.

하지만 이토록 많은 눈이 있음에도 불구하고 바다에선 아무것도 찾을 수 없었다. 잠깐 둘러본 정도로 뭔가 새로운 걸 발견할 수 있을 리 없었던 것이다.

만약을 위해 단원 1호를 선수에 배치하고 구구와이즈에게는 관측을 계속하게 한 후, 미라 역시 망원 무형술 등을 구사해서 망망대해를 계속 감시했다.

“으~음, 참으로 바람이 시원——.”

바닷바람이 불어 닥치는 갑판. 바다 냄새를 맡으며 내려쬐는 햇볕에 눈을 가늘게 뜨고 있던 미라는 다음 순간 “——아니, 쌀쌀하구나!”라고 소리치며 부르르 떨었다.

갑판에서 조사원들은 열의를 불사르며 여러 가지 술구며 기재를 준비했다. 소란스러우면서도 관측에 힘쓰는, 활기 넘치는 그 모습을 보고 있자면 어쩐지 후끈하게 느껴질 정도였지만 지금 있는 이곳은 겨울 바다 한복판이다.

조금 바람이 세게 불면 얼어붙을 듯한 한기가 온몸을 훑고 지나갔다.

"뭐든 좀 더 껴입는 게 좋을 것 같군그래……."

몸속까지 전해지는 추위에 몸을 떨며 미라는 뭐가 있던가, 하고 아이템 박스를 뒤졌다.

현재, 미라가 입고 있는 것은 겨울용 마도 로브 세트인 탓에 나름의 방한 효과는 발휘되고 있었다.

그렇건만 이 뼈에 사무치는 듯한 추위는 어디서 오고 있는 걸까. 미라는 페가수스를 타고 하늘을 날 때 사용했던 코트라도 걸칠까 생각하다가 퍼뜩 알아챘다.

특히 춥게 느껴지는 것은, 하반신 쪽이라는 것을.

"……이런 경우에는, 이쪽이 좋겠지!"

마도 로브 세트는 추위를 막는 기능이 있지만 릴리 일행의 강한 집념 탓인지, 짧디짧은 미니스커트라 그곳을 통해 차가운 바람이 올라오는 듯했다.

원인을 알아낸 미라는 들고 있던 코트를 다시 넣고, 대신 두꺼운 검은 타이츠를 꺼냈다. 이전에 팬티 가리개로 샀던 것들 중 한 켤레였다.

"이것만 있으면 어떻게든 되겠지."

여름에는 땀이 차서 신을 일이 없었던 두꺼운 검은 타이츠. 하지만 이렇게 추운 환경이라면 오히려 그 보온성은 강점이 될 것이다.

가만히 생각해 보니 이렇게 될 걸 예상하고 이 두꺼운 검은 타이츠도 챙겨준 것일지도 모르겠다.

그렇게 확신한 미라는 당장이라도 얼어붙을 듯한 하반신을 어떻게든 하기 위해 부리나케 그 자리에서 신발을 벗었다. 지금은 다들 관측에 여념이 없다. 여기서 입어도 못 알아챌 테니, 누군가에게 혼이 날 걱정도 없다.

그렇게 일반적인 여자와는 다소 다른 걱정을 하며 그것을 얼른 신으려던 그때.

"큰 파도가 온다. 다들 꽉 잡아!"

문득 누군가가 소리친 말이 갑판에 울려 퍼졌다.

"흠?!"

그 말에 미라는 잽싸게 반응했다. 하지만 유감스럽게도 대응까지는 하지 못했다. 두꺼운 검은 타이츠에 집어넣기 위해 한쪽 발을 든 상태였기 때문이다.

직후, 조사선이 커다란 파도에 밀려 올라갔다. 그렇게 선체가 크게 흔들리더니, 이번에는 반대쪽으로 기울어졌다.

"어이——쿠쿠?!"

대자연의 힘 앞에서 미라는 아무것도 할 수가 없었다. 자세가 어정쩡했던 탓에 아무것도 붙잡지 못한 탓에 버티기도 힘들었다.

그 결과, 커다란 진동에 균형을 잃고 말았다.

"——우오오오?!"

그로 인해, 미라의 몸이 뱃선을 넘어 그대로 망망대해에 휘익~ 내던져졌다.

"아니…… 미라야!"

미라가 바다에 빠지는 순간을 목격한 아노테가 이름을 외치며 달려 나갔다.

만약 다른 조사원이었다면 전혀 허둥대지 않았을 거다. 바다에 내던져진들 아무 문제도 없을 자들뿐이기 때문이다.

하지만 그녀는 미라를 만난지 얼마 되지 않은 탓에, 아직 그러한 판단을 내리지 못한 상태였다.

그렇기에 반사적으로 움직였다. 갑판이 요동치고 있는 데도 달려 나가, 뛰어들었다.

"이것 참, 깜짝 놀랐구먼."

하지만 상대는 미라. 그 정도로 어떻게 될 위인이 아니었다. '공활보'로 사뿐사뿐 허공을 박차고 아무렇지도 않게 갑판으로 돌아온 것이다.

"어? 잠깐?!"

이걸 본 아노테는 당황했다. 생각할 새도 없이 움직인 탓에 힘차게 뱃전을 뛰어넘은 순간에야 무사한 것을 확인할 수 있었기 때문이다.

제대로 엇갈린 상태다.

"우랴압~!"

보통은 그대로 바다에 첨벙 빠졌을 거다. 하지만 아노테의 반응속도는 그야말로 실력자다웠다. 미라가 무사한 것을 확인하자마자 몸을 틀어, 아슬아슬하게 배의 난관을 붙잡는 데 성공한 것이다.

물론 상당히 아슬아슬했다. 낙하를 면하고 매달려 있는 아노테의 얼굴에는 보기만 해도 얼마나 당황했는지를 알 수 있을 정도의 안도감이 떠올라 있었다.

"이거이거…… 미안하게 되었구나."

그 모습을 보니 그녀가 무엇을 하려던 것인지 금방 알 수 있었다.

잠시 부주의했던 탓에 걱정을 끼친 것 같다. 그 사실을 깨달은 미라는 들고 있던 검은 타이츠를 일단 집어넣고 갑판에서 몸을 내밀어 아노테에게 손을 뻗었다.

순간.

"우오오?! 무어냐, 저건……?!"

아노테의 손을 잡자 자연스럽게 바로 아래에 자리한 해수면이 보였는데, 그곳에서는 참으로 으스스한 빛이 꿈틀대고 있었다.

바닥이 보이지 않는 새까만 바닷속에 무엇이 있는 것일까. 심지어 무수히 많은 빛은 눈처럼 둘로 뭉쳐서 나란히 움직였다.

"어? 잠깐뭐야저거?! 무서워무서워! 미라야빨리올려줘~!"

그것은 마치 미라 일행이 떨어지기를 기다리고 있는 것처럼 보였다.

만약 지금, 저기에 떨어진다면 어떻게 될까. 좋지 않은 상상만 떠오르는 광경 앞에서 아노테는 허둥대며 빨리 끌어올려 달라고 애원했다.

"오, 오오. 그래야지!"

무의식중에 관찰을 하고 말았지만 확실히 지금은 아노테를 구하는 게 먼저다. 그 사실을 떠올린 미라는 "여엉차!" 하고 그녀를 갑판 위로 끌어올렸다.

그러고 나서 곧장 다시 해수면을 바라보았다. 자신이 아는 바다 마물 중, 조금 전에 봤던 것은 존재하지 않았다. 그럼 대체 무엇일까.

그 정체를 알기 위해 미라는 해수면을 응시했다. 아노테 역시 조금 늦게 배의 가장자리에서 해수면을 들여다보았다. 하지만 그 짧은 새에 어디로 가버린 것인지. 그곳에 있던 빛은 환상처럼 사라진 뒤였다.

"흠…… 대체 어디로 간 게지?"

"어라라?"

너무도 순식간에 벌어진 일이었지만 분명 아직 멀리 가지는 못했을 거라 생각한 미라는 즉시 '생체감지'로 주변을 살펴보았다.

하지만 바다인 탓에 여러 생물들이 서식하고 있어서 뭐가 뭔지 구분이 안 됐다.

더불어 이곳은 유령선이 목격된 해역이기도 하다. 만약 좀 전에 봤던 빛이 그와 관련된 무언가였다면 상대는 산 자가 아닐 것이고, 그렇다면 '생체감지'로는 찾아낼 수 없다.

따라서 이번엔 전문가를 보내는 편이 빠르겠다고 판단한 미라는 셀키인 피를 소환했다.

"뭐야, 그거, 귀여워……."

좋아하는 비옷을 입어 기분이 좋아 보이는 피. 그 사랑스러운 모습이 아노테의 귀여워 센서에 직격한 모양인지, 해수면은 제쳐두고 피를 쳐다보기 시작했다.

"——그렇게 된 게다. 그럼 조사를 부탁하마!"

미라는 이런저런 설명을 한 후, 피에게 바닷속을 수색해달라고 부탁했다.

"피!"

피는 비옷을 펄럭이며 척, 하고 경례를 하더니 의기양양하게 바다로 뛰어들었다. 그 옆에서 아노테는 아아, 벌써 가버렸네, 하고 고개를 푹 숙이고 있었다.

〈15〉

"방금 그건 셀키? 무슨 일 있었어~?"

"혹시 뭔가 찾았어?"

해수면에 보였던 빛나는 눈은 무엇이었을까. 그 일로 미라 일행이 소란스럽다는 사실을 알아챘는지, 마논과 마이카가 달려왔다.

"무슨 일입니까냥?!"

덤으로 선수에서 감시를 하고 있던 단원 1호도 달려왔다. 아니, 끌려왔다. 마이카에게 안긴 상태로 등장한 것이다.

"아니그게있잖아——!"

질문을 듣고서야 좀 전의 공포가 떠올랐는지. 아노테는 벌벌 떨면서도 무슨 일이 있었는지를 설명했다. 수많은 빛나는 눈들이 바닷속에서 올려다보고 있었다고.

"유령선 침몰 해역에서 만난 의문의 빛나는 눈……. 이거 정말 미스터리하네!"

"이전까지 없었던 현상이잖아! 뭔가 있을지도 몰라!"

직접 조우하지 않은 탓인지 이야기를 들은 마논은 호기심이 가득한 표정으로 말했다. 마이카 역시 지금까지 유령선 목격 증언뿐이었던 조사가 진전됐다며 흥분을 감추지 못했다.

"바닷속으로 끌어들이려 하는 눈……! 이건 호러물일 듯한 예감이 듭니다냥……."

단원 1호로 말하자면, 호러 계열을 별로 좋아하지는 않는지 다소 긴장한 표정이었다.

그에 반해 마논 일행은 대체 그것이 무엇이었을지. 어떤 현상이었을지를 두고 신이 나서 의견을 주고받기 시작했다.

그리고 미라는 그 옆에서 바닷속을 수색하고 있었다. 훈련의 성과로 그럭저럭 범위와 정확도가 상승된 '의식 동조'의 시야 공유를 이용해, 피가 보고 있는 광경을 차분하게 관찰한다.

해수면에서 들이친 오후의 햇볕 때문에 바닷속 세계는 빛이 일렁이고 있는 듯 보이는 보였다. 그럼에도 시선을 아래로 내려보니, 그곳에는 한없이 이어져 있을 듯한 칠흑과 같은 심해가 펼쳐져 있었다. 한번 가라앉으면 다시는 돌아오지 못할 듯한, 으스스한 칠흑빛이다.

하지만 셀키인 피는 어떤 바다에서도 자유자재로 움직일 수 있어서, 주변을 헤엄쳐 다니며 그 일대를 조사해 나갔다.

"흐~음…… 딱히 이거다 싶은 건 안 보이는구먼."

뭔가 수상한 것은 없을까. 그렇게 눈에 힘을 주고 한동안 찾아보았지만, 의문의 빛의 정체로 추정되는 것은 전혀 보이지 않았다. 또한 그 정체와 관련이 있을 듯한 것도 전혀 안 보였다.

"으으…… 그건 진짜 뭐였을까."

빛나는 눈의 정체는 아직 밝혀지지 않았다. 미라가 바닷속의 상황을 전달하자, 원인을 전혀 알 수 없다는 점이 오히려 공포를 증폭시킨 것인지. 아노테는 더더욱 긴장한 기색이 역력해졌다. 하지만 호기심을 버릴 수 없었던 것인지 쭈뼛거리면서 해수면을 들여다보기도 했다.

"그렇게까지 또렷하게 보였다면, 뭔가 있을 것도 같은데……."

마논 역시 아노테와 함께 해수면을 주시하여 수상쩍은 빛을 찾았다.

목격자가 한 사람이었다면 뭔가를 잘못 봤을 가능성도 있다. 하지만 두 사람이 같은 것을 목격했다면, 분명 무언가가 있었을 가능성이 높은 것이다.

"그러게. 일단 두 사람이 봤다면 이대로 무시할 수는 없으니까."

유령선이 출몰한 해역에서 조우한 의문의 현상. 그리고 그것은 지금까지의 조사 중 처음으로 발생한 불가사의 현상이었다. 마이카는 드디어 단서를 잡을 수 있을지도 모른다는 생각에 흥분한 듯 보였다.

그래서인지 이 근처에는 아직 뭔가 있을 거라며 부랴부랴 조사 기기를 옮기기 시작했다.

아노테 일행이 이것저것 준비를 시작한 탓인지, 유즈하와 앙투아네트도 무슨 일이냐면서 다가왔다.

그런 두 사람에게 단원 1호가 사정을 설명하자, 그녀들은 더욱 흥분해서 여러 가지 가능성을 제시했다.

"——그러면, 더 깊은 곳에 있는 걸까요?"

"——배에서 목격해서 해수면만 보고 있었지만, 알고 보면 심해에 있는 거 아닐까?"

의견을 주고받은 결과, 유즈하와 앙투아네트가 그럴 가능성도 충분히 있을 것 같다는 소리를 입 밖에 냈다. 유령선이라는 형태에 지나치게 선입견을 가지고 있었던 것일지도 모른다고.

배는 바다에 뜨는 물체다. 더불어 지금까지의 목격 증언도 모두 해수면을 지목하고 있다. 그래서 유령선 역시 바다에 떠 있을 것이라는 선입견이 생겨난 것은 아닐까. 그런 추리에 도달한 것이다.

"그러고 보니, 에코도 심해까지는 안 닿았지."

또한 조사용 기재의 성능이 그럭저럭 뛰어났던 것도 그러한 가능성을 구석으로 몰아낸 원인으로 작용했을지도 모른다고 마이카가 말을 이었다.

유령선 조사대에서 사용하고 있는 장치들 중에는 주변에서 바닷속까지 탐지할 수 있는 음파 탐지기도 있다는 듯했다. 그 유효범위는 반경 300미터. 수심은 100미터 정도까지라고 한다.

이를 곳곳에 흩뿌려 배를 찾고 있었는데, 어정쩡하게 바닷속도 조사할 수 있다 보니 충분히 꼼꼼하게 살피고 있다고 믿고 있었노라고, 지금까지의 조사 과정을 돌아보며 말했다.

"음파탐지 범위보다 더 깊숙한 곳에 진실이 있었다…… 만약 그렇다면 지금까지 아무것도 찾지 못한 것도 납득이 돼."

해수면을 바라보던 마논은 그렇게 말하더니 복잡한 표정을 지은 채, 들고 있던 조사기기를 그 자리에 내려놓았다. 하지만 설치를 위해서라기보다는 정말로 그냥 내려놓은 것뿐인 듯했다.

"아, 그렇다면 지금 상태로는 무리이려나……. 아무리 기를 써도 수심 200미터까지가 한계니 목표가 더 깊은 곳에 있으면 방법이 없잖아."

마이카 역시 그 사실을 알아챘다.

듣자 하니 유령선 조사대가 가진 조사기기 중, 수백 미터나 되는 심해까지 들어갈 수 있는 것은 없다는 모양이다. 설령 피가 조사기기를 가지고 간다 해도 수압 때문에 못 쓰게 된다는 것이다.

다시 말해서 지금보다 깊은 심해를 조사하려면 지금의 기재만으로는 무리라는 뜻이기도 했다.

"그래도 겨우 찾아낸 가능성인데, 무슨 방법이 없을까."

유령선 침몰 해역에서 처음으로 조우한 이상 현상. 게다가 이전까지 실시하지 않은 심해 조사에 가능성이 있을지도 모른다는 사실을 알게 됐다. 이를 두고 아노테 일행은 뭔가 방법이 없을지 토의하기 시작했다.

"으~음, 역시 심해 조사를 하려면 선용 상비를 만드는 것부터 시작해야 할 것 같네."

"그렇게까지 전문적인 기재는 얼마 없으니까. 대부분 해저탐험대가 가져갔을 테니 예비도 없을 거야."

토의 결과, 마이카와 아노테는 현 상태로는 방법이 없다는 결론을 내렸다.

이야기를 들어보니 심해에서도 사용할 수 있는 조사기기 자체는 개발되었다는 듯했다. 다만 그것을 전문적으로 사용하는 팀이 있다 보니 남는 물건은 없을 듯하다는 것이다.

이쪽에서도 사용하려면 새로 제조할 필요가 있고, 충분한 숫자를 준비하려면 일주일 정도 걸린다는 모양이다.

(해저탐험대……라고?! 사만, 아니지아니지. 지금은 이쪽 문제가 우선이야……!)

중간에 낭만 넘치는 단어가 튀어나오는 바람에 미라는 순간적으로 그쪽에 마음을 빼앗길 뻔했다. 하지만 아슬아슬하게 참아내는 데 성공했다.

"흐~음, 그렇다면 이번에는 이 몸이 비장의 수를 보여주도록 할까."

아무리 그래도 일주일이나 미뤄지면 지금 무언가가 있었다 해도 돌아왔을 때에는 어디론가 가버릴지도 모른다. 같은 곳에 계속 머물러 있으리라는 보장은 없는 것이다.

차라리 모든 것을 피에게 맡겨버리는 것도 방법이 아닐까. 그런 완전히 의존적인 아이디어까지 나오기 시작한 참에 미라는 만반의 대비를 하고서 가슴을 쫙 편 채 말했다.

피에게 맡기는 것도 나쁘지는 않지만 아무리 피라도 깜깜한 심해에서는 시야를 확보하기가 어려울 거다. '의식동조'를 통한 조사도 어려워질 것이다. 더불어 미라 본인도 무엇이 중요한 조사 대상인지를 알지 못하는 탓에 깜박 놓칠 가능성도 있다.

하지만 그러한 문제들을 해결할 수단이 하나 더 있다. 그것이 미라가 말한 비장의 수였다.

"그런 수가 있어?!"

"네?! 부탁 좀 드릴게요!"

막다른길에서 미라가 자신만만한 소리를 하자 앙투아네트는 깜짝 놀랐고, 유즈하는 기대로 가득한 얼굴로 대꾸했다.

하지만 딱히 어려운 일은 아니었다. 그냥 바다에 들어가기만 해도 된다면 미라에게는 최적의 답이라 할 수 있는 동료가 있었기 때문이다.

"이것이 바로 소환술의 가능성이다!"

이것이야말로 진정한 소환술이라고 외치며 미라는 소환술을 행사했다.

【소환술 : 안루티네】

미라의 마나가 마법진을 만들어내자, 그곳에서 물이 단숨에 솟구쳤다. 그와 동시에 단원 1호가 '캣 서치라이트'를 비추자 하늘에 선명한 무지개가 걸렸다.

안루티네가 이 자리에 내려섬과 동시에 단원 1호도 자랑스럽게 가슴을 폈다.

"무슨 일인지는 정령왕께서 중계해주셔서 알아. 심해에 들어가는 거지? 나한테 맡겨!"

안루티네는 등장과 동시에 시원스럽게 단언했다. 정령왕이 보고 있기도 하거니와 이번 행선지는 그녀의 독무대이기도 해서 상당히 의기양양했다.

또한 물의 정령은 물로 이어져 있기만 하면 상당히 넓은 범위를 볼 수 있는 능력을 지녔다. 그렇지만 듣자 하니 보는 것만 가능해서 깜깜한 심해까지는 꿰뚫어볼 수 없다는 모양이다.

그래서 이번에는 잠수를 하려는 것이다.

"수정령님! 그러면 혹시……?"

그런 안루티네의 모습에서 마논은 희망을 발견했다. 이어서 아노테 일행 역시 미라가 무슨 일을 하려는 것인지 알아채고는 "아하아." "그런 거구나!" 하고 그 가능성을 인정하기 시작했다.

"음, 그 혹시가 맞다!"

정령들은 각기 다른 특기 분야를 가지고 있으며 수정령이라 해도 능력은 각양각색이다. 같은 수정령이라 해도 각각 할 수 있는 일과 못 하는 일이 있다.

하지만 이 상황에서 미라가 소환한 데에는 당연히 이유가 있었다. 그렇다, 안루티네의 능력은 수압 조정이라는 분야에 특화되어 있기 때문이다. 따라서 심해라 해도 그녀가 있으면 제한 없이 잠수를 할 수 있는 것이다.

"하지만 안전성 등을 고려하면 데려갈 수 있는 건 한 명 정도가 한계인데, 가장 조사 실력이 좋은 것은 누구냐?"

안루티네의 힘을 빌리면 아무리 깊은 심해라 해도 마음껏 오갈 수 있다.

하지만 제한도 존재했다. 잠수를 위한 공간에는 한계가 있고, 그 넓이에 들어갈 수 있는 건 두 명 정도다. 따라서 심해 조사에 갈 수 있는 것은 미라와 또 한 명뿐인 것이다.

"――조사 실력으로 치면 그…… 아니, 이 중에서는 나이려나!"

미라의 질문에 짧은 침묵이 흐르는가 싶더니, 마이카가 자진해서 나섰다.

그 말이 사실이라면 그녀가 바로 이 팀에서 제일가는 조사원일 거다. 따라서 "흠, 그러하냐"라며 동행인을 마이카로 결정하려던 순간――.

"그런 거라면 나일지도 몰라. 카메라 담당인 나라면 사진을 찍어서 현장 정보를 모두와 공유할 수 있으니까. 인원 제한이 있어서 어쩔 수 없다면, 현장의 사진을 찍는 것도 중요하잖아?"

"저기, 저기……! 저는 무형비술인 마나 에코를 쓸 수 있어요. 직접 심해에 가면 불온한 마나를 감지할 수 있을 거예요."

아노테와 유즈하 역시 심해 조사에 대한 열의로는 뒤지지 않는지, 그렇게 주장하기 시작했다. 또한 마논과 앙투아네트는 답답한 듯이 입을 다물고 있었다. 주장할 만한 무언가가 없는 모양이었다.

"좋아, 그럼 출발해 볼까."

"네!"

최종적으로 미라는 심해로 갈 동행자로 유즈하를 선택했다. 그 결정적인 요인은 마나 에코라는 희귀한 무형비술을 습득했다는 사실이었다.

무형비술. 아직 미라도 습득하지 못한 특별한 술식이었고, 그렇기에 매우 관심이 갔다. 그것을 근처에서 관찰해 무형비술의 특징과 법칙, 요령 같은 것을 파악하고자 한 것이다.

또한 그 술식이 미지의 유령선을 조사하는 데에 유용할 듯하다는 확실한 이유도 있어서 발탁한 것이기도 했다.

"그럼 부탁하마. 안루티네."

"잘 부탁드립니다!"

"맡겨만 줘!"

가자, 심해로. 미라와 유즈하는 기합을 넣고 뱃전에 올라갔다. 안루티네는 의욕 충만해져서 그 말에 답했다. 또한 단원 1호는 여차할 때를 위해 갑판에 누가 남아있는 편이 좋겠다고 주장하며 이곳에서 대기하기로 했다.

그렇게 준비를 마치고 드디어 바다에 뛰어들려던 순간──.

"오오오?!"

"어?!"

"어머!"

뜻밖에도 그것이 다시금 나타났다.

그렇다, 바닷속에 보였던 빛나는 눈이다. 조금 전, 그토록 조사를 해도 흔적 하나 보이지 않던 그것이 갑자기 다시 나온 것이다.

"다들 준비해!"

이러니저러니 해도 이런 상황에 익숙한 것인지. 놀란 것도 잠시뿐, 그것을 발견한 유즈하가 즉시 관측 장비를 가동하라고 요청했다.

아노테 일행도 신속하게 상황을 파악하고 행동해 장치를 기동했다.

"이것 참…… 역시 으스스하구나. 게다가 어째 파워업한 것 같은데……?"

"뭔가 무시무시합니다냐앙……."

아노테 일행이 황급히 관측을 시작한 가운데, 미라는 그 자리에 선 채 해수면을 바라보고 있었다. 단원 1호도 무섭지만 궁금했는지 흘끔 들여다보았다.

처음에 봤을 때와 마찬가지로 눈처럼 보이는 빛이 나타났다. 하지만 이번에는 그뿐만이 아니었다. 놀랍게도 희미하게 사람의 손처럼 보이는 것까지 수면 밖으로 내밀려 하는 듯했다.

그 모습은 마치 잡히는 것을 모두 바닷속으로 끌어들이려 하는 듯 보였다.

"……게다가 이건, 어떤 상태인 게지?"

게다가 확인되는 모습도 어쩐지 이상했다.

이렇게 수면 밖에서는 또렷하게 보이건만, 바닷속에 있는 피에게 '의식동조'해서 보니 있어야 할 그 자리에 아무것도 존재하지 않았다.

아무리 판타지라지만 이토록 불가사의한 존재와 조우한 것은 이번이 처음이었다. 그 말인 즉, 눈에 보이는 저것은 진에 보지 못한 미지의 존재라는 뜻일까.

예를 들어 유령선처럼 바다로 끌어들인다 해도 안루티네가 있으니 익사할 일은 없다. 다시 말해서 무슨 일이 생기더라도 안전하다.

하지만 너무도 으스스하고 불가사의한 상황에 미라는 자신도 모르게 몸을 움츠리며 갑판으로 돌아갔다.

그러자 어찌된 일인지――.

"아, 사라졌어."

"음~…… 관측 못 했는데~."

수면을 쳐다보고 있던 유즈하와 조사기기를 그쪽으로 돌리던 마논이 아쉬운 듯이 중얼거렸다.

아무래도 미라가 갑판으로 돌아가자 그 빛도 환상처럼 사라져 버린 모양이다.

"굉장해애, 정말로 나왔네."

"우와아…… 뭔가 위험해 보이는 걸 봤네. 진짜 맞지, 방금 그거? 진짜지? 환상 같은 거 아니지?"

앙투아네트는 감탄하면서 흔적이라도 남지 않았나 살펴보았다. 그 옆에서는 마이카가 아노테 일행에게 몇 번이나 확인을 하고 있었다. 모두 다 방금 그것을 보았느냐고.

아노테 일행은 명백하게 이상한 현상이었다며 몸을 떨면서도 그 이상의 흥분 상태에 접어들기 시작했다.

지금까지 유령선 조사는 몇 번이나 불발로 끝났었다. 하지만 이번에는 평소와 매우 다른 현상과 조우하는 데 성공했다. 조사가 진전된 셈이니 당연히 기쁠 수밖에 없었다.

"뭐야, 왜들 그래? 무슨 일 있었어?"

아노테 일행이 시끄럽게 떠든 탓인지 다른 조사원들도 미라 일행의 움직임을 알아채고는, 기대에 찬 눈으로 혹시 뭔가 발견했느냐고 물어왔다.

"아, 실은 있잖아——!"

그런 동료들 앞에서 아노테는 득의양양한 미소를 띤 채 지금까지 있었던 일을 모두에게 이야기해 주었다.

"——그러다 방금 사라져 버렸어. 하지만 두 번 일어난 일이니 세 번 일어날 수도 있잖아? 그러니 또 나타나도 이상할 건 없다고 생각해!"

유령선 출현 지점에서 조우한 의문의 빛나는 눈. 심지어 그것은 두 번 나타났고 모든 팀원이 목격했다. 이런 일은 지금까지 한 번도 없었다. 어쩌면 유령선 조사의 진전으로 이어질지도 모른다.

아노테는 벌벌 떨면서도 명백하게 심상치 않은 현상이었다고 역설한 후, 이걸로 끝이 아닐 가능성도 있다는 말로 이야기를 끝맺었다.

"모두가 봤다니 신빙성도 높군."

"가능성은 있을 것 같아!"

대부분의 경우에는 착각이나 환상이라도 본 것으로 치부하고 말 이야기다.

하지만 이번엔 달랐다. 이곳에 있는 것은 모두 온힘을 다해 그것을 추구하고 있는 자들이기 때문이다. 이런저런 쓸데없는 문답은 모두 제쳐두고, 모두가 아노테의 말을 전제로 움직이기 시작했다.

"다들 솜씨가 보통이 아니군그래……."

어쩌면 또 나올지도 모른다며 조사원들은 조사기기를 설치하고 관측을 시작했다. 심지어 몇몇 사람은 그 불가사의한 바다에 뛰어들기까지 했다. 다들 간도 크다.

아노테가 이야기를 마치고서 2분도 채 지나지 않았음에도 그 모든 일이 신속하게 이루어졌다.

그 탁월한 콤비네이션에 혀를 내두르면서도 미라는 미라대로 자신이 할 수 있는 일을 했다. '의식동조'로 피의 구구와이즈의 시야를 교대로 공유하며 바닷속과 하늘에서 철저하게 바다를 감시했다.

또한 좀 전의 일로 바다에 들어가는 것을 뒤로 미룬 탓에 안루티네는 답답하다는 듯이 망망대해를 노려보고 있었다. 그리고 그 옆에서는 단원 1호가 “바다의 신이시여 마음을 가라앉히소서~입니다냥”이라면서 무의미해 보이는 기도를 올리고 있었다.

〈16〉

조사대 멤버들을 총동원해 의문의 빛이 나타난 지점을 감시하기 시작하고서 십여 분이 경과했다.

"……아무 일도 안 일어나는군."

한 사람이 답답하다는 표정으로 중얼거렸다.

실제로 바다는 졸음이 올 만큼 잔잔해서, 적절한 물결이 요람을 흔들고 있는 것처럼 느껴질 만큼 평온했다.

단원 1호는 [아무 일도 없는 것이, 진정한 행복]이라고 적힌 팻말을 든 채 안심한 표정을 짓고 있다.

"기다리기만 해서는, 아무 일도 안 일어나는 걸지도 모르겠군."

아스트로가 잠시 생각한 후, 그런 말을 입 밖에 냈다.

혹시 빛나는 눈이 출현하기 위한 조건 같은 것이 있는 것은 아닐까. 그리고 그것은 그냥 기다리기만 하는 게 아니라, 이쪽이 무언가를 했을 때 그 반응으로 나타났을 가능성도 있다고 내다본 것이다.

"그것이 출현했을 때의 상황을, 좀 더 자세히 알려주겠어?"

아스트로는 그렇게 말을 이었다. 그때의 상황을 통해 조건을 추려내기 위한, 그리고 다시 한번 그 빛나는 눈을 관측하기 위한 힌트를 찾을 수 있을지도 모른다면서.

"으음, 분명 처음에는——."

아무리 작은 가능성이라 해도 지금은 귀중한 단서다. 이노데는 빛나는 눈을 목격했을 때의 전후 상황에 관해 상세히 설명해 나갔다.

첫 번째는 뱃전에서 떨어질 뻔했을 때였다. 배가 크게 요동치던 때에 균형을 잃은 미라가 망망대해로 내던져지는 모습을 목격하고 구하러 뛰어들었다.

그리고 두 번째는 미라와 유즈하가 바닷속을 조사하기 위해 바다로 뛰어들려던 순간이었다.

"그렇군……."

이야기를 끝까지 들은 아스트로는 납득한 듯 고개를 끄덕이더니 그대로 미라를 똑바로 쳐다보았다. 그는 그 이야기에서 조건 중 유력한 요소 하나를 찾아낸 것이다.

그렇다, 미라다. 유독 미라가 바다에 빠지거나 들어가려고 했을 때, 빛나는 눈이 나타났다. 조사원이 바다로 뛰어들었을 때에는 아무 일도 안 일어난 것으로 미루어, 아무나 다는 아니고 조건에 해당되는 누군가가 있는 것으로 추측된다.

또한 아스트로의 말에 다른 조사원들도 그 가능성을 인정하고는 충분히 있을 수 있는 일이라며 미라를 주목했다.

"왜…… 왜들 그러느냐?"

자신이 원인일 경우, 의외로 본인은 금방은 알아채지 못하는 법이다. 미라 역시 그러해서 감을 잡지 못한 채 당황해서 무슨 일인가 하고 주변을 둘러보았다.

마이카는 그런 미라에게 다가가 조사원들이 생각한 바를 그대로 전달했다.

"어쩌면 그 빛나는 눈은 미라를 노리고 있었던 걸지도 몰라."

처음에 본 것은 으스스한 빛뿐이었지만, 두 번째 때는 희미한 사람의 손 같은 것까지 보였다. 그리고 실제로 그 두 번의 현상을 미라는 가장 먼저 목격했다.

"뭣……이라고?"

상대를 끌어들이려 하던 오싹한 모습을 떠올린 미라는 자신을 노리고 있었던 걸지도 모른다는 추측을 듣고 전율했다.

하지만 정체불명의 오싹한 무언가가 노리고 있다면 누구나 소름이 돋을 수밖에 없다.

판타지 세계관에서도 명확하지 않은 오컬트는 사람들의 가슴을 뛰게 하기 마련이다. 하지만 그 표적이 된 사람은 그런 속 편한 소리나 하고 있을 수가 없는 것이다.

"좋아, 그러면 검증을 해볼까."

하지만 그런 미라의 심정은 전혀 고려 대상이 아니었다. 아스트로는 검증을 하자고 하더니, 빛나는 눈이 나타났을 때와 같은 상황을 재현해 보자고 제안했다. 예상이 맞다면, 미라가 다시 바다에 뛰어들려 하면 이전과 마찬가지로 나타날지 모른다면서.

그리고 사전에 조사기기를 충분히 준비해두고, 그 순간을 남김없이 기록해 정밀 조사하려는 것이다.

"……뭐어, 알았다."

정말로 자신을 노리는 것이라면, 최대한 가까이 가고 싶지 않기 마련이다. 하지만 이대로 정체불명의 존재로 남겨두면 꿈자리가 사나우리라는 것도 사실이었다.

따라서 미라는 그 검증에 참가하기로 했다. 취미 집단이라고는 해도 이곳에 있는 자들은 일반적인 사람들을 까마득히 뛰어넘는 힘과 능력을 지녔다. 그렇다면 지금 이곳에서 최대한 협조해서 해결하는 편이 마음이 놓일 것이다.

"좋았어~ 그럼 전부 모아보자고!"

"그래~!"

미라가 승낙하자 모든 조사원들은 일사불란하게 움직이기 시작했다. 곳곳으로 흩어지자마자 모든 조사용 기재를 가지고 돌아와, 신속하게 설치해 나갔다.

"OK. 언제든 시작할 수 있어."

그로부터 몇 분도 안 돼서 설치가 완료되어, 모두가 준비를 마쳤다. 이제 미라가 나설 일만 남은 것이다.

"그럼 미라 씨, 부탁하지."

장치를 조작하며 아스트로가 신호를 보냈다. 미라는 그 말에 "음!" 하고 답한 후, 안루티네와 함께 뱃전으로 다가갔다.

그렇게 모두가 주목하는 가운데, 미라가 뱃전에── 서려던 순간.

"아, 잠깐 미라!"

무언가를 알아챈 듯 아노테가 허둥대며 제지하고 나섰다.

"뭐, 뭐냐?!"

설마 벌써 뭔가가 나온 건가? 갑자기 위험이 다가온 건가? 미라는 허둥지둥 그 자리에서 내려가 뒤를 돌아보았다.

그 직후.

"다들 잠깐만 기다려!"

그런 말과 함께 달려온 아노테는 그대로 미라의 손을 잡고 강제로 선실로 끌고 갔다.

"무슨 일이냐~?!"

막 검증을 시작하려던 참이건만. 갑자기 무슨 일인가 싶어서 미라는 당황했다. 하지만 아노테는 긴급 사태라는 듯이 그대로 성큼성큼 나아갔다. 반론은 허락하지 않겠다는 듯이 진지한 태도였다.

따라서 미라는 저항하지 않고 이끄는 대로 연행을 당했다.

아노테가 미라를 끌고 간 곳은 갑판에서 가장 가까운 위치에 있는 여자 화장실이었다.

대체 이곳에는 무슨 용건으로 온 것일까. 바다에 들어가기 전에 볼일을 봐두라는 것일까. 미라가 그런 생각에 당황한 참에 아노테가 "갑자기 미안해"라고 운을 떼더니 자신이 목격한 긴급성에 관해 이야기해주었다.

듣자 하니 현재 미라의 복장으로 뱃전에 서면 스커트 안이 보일 것이라는 거다.

실제로 미니스커트 차림으로 서면 어떻게 될까. 스커트 자락이 모두의 눈높이보다 높아질 테니 그 걱정은 현실이 되리라 보아도 무방할 것이다.

"——아까 검은 타이츠 같은 걸 들고 있던데, 아직 안 신었지? 그러면 혹시 지금 스커트 안에는 바로 팬티 아니야?"

미라의 스커트 안 상황을 아노테는 그렇게 예상했다. 실제로 그것은 정답이었다.

중간부터 어수선해져 사람이 모여든 탓에 미라는 검은 타이츠를 신을 타이밍을 놓쳤더랬다. 게다가 빛나는 눈 소동으로 분위기가 뜨거워져 일시적으로 추위까지 잊고 있었을 정도다.

"그러고 보니 그랬구나!"

미라는 지적당하고서야 그 사실을 알아챘다. 이전에 주의를 하며 알려준 이도 있거니와 노출 사태에 대비한 속바지까지 준비했었다. 하지만 아직 입는 게 습관이 되지는 않았다. 심지어 이번에는 추우니 신자는 생각을 한 것뿐이라 자각이 모자라도 한참 모자란 상태였다.

"그럼 그거 지금 신어. 미라는 못 알아챈 것 같지만 그 순간에 열 명 정도가 미라의 스커트를 응시하고 있었다고. 다들 완전히 슬쩍 훔쳐볼 생각이었을걸. 정말 남자들은 죄다 변태니까 조심해."

알고 보니 그 순간 그녀가 허둥댄 대에는 그런 이유도 있었던 모양이다. 아노테는 어이가 없다는 듯이 그렇게 말했다. 하지만 그것이 미라의 스커트 안을 보려고 한 변태들을 향한 것인지, 아니면 너무도 무방비한 미라를 향한 것인지, 혹은 양쪽 모두를 향한 것인지는 판단하기 어려웠다.

변태 같은 남자들도 정말이지 못 말리겠다. 자신은 아니라는 듯이 미라는 어깨를 으쓱한 후, 아노테의 충고대로 검은 타이츠를 꺼내 그 자리에서 신었다.

"이제 완벽하구나! 수고를 끼쳐서 미안하다."

잠시 잊고 있었던 추위도 싹 가시고 은은한 온기가 하반신을 감싸주었다. 이러면 방한과 팬티 노출 대책도 완벽하다고 할 수 있으리라.

"천만에. 하지만 앞으로는 정말 조심해야 해?"

"으…… 음. 선처하마……."

플레이어 출신자이기도 하다 보니 현대에서는 남자였던 플레이어 출신자들은 부주의할 수도 있다는 것을 어느 정도는 이해하는 모양인지. 아노테는 어쩐지 선배 행세를 하며 다정하게 충고해주었다.

또한 미라는 순순히 고개를 끄덕이기는 했지만, 역시나 자신이 없는 탓인지 말과 반대로 눈빛이 마구 흔들리고 있었다.

"이거이거, 미안하게 되었다."

아노테와 갑판으로 돌아온 미라는 그런 말을 입 밖에 냈다.

대체 무슨 일이냐고 묻는 듯한 표정을 하고 있던 자들은 미라의 변화—— 검은 타이츠의 장착 유무를 알아채고는 어쩐지 납득한 듯한 표정을 지었다. 개중에는 변화를 알아채지 못하고 고개를 갸웃하고 있는 이들도 있었지만 별문제는 아니었다.

"그럼 재개하도록 하지. 준비는 되었느냐?"

미라는 입만 움직여 미안하다고 말하며 뱃전 앞에 서서 뒤를 돌아보았다. 그리고 그 순간, 아노테가 알려주었던 일부 남자들의 불온한 시선을 감지했다.

그녀의 안목은 확실했던 모양이다. 주의 깊게 둘러보니 검은 타이츠의 존재를 상당히 불편해 하는 듯한 자들이 여럿 있었다

그들 모두는 명백하게 낙담한 눈치였다.

(……뭐라고 해야 할지, 살짝 즐겁구먼!)

그 모습을 본 미라는 장난기가 꿈틀대서 속으로 의기양양한 미소를 지었다. 검은 타이츠의 유무에 농락당하는 남자들이 참으로 가엾어 보였던 것이다.

또한 번뇌에 사로잡힌 남자들의 야망을 저지하는 데 성공했기 때문인지, 아노테는 어쩐지 자랑스러운 표정이었다.

"그럼――."

아쉽게도 이제 팬티는 안 보일 거다, 라고 말하는 듯한 태도로 미라는 안루티네와 함께 당당하게 뱃전에 올라섰다.

자아, 검증 개시다. 주사원들은 준비한 기재를 들고 수면을 주목했다. 하지만 일부 남자들은 이건 이것대로 나쁘지 않다며 미라의 검은 타이츠를 흘끔거리기도 했다. 남자의 변태스러움을 얕봐서는 안 되는 것이다.

그러나 이미 검증은 시작되었다. 모두가 무슨 일이 일어나기를 기대하며 전개를 지켜보았다.

불가사의 탐구, 수수께끼 추적, 진상 해명, 의혹의 성역. 여러 가지 의도가 교차하는 가운데, 그 일이 일어났다. 아스트로가 제시한 조건이 적중한 것인지 또다시 해수면에 빛나는 눈이 나타난 것이다.

흐릿한 빛이기는 했지만 얼핏 보아도 발광생물로 분류되는 것과는 다르다는 걸 알 수 있었다. 왜냐하면 파도 등으로 수면이 흔들리고 있는 데도 그 자리에 우뚝 멈춰 있었기 때문이다.

멈춘 채, 무언가를 노리듯이, 이쪽을 물끄러미 쳐다보고 있다. 그것이 이 자리에 나타난 빛나는 눈이었다.

"오오…… 정말로 나타났군."

아무리 기다려도 해수면에는 아무 일도 일어나지 않았었다. 그런데 뱃전에 섰을 뿐인데 다시 변화가 일어났다.

술렁거리는 목소리가 퍼져 나가더니 지금이다, 서둘러, 라는 소리와 함께 관측이 시작되었다. 그런 가운데 미라는 어쩌면 그것이 노리는 것이 자신일지도 모른다는 상황을 염두에 둔 채, 긴장된 얼굴로 수면을 바라보았다.

나소 겁이 나서 사세가 엉거주춤해지기는 했지만, 지금 내려가면 빛나는 눈도 사라질지도 모른다는 생각에 그대로 있었다. 미라는 여차하면 움직일 수 있도록 경계하며 조사가 진전되기를 기다렸다.

"이건 대체 어떻게 된 거지……?"

"이봐, 예비 기재를 꺼내줘."

"뭐야, 또렷하게 보이는데——."

조사원들은 이런저런 기재를 구사해서 빛나는 눈의 정체를 파헤치려 했지만, 어째 분위기가 이상했다. 관측을 하면 할수록 전체에 동요하는 기색이 퍼져 나갔다.

어떤 조사원이 말했다. 모든 장치에 반응이 없다고.

또 다른 조사원이 소란을 떨었다. 눈에는 또렷하게 보이는데, 어째서인지 카메라에는 아무것도 안 비친다고.

"……이거이거, 본격적으로 일이 이상하게 돌아가는군그래."

그렇게 중얼거리며 미라는 몸을 부르르 떨었다. 이곳에 있는 이들 모두가 분명 그 눈으로 보고 있건만, 관측조사 전용 장비에는 아무런 반응이 없다니.

판타지스러운 세계라면 유령 같은 것도 충분히 존재할 수 있을 거라고 미라는 생각했다. 그리고 판타지이기에 그것은 수많은 현상 중 하나로서, 확실한 존재로서 확립되어 있을 것이라고도 생각했다.

하지만 실제로 나타난 유령으로 추측되는 존재는 판타지의 기술과 요소를 최대로 활용한 관측 장비를 동원해도 포착할 수가 없었다.

그럼 눈앞에 나타난 빛나는 눈의 정체는 무엇일까. 이 세계에 있는 것이라면 대부분은 관측할 수 있는 장치로도 정체를 알 수 없는 것이 존재한다는 말인가.

실로 불가사의한 현상 앞에서 일단 단원 1호는 벌벌 떨고 있었다.

『헌데 정령왕공. 유령이란 어떠한 존재인가?』

예상치 못한 상황 앞에서 미라는 꼼수를 사용했다. 이 세계의 사상에 박식한 정령왕의 지혜주머니를 사용한 것이다. 정령왕은 신과도 아는 사이이니, 유령의 정체 정도는 당연히 알고 있을 것이다.

그런 생각으로 물은 것이었지만, 예상치 못한 답이 돌아왔다.

『흠? 이 정도의 규모로 전문적으로 조사를 하고 있을 정도니 알거라 생각했다만…… 그렇지 않은 것인가?』

정령왕은 무척 놀란 듯한 반응을 보이더니, 어이쿠 그것도 모르는 건가, 라고 묻는 듯한 태도로 말을 이었다.

『윽…….』

굳이 유령선 조사팀에 들어와 의기양양하게 그 그림자를 쫓고 있었으면서, 실제로 그것을 눈앞에서 보고 있음에도 사실은 유령에 관해 아무것도 모른다는 사실이 판명되었다. 정령왕의 입장에서는 그렇게 보일 상황이다.

그리고 이어서 또 하나의 사실이 밝혀졌다.

『아무리 나라 해도 인간에 관해서는 그렇게 잘 알지 못한다. 인간의 유령이라는 존재가 어떠한 것인지까지는 파악하고 있지 않아. 오히려 그러한 부분은 인간에 속한 일이니, 인간들이 더 잘 알 테지.』

놀랍게도 정령왕이라면 유령에 관해서도 알 것이라는 생각이 완전히 박살난 것이다.

조금 자세히 물어보니, 정령과 인간은 존재의 기반이 다른 탓에 사후의 일 역시 다르다는 모양이다.

또한 정령들의 왕이기도 한 탓인지, 정령의 사후나 정령의 유령과 같은 존재에 관해서는 잘 알고 있었다. 그렇기에 인간이면서 인간의 사후에 관해 모르는 것인가 싶어서 놀란 것이라는 모양이다.

"전부 나 들렸어."

"우와아, 세상에, 우와아……."

그렇게 미라가 정령왕과 이야기를 하는 동안에도 조사원들은 필사적으로 관측을 시도하고 있었다. 하지만 하나같이 이렇다 할 성과는 내지 못해, 준비한 기재들은 대부분 도움이 안 된다는 사실이 판명되었다.

현대에서도 전혀 해명하지 못한 유령이라는 존재는 이 세계에서도 아직 해명이 어려운 모양이다.

다만 그렇게 망연자실하는 분위기가 감돌기 시작했을 즈음, 한 조사팀이 "무슨 소리가 들린다!"라고 소리쳤다.

순간, 한 줄기 희망이라도 찾은 듯 조사원들이 그쪽으로 쇄도했다. 하지만 미라는 그 자리에서 움직이면 빛나는 눈이 사라질지도 모르는 탓에 무슨 일이 일어났는지, 무슨 소리가 들린 것인지 멀리서 궁금해 할 수밖에 없었다.

그러던 그때.

"흠?!"

바닷속을 감시하던 피가 무언가를 알아챈 듯했다.

어디 보자, 무슨 일일까. 미라는 '의식동조'로 피의 시야를 공유하여 그것을 확인해 보았다.

"이건――……!"

눈앞에는 한없이 이어진 어두운 바다가 펼쳐져 있었다. 피는 지금, 심해 쪽을 바라보고 있는 듯했다.

그럼 심해의 무엇을 보고 있었던 걸까 싶어 주목해 보니, 명백하게 부자연스러운 것이 시야의 중심에 있었다.

빛이다. 어째서인지 심해 쪽에서 희미한 빛의 선이 뻗어 나오고 있었던 것이다. 심지어 그것의 도달점이 바로 빛나는 눈의 출현 지점이었다.
(상황으로 미루어 분명 뭔가 관련이 있는 것 같군그래!)
깜깜한 바닷속에서 올라온 빛. 현 시점에서는 정체를 알 수 없지만 그 빛의 발생원과 빛나는 눈은 모종의 관계가 있는 듯하다. 그렇게 미라가 확신하던 중, 의문의 소리에 대한 확인이 끝났는지 일동이 우르르 돌아왔다.
"해서, 무슨 소리가 들렸느냐?"
해저에서 올라온 빛의 정체도 신경 쓰이지만, 미라는 이래저래 궁금했던 소리에 관해 아노테에게 물어보았다.
"음~ 뭐라고 해야 할지――."
그러자 아노테에게서는 잘 모르겠다는 답이 돌아왔다.
바닷속이라는 게 믿기지 않는, 불가사의한 소리가 들려온 것은 사실이라는 듯했다. 하지만 그것이 무슨 소리인지, 어디서 들려온 것인지, 무슨 의미가 있는지까지는 전혀 알 수가 없었다고 한다.
다만 바닷속에 존재하는 자연적인 소리와는 완전히 다른 것이라, 지금부터 팀을 편성해서 본격적으로 해석을 해보기로 했다는 모양이다.
"흠…… 그러했나. 헌데, 어쩌면 그것과도 관련이 있을지도 모른다만――."
의문의 소리에 관한 이야기를 끝까지 들은 후, 미라는 그대로 해저에서 올라오고 있는 빛에 관해 이야기했다. 그리고 그것이 빛나는 눈이 나타나고 있는 부분과 일직선으로 이어져 있었다고 전했다.

"빛의 선? 어떻게 된 거지? 눈에 보일 정도의 빛이라면, 그 밖에도 본 사람이 있어야 할 텐데."

아노테가 가장 먼저 내뱉은 것은 의문이었다.

빛나는 눈을 조사할 때, 몇몇 조사원들도 바다에 들어가 주변을 샅샅이 조사했기 때문이다. 희미한 빛이라고는 해도 눈으로 확인할 수 있는 것이라면 혈안이 되어 정보를 찾던 조사원들이 그걸 놓칠 리가 없다는 것이다.

그러나 혹시 모를 일이라면서 아노테는 조사원 중 한 명에게 말을 붙였다. 그렇게 바닷속에서 올라오는 빛에 관해 이야기하기 시작하자, 무슨 일이냐며 다른 조사원들도 모여들었다.

그렇게 설명을 마치고 확인해 봐 달라고 아노테가 부탁하자 조사원들이 일제히 움직이기 시작했다.

뭔가 다른 성과로 이어질지도 모른다며 과감하게 바다로 뛰어든 것이다.

〈17〉

"딱히 아무것도 안 보이던데~."

"나도 못 찾았어~."

"그럴싸한 건 확인 못했어."

얼마 후 수면에서 고개를 내민 조사원들이 그렇게 보고했다. 해저에서 쏘아올리고 있다는 빛을 염두에 두고 빛나는 눈 주변을 주의 깊게 확인해 보았지만, 그럴싸한 빛은 전혀 찾을 수가 없었다는 것이다.

"끄응…… 이상하구먼."

그러나 빛은 여전히 보였다. '의식동조'로 피의 시야를 공유해 보니, 그 빛은 분명 아직 그곳에 있었던 것이다.

그런데 어째서 조사원들에게는 그게 보이지 않는 것일까. 이 차이는 무엇일까.

"……아, 어쩌면 그것 때문일지도 모르겠군!"

조사원들이 분한 얼굴로 바다에서 올라온 참에 미라는 어떤 가능성을 알아채고 입을 열었다.

그것은 피이기에 보인 것일 수도 있다는 가능성이다.

미라가 하고 있는 '의식동조'에는 다소 특수한 효과가 있었다. 그것은 같은 것을 보더라도, 자신의 눈이 아니라 동조 상대의 눈을 기준으로 한다는 점이다.

다시 말해서 그 빛은 셀키인 피에게는 보이지만 인간에게는 보이지 않는 것일지도 모른다.

"——그렇게 된 게다. 어쩐지 살짝 특수한 것 같지 않으냐?"

그 점을 전제로 설명한 후, 미라는 대담한 미소를 지어 보였다.

예를 들어 고양이와 같은 동물은 인간에게 보이지 않는 것이 보이는 듯이 반응할 때가 있다. 이번에는 고양이가 아니라 피가 그와 같은 일을 하고 있는 것이다. 심지어 '의식동조'를 통하면 실제로 보이는 점까지 확인이 되었다.

이는 인간의 상식을 넘어선 영역이라 해도 과언이 아니다. 그리고 그렇기에 결정적인 증거는 하나도 없는 유령이라는 존재로 이어질 방법일지도 모른다.

"느껴지는군…… 초상현상의 낌새가!"

"오호, 좋은데? 이렇게 수수께끼에 다가서는 느낌이 또 끝내준다는 말이지!"

미라의 말에서 가능성을 발견한 것인지, 아스트로 일행은 더더욱 흥분하기 시작했다.

하지만 빛이 뻗어 나오고 있는 곳은 심해 밑바닥이다. 현 시점에서는 조사할 방법이 없는 영역인 탓에 손을 댈 수가 없다는 생각에 모두가 답답한 듯이 수면을 노려보고 있었다.

"뭐어, 예정대로 들어가서 조사하는 수밖에 없을 것 같구먼."

그렇게 중얼거리며 미라가 "잘 부탁하마"라고 말하자 자세하게 설명하기도 전에 조사원들은 안루티네의 역할이 무엇인지 알아챈 눈치였다. 모두의 시선이 안루티네에게 집중되었다.

"뭔가, 기대가 무거운데요……."

뱃전에서 얌전히 대기하고 있던 안루티네는 갑작스러운 중압

감을 느끼고는 쓴웃음을 지었다. 그만큼 조사원들의 열정이 뜨거웠기 때문이다.

하지만 그렇게 기대하는 것도 무리는 아니었다. 지금까지 아무런 진전도 없었던 유령선 조사에 광명이 비추었기 때문이다. 그리고 그 수수께끼를 해명할 실마리는 심해에 있고, 그곳에 가기 위한 수단은 안루티네가 쥐고 있다. 그러다 보니 기대가 한 몸에 집중될 수밖에 없었다.

"그럼 빛의 근원지를 보고 오도록 할까."

미라는 그렇게 말하며 뱃전에 올라섰다. 처음에는 유즈하와 함께 갈 예정이었지만 넓은 범위를 조사하는 게 아니라 빛의 발신원을 살펴보러 가는 것으로 변경된 탓에 안루티네와 바다에 나이빙하게 되었다.

그리고 바닷속에 있는 피와 합류해서 그대로 잠수하면 되는 것이다.

"오오우?!"

그렇게 간단하게 생각하고 있었던 미라는 다음 순간, 해수면을 보고 무의식중에 갑판으로 다시 돌아왔다.

바야흐로 바다로 뛰어들려던 순간, 빛나는 눈의 근처에서 또다시 꿈틀대는 사람의 손이 출현했기 때문이다. 심지어 무수히 많이 튀어나온 그것들은 명백하게 미라를 향해 뻗어있었다.

미라는 너무도 오싹한 그 모습에 자신도 모르게 물러서고 말았다.

그와 동시에 모두가 아, 하고 신음했다. 아무래도 해수면의 빛나는 눈과 꿈틀대는 손이 환상처럼 사라져 버린 모양이다.

역시 그것들의 출현 여부에는 확실하게 미라가 관련되어 있다고 보아야 할 것 같다. 그 반응을 통해 모두가 확신했다.

"만약을 위해서, 내가 갈까?"

문득 아노테가 그런 말을 입 밖에 냈다. 이야기를 들어보니 저 눈과 손이 무슨 짓을 할지 모르니, 미라는 이 이상 다가가지 않는 게 좋지 않겠냐는 것이다.

"확실히 그러는 게 좋을지도 모르겠군."

아스트로도 그 말에 동의했다. 아무리 실력이 있어도 상대는 특별한 조사기기로도 검출할 수 없는 존재다. 그것들이 노리고 있는 상태에서 그곳에 뛰어드는 것은 위험하다는 것이 그의 의견이었다.

"흐~음……."

그러나 심해에는 무엇이 있을지 모른다. 바다에는 유령뿐 아니라 위험이 가득한 것이다. 만약 안루티네로는 대처할 수 없게 된다면 아노테의 목숨이 위험해진다.

미라는 그런 사태는 반드시 피해야 한다며 난색을 표했다.

하지만 아스트로를 비롯한 조사원들의 생각은 일치했다. 가능하다면 지금은 아노테와 교대하는 게 좋지 않겠느냐고 입을 모아 말하기도 했다.

"아마 그러는 편이 안전할 거야. 나를 노리는 듯한 낌새는 없고, 상위 마수가 나타난다 해도 도망치기만 한다면 어떻게든 될 거야!"

걱정하는 미라에게 아노테는 자신만만하게 말했다. 심지어 그것은 안심시키기 위해서가 아니라 정말 말한 대로 실행할 수 있을 정도의 힘이 있기 때문인 듯했다. 다른 조사원들도 아노테라면 거대한 소용돌이 속에서도 웃으며 돌아올 수 있을 거라고 장담을 했다.

이러니저러니 해도 아노테 역시 모두가 인정할 만큼의 실력을 갖춘 모양이다.

"흠, 알았다. 그러면 그렇게 하도록 할까."

미라의 마음에는 아홉 현자로서의―― 최강의 소환술사라 불린 이로서의 책임감이 있다. 그래서 이런저런 어려운 일들을 떠맡으려는 경향이 있었다.

하지만 이곳에 있는 자들은 흔하디흔한 모험가들과는 차원이 다르다. 최신식 장비로 무장한 데다 실력도 확실한 정예들이다. 그렇기에 딱히 걱정할 필요는 없었다.

"허나 이대로는 다소 불안하니――."

그렇지만 걱정이 많은 성격이 갑자기 바뀔 리는 만무해서, 미라는 동의하는 대신 보험을 들어둬야겠다며 소환술을 발동했다.

우선 아노테를 대상으로 한 무장소환. 어지간한 충격으로는 꿈쩍도 안 할 홀리나이트 프레임으로 그녀의 몸을 보호하기로 했다.

그걸로 끝이 아니었다. 추가로 운디네도 소환해 심해 조사 멤버에 추가시킨 것이다.

"음, 이러면 완벽하겠지!"

안루티네와 운디네. 두 수정령에 의한 완벽하다 해도 과언이 아닌 포진이다. 운디네는 안루티네와 같이 특수성이 높은 정령마법은 쓸 수 없지만 미라가 키운 덕에 전투면에서는 월등히 뛰어나다. 만약 바닷속에서 전투가 벌어질 경우, 그 힘을 마음껏 발휘할 수 있을 거다.

"우와, 굉장해. 뭐야 이거, 가벼워~!"

아노테는 극진한 대접이라도 받은 듯 기뻐하는 동시에 무장소환을 매우 놀라워했다.

홀리나이트의 방어력과 소환술 특유의 방호력을 겸비한, 철벽이라 할 수 있는 방어력을 자랑하는 동시에 흔해빠진 경량 갑옷보다 훨씬 가벼운 것. 그것이 바로 무장소환이었다.

심지어 파워 어시스트 기능으로 몸이 가벼워진 듯 느껴지다 보니 아노테는 상당히 놀란 눈치였다.

"이것도 소환술인가? 재미있는 걸 다 할 수 있군."

아스트로 역시 처음 본 탓에 꽤나 흥미가 동한 모양인지, 아노테의 그것을 물끄러미 관찰하듯 쳐다보았다.

그리고 너무 쳐다본 결과, 아노테에게 발차기를 맞고 벌렁 넘어졌다.

다시 미라가 뱃전에 서자, 빛나는 눈이 다시 나타났다. '의식동조'로 확인해 보니 조금 전과 마찬가지로 바다 밑바닥에서 빛이 뻗어 나오고 있는 것이 보였다.

"그러면 다녀올게."

"다녀올게!"

예정대로 조사를 개시해도 문제없을 것 같다. 미라가 신호를 보내자 아노테와 안루티네는 그렇게 인사를 하고서 바다로 다이빙했다. 운디네도 그 뒤를 따랐다.

만약을 위해 세 사람은 빛나는 눈에서 다소 떨어진 곳에 착수했다. 피도 그런 아노테 일행에게 합류했다. 바닷속 탐색이 취미인 피가 있으면 더욱 쉽게 무언가를 찾아낼 수 있을 거다.

그 후로 아노테 일행은 한동안 상황을 살핀 후, 드디어 잠수를 개시했다. 빛이 보이는 피를 안내자 삼아, 안루티네의 정령마법으로 손쉽게 심해로 향한다.

"자아, 그럼 살 부탁하마."

"맡겨만 둬."

빛나는 눈이 사라지지 않도록, 아노테 일행이 무언가를 찾아낼 때까지 미라는 뱃전에서 대기해야만 한다.

하지만 당연히 심해 조사 상황도 신경이 쓰여서, 미라는 뱃전에 앉아 그대로 '의식동조'로 상황을 지켜볼 생각이었다.

도중에 인내심이 바닥난 빛나는 눈이 무슨 짓을 할지도 모를 일이다. 그러한 불의의 사태에 대비해 앙투아네트에게 무슨 일이 일어나면 갑판으로 끌어내려 달라고 부탁한 것이다.

앙투아네트는 고개를 끄덕이며 답하더니 그대로 미라의 허리에 손을 두른 채 대기했다. 이렇게 하면 언제든지 조치를 취할 수 있을 거라면서.

다소 불편하기는 하지만 뭐, 어쩔 수 없지, 하고 납득하기로 한 미라는 '의식동조'로 피의 시야를 공유해 해저 조사 상황을 확인했다.

피가 보고 있는 광경이 눈에 들어온다. 바닷속 풍경이 펼쳐져 있다.

유령선이니 뭐니 하는 것들은 바닷속 세계와는 무관한 탓인지. 그곳에는 많은 해양생물들이 있었다.

"우와, 굉장해! 저건 구름 고래잖아! 처음 봤어~!"

아직 태양빛이 닿는 심도라 바닷속의 모습도 선명히 보였다. 개중에서도 특히 대형 생물은 눈에 띄어서 아노테는 매우 흥분한 듯했다.

그러나 그곳에서 더욱 깊은 곳으로 잠수하자 주변은 깜깜해지기 시작했다.

그럼에도 피의 시야는 양호했다. 셀키는 빛이 닿지 않는 심해라 해도 또렷하게 내다볼 수 있는 눈을 가지고 있기 때문이다.

하지만 인간의 눈만을 지닌 아노테는 이제 눈앞이 흐릿흐릿, 보일까 말까 한 상태였다.

"뭔가…… 갑자기 커다란 입 같은 게 나타날 것 같아서, 꽤 무섭네……."

무슨 일이 생기면 피와 안루티네, 운디네가 잽싸게 알아챌 테니 기습을 당할 일은 없다.

그러나 아무것도 보이지 않으면 그것만으로 사람의 마음은 불안해지기 마련이다. 얕은 수심에 있었을 때의 발랄한 모습은 어디로 가버린 것인지, 아노테의 얼굴에는 긴장감이 떠올라 있었다.

"빛 같은 거 밝혀도 괜찮을까요?"

“응, 괜찮아~.”

어두운 바다를 밝힌들 고작 십여 미터 정도만 보일 따름이고, 깊은 어둠이 주변에 펼쳐져 있다는 사실을 깨닫게 될 뿐이지만 빛이 주는 안심감은 무엇과도 바꿀 수 없을 만큼 소중했다.

아노테는 안루티네의 허락을 받고 조명 술구를 꺼내 바닷속을 비추었다.

빛은 어디에도 닿지 않았다. 행선지인 심해는 깜깜하기만 했다.

(상당히 깊군그래.)

피의 시야로도 아직 해저는 보이지 않았다. 유령선 조사대가 준비한 관측 장치의 유효 범위를 넘어선지 오래였지만, 아직 갈 길은 먼 듯했다.

아노테 일행은 더욱 깊은 곳으로 잠수했다. 주변은 이미 희미한 빛조차도 닿지 않아, 칠흑 같은 어둠에 휩싸여 있었다.

그럼에도 아직 해저에 도달할 낌새가 없다. 생각보다 훨씬 깊은 모양이다.

(끄응…… 슬슬 거리가 한계로구먼.)

심도 2천 미터를 넘었을 즈음.

카구라에게 배운 ‘의식동조’는 특훈의 성과로 상당히 접속 거리가 길어졌지만, 그럼에도 아직 본가의 그것에는 크게 못 미쳤다.

그 때문에 결국 피와의 접속 거리가 한계를 넘어서려 하고 있었다. 이 이상은 피의 시야를 통한 관측이 불가해지는 것이다.

그러나 미라에게는 아직 저쪽의 상황을 알 방법이 있었다.

그것은 정령왕 네트워크다. 현장에 있는 안루티네와 운디네의 상황을 정령왕에게 알려달라고 하는 것이다. 그렇게 하면 '의식 동조'가 끊겨도 문제될 게 없고, 여차하면 정령왕 네트워크를 통해 마나를 보내서 운디네에게 큰 기술을 사용하게 하는 식으로 운용할 수도 있다.

"——해왕 돌고래의 배웅을 받으며 잠수를 계속하고 있다. 아직 해저에 도달하려면 먼 것 같지만 말이야."

그리고 정령왕에게 들은 것을 미라가 아스트로 일행에게 전달했다. 조사원들 역시 심해의 상황이 궁금한지, 미라의 정기 보고에 일희일우하고 있었다.

아노테 일행의 심해 조사는 순조롭게 진행되고 있다. 도중에 마물이 다소 있기는 했지만, 운디네를 경계해서 도망치거나 가볍게 격퇴당했다.

더불에 바닷속에서 안루티네의 색적 능력은 월등히 뛰어났다. 반경 2킬로미터나 되는 범위에 존재하는 모든 위험 생물을 파악할 수 있었던 것이다. 그 덕에 조우하면 귀찮아지는 생물 등을 무난하게 회피해 안전하게 잠수할 수 있었다.

또한 피도 문제없이 빛을 거슬러 올라가고 있다는 듯했다.

18

아노테 일행이 바다에 들어가고서 약 30분 남짓이 경과했을 즈음——.

"아…… 뭔가 있어요!"

"어머, 저게 뭘까?!"

조명의 빛이 닿은 곳에서 어떤 실루엣이 희미하게 떠올랐다. 한없이 펼쳐져 있는 듯 보이는 그것은 바다의 대지—— 그렇다, 드디어 해저에 도달한 것이다.

유령선의 수수께끼에 다가서기 위한 무언가를 찾을 수 있을지도 모른다며 아노테는 흥분했다. 그와 동시에 안루티네 역시 아노테에 뒤지지 않을 만큼 설레는 마음으로 해저를 주목하고 있었다. 기분 탓인지 운디네도 즐거운 듯했다.

피가 가리킨 해저에는 분명 무언가가 있었다.

천천히 신중하게 접근하며 조명 술구로 해저를 비춰보니, 그 전모가 보이기 시작했다.

"굉장해…… 이렇게 깊은 곳에 이렇게 잔뜩……."

깜깜한 어둠 속, 해저의 조명에 비춰진 부분이 허옇게 떠올랐다.

인간이 사는 지상에서는 상상도 못 할 만큼 고요하고 어두운 해저 세계. 지상 문명을 거절하는 듯 보일 만큼 색체가 다른 풍경.

그런, 마치 별세계처럼 보일 지경인 그곳에는 인간의 것으로 보이는 수많은 뼈가 있었다.

설마 이러한 장소에서 보게 될 줄은 몰랐다며 놀란 반면, 아노테는 흥미진진한 얼굴로 그 일대를 향해 나아갔다.

"그나저나 뭔가…… 빨가네?"

"그러네. 가끔씩 보는 인간의 뼈와는 색이 완전히 다른 것 같아."

새하얗게 보이는 해저에 널린 뼈들은 유달리 눈에 띄었다. 그 이상한 광경에 아노테가 의아해 하고 있자, 안루티네 역시 이런 상태의 것은 처음 봤다고 답했다.

그렇다, 붉었다. 대부분의 경우, 뼈는 백골화되어 발견되고 환경 등에 따라 노란 색을 띠기도 하지만 이곳에 있는 뼈는 피처럼 붉어서 명백하게 이상하다고 할 수 있는 상태였다.

대체 어떻게 된 일일까. 인간처럼 보이지만 인간과는 다른 존재의 뼈일까.

심해라는 의문이 많은 장소에 와 있는 데다 색이 다른 뼈까지 발견한 탓에 아노테는 어쩐지 오싹해져서 무의식중에 숨을 죽였다.

"뀨뀨~!"

그때. 바닷속인데도 또렷하게 들리는 피의 목소리를 듣고 무슨 일인가 하고 조명을 돌려보니, 그곳에는 완벽한 상태로 남아 있는 한 사람 분량의 해골이 있었다.

피는 연신 그 두개골을 가리키며 해수면을 올려다보는 동작을 반복했다.

"아, 혹시, 그게 목표물이야?!"

그 몸짓과 손짓으로 붉은 해골이 바로 해수면에 나타난 빛나는 눈의 발신원이란 걸 알 수 있었다. 그 순간, 오싹함보다 호기심이 앞선 것인지. 아노테는 안루티네를 재촉해 붉은 뼈가 널려 있는 곳으로 뛰어 들었다.

"어머! 이거 혹시 비밀에 다가가는 데 필요한 물건일까?!"

아노테가 두개골을 물끄러미 관찰하던 중, 그것을 가장 먼저 발견한 것은 안루티네였다. 오랫동안 호수의 동굴에서 살았던 탓인지, 커다란 바다에 나와 무척 기분이 좋은 듯했다. 호기심을 주체하지 못하고 주변을 관찰하고 있던 그녀는 붉은 해골 옆에 놓인 검을 발견했다. 자루에 웃는 졸리 로저가 새겨진 해적의 검이다.

"아, 이거 굉장한데요, 안루티네 씨?! 소문이 사실이었어요!"

여기 좀 보라며 소매를 당기는 안루티네의 재촉에 못 이겨 그 검을 확인한 순간, 아노테는 눈이 휘둥그레졌다.

소문과 관련된 증거를 찾았기 때문이다.

한때 인근 해역을 휩쓸고 다녔다는 해적 베이퍼 할로우. 듀라한의 선수상이 특징적인 해적으로, 웃는 졸리 로저의 깃발을 걸고 있었다.

목격 정보에 있던 유령선의 특징과 그 목격 지점에 나타난 의문의 빛나는 눈. 흔적을 더듬어 보니 바닷속에서 해적과 연관된 물품이 발견되었다.

이것이 우연일 리가 없다.

"어머, 해냈네!"

아노테에게 사정을 들은 안루티네는 대발견이라며 매우 기뻐했다. 운디네도 대단하다는 듯이 웃는 졸리 로저를 쳐다보았다.

분명 이것들은 확실한 증거가 될 거다. 이걸 발견한 것을 계기

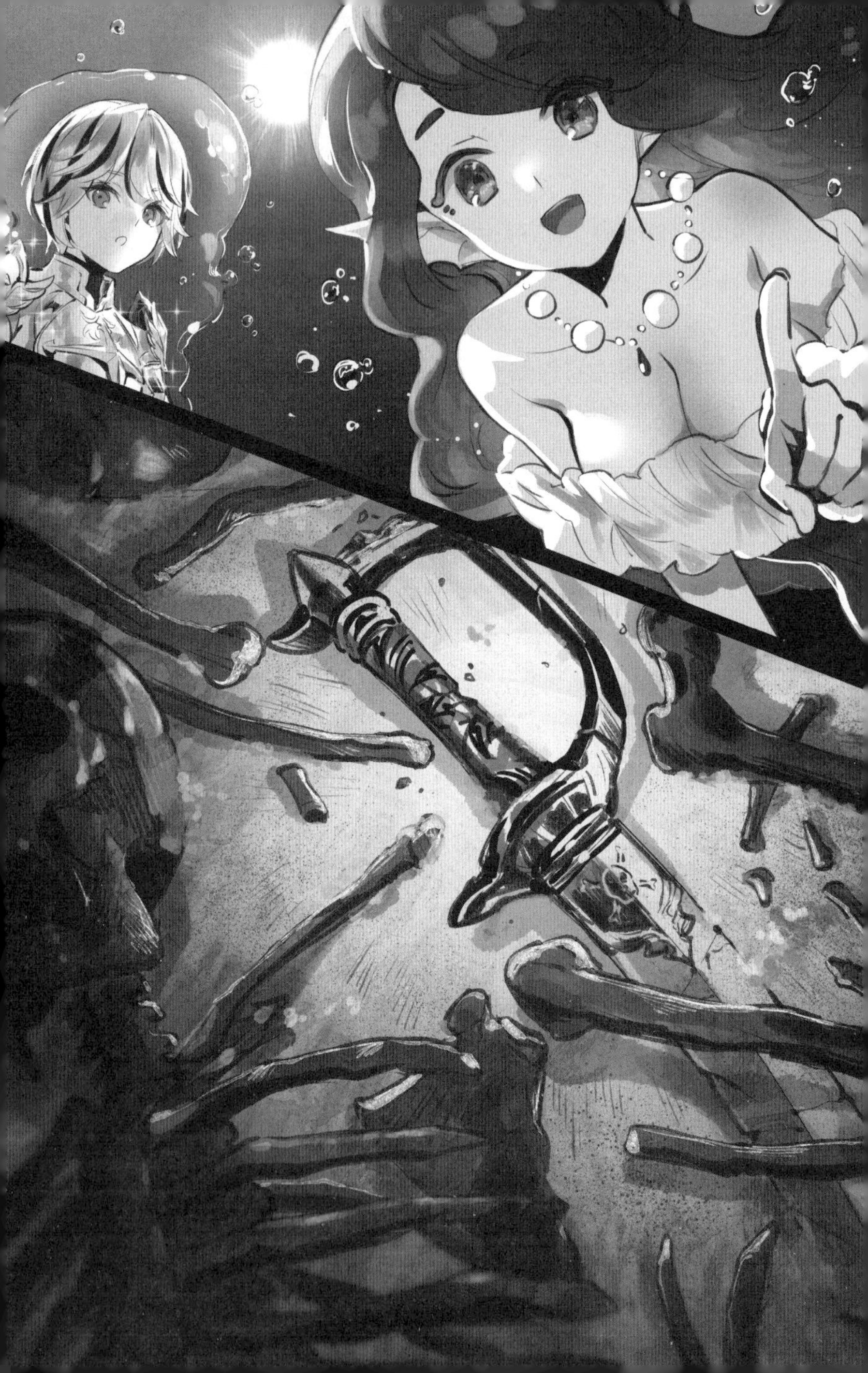

로 유령선 조사는 크게 진전될 것이다.

아노테와 안루티네는 진상 규명을 위해 다른 물증은 없을지 주변을 뒤지기 시작했다.

새하얀 해저와 붉은 뼈만이 눈에 들어왔다. 하지만 운디네가 수류를 조작해서 해저의 표면만 가볍게 쓸어내자, 그곳에 숨겨져 있던 것들이 드문드문 나타나기 시작했다.

"——이건…… 은화, 인가? ——이쪽은 단검. ——이 잔해는, 화살 다발일지도."

해적선과 유령선을 직접 연관 지을 만한 것은 아니지만, 이곳에 잠든 자들이 과거에 사용했던 것으로 보이는 물품들이 발견되었다.

아노테는 그러한 것들을 증거로 정리하여 상자에 담아 나갔다.

"저기저기, 아노테! 저기 좀 봐! 굉장한 걸 찾아낸 것 같아!"

아노테가 신중하게 작업을 진행하던 중. 안루티네가 흥분해서 그 소매를 잡아당겼다.

"어이쿠. 아니, 왜 그러세요?"

상자를 엎을 뻔했지만 간신히 견뎌낸 후, 아노테는 돌아보며 물었다.

아무래도 수류 조작으로 해저를 더 뒤져본 모양인지. 자세히 보니 붉은 해골들도 더욱 확실하게 드러나 있었다.

하지만 안루티네가 보여주고 싶었던 것은 그게 아니었다. 그녀는 매우 흥분한 얼굴로 "이쪽이야, 이쪽"이라고 말하며 아노테를 잡아끌었다. 그 끝에서 운디네와 피가 손을 흔들고 있었다.

"이건, 설마……?!"

그곳은 완전한 상태로 남아있는 해골의 앞이었다. 그리고 해저를 쓸어냈기에 보이게 된 무언가가 모습을 드러내고 있었다.

자세히 보니 붉은 해골이 지키고 있기라도 하듯이 금속제 상자를 등지고 있었다. 그렇다, 해적의 보물 상자가 그곳에 있었던 것이다.

"뀨뀨~!"

자칭 해양 대모험가인 피는 오늘 활동 중 가장 들뜬 모습이었다. 이렇게까지 기대감이 벅차오르는 물건을 발견한 것은 처음이라서인지. 잔뜩 들떠서 빨리 열어서 안을 들여다보자고 재촉했다.

"뭔가, 숨겨둔 보물 같아 보이지 않아?"

"무진장 그래 보이네요!"

기대감에 사로잡힌 것은 피뿐만이 아니었다. 안루티네와 아노테의 얼굴에도 기대감이 가득했다.

해적하면 역시 보물 상자. 해적의 보물 상자에는 역시 보물과 낭만이 가득 차있기 마련이기 때문이다.

두 사람은 이건 어쩌면 세기의 대발견일지도 모른다며 흥분했지만, 우선 신중하게 보물 상자를 향해 다가갔다.

"역시 상당히 너덜너덜해졌네. 분명 베이퍼 할로우가 활동했던 건 300년 정도 전이니까. 이 보물 상자도 300년 정도 여기 가라앉아 있었다는 뜻이려나. 하지만 온전한 형태로 남아있고, 구멍이 뚫린 것 같지도 않아."

보물 상자를 꼼꼼히 조사한 아노테는 빙긋 웃으며 그렇게 분석했다.

보물 상자는 상당히 낡아서 곳곳에 녹이 슬기는 했지만, 금속제이기도 해서 상당히 튼튼해 보였다. 상태로 미루어 누가 상자를 털고 난 뒤인 것 같지도 않았다.

그 안에는 무엇이 들어있을까. 예상한 대로 보물일까. 아니면 상황이 상황인 만큼 유령선과 관련된, 사연이 있는 무언가라도 봉인되어 있을까.

애초부터 텅 비어 있었다는 패턴이 아니라면 분명 흥미진진한 무언가가 들어있을 거다.

“자아, 이제 이걸 어떻게 할지가 문제네요.”

“그러게, 그게 문제네.”

아노테와 안루티네는 일단 보물 상자에서 거리를 벌린 후, 어떻게 할지 고민에 빠졌다. 내용물이 무척 궁금하기는 하지만, 역설적으로 무엇이 들어있을지 모른다는 것이 문제이기도 했다.

미라를 노리는 듯했던 해수면의 빛나는 눈. 그 흔적을 쫓아 도달한 곳에 있던 붉은 해골. 그리고 해골이 지키고 있었던 듯 보이는 보물 상자.

이만한 요소들이 집약되어 있다 보니. 저주를 받지는 않을지, 빙의되지는 않을지. 섣불리 손을 댔다가 무슨 일이 생기지는 않을지 걱정되기 시작했다.

“이왕이면 느닷없이 보여줘서 놀라게 하고 싶었지만, 일단은 위에 있는 사람들과 상의해 보는 것도 방법이겠네요. 경우에 따라서는 로프로 고정만 해두고, 저쪽에서 보물 상자를 끌어올리는 방법도 있겠고요."

무슨 일이 생겼을 때 대처하기 어려운 심해에서 도전하기보다는 무슨 일이 생겨도 대처가 가능할 듯한 자들이 모여 있는 배 위에서 열거나 연구소로 가져가는 편이 안전할 것 같다. 아노테는 그렇게 제안했지만, 그 표정에는 약간의 아쉬움이 묻어 있었다.

가능하다면 결정적인 유령선의 증거를 가지고 돌아가, 동료들을 깜짝 놀라게 하고 싶었기 때문이다.

하지만 눈앞에 있는 보물 상자는 그리 쉽게 손을 대서는 안 될 것 같은 분위기다. 그렇기에 어쩔 수 없이 그런 선택지를 제시한 것이다.

"그래, 이번에는 그렇게 하는 게 좋을지도 모르겠어."

그리고 안루티네 역시 아노테와 마찬가지로 아쉬워하며 고개를 끄덕였다.

그녀 역시 아노테와 비슷한 생각을 하고 있었다. 어때, 굉장하지? 라고 하면서 놀라게 하고 싶다고. 중간부터 미라에게 전달할 정보를 제한해달라고 정령왕에게 부탁까지 해둔 탓에 더욱 아쉬웠다.

때문에 현재, 배 위에 있는 이들은 보물 상자를 발견했다는 사실을 전혀 알지 못했다. 전달된 것은 해저에 도착해 주변을 조사 중이라는 부분까지다.

하지만 수상쩍은 보물 상자 앞에 선 지금, 계속 고집을 부릴 수는 없겠다고 두 사람은 판단했다.

"그러면…… 아, 여기서 통신이 되려나——."

아노테가 아이템 박스에서 소형 통신 장치를 꺼냈다. 깊은 바닷속에서 사용하는 것은 처음인 탓에 통신이 가능할지 불안한 눈치였다.

그런 아노테에게 안루티네가 의기양양한 얼굴로 "그러면 내가 보고할게"라고 말했다. 정령왕 네트워크를 통해 신속하게 미라에게 보고할 수 있으니 맡겨달라고 말한 후, 정령왕에게 그렇게 전달했다.

바로 그 직후——.

"잇!"

"아아아아아아~!"

안루티네와 아노테는 당황해서 비명을 지르며 호흡을 척척 맞춰 신속하게 해저를 질주해 피를 붙잡았다.

왜냐하면 인내심이 바닥난 피가 "뀨뀨~!" 하고 보물 상자를 열려 했기 때문이다.

——아니, 이미 열고 말았다. 아노테 일행은 최대한 빠르게 달려갔지만, 이미 늦은 후였던 것이다.

"어쩌죠, 안루티네 씨?!"

"어쩜 좋지?! 일단 거리를 벌리자——."

위험한 저주나 원령 같은 게 공격해 오면 큰일이란 생각에 허겁지겁 그 자리에서 이탈한 두 사람은, 운디네에게 피를 단단히 붙들고 있어달라고 부탁하고서 보물 상자를 쳐다보았다.

열리고서 몇 초가 지났지만, 이렇다 할 반응은 없었다.

추가로 십여 초가 지났다. 상자 및 그 주변에서 모종의 이변이 일어난 듯한 징후는 보이지 않았다.

"아무 일도…… 안 일어나네."

"그러네요……. 하지만 안심하기에는 아직 일러요."

보물 상자의 내용물에 대한 호기심이 더욱 더 부풀어 오른 것인지, 안루티네는 안절부절 못하기 시작했지만 아노테는 아직 경계를 풀지 않았다.

상대는 관측 장치 등으로 포착할 수 없었던 미지의 존재다. 이럴 때는 신중에 신중을 기하는 게 좋다.

그리고 무엇보다도 아노테는 이런 상황에서 안심하면 그 순간에 습격을 받기 마련이란 걸 알았다. 그렇기에 신중한 태도를 유지하고 있는 것이다.

"움직임은…… 아직 없는 것 같네요."

몇 분을 더 기다린 후, 안루티네가 혼잣말을 하듯이 말했다.

보이는 범위뿐 아니라 물을 통해 주변을 조사했음에도 이렇다 할 수상쩍은 무언가는 발견되지 않았다는 모양이다.

설마 이렇게나 수상쩍어 보이는데 아무 일도 안 일어나려는 걸까.

"……조금 가까이 가 보죠."

호랑이굴에 들어가야 호랑이를 잡을 수 있는 법. 아노테는 접근해보기로 결심했다.

그렇다고 방심을 하지는 않았다. 아노테는 긴장의 실을 팽팽하게 유지한 채 한 걸음 전진하며, 여차할 때에 대비해 술구와 무기를 들고 주변을 경계했다.

그녀가 특히 경계하고 있는 것은 주변에 널려 있는 붉은 해골이었다. 게임 등에서 보면 보물 상자에 다가간 순간 그것들이 갑자기 움직이는 일이 흔했기 때문이다.

"안에는 뭐가 들어있을까."

안루티네 역시 무슨 일이 생기면 최대 속도로 긴급 부상할 수 있게끔 준비하고서 그 뒤를 따랐다.

한 걸음, 또 한 걸음, 아노테 일행은 신중하게 전진했다.

정적에 휩싸인 바닷속. 발치에 쌓인 하얀 모래 먼지는 발소리마저 집어삼켰다. 그 때문에 더더욱 정적이 두드러지는 듯했지만, 유감스럽게도 지금은 빨리 보물 상자 안을 보고 싶다고 떼를 쓰는 피의 목소리가 더 두드러졌다. 그 때문에 운디네도 난감하다는 얼굴을 하고 있었다.

"반응은, 없네요."

보물 상자까지의 거리는 10미터 정도. 거기까지 접근하는 동안에도 조사용 술구 등을 사용해 근처── 특히 땅속을 관측했지만 특이한 것은 감지되지 않았다. 보이지 않는 곳에서 몰래 다가온 무언가에게 기습당할 일은 없을 것 같다.

"나도, 주변에서는 아무것도 안 느껴져."

안루티네는 그렇게 말하더니 역시 함정이 있다면 가능성이 있는 곳은 저기뿐이라며 보물 상자를 노려보았다. 무언가가 있을 경우, 그것은 분명 보물 상자 안에서 호시탐탐 기회를 엿보고 있을 것이라면서 아노테와 안루티네는 그럴 것이라고 가정하고 전진했다.
1미터, 2미터. 이렇다 할 반응은 없다.
계속해서 걸음을 옮겨 접근한다. 과연 그들을 기다리고 있는 것은 함정일까, 저주일까. 아니면 둘 다일까.
"앗……."
조금만 더 가면 보물 상자 안이 보일 듯한── 그런 거리까지 다가갔을 즈음이었다. 아노테는 무언가를 알아채고 문득 멈춰 섰다.
"어머, 왜 그래?"
긴급 사태인 줄 알고 안루티네가 경계했다. 운디네와 피도 긴장감에 휩싸였다.
그런 가운데 아노테는 보물 상자를 바라본 채 그 말을 입 밖에 냈다. "아뇨, 이 경우에는 위에서 보는 편이 빠르지 않았을까 싶어서……."
"아…… 아~ 하긴, 듣고 보니 그러네."
안루티네는 듣고 보니 그 말이 맞다고 납득하며 쓴웃음을 지어 보였다.
그렇다, 현재 목적은 보물 상자 안을 확인하는 것이다. 어떤 보물이 들어있을지 뒤지거나 감정하는 것은 그 다음 일이다. 일단 안을 살펴서 수상한 요소는 없는지 조사하면 그만인 것이다.
본래는 접근해서 덮개를 열고 확인할 계획이었지만, 이번에는 피가 선수를 친 탓에 덮개만 열려 있었다. 요컨대 굳이 접근하지 않고서도 부상해서 각도를 조절하면 얼마든지 보물 상자 안을 볼 수 있었던 것이다.

그 사실을 알아챈 아노테 일행은 그 자리에서 상승했다. 그러자 보물 상자 안의 모습이 순식간에 보이기 시작했다.

"여기면 충분할 것 같네요."

보물 상자 안이 잘 보이는 높이에 도달한 순간, 아노테는 쌍안경을 꺼냈다. 그리고 그대로 쌍안경을 조절해서 보물 상자 안을 확인하기 시작했다.

또한 바로 옆에서는 피가 또 어딘가에서 망원경을 꺼내서는 아노테와 마찬가지로 보물 상자를 들여다보고 있었다. 인간 흉내를 내는 것이 피의 요즘 유행이었던 것이다.

"음~? 이건……."

뭐가 들어있을지 확인을 하다 보니, 아노테의 표정에 담긴 감정이 기대감에서 의문으로 바뀌어 갔다.

"그러게…… 보물……은 아닌 것 같네."

안이 보일 만큼 상승한 탓에 보물 상자와의 거리는 멀어져 있었다. 하지만 아노테가 빛을 비추고 있는 덕분에 안루티네는 그것을 충분히 볼 수가 있었다.

그리고 그것들을 본 결과, 안루티네는 그러한 말을 내뱉은 것이다.

심해에 널린 붉은 해골. 상황상 역사적인 대해적 '베이퍼 할로우' 일당으로 추정되는 그들이 지키고 있는 듯 보였던 보물 상자.

수면에 빛나는 눈이라는 불인 요소가 나타나기는 했지만, 이 장소의 상황으로 미루어 엄청난 보물이 들어있지 않을까 하고 기대하지 않을 수 없었다.

하지만 아노테 일행이 확인한 그곳에서는 금은보화 특유의 광채를 조금도 찾을 수 없었다.

그러면 무엇이 들어있었는가 하면, 일관성이라고는 조금도 없는 잡화품들뿐이었다.

오랜 세월의 경과와 침수 때문에 내용물 중 태반은 너덜너덜했다. 간신히 책의 잔해라는 것을 알아볼 수 있는 것들이 흩어져 있었다.

"저런 건, 당시에는 보물이었으려나."

그 밖에는 작은 조각상이나 빗, 거울과 같은 일용품이 보였다. 호박이나 은으로 만들어진 것인지, 그럭저럭 값비싸 보이기는 했지만 해적의 보물이라 하기에는 부족한 감이 있었다.

그런 생각을 하며 보물 상자의 내용물을 확인하던 중, 매우 흥미로운 것이 쌓여있다는 사실을 알아챘다.

"저건 설마…… 석판?!"

아노테는 쌍안경의 배율을 높여서 기대하는 눈빛으로 주목해 보았다. 그것은 석판이라는 형태로 만들어서까지 남기려 한 정보가 있었다는 뜻이기도 하기 때문이다.

거기에는 당시의 정보가 새겨져 있을지도 모른다. 금은보화는 아니지만 역사적인 가치는 있을 듯한 물건이다.

반드시 그러리라는 보장은 없다. 그러나 아노테는 직감했다. 어쩌면 저 석판에 진짜 보물을 숨겨둔 장소가 기록되어 있을지도 모른다.

지금까지 조사를 한 것은 유령선의 수수께끼를 해명하기 위해서였지만, 아노테는 조금씩 보물에 흥미가 생기기 시작했다.

그리고 그것은 안루티네와 피도 마찬가지인 듯했다. 하지만 이 둘은 보물 같은 것보다 낭만에 대한 흥미가 더욱 강해 보였다.

"수상쩍은 기운도 없는 것 같으니, 회수하자!"

해저에 잠들어 있던 보물 상자. 그곳에서 발견한 해적의 보물의 단서. 과연 정말로 그런 것이 새겨져 있을지는 둘째 치고, 안루티네는 의욕적으로 꼭 회수해 가자고 주장했다.

실제로 위에서 보물 상자 안을 확인해 보니 저주와 같은 위험한 기운이 느껴지는 물건은 보이지 않았다.

그 사실을 확인한 아노테와 안루티네는 우선 괜찮을 것 같다며 안심하고서 곧장 그것들을 회수하러 갔다.

"뀨뀨~!"

또한 그런 두 사람의 뒤를 따르는 운디네의 품 안에서 피가 그것 봐라, 아무 일도 안 일어나지 않았느냐는 태도로 항의를 했다.

만약을 위해 보물 상자에 접근할 때는 신중을 기했다. 확인했다고 해서 완전히 경계를 푸는 것은 경솔한 짓이기 때문이다.

그런 부분도 숙지하고 있는 아노테는 보물 상자 앞에서 움직임을 멈춘 후, 다시 한번 변화가 없는지 확인했다. 그리고 아무 변화도 없다고 판단하자마자 잽싸게 아이템화 무형술을 사용해 신속하게 보물 상자의 내용물을 아이템 박스에 수납했다.

이러한 상황에 익숙한 것인지, 실로 깔끔하고도 신속한 동작이었다.

"됐어요!"

"그러면 이탈할게!"

회수가 끝남과 동시에 신호를 하자 안루티네가 단숨에 부상을 개시했다. 그리고 운디네도 뭔가 변화가 없는지 주의하며 그 뒤를 따랐다.

석판 등은 차분하게 조사하고 싶었지만 아무래도 그 장소에서 하기에는 걱정이 앞섰다.

따라서 아노테는 회수해서 귀환하는 쪽을 우선시하기로 한 것이다. 이러한 상황에서도 아이템 박스는 편리했다.

다만, 피는 어쩐지 불만스러워 보였다.

〈19〉

"오, 슬슬 돌아올 것 같구나!"

미라는 유령선 조사선의 갑판에서 아노테 일행이 돌아오기를 기다리고 있었다. 정령왕의 보고로 부상을 개시했다는 사실을 알게 된 미라는 이제나저제나 하고 수면을 들여다보았다.

빛나는 눈은 이제 그곳에 없었다. 피가 그 출처를 발견했다는 보고를 받은 후, 부랴부랴 갑판으로 돌아왔기 때문이다.

슬슬 돌아올 것이라는 사실을 알리고서 몇 초가 지나자 얼핏 아무 일도 없는 평온한 수면처럼 보이던 곳에서――.

"속도가! 속도가 너무 빨라요~!"

"도착이야~!"

"뀨뀨~!"

급격하게 수면이 솟아오르더니, 물기둥 속에서 아노테 일행이 뛰쳐나왔다.

상당한 속도로 부상한 것인지. 미라 일행의 머리 위를 훌쩍 뛰어넘어 그대로 갑판에 차박, 거칠게 착지했다.

"뽀르르르――."

안루티네가 한 것인지 그곳에는 착지 순간에 맞춰 물로 된 쿠션이 만들어져 있었다.

안루티네와 운니네는 익숙하다는 듯이 떠올라 있다. 피 역시 놀이기구를 탄 듯이 즐거워 보였다.

하지만 아노테로 말하자면 평범한 인간이다 보니 물과 관련된 종족인 세 사람과는 사정이 다른지. 착지 충격에서는 무사했지만 그대로 물로 된 쿠션에 가라앉아 있었다.

"후우…… 다녀왔어!"

물로 된 쿠션이 해제되어서야 아노테는 해방될 수 있었다. 그녀는 아무 일도 없었다는 듯이 벌떡 일어나더니 아무렇지도 않다는 얼굴로 아무래도 좋은 인사를 입 밖에 냈다.

그녀는 보물 상자를 발견했다는 사실을 최고의 타이밍에 밝히려고 했었다. 그렇기에 시치미를 뗀 것이다.

"해서, 보물 상자에는 무엇이 들어 있었느냐?!"

때문에 더는 기다릴 수 없다는 듯이 미라가 그렇게 캐묻고 조사원들도 "보물이었어?!" 하고 주목하자, 아노테는 매우 당황한 얼굴로 굳어져 버렸다.

그렇다, 미라 일행은 이미 사정을 다 알고 있었던 것이다. 모두 정령왕의 보고에 포함되어 있었기 때문이다.

"아, 그러고 보니 그랬지이……."

안루티네가 다소 시시하다는 듯이 쓴웃음을 지어 보였다.

보물 상자를 발견했을 때. 이걸 비밀로 한 채 가지고 돌아가, 모두를 놀라게 해줄까? 아니면 연락해서 함께 대응책을 생각할까. 그 양자택일 문제에서 고민한 끝에 후자를 택한 직후, 피가 보물 상자를 열고 만 것이었다.

따라서 아노테는 그 사고 때문에 연락을 못한 채 지금에 이르렀다고 알고 있었다.

하지만 정령왕 네트워크는 신속하고도 쾌적하게 연결되어 있었던 것이다. 그 때문에 연락하기로 결정한 순간, 이미 미라 측에 보물 상자를 발견했다는 소식이 전해져 버린 거다.

그 결과, 다들 보물 상자의 존재를 모를 거라 생각했던 아노테와 미라 일행 사이에서 뭐라 말할 수 없는 어긋남이 생겨나고 만 것이다.

"아아~ 그때구나아……."

작전 실패. 상황을 돌이켜본 아노테는 매우 아쉬워하면서도 어쩔 수 없다며 어깨를 늘어뜨린 채 아이템 박스를 열었다.

"으음, 우선 이게 여기저기 흩어져 있던 거야. 해적의 검과 동전, 그리고 무슨 조각——."

하지만 아노테는 그대로 무너지지 않았다. 모두가 주목하는 가운데, 물건들을 하나씩 소개하듯이 꺼내놓기 시작했다.

우선 눈에 띄는 것을 적당히 집어넣은 상자. 주변에서 회수한 자료가 될 듯한 물건들.

조사원들은 흥미롭다는 듯이 관찰했다. 하지만 역사적으로 귀중해 보이는 그것들도 이번에는 맛보기에 불과했다.

"자아~ 그리고 이게 보물 상자에 들어있던 물건이야! 이건 의문의 조각상이고, 이건 의문의 케이스. 그리고 주목! 이게 바로 의문의 석판이야!"

이게 무엇일까. 어떠한 물건일까. 무엇에 쓰는 것일까. 무엇이 들어있을까. 어떠한 내용이 쓰여 있을까. 아노테가 물건들을 늘어놓을 때마다 조사원들은 흥분해서 환성을 터뜨렸다.

그런 가운데서도 특히 흥분한 이가 있었다.

"냐호이! 해적의 보물입니다냥~!"

단원 1호다. 호러틱한 현장 앞이라 한동안 얌전히 있었지만, 보물을 보고 나니 가만히 있을 수가 없었던 모양이다. 아노테가 꺼내놓은 그것들을 빠져들 듯이 쳐다보았다.

보물 상자의 존재는 들통 난 상태였지만, 그것만으로 모두의 관심이 식을 리가 없었다. 오히려 이제나저제나 하고 기다리고 있었기에 모두의 관심도는 한껏 고조된 상태였다.

또한 자신의 일거수일투족에 흥분하는 모습에 아노테 역시 만족스러운 표정을 짓고 있었다.

심해에서 보물 상자가 발견됐다. 그 보고를 들었기에 기다리고 있던 미라 일행은 완벽하게 준비를 한 상태였다.

아노테가 가지고 돌아온 보물 상자의 내용물의 보전, 수복 작업이 신속하게 시작되었다. 침수로 너덜너덜해졌던 책은 단편적이기는 해도 어느 정도 읽을 수 있는 상태까지 복원할 수 있을 거라고 한다.

석상과 같은 작은 물건들은 금세 말끔한 상태로 돌아왔다. 개중에서도 은근히 활약을 펼친 이는 단원 1호였다. 유적 등에서 발견된 발굴품을 수복해본 덕에 익숙했던 모양이다. 그리고 능숙하게 작업을 한 후, "이 정도는 일도 아닙니다냥"이라면서 마치 감정가라도 되는 양 몇몇 작은 물건들을 감정하기 시작했다.

그리고 가장 흥미로웠던 것은 석판이었지만, 아노테가 가지고 돌아온 물건들 중에는 그보다 먼저 주목을 모은 것이 있었다.

의문의 케이스다. 녹슨 자물쇠를 제거하고 무엇이 들었을까, 하고 열어보니 예상치 못한 형태를 띤 물건이 그곳에 들어있었다.

"모양새로 볼 때…… 이건 아마도, 총인 듯하지 않으냐?"

"그렇군, 그렇게 밖에 안 보여……."

그렇다, 총이었다. 미라 일행이 잘 아는 형태와는 다소 달랐지만, 그 구조는 같은 듯 보였다. 그야말로 해적의 사용할 듯한 인상이 강한 플린트 록 방식에 가까운 형식의 총이 거기에 담겨 있었다.

심지어 이 총이 해적 베이퍼 할로우의 물건이라는 것을 나타내듯이, 손잡이 부분에는 웃는 졸리 로저가 새겨져 있었다.

"분명 베이퍼 할로우란 건 상당히 오래 전의 해적이었더랬지? 그럼 그렇게 오래 전부터 총이 존재했었다는 겐가?"

전해들은 바에 따르면 베이퍼 할로우가 기승을 떨쳤던 것은 지금으로부터 300년 정도 전. 다시 말해서 이 총이 정말로 베이퍼 할로우의 물건이라면 그 당시부터 총이 존재했다는 뜻이 된다.

"진짜인지 어떤지는 연대측정을 해봐야 알겠지만, 진짜라면 터무니없는 역사적 발견이 될지도 모르겠군. 하지만 그렇게 되면 이상해지는데——."

아스트로는 지금까지 알려지지 않았던 새로운 역사의 발견이라며 놀라더니, 이어서 신중한 의견을 입 밖에 냈다.

솔직하게 말하자면, 가짜일 가능성도 아주 없지는 않기 때문이다.

어쩌면 후세에 베이퍼 할로우를 동경해 졸리 로저를 흉내 낸 것뿐인 작자가 있었다 해도 이상할 것은 없다. 그렇기에 그러한 의문을 해소하기 위해 연대 특정이 필요한 것이다.

더불어 아스트로는 다른 의문도 느끼고 있었다. 총이라는 강력하고 편리한 무기가 과거에 존재했다면 어째서 현재에 이를 발전시킨 무기가 존재하지 않는 걸까, 라는 의문이다.

총의 개발은 금지됐던 걸까. 대륙 어디에서도 총이 존재했다는 역사는 존재하지 않는다고 한다.

실제로 이쪽 대륙에 총이라는 무기가 존재하지 않기에 히노모토 위원회에서도 그 연구를 금지하고 있다는 듯했다.

아스트로의 말에 따르면 비슷한 것으로 대포가 있는 게 전부라는 모양이다.

"이거 어쩌면, 터무니없는 발견일지도 모른다는 것인가……."

이쪽 대륙에는 존재하지 않았던 것으로 추측되는 총이 어째서인지 해저에서 발견되었다. 심지어 300년도 더 된 물건일지도 모른다.

유령선을 조사하다가 의외의 발견을 해버렸다는 생각에 미라는 숨을 죽였다. 또한 조사원들도 느닷없이 날아든 역사의 수수께끼에 눈이 휘둥그레져 있었다.

"이게 옛날부터 있었고 지금은 존재하지 않는다는 건, 어쩌면 과거의 위정자 중에 이 물건의 위험성을 알아챈 사람이 있었다는 뜻 아닐까. 그런 이유로 연구 등을 금지해서 총의 역사는 거기서 끝난 것일지도 모르잖아."

흥미롭다는 듯이 총을 들여다보던 아노테가 그러한 추리를 입 밖에 냈다.

현대의 역사를 통해 알 수 있듯, 총은 전쟁뿐 아니라 여러 상황에서 사용되어 커다란 변화를 초래해 왔다. 그만큼 강력한 무기인 것이다.

그렇기에 아노테는 그 위험성을 재빨리 알아챈 자가 있었던 게 아닐까 상상했다.

"음~ 그런 역사는 본 적도 들은 적도 없는데에."

아노테의 추리를 듣고 그렇게 답한 것은 마논이었다.

듣자 하니 마논은 대륙의 역사 등에 관한 연구도 전문으로 하고 있다는 듯했다. 개중에서도 특히 인류의 역사에 관해서는 표면적인 것뿐 아니라 이면의 기록까지도 상당히 깊이 알고 있다고 한다.

그런 그녀가 딱 잘라 단언했다. 지금까지 보아온 역사에서 총의 존재를 연상케 하는 정보는 어디에도 존재하지 않는다고.

그리고 금지됐을 경우에도, 더더욱 총의 가능성을 알아보고 이를 비밀리에 연구한 자가 있었어도 이상할 게 없다는 게 그녀의 생각이었다.

그러나 지금까지의 역사 속에서 그러한 부류의 연구가 진행되었다는 흔적은 존재하지 않는다. 그렇기에 마논은 단언했다. 연구 금지는커녕 총 그 자체가 없었던 것이라고.

"요컨대 이건 오파츠란 게로군."

미라는 지금까지의 이야기를 정리하듯, 그 총이 현 시점에서 어떠한 존재인지를 평가했다.

오파츠. 그것은 시대에 맞지 않는 고대의 유물이라는 의미를 지닌 단어다.

현대의 기술 수준이 아니고서는 가공이 어려운 물건이, 결코 있을 리가 없는 시대의 지층에서 발견되는 경우가 있다. 혹은 현대의 기술 수준으로도 가공이 어려운 물건이 머나먼 과거에 만들어졌거나 한 경우도 있다.

아직 연대 특정을 해볼 필요는 있다지만 눈앞에 있는 이 총도 그렇게 부르기에 걸맞은 물건이라 할 수 있으리라.

그리고 오파츠란 역시 이러니저러니 해도 낭만의 결정체 같은 것이기도 했다.

"그래, 그 말이 맞아. 이건 그야말로, 오파츠다!"

이건 커다란 발견이라고 아스트로가 소리치자 조사원들 역시 예상치 못한 발견에 흥분했다.

"나 원, 터무니없는 물건이 발견됐구나!"

금은보화는 아니지만, 낭만 넘치는 이쪽 물건이 오히려 보물 같다는 생각에 미라도 매우 흥분했다.

다만 세기의 대발견이라면서 미라 일행이 소란을 피우던 중──.

"그런데, 유령선이랑 이건 무슨 관계지?"

모두가 들떠 있는 가운데, 마이카의 냉정한 말이 조용히 울렸다.

순간, 오파츠라며 소란을 피우고 있던 이들이 입을 다물었다. 그 말에 모두가 정신을 차린 것이다. 애초에 유령선 조사대의 목적은 역사적인 발견 같은 게 아니라 도시 전설의 추구── 유령선을 조사하는 것이었던 까닭이다.

"아~ 이건 가지고 돌아가서 연대 특정을 해보기로 하고…… 자아, 다음! 이쪽은 충분히 기대할 수 있을 것 같군. 응."

어흠, 하고 분위기를 다잡은 아스트로는 총을 케이스에 돌려놓고 옆에 치워둔 후, 기대 섞인 얼굴로 석판에 손을 뻗었다. 유령선에 관한 정보를 얻을 수 있을지도 모르는, 귀중한 물증에.

"이거이거, 생각보다 터무니없는 정보였구나……."

"그러게, 설마 단숨에 이렇게까지 진척될 줄이야……."

석판에서 얻어낸 정보를 나열하고 나자, 상당히 많은 정보가 숨겨져 있었던 덕에 미라는 쓴웃음을 지었다. 아스트로 역시 서장에서 단숨에 종반까지 건너뛴 듯한 기분이라며 씁쓸한 미소를 지어 보였다.

"제법인데, 아노테?! 한 건 했네!"

조사원들 중 태반은 거기에 숨겨진 역사를 알고서 몹시 놀랐지만, 마이카는 그렇지 않았다. 그것은 유령선의 수수께끼에 다가가는 데 필요한 중요한 정보가 아니냐며 매우 기뻐했다.

"보물이 소생들을 부르고 있습니다냥!"

또한 보물 1호는 그보다 해적의 보물에 대한 낭만을 불태웠다.

실제로 해적의 비밀을 알게 되었으니 기대를 하는 것도 무리는 아닐 것이다. 그런 단원 1호에게 동의하는 자들도 드문드문 보였다. 보물을 찾으면 비비큐 파티를 하자는 소릴 하며 소란을 떨기도 했다.

(내용은 무겁지만…… 확실히 조사 자체는 크게 진전되었지.)

여러 가지 반응 속에서 정보를 정리한 노트를 바라보며 미라는 마이카의 말대로 거기에 모종의 요인이 담겨 있을 것이라고 확신했다.

석판에 남겨져 있던 문자. 해독해 보니 그것은 유언으로 판명되었다.

이 석판에 따르면 해적 베이퍼 할로우는 나라의 밀명으로 적국에서 해적 행위를 하고 있었다는 듯했다. 그리고 그를 위한 원조 등도 받고 있었다고 한다.

그러나 적국을 타도하고 소속된 나라가 패권을 쥔 순간, 상황이 돌변했다. 꺼림칙한 정보를 상세히 아는 해적들이 걸림돌이 되자, 그들의 입을 막기 위해 토벌대를 파견한 것이다.

그리고 국군에게 쫓기고 또 쫓겨, 이 해변까지 도망쳐 온 끝에 격침당했던 거다.

요컨대 베이퍼 할로우는 나라의 명령으로 해적 행위를 한 후, 해적이라는 죄로 처벌된 셈이다.

참으로 부조리하다고 할 수밖에 없는 결말이다. 그 미련으로 원한이 남아 현세에 사로잡혀 이렇게 유령선이 되어서 아직까지 방황하고 있는 것은 아닐까. 조사원들은 그렇게 추측했다.

해적이라고 알려졌지만 사실은 권력에 쓰이다가 버려진 셈이다. 원한이 남을 수밖에 없으리라.

그러나 미라는 석판에 있던 또 하나의 기술이야말로 진정한 원인이 아닐까 생각했다.

그것은 베이퍼 할로우의 아지트다. 그렇다, 놀랍게도 석판에는 베이퍼 할로우가 이용했던 비밀 아지트에 관해서도 쓰여 있었던 것이다.

(해적들이 가장 소중히 여겼던 지고(至高)의 보물이라……. 대체 어떠한 물건일지.)

석판에 쓰여 있던 매우 신경 쓰이는 한 문장. 지고의 보물.

비밀 아지트에 남겨두고 온 지고의 보물을 걱정하는 듯한 말이 석판 곳곳에서 발견되었다. '녀석들의 손에는 절대 넘어가지 않도록 해야 한다'거나 '쉽게는 찾지 못할 거다'와 같은 표현으로 미루어 어지간히도 걱정을 했던 모양이다.

어떻게 보면 나라에 대한 원한보다는 그 지고의 보물에 대한 미련이 더 클지도 모르겠다는 생각이 들 정도다.

그리고 그와 함께 석판 한 장 한 장에는 암호 같은 것이 새겨져 있었다. 아스트로의 말에 따르면 동료라기보다는 동포들에게 남긴 것으로 보인단다.

그런 암호를 해독해 보니, 지고의 보물을 부탁한다는 취지의 말과 아지트의 좌표가 판명된 것이다.

"그나저나 이런 영문 모를 암호를 용케 해독해 냈구나."

오래된 석판에 새겨진 암호. 고고학적 테마의 이런저런 이야기들에서 열쇠로써 등장하는 중요한 요소라 할 수 있는 그것을, 아스트로는 술술 해독해 냈다.

분명 영화였다면 이 부분에서 암호 해독 방법을 찾기 위해 한바탕 소동이 일어났을 것이다. 하지만 이번에는 장면을 통째로 건너뛴 듯한, 경우에 따라서는 날림으로 보일지도 모를 전개가 펼쳐졌다.

그 점을 미라가 놀리듯이 말하자, 아스트로가 의기양양하게 답했다. 모두 다 예습의 성과라고.

듣자 하니 유령선 조사에 나서면서 출몰하는 유령선이 해적 베이퍼 할로우인 듯하다는 부분까지 추려졌을 즈음부터, 온 대륙에서 관련이 있을 듯한 정보를 수집하고 있었다는 모양이다.

그러한 것들 중 이번 암호를 푸는 데 필요한 힌트가 여럿 있었다고 아스트로는 자랑했다.

(……아니아니, 혹시 이 녀석은 열혈 계열처럼 보이면서 지능파이기라도 한 겐가?)

어떤 암호를 어떻게 해독한 것인지, 아스트로는 간단하게 설명해 보였다. 사전 정보가 있으면 이 정도는 간단하다며 웃기까지 했지만, 어떤 부분을 어떻게 변환해 연관 지은 것인가 하는 부분에서 그의 발상은 일반인의 그것을 크게 웃도는 것처럼 보였다.

또한 다른 조사원들도 눈빛만으로 말하고 있었다. 아무리 그래도 그와 같은 일은 못 하니 기대하지 말아달라고.

이렇게 조사대의 리더를 맡을 만큼의 능력은 있는 모양이다. 그렇기에 미라는 새삼 감탄함과 동시에 "뭔가 존스 박사 같군그래"라고 칭찬했다.

"그, 그래?!"

역시 동경하는 존재였는지, 아스트로는 그 말을 듣고 매우 기뻐했다.

20

석판에서 해독해낸 베이퍼 할로우의 아지트의 위치. 그곳에 있는 지고의 보물도 신경 쓰이지만, 유령선의 수수께끼와 연관된 무언가를 찾을 수 있을지도 모른다.

딱히 이렇다 할 근거는 전혀 없었지만, 낭만만을 가슴에 품고 움직이는 이들의 믿음과 행동력은 그야말로 절정에 달해 있었다.

더불어 의외로 아지트의 위치가 현재 지점에서 그렇게까지 멀지 않기에, 만장일치로 일단 조사해 보기로 했다.

수수께끼가 많은 유령선이 생전에 이용했던 것으로 추정되는 아지트다. 신출귀몰한 유령선을 찾아다니는 것보다는 무언가를 얻어낼 가능성이 높을 듯했다.

그리고 미라에게 반응해 나타나 빛나는 눈이나 해저에 널려 있던 붉은 뼈가 누구의 것이었는지에 관한 정보도 아지트에는 남아 있을지도 모른다.

따라서 조사선은 현재, 최대 속력을 한참 능가하는 속도로 질주하고 있었다. 마도 엔진의 출력에 미라가 소환한 실피드가 일으킨 맹렬한 순풍과 안루티네의 해류 조작을 이용해 2중으로 부스터를 쓴 것이다.

"아아~……."

하지만 문제가 하나 있었다. 오로지 속도에 중점을 둔 데기로 탑승감은 바다 저편에 내던진 상태였다.

크게 흔들리는 데다 부유감이 역시 몸을 덮쳤다. 신이 나 있던 미라는 눈 깜짝할 새에 뱃멀미로 뻗어버렸다. 때문에 뱃전에 매달려 우웩~ 우웩~ 한 후, 지금은 가루다 왜건을 타고 하늘 위에 있었다.

그럼에도 상당한 속도를 내고 있는 조사선과 나란히 질주하고 있다 보니 가루다 왜건도 안정적이지는 않았다.

그래도 배 위에 있을 때에 비하면 천국이다. 약간의 진동은 그야말로 요람을 흔드는 손길처럼 느껴졌다.

"굉장해, 이거 쾌적하네!"

덤으로 피신을 온 이가 한 명 더 있었다.

마이카다. 평소의 최대 속력은 문제없이 견뎌낼 수 있었지만, 지금의 속도와 진동에는 견디지 못하고 항복한 것이다.

그녀도 몇 분 전까지는 얼굴이 새파랗게 질려 있었지만 애초에 상당히 튼튼한 체질이었는지. 왜건에서 잠시 쉬자 금방 회복되었다. 지금은 왜건에서 보이는 전망을 구경하며 그 쾌적함을 실컷 만끽하는 중이다.

"그렇지? 소환술은 이런 일도 할 수 있다."

상대는 딱히 소환술에 편견이 없는 플레이어 출신자지만, 이미 버릇이 든 탓에 미라는 득의양양한 얼굴로 소환술의 강점을 늘어놓기 시작했다.

분명 까탈스러운 상대라면 넌더리를 냈을 거다. 하지만 마이카는 그런 미라의 이야기를 다정하게 들어주었다.

뿐만 아니라 "확실히 어디서든 물을 쓸 수 있으면 엄청 편하겠다!"라느니 "집까지 소환할 수 있다고?!"라면서 미라가 바라는 반응까지 해주었다.

"——그런고로, 소환술에는 무한한 가능성이 있는 게다."

그렇기에 미라는 이것저것 이야기한 끝에 그러한 기술과 지식을 전파하기 위해 분주하게 노력하고 있노라고 말을 이은 후, 언젠가는 그것이 소환술의 상식이 될 것이라면서 말을 끝맺었다.

"헤에, 그렇게 된다면 확실히 굉장하겠네. 여러모로 환경이 바뀔 것 같아. 그렇다면 그것들을 활용하는 도구 같은 것들도 조만간 수요가 생기겠네?"

어느샌가 그냥 대화에 맞장구를 치고 있던 마이카의 얼굴에서는, 어쩐지 연구자의 그것 같은 분위기가 풍겨나고 있었다.

이러니저러니 해도 그녀 역시 히노모토 위원회의 연구소에 소속된 기술자 중 한 명이다. 그녀는 연구며 개발 등의 분야에서 말하자면 어지간한 플레이어 출신자보다 훨씬 조예가 깊은 탓인지, 새로운 무언가에 대한 발상을 얻었다며 미소를 지어 보였다.

노도와 같은 속도로 바다 위를 한 시간 반 남짓 동안 질주했을 즈음. 유령선 조사대 일행은 드디어 다음 목적지인 장소의 코앞에 도착했다.

그곳은 유령선이 목격된 해역에서 남서쪽으로 200킬로미터 정도 떨어진 지점으로, 한참 올려다봐야 할 만큼 높고 가파른 벼랑이 늘어선 군도(群島) 지대였다.

"이거 참, 수상쩍기 그지없군그래!"

대체 뭘 어떻게 했기에 이런 지형이 생겨난 것일까. 크고 작은 백 개 이상의 바위가 밀집되어 우뚝 솟아 있는 그곳의 광경은, 그야말로 바다의 미로라 해도 과언이 아니었다.

석판을 해독해서 얻어낸 정보에 따르면 아지트를 나타내는 좌표는 이 군도 지대의 깊숙한 곳에 있다는 듯했다.

다만, 그렇다고 무턱대고 들어가서는 안 된다. 그곳에 도달하려면 올바른 루트를 따라 갈 필요가 있다는 모양이다.

복잡하게 엉킨 해협은 폭도 좁고 막다른 길이 되어 있는 장소도 많다. 더불어 해저부의 상태도 각양각색이다. 장소에 따라서는 그대로 좌초될 가능성도 있다는 모양이다.

그렇기에 올바른 루트를 따라갈 필요가 있는 것인데, 일행은 이미 문제에 직면해 있었다.

"이제 이곳으로 들어가야 하는데…… 어떻게 해야 할지."

정면에 자리한 절벽을 바라보며 아스트로가 난감하게 됐다는 듯이 중얼거렸다. 왜냐하면 올바른 루트의 입구라고 되어 있던 부분이, 보란 듯이 무너져 내려 막혀 있었기 때문이다.

당시로부터 300년이라는 세월이 경과했으니, 상태가 변화했어도 이상할 건 없었다. 또한 그것은 올바른 루트가 여전히 그러한가를 의심해야 한다는 좋은 예가 되었다.

"우선 쓰여 있던 걸 참고하며 목적지까지의 안전한 루트를 확보하지. 탐사 팀은 탐사정으로 가 줘."

상황을 파악한 아스트로가 지시를 내리자 모두가 민첩하게 움직이기 시작했다.

루트는 정확하게 다시 조사하는 것이 좋겠다고 판단한 것이다.

그리고 지금 이 자리에 있는 것은 그 당시와는 비교도 되지 않을 정도의 기술을 지닌 히노모토 위원회의 면면들이다.

소형 탐사정에 올라탄 이들은 부리나케 출발했다.

또한 미라는 그런 유령선 조사대를 내버려둔 채 하늘을 통해 아지트에 가장 먼저 도착해 버릴까 했지만, 지금은 갑판 위에서 대기 중이다.

그건 치사한 짓이다. 이럴 때는 다 함께 감동을 나누어야 하는 법이라면서 야유가 쏟아졌기 때문이다.

(뭐, 어쩔 수 없지. 모두가 그렇다면 그게 맞는 것일 터이니 말이야.)

팀으로 움직이고 있는 이상, 호흡을 맞추는 것도 때로는 중요하다. 적어도 최소한의 상식은 아는 미라는 얌전히 가루다를 송환하고 왜건도 수납한 후, 조사가 끝나기를 기다렸다.

탐사 팀은 매우 우수했다. 한 시간 정도 만에 안전한 루트를 색출해내고 걸리적거릴 듯한 마물도 제거했다.

이제 남은 일은 아지트에 도달하는 것뿐이다.

유령선 조사대의 배는 복잡하게 펼쳐진 군도의 굽이진 만(灣)을, 정확하게 조종하여 나아갔다.

하지만 안전한 루트라고는 해도 다른 곳에 비해 좀 나은 수준인 장소도 느문느문 있었다. 좌초되는 사태를 피하기 위해 우측으로 돌아가거나 좌측으로 돌아가는 등, 심세한 제어가 필요했다.

그렇지만 유령선 조사선은 최신예함인 데다 조타수의 실력도 훌륭한 덕에, 복잡한 조작이 필요한 장소에서도 정확하게 배를 몰아 통과해 나갔다.

"그나저나…… 가슴 설레는 광경이로구먼."

"응, 뭔가 모험하고 있는 듯한 기분이 드네."

갑판에서 보이는 풍경 앞에서 미라가 중얼거리자 아노테도 진심으로 동의하듯 답했다.

주변을 둘러보니 수백 미터는 될 듯한 단애절벽이 눈에 들어왔다. 해협의 폭은 최대 100미터가 될까 말까 할 정도다. 무수히 많은 커다란 바위가 늘어서 있는 그 모습은 마치 그 누구도 접근시키지 않겠다며 길을 가로막고 있는 듯 보였다.

예를 들어 이 커다란 바위벽 하나가 지상에 세워져 있었다면, 분명 관광 명소가 되었을 거다. 그만큼 힘차게 우뚝 선 바위벽이 주변 일대에 펼쳐져 그야말로 군도를 이루고 있었다.

최신예함은 그런 바위벽과 바위벽 틈새를 누비듯 나아갔다. 날뛰는 물살을 헤치고 용감무쌍하게 나아가고는 있지만, 그럼에도 웅대한 대자연 앞에서는 그마저도 빛이 바래서 하찮은 존재로만 보였다.

이곳에는 펼쳐져 있는 것은 그야말로 대자연이 만들어낸 미궁이다. 거기에는 계산도 속셈도 악의도 없다. 그저 우연이 거듭되어 이루어진 것이고, 그렇기에 사람을 압도하는 박력이 있었다.

그리고 그러한 광경은 모험심을 자극하기 마련이다.

"——저 근처도 수상해 보이는데."

"아, 저 부분, 동굴 같지 않아?"

조타 관련은 물론이고 만에 하나 마물이 습격해 오더라도 배에 탑재된 장치가 경계하고 있으니 걱정할 건 없다.

그 때문에 할 일은 주변을 살피는 것뿐이었지만, 미라 일행은 그것을 마음껏 즐기고 있었다.

군도 지대는 넓게, 그리고 복잡하게 뒤엉켜 있다. 그곳은 어쩌면 베이퍼 할로우의 아지트 말고도 무언가가 있지 않을까 싶을 정도의 풍경이 하염없이 이어져 있는 장소였다.

그렇기에 미라 일행은 그런 불확실한 환상을 찾아 주변을 관찰했다. 아직 보지 못한 낭만을 찾아서.

이끼가 낀 암초와 절벽의 공동. 입을 벌리고 있는 깜깜한 곳에는 안쪽으로 이어진 비밀의 길이 있을지도 모른다.

안쪽 절벽을 감추듯이 늘어선 작은 절벽. 어쩌면 그 건너편에 숨겨진 입구가 있을지도 모른다.

이곳저곳을 둘러보며 미라 일행은 그런 상상과 꿈을 펼쳐 나갔다.

다만, 그렇게까지 '어쩌면'이라는 가능성을 펼쳐 나가다 보니, 갈수록 그 가능성이 무척이나 신경 쓰이기 시작했다.

"안타깝게도 평범한 새 둥지였구나!"

그 결과, 수상쩍은 장소를 발견하면 미라가 페가수스를 타고 실제로 조사해 오는 상황이 완성되었다. 누군가가 그곳에 보물을 숨겼을지도 모른다. 역사에도 남지 않은, 귀중한 유산을 찾을 수 있을지도 모른다는 생각에.

이번에는 마이카가 수상하다고 말한 높은 곳에 위치한 구덩이였는데, 그곳에 있는 것은 새 둥지와 알뿐이었다. 또한 어미 새가 놀랐지만 과연 성수(聖獸)라고 해야 할지. 페가수스가 울음소리를 한 번 내자 문제는 해결되었다.

하늘은 좁고 햇볕은 차단되었으며 바람은 복잡하게 불어 닥쳐 웅웅 소리를 내는 군도 지대.

복잡한 해협을, 산출한 루트를 따라 두 시간 정도 나아간 참에.

미라 일행은 드디어 석판에 새겨져 있던 지점에 도달했다.

"이것 참…… 지금껏 보아온 어떤 곳보다 그럴싸하구나!"

눈앞에는 거대한 절벽이 우뚝 서 있다. 하지만 그것은 이 장소에 도착하기까지 몇 번이나 보아온 광경이다.

다만 한 가지 특징이 있었다. 누가 베어내기라도 한 듯한 균열이다. 다시 말해서 절벽 사이에 만처럼 움푹 들어간 장소가 있었던 것이다.

하지만 그와 같은 것도 중간에 몇 번 정도 목격하기는 했었다. 그럼 미라는 무엇을 보고 어떤 곳보다 그럴싸하다고 말한 것일까.

바로 그곳에 남아있던 위장술식의 흔적이다.

분명 침입자나 추적자 등을 속이기 위한 것인 듯 보이는 흔적이 중간에 몇 개나 남아 있었다.

하지만 술식이라는 분야의 달인인 아홉 현자의 눈에 그것은 너무도 일목요연한 차이였다. 도중에 있던 흔적과 석판에 기록된 이 장소에 남은 흔적은, 그야말로 구성의 차원 자체가 달랐던 것이다.

만약 도중에 있던 위장 술식을 간파하고서 목적지를 찾아냈다고 착각했다면, 결코 이곳을 찾아내지 못했을 거다. 그만큼 고도로 구축된 술식의 흔적이 남아 있었던 것이다.

"아, 안쪽에 동굴이 보여!"

하지만 당시로부터 상당한 세월이 경과한 탓인지, 지금은 술식의 효과도 상당히 약해져 있었다. 술식에는 조예가 별로 없는 듯한 앙투아네트도 간단히 발견할 수 있을 정도였다.

굽이진 만에 진입해 보니, 밖에서는 보이지 않게끔 해둔 그 동굴이 입을 벌리고 있었다. 해적선도 그대로 통과할 수 있을 만큼 커다란 동굴이다.

밖에서는 사각에 해당되는 데다, 고도의 술식으로 위장되어 있었으니 당시에 이 동굴을 찾아내는 것은 상당히 어려웠을 것이다.

"이곳이 틀림없는 것 같군."

신중을 기해 석판을 확인하던 아스트로가 그렇게 단언했다. 이 동굴 안이 바로 해적 베이퍼 할로우의 아지트라고.

자아, 드디어 세기의 순간이다. 유령선도 유령선이지만 300년 전에 그 이름을 떨쳤던 해적의 아지트 역시 역사적인 대발견이기는 마찬가지인 것이다.

유령선을 쫓고 있었던 만큼 조사원들도 이러한 낭만이라면 사족을 못 쓰다 보니, 흥분을 가라앉히지 못한 채 열정적으로 탐색 준비를 해나갔다.

"호오…… 이건."

다만 아스트로 일행은 냉정함을 지니고 있었다. 무턱대고 아지트로 돌격하지 않고 우선 선행 조사용 마도 인형, 스톨워트 돌을 내보냈다.

지금부터 들어설 장소는 해적의 아지트다. 어떠한 함정이 설치되어 있을지 알 수 없으니, 우선은 사전 조사를 할 필요가 있는 것이다.

"자아, 특별 마도 조사대, 발진이다!"

그런 호령과 함께 여러 기의 스톨워트 돌이 일제히 움직이기 시작했다. 아스트로의 말에 따르면 여러 가지 탐지기를 탑재한 야심작이라고 하며, 순식간에 조사를 완료해줄 것이라고 한다.

"흠, 그렇다면 단원 1호가 나설 차례로군!"

그렇게 말하며 미라는 출동하라는 듯이 돛대 위를 향해 소리쳤다.

"맡겨만 주십시오냥~!"

하늘 높은 곳에서 소리치며 날렵하게 날아온── 떨어진 것은 단원 1호였다. [나는 새]라고 적힌 팻말을 손에 들고 보기 좋게 추락한 후, 불사조처럼 부활한 그는 아무 일도 없었다는 듯이 웃으며 스톨워트 돌들의 뒤를 따랐다.

해적의 아지트에 돌입한다는 참으로 가슴 벅찬 상황 때문인지, 단원 1호는 평소보다 더 들떠 보였다.

아스트로는 괜찮을까, 하는 얼굴로 그런 그들을 배웅했다.

미라는 시선을 피하며 정찰만이라면 문제없을 거라고 답했다.

〈21〉

단원 1호와 특별 마도 조사대가 동굴에 들어가고서 20분 정도가 경과했다. 조사 수순이니 뭐니 하는 것들을 정하던 중에 단원 1호가 조사 완료 보고를 해왔다.

바깥의 위장 술식에 어지간히도 자신이 있었던 것인지. 아니면 다른 무언가가 있는 것인지. 아지트 안에 위험한 함정류는 설치되어 있지 않다는 듯했다. 만약을 위한 것인지 걸리면 소리를 내서 알리는 타입의 경보 장치가 설치되어 있을 뿐이라고 한다.

"그럼, 가자."

"음."

"드디어 시작이네!"

아스트로가 힘차게 일어서자, 미라와 아노테도 그 뒤를 따랐다.

특별 마도 조사대 + 단원 1호가 귀환하자 모두가 움직이기 시작했다.

각자의 역할 분담은 끝난 상태였다. 또한 스톨워트 돌의 스캔 기능 덕분에 아지트 내의 대략적인 지도도 확보되었다.

이제 각자 할 일을 할뿐이다.

유령선 조사선이 태양이 빛나는 하늘 아래에서 비밀의 동굴 안으로 돌입한다. 선수부터 조금씩 그림자에 삼켜지는 듯 보이는 모습은 희미한 불안감과 모시 못한 낭만으로의 입구에 들어서는 광경 같았다.

"이 또한 참으로 그럴싸하구나!"

동굴 안에는 커다란 공간이 펼쳐져 있었다. 사방팔방이 바위에 에워싸여 있는 그곳은 얼핏 평범한 동굴처럼 보였다.

하지만 그 가장자리를 보면 금방 알 수 있었다. 대부분이 썩어서 너덜너덜해지기는 했지만 접안용 선창의 흔적이 남아 있고, 그 안쪽으로 이어진 굴을 확인할 수 있었다.

사전 조사에 따르면 이 동굴은 항구고, 해적 아지트의 중추는 그 굴 안에 있다는 듯했다.

선창 터 옆으로 접안한 조사선에서 슬로프를 걸쳤다. 그리고 아스트로를 선두로 상륙하여 그대로 굴 안쪽으로 들어갔다. 당연히 미라도 함께였다. "대체 무엇이 있을꼬!"라고 하며 아스트로의 바로 다음으로 진입할 만큼 의욕이 넘쳤다.

굴의 폭은 사람 한 명이 지나갈 수 있을 만큼 좁았다. 다만 그렇게까지 길지 않아, 10미터 정도를 들어가자 약간 넓은 장소가 나왔다.

"이 근처는 아마도 아지트의 현관 같은 것이었던 걸로 추측됩니다냥."

그렇게 해설한 것은 단원 1호였다. 그는 당연하다는 듯이 동행하며 그렇게 자신의 추론을 내놓았다.

그의 말에 따르면 이 장소에서 암구호 확인과 같은 것을 하지 않았을까 싶다는 모양이다.

"확실히 그럴 가능성은 높을 것 같군."

그런 단원 1호의 말에 아스트로가 동의했다.

둘러보니 이 현관으로 보이는 방의 안쪽에는 또다시 사람 한 명이 지나다닐 만한 좁은 굴이 있었다. 그리고 그 근처에는 무너져 내린 문의 잔해가 흩어져 있다.

그 문이 건재했을 적에는 분명 안쪽에서 내다보아 상대를 확인하고서 문을 열었을 거다. 그런 광경이 또렷이 떠오를 만큼, 그곳에는 상상력을 자극하는 무언가가 존재했다.

심지어 유일하게 발견된 경보 장치 같은 것도 이곳에 있었다고 한다.

바닥의 일부가 감압판으로 되어 있고, 문 건너편에 있는 장치와 연동되어 있었다는 걸 확인했다는 모양이다.

"오오, 이 근처 말이야?"

호기심이 동했는지 아스트로가 시험 삼아 그 근처를 밟아보았지만 아무 일도 일어나지 않았다. 역시나 지금은 작동하지 않는 모양이다. 아스트로는 매우 아쉬운 눈치였다.

그렇게 미라 일행은 과거의 광경을 상상하며 현관으로 추측되는 방을 통과했다.

"이거이거, 정말 놀라운걸……."

"이것 참, 상상 이상의 광경이로구먼……."

눈앞에 펼쳐진 해적 '베이퍼 할로우'의 아지트. 그 광경을 목격한 미라 일행은 하나같이 감탄사를 토해냈다.

그 장소는 해적의 아지트라는 말을 들으면 떠오르는 광경과 다소 달랐다.

하늘까지 펼쳐진 공간이 있었고, 그로 인해 대지에는 햇볕이 들이치고 있었던 것이다

계절은 겨울인데도 푸릇함이 넘쳐나고 곳곳에는 형형색색의 꽃까지 피어 있다. 둘러보면 둘러볼수록 바위 틈새에서 들이친 빛과 반짝이는 녹음, 꽃의 색채가 환상적으로 어우러져 넋을 잃고 바라보게 될 정도였다.

그곳은 바위산에 둘러싸인 해적의 아지트라기보다는 잊혀진 낙원이라는 표현이 어울릴 듯한 장소였다.

"우와아, 굉장해."

그 풍경을 둘러보며 아노테가 감탄한 투로 말했다. 또한 다른 조사원들도 이 장소를 보고는 압도된 듯 숨을 죽였다.

이미 아지트로 사용되지 않게 되고서 수백 년이 경과한 탓인지, 그곳은 식물로 가득 메워져 있었다.

하지만 '베이퍼 할로우'의 아지트가 맞기는 했던 모양이라 곳곳에서 생활의 흔적이 발견되었다.

당시에는 분명 작은 마을 같은 광경이 펼쳐져 있었으리라는 걸 알 수 있는 흔적들이었다. 하지만 지금은 자연에 뒤덮인 유적이라 할 수 있는 상태다.

"저거랑 저 근처는, 왠지 엄청나게 신경 쓰이는데……."

그런 가운데 마논이 주목한 것은 곳곳에 점재한 건조물이었다. 석제 오두막이 오랜 세월이 지난 지금까지도 존재했던 것이다.

자연 속에 파묻힌 곳에 자리한 인조물은 왜 이렇게나 가슴을 설레게 하는 것일까. 일동의 이목이 그 오두막에 집중되었다. 안은 어떻게 되어 있을까, '베이퍼 할로우'의 보물 같은 게 남아 있을까, 당시의 자료 같은 게 남아있을까.

여러 희망과 바람이 소용돌이치는 가운데, 단원 1호의 한 마디가 파문을 일으켰다.

“저 오두막에는 여러 가지 물건들이 남아 있었습니다냥!”

그렇게 내부의 상황을 설명한 것이다.

선행 조사 단계에서 함정의 유무를 조사했을 때, 단원 1호는 오두막에도 발을 들였더랬다. 그렇기에 어떠한 상태인지를 알고 있는 것이다.

하지만 그때는 함정을 중심으로 조사한 탓에 어떠한 물건들이 남아있는지는 제대로 보지 않았다고 한다.

아닌 게 아니라 오히려 일부러 보지 않으려 했다는 모양이다. 모두와 함께 일희일우하고 싶었다는 것이다. 그래서인지 잔뜩 들뜬 얼굴로 얼른 조사하러 가자고 재촉을 했다.

“좋아, 가보도록 할까.”

그곳에 무엇이 있을지는 전혀 모르지만, 저 오두막에 무언가가 있다는 건 확실하다. 그렇다면 우선적으로 조사해야 하지 않겠느냐고 아스트라가 말하자, 조사원들은 곧장 팀별로 흩어졌다.

동작들이 실로 능숙했다.

자세히 보니 오두막은 곳곳에 존재했다. 따라서 여러 팀으로 흩어진 조사원들은 가위바위보로 어느 오두막을 담당할지를 정해 나갔다.

“흠, 아주 그릴싸하구먼! 질했다!”

“오늘은 감이 좋았던 것 같아!”

미라 일행의 팀은 가위바위보 여왕 아노테의 분투로 중앙 부근의 조사를 담당하게 되었다.

자세히 보니 그곳에는 다른 것들보다 번듯해 보이는 오두막이 있었다. 중앙에 있는 만큼 중요한 물건들이 모여 있을 것 같다는 이유로 중앙 조사 담당팀을 정하는 쟁탈전은 매우 격렬했다. 그렇기에 보란 듯이 승리를 거머쥔 아노테는 실로 의기양양해 보였다.

또한 2등을 한 아스트로 팀은 또 하나의 중요 지점으로 추측되는 입구에서 가장 먼 안쪽을 쟁취해 냈다. 그쪽 역시 뭔가를 모아 두었을 법한 장소였기 때문이다.

그렇게 각 팀의 담당 장소를 정한 후, 곧장 조사를 개시했다.

미라 일행은 여기부터 시작하다는 게 당연하다는 듯이 중앙의 번듯한 오두막 앞에 와 있었다.

"어쩜, 이 번듯한 자물쇠 좀 봐. 이거 엄청 기대되는 걸~?!"

"엄청나게 튼튼하게 되어 있네요."

식물로 뒤덮여 있음에도 굳건히 자리한 석제 오두막. 앙투아네트는 곧장 그 정문으로 달려갔고, 유즈하는 외관을 차분하게 확인했다.

그녀들의 말대로 오두막을 살펴보니 두꺼운 문과 커다란 자물쇠 같은 것이 있었다. 심지어 자물쇠는 잠겨 있었다. 하지만 현 시점에서 그 물건에는 아무런 의미도 없었다.

왜냐하면 나무로 된 문은 썩어서 땅바닥에 널브러져 있었기 때문이다. 지금은 문이 있었던 자리의 측면 금속 고리에 자물쇠가 매달려 있는 상태다. 어지간히도 중요한 물건을 보관했던 것인지, 자물쇠는 상당히 컸다.

"자아, 무엇이 있을는지 보자꾸나."

"어디 뒤져보실까!"

오두막 안에는 무엇이 있을까. 미라가 냉큼 발을 들이자 아노테 일행 역시 호기심이 가득한 얼굴로 우르르 따라 들어왔다.

그렇게 둘러본 오두막은 창고처럼 되어 있었다. 하지만 문이 열린 상태로 길고 긴 세월이 흐른 탓에, 많은 식물들이 내부에도 들이닥쳐 곳곳을 뒤덮고 있었다.

소사를 하려면 우선은 그것들을 어떻게 해야 할 듯했다.

"뭔가 말야, 이렇게 목표가 눈앞에 있는데 발만 동동 구르게 하는 작업이 제일 답답하지 않아?"

"그러게 말야~."

날붙이로 덩굴풀을 제거하기 시작한 참에 아노테가 푸념을 하듯 중얼거리자 마이카도 그 말이 맞다며 동의했다.

그런 가운데 단원 1호도 은근슬쩍 [인정]이라고 적힌 팻말을 들고 응응, 고개를 끄덕인 것을 미라는 놓치지 않았다.

조금 전에는 모두와 함께 일희일우하고 싶었다고 말했지만, 사실은 이 작업이 귀찮았기 때문은 아니었을까. 미라가 그렇게 의심하기 시작했을 즈음――.

『미라 씨, 미라 씨. 살짝 시험해 봐 줬으면 하는 게 있는데.』

마델이 그렇게 말을 걸어왔다.

무엇을 시험해달라는 것일까. 미라가 물어보자, 그건 해 보면 알 것이라는 답변이 돌아왔다. 그리고 동시에 정령왕의 가호를 통해 마텔의 힘이 미라의 손으로 흘러들었다.

『이것 참 재미있을 것 같구먼!』

이전에도 이와 같이 마텔의 힘을 빌린 적이 있었다. 하지만 이번에는 그때보다 더욱 정령왕의 가호에 적응한 탓인지, 훨씬 복잡한 힘이 느껴졌다.

전에 없이 강렬한 정령력을 체험한 미라는 시조정령의 힘에 흥분한 듯 몸을 떨었다.

대체 이 힘은 어떠한 것일까. 미라는 마텔이 시킨 대로 그 손을 식물이 무성하게 자라 있는 방향을 향해 내밀어 보았다.

그러자 놀랍게도.

"오, 오오, 오오오오오!"

과연 식물의 시조정령이라 해야 할지. 덩굴풀이 마치 그 뜻에 따르듯이 물러나기 시작했다.

자유자재로 식물을 조작할 수 있는 마텔이 그 능력의 일부를 미라의 손에 부여한 것이라는 듯했다.

"이거 참으로 편하군!"

베어내거나 뽑을 필요가 없다. 손만 내밀어도 덩굴풀 자체가 비켜줘서 눈 깜짝할 새에 말끔하게 정리가 되기 시작했다.

그 압도적으로 쾌적한 능력을 손에 넣은 미라는 이것이야말로 정령의 진면목이라고 자랑이라도 하듯 오두막 안을 돌아다녔다.

"오오~ 뭔가 굉장해."

"뭐야그거뭐야그거, 어떻게 한 거야?!"

마논과 마이카는 그야말로 마법과도 같은 미라의 작업을 흥미롭다는 눈으로 바라보았다.

"우와아, 소환술사는 이런 것도 할 수 있는 거야?"

"어머, 멋져라! 그거, 뭔가 굉장히 편리한걸?!"

유즈하와 앙투아네트도 상당히 놀란 눈치였다.

하지만 유일하게 아노테만은 어쩐지 슬픈 듯한 눈빛으로 미라를 바라보고 있었다.

의기양양해하던 미라는 중간에 그런 아노테의 눈빛을 알아챘다. 어쩐지 불쌍한 사람을 보는 듯한 그 눈빛을.

"왜…… 왜 그러느냐?"

너무 들떠 보였나? 너무 우쭐거렸나? 그런 불안감 속에서 미라는 왜 그런 눈빛으로 쳐다보느냐고 물었다.

그러자 아노테는 그런 예상과는 정반대되는 답변을 내뱉었다.

"……혹시 식물한테 미움이라도 샀어?"

그렇다, 마논 일행과 달리 아노테의 눈에는 식물들의 눈 밖에 난 탓에 그들이 미라를 피하는 것처럼 보였던 모양이다.

생각해 보니 확실히 그렇게 보였을지도 모르겠다. 하지만 사실은 정반대였다.

"그럴 리가 있나! 이건 정령의 힘의 산물이란 말이다!"

오히려 사랑받고 있다 해도 과언이 아닐 정도라고 자부하고 있는 미라는 가슴을 활짝 편 채 그렇게 답했다.

"아, 그렇구나. 정령의 힘이란 거 정말 굉장하네!"

오해가 풀린 탓인지 아노테도 감탄해주었다. 하지만 동시에 마논 일행의 분위기가 조금 변하기 시작했다.

"정령의 힘……."

"정령 이외의 존재도 쓸 수 있다고……?"

"사람도……?"

"그러면 혹시 술구에도 응용할 수 있을까……?"

마논과 유즈하가 그 말에 주목하더니, 이어서 마이카와 앙투아네트가 그 가능성에 관해 고찰하기 시작했다.

정령의 힘이란 것은 일반적인 현상과는 다른 측면이 많았다.

정령의 불은 산소는커녕 공기가 없어도 타오른다. 이산화탄소가 발생하지도 않는다.

정령의 빛은 비추는 것이 아니라 공간을 채우는 것이다. 광원이라는 빛의 출발 지점이 존재하지 않아, 그림자조차 생기지 않는 것이 특징이다.

그런 특수성에 히노모토 위원회에 소속된 자들이 주목하지 않을 리가 없다. 마논 일행 역시 눈앞에 자리한 그것에 흥미가 동한 모양이었다.

"있지있지, 미라 씨——."

그래서인지 그녀들은 그건 어떠한 힘이냐, 어떻게 한 것이냐고 노도와 같이 질문을 쏟아냈다.

잘 사용하면 개척이 경이적으로 쉬워질지도 모른다. 쓸데없이 자연을 해치지 않아도 될지도 모른다. 경우에 따라서는 삼림지대의 확대 등에도 응용할 수 있을지도 모른다. 나아가 도시 지역에서도 가볍게 나무나 식물을 배치하는 게 가능해질지도 모른다.

행동 하나에서 그만큼의 가능성을 발견해낸 걸 보면 과연 히노모토 위원회의 연구자라 해야 하리라. 개중에서도 마논은 자연과 도시가 융합한 꿈만 같은 도시의 실현을 꿈꾸고 있었는지, 유달리 장대한 미래를 거론하기도 했다. 남들보다 식물에 관한 연구열이 뜨거운 듯했다.

"이건 아무래도, 이 몸 말고는 못 할 게다――."

무엇을 계기로 불이 붙을지 모른다. 연구자나 기술자가 얼마나 위험한 존재인지를 재인식하며 미라는, 이걸 재현하기는 어려울 것이라고 신중하게 답했다.

이번의 식물 조작은 정령왕과 마텔의 합체 기술이다. 따라서 현 시점에서의 재현은 어려울 것이라고 말하지 않을 수 없었다.

"그랬나요……."

소환술사의 힘이 아니라 정령왕의 영향이 강하다. 공개해도 문제가 없을 듯한 부분을 섞어서 설명하자 마논은 아쉬운 듯 어깨를 늘어뜨렸다.

누가 뭐래도 정령왕이다. 지금은 지혜주머니나 이웃 말벗처럼 대하고 있지만, 원래는 신과 어깨를 나란히 하는 존재인 것이다.

좋은 생각이 났다고 해서 실험 같은 것에 가볍게 힘을 빌려달라고 할 수 있는 상대가 아니라는 것이 일반적인 견해이리라.

마논뿐 아니라 앙투아네트 일행도 그 정도의 거물이 얽혔다면 어렵겠다며 포기하는 분위기였다.

하지만 미라 일행의 생각과 달리, 의외의 반응이 돌아왔다.

『그것참 근사한 생각이네!』

마텔이다. 소비만 하는 게 아니라 자연과 공존하고 키워나가려는 그녀들의 생각에 공감한 모양인지. 어떻게 하면 그런 꿈만 같은 도시를 실현할 수 있을지 정령왕과 상의하기 시작했다.

심지어 그 기세는 정령왕이 이의를 제기하지 못할 정도였다. 정령왕은 그리 쉽게 나서서는 왕으로서의 위엄이 떨어지지 않겠느냐며 떨떠름해 했지만, 가볍게 회유해 나갔다.

그 결과, 10초도 되지 않는 시간 동안 벌어진 논쟁은 마텔의 승리로 끝났다.

"……아~ 뭔가 좀 그렇긴 하다만. 협력해주겠다는구나——."

그리고 미라는 매우 긍정적인 마텔의 말을 마논에게 전달했다.

식물에 관한 일이라면 뭐든 맡기라는, 어떤 의미에서는 최강인 말과 나중에 자세히 이야기해 보자는 말을.

"네, 꼭 좀 부탁드릴게요!"

약속한 거라며 고개를 끄덕인 후, 마논은 매우 감정이 고조된 것인지 "고마워!"라면서 미라를 끌어안았다.

감촉이 썩 나쁘지 않군. 미라는 그런 생각을 하면서도 얼굴에 드러나지 않도록 온힘을 다해 표정을 추스르며 "그대의 열의가 전해진 덕분이지"라고 답해주었다.

〈22〉

중간에 이야기가 다른 길로 새기는 했지만, 작업 자체는 마텔의 힘 덕분에 눈 깜짝할 새에 끝났다.

주변을 둘러보니 오두막 안까지 들이닥친 상태였던 덩굴풀은 모두 밖으로 나간 상태였다. 이제 이곳에는 오래된 선반과 상자 정도만이 남아 있었다.

"어디, 지금부터가 진짜 시작이로군."

"그러게. 어떤 게 있을까."

세월의 흐름 탓에 척 봐도 상태가 좋다고 할 수 없는 물건들이 대부분이었다.

이것들에서 유령선에 관한 정보를 얻을 수 있을까. 불안이 앞서는 상황이었지만, 미라 일행은 뭔가 있을 거라 믿고 조사를 개시했다.

"이 근처가 수상합니다냥……!"

단원 1호도 드디어 보물을 찾을 시간이라며 의욕을 불살랐다. 좋아 보이는 상자만 봤다 하면 이거다 하고 달려들어 안을 들여다보고는 어깨를 축 늘어뜨렸다. 그럼에도 좌절하지 않고 다음 상자, 다음 상자에 도전하는 그 모습은 그야말로 트레저 헌터……라기보다는 도굴꾼의 그것에 가까워 보이기도 했다.

"흐~음…… 역시 상태가 좋지 않군그래."

조사를 할수록 역사적인 가치가 있을 듯한 물건이 속속 발견되었다.

아주 오래된 항해 도구, 무구 등, 중요해 보이는 것들이 잔뜩 놓여 있었다.

하지만 그것들은 하나같이 더는 쓰지 못 하리라는 것을 한눈에 알 수 있는 상태였다. 300년이라는 세월은 그토록 길었던 것이다.

하지만 그럼에도 변하지 않는 것은 존재했다.

"우와! 다들 이것 좀 봐!"

마이카의 들뜬 목소리에 고개를 돌려보니, 그 상자에는 금은보화가 들어 있었다. 많다고 할 정도의 양은 아니지만 분명 보물로 분류되는 것들이었다.

유령선과는 별로 관련이 없을 듯하지만 모두의 사기를 끌어올리는 데에는 도움이 되었다. 해적의 보물은 분명 있을 거라 믿자 수색 효율이 확 올라갔다.

그렇게 오두막 안을 20분 남짓 동안 조사하던 중. 유모차며 못난 조각상 등과 소량의 귀금속류를 발견하기도 하고서 일단 조사를 마치려던 순간――.

"이건, 보물의 예감입니다냥!"

뭐 또 값나가는 물건은 없을까 하고 두 눈을 번뜩이고 있던 단원 1호가 아주 희미한 부자연스러운 점을 알아챈 것이다.

그것은 모두가 몇 번이나 통과했던 바닥이었다.

돌로 된 바닥의 한 곳. 다른 곳과 다르지 않아 보이는 돌판을 보니, 그 가장자리 중 딱 한 곳에 홈이 패여 있었던 것이다.

"이 느낌은……! 분명 뭔가 있어!"

가장 먼저 달려간 아노테는 그 홈을 응시하고는 비밀문이 틀림

없다며 기뻐했다. 이어서 달려간 미라 일행 역시 그 바닥 앞에서 기대감을 감추지 못했다.

아닌 게 아니라 교묘하게 숨겨진 곳에는 특히 중요한 물건이 보관되어 있기 마련이기 때문이다.

실제로 어떨지는 모르겠지만 기대감이 차오를 수밖에 없었다.

그곳에는 뭐가 숨겨져 있을까. 확인하지 않는다는 선택지는 존재하지 않아서 아노테가 곧장 움직였다.

아이템 박스에서 적당한 막대 형태의 물건── 검을 꺼내서 그 칼끝을 홈에 끼워 넣었다.

외형으로 미루어 상당한 명검이 분명해 보였지만, 그런 식으로 쓰지 말라며 딴죽을 거는 이는 한 명도 없었다. 오히려 조금만 더 하면 될 것 같다며 넋을 놓고 열리고 있는 바닥을 쳐다보고 있었다.

"좋아, 들어올려."

지렛대의 원리로 바닥의 돌판이 뜨자 미라 일행이 나서야 했다. 다 같이 벌어진 틈새에 손을 넣고 영차, 하고 단숨에 뒤집었다.

"오오, 이건 보물 같구나!"

"해적의 보물입니다냥~!"

바닥 아래에 숨겨져 있던 것은 오두막에 있었던 것보다 훨씬 번듯한 상자였다. 금속제라서, 곳곳에 녹이 슬어 있지만 썩은 부분은 조금도 없었다. 내용물의 보존 상태도 그럭저럭 기대할 수 있을 듯하다.

이거 드디어 터무니없는 보물이 나오는 게 아닐까, 라는 생각에 모두의 기대감이 최대급으로 고조되었다.

그러한 뜨거운 눈빛을 한눈에 받으며 단원 1호는 당당하게 자물쇠 따기 스킬을 선보였다.

숙련된 감과 연마된 기술, [자물쇠의 목소리를 들어라]라는 격언, 그리고 희미한 직감을 모두 동원해 상자에 걸린 자물쇠를 보란 듯이 해체해 보였다.

그 후, 단원 1호는 뒤를 돌아보며 고개를 끄덕이더니 상자를 연다는 최대의 하이라이트를 양보하겠다는 듯이 그 자리를 떴다. 그 모습은 그야말로 프로 열쇠 장인 같았다.

또한 자리를 양보한 직후에는 미라의 어깨에 올라타 "함정 같은 건 없는 것 같았습니다냥"이라고 보고를 덧붙였다.

어쨌든 자물쇠를 땄으니 드디어 내용물과 대면할 시간이다.

"이건…… 책?"

자아, 대체 얼마나 귀한 보물이 들었을까. 상자를 열어 보니, 그곳에는 책 몇 권만이 들어 있었다.

하지만 아노테는 흥미롭다는 듯이 눈을 가늘게 뜬 채 그것들을 확인했다.

미라 일행은 보물이 아니라며 어깨를 늘어뜨렸지만, 책이란 것은 당시의 역사를 파악하는 데 도움이 될지도 모르는 물건이다. 유령선의 수수께끼를 쫓는다는 목적을 잊지 않았던 아노테는 이 또한 귀중한 물건이라며 흥미진진한 얼굴로 그것을 집어 들었다.

"아, 읽을 수 있을 것 같아."

신중하게 상태를 확인한 아노테는 괜찮을 듯하다고 판단하자마자 곧장 '모험의 시작'이라는 제목의 책의 페이지를 펼쳤다.

거기에는 대체 무엇이 쓰여 있을까. 미라 일행도 유령선의 수수께끼에 관한…… 또한 보물에 관한 내용은 없나, 하고 흥분해서 아노테의 뒤에서 책을 들여다보았다.

튼튼하고 번듯한 상자에 들어 있던 책. 그것은 일지였다. 그 밖에도 넣어두고 싶은 물건은 많았을 텐데, 굳이 이것만 넣어둔 것이다.

그토록 중요한 기록인 것일까. 중요한 무언가가 거기에 적혀 있는 걸까.

이것은 평범한 일지가 아닐지도 모른다. 그런 생각에 미라 일행은 그것을 처음부터 해독해 나갔다.

처음에는 날짜가 적혀 있었다. 지금으로부터 300년도 더 된 과거다. 그야말로 '베이퍼 할로우'가 활약했던 시대였다.

다만 조금씩 읽어 나가다 보니 하나둘씩 의문이 드는 내용이 눈에 날아들었다.

"음~? 이건 뭔가 다른데?"

"해적…… 같은 느낌이 아닌데."

아노테가 그 의문을 입 밖에 내자 마논 역시 동의하듯 답했다. 그리고 미라 일행도 뭔가 이상하다며 고개를 갸웃했다.

처음 몇 페이지에서 느낀 인상은, 이 일지를 쓴 인물은 '베이퍼 할로우'의 선장이 아닐뿐더러 관계자소차 아닌 듯하다는 것이었다.

"흐음, '구스바르트'라……. 어째 어디선가 들어본 듯한데, 어디였더라."

거기에 쓰여 있던 한 구절에 이 일지의 저자를 알 수 있는 부분이 있었다. 아무래도 이걸 기록한 자는 '구스바르트'라는 나라의 귀족이었던 모양이다.

그리고 그 나라의 이름이 미라는 어쩐지 귀에 익었다. 하지만 어디에 있는 어떤 나라였는지는 짐작도 되지 않았다.

그나마 기억이 나는 것은 주요국이나 이래저래 관계가 있었던 나라뿐. 요컨대 '구스바르트'와는 그다지 얽힐 일이 없었던 것이다.

하지만 아노테 일행은 어떨까. 미라는 "그대들은 아느냐?"라고 물어보았다.

"으~음…… 처음 들어봤어."

"잘, 모르겠네요……."

"글쎄에. 지금 있는 나라들은 대충 알지만, 이건 기억에 없네에."

그렇게까지 잘 알지는 못하는지 아노테와 유즈하는 일찌감치 생각하기를 포기했다. 그에 반해 앙투아네트는 국제 관계에 빠삭한 모양이었지만, 기억에는 없다고 답했다.

"자세히 조사해 봐야 알겠지만, 제가 아는 역사에는 없는 나라네요."

마논은 어스 대륙과 아크 대륙의 역사에 관해 깊이 연구하고 있다고 했다. 그런 그녀의 말에 따르면, 지금까지 사라져간 나라는 수없이 많지만 그러한 것들 중에도 '구스바르트'라는 나라는 없었던 것 같다고 말했다.

"흐~음, 기분 탓일지도 모르겠군."

전문가에 필적하는 지식을 지닌 사람이 둘이나 있는데도 모르겠다면, 이건 그냥 착각일 수도 있다. 그렇게 생각한 미라는 일단 쓸데없는 것은 잊고 일지의 다음 부분에 시선을 떨어뜨렸다.

그렇게 읽어 나가자 상황이 이해되기 시작했다.

거기에는 실로 처절하다 할 내용이 쓰여 있었다.

우선 이 저자에 관해 말하자면, '구스바르트'라는 나라의

공작가에서 난 차남 '베이그 란돌시아'라는 인물이라는 것이 판명되었다.

그리고 베이그는 아무래도 형제끼리 가문의 계승권을 두고 처절한 권력 싸움을 벌였던 모양이다.

하지만 그러던 중, 억울한 누명을 쓰고 궁지에 몰리게 되었다.

그 누명이란 사고사한 아버지를 다름이 아니라 베이그가 살해했다는 것이었다. 심지어 그 죄로 인해 사형 선고까지 받았다.

일지에는 장남의 계략으로 상층부가 한패가 되어 꾸민 일이라는 원망 섞인 글이 쓰여 있었다.

그것이 진실인지 아닌지 확인할 수는 없지만, 일지만 보자면 베이그는 결백하다. 오히려 장남이 범행을 저지른 게 아닐까, 의심하는 듯한 분위기도 느껴졌다.

하지만 용의주도하게 준비한 증거가 결정타가 되었다.

그것은 란돌시아 가문에 전해지는 가보다. 장남이 대검, 차남인 베이그가 장검을 받아 이를 소중히 보관하고 있었는데, 결백을 증명하고자 보관하고 있던 상자를 열어보니 장검이 피로 물들

어 있었던 것이다.

"——뭐라고 해야 할지, 귀족들은 참 힘들게 산다니까."

"그러게 말이야~."

귀족가에서는 때때로 같은 가족인데도 계승권을 두고 죽고 죽이는 암살극이 벌어지고는 한다. 일반 가정과는 거리가 먼 이야기다 보니 아노테와 마이카는 그 내용에 어이가 없다는 표정을 지었다.

(가족이 상대라도 긴장을 풀 수 없다니, 생각하기도 싫은 세계로군.)

일지에 적힌 귀족 사회의 깊은 어둠. 그중에서도 특히 시궁창 같은 면을 엿보고 나자 미라는 문득 현대의 가족이 떠올랐다.

가족을 상대로 경계할 필요가 없는 시대였다. 하지만 여동생은 그렇지가 않았다는 생각에 미라는 쓴웃음을 지었다.

여동생은, 여러모로 따라 하고 싶어 했다. 잠시 방을 비우면 멋대로 들어와서 각종 단말로 만화를 찾아 읽거나, VR기기로 놀거나 했다. 게임 등에도 정신을 차려보면 동생의 세이브 데이터가 만들어져 있었다.

그렇게 멋대로 굴다가 지치면 그대로 자버리는 동생이었다.

(저쪽은 어찌 되었을는지…….)

현대의 자신은 어떤 상태일까. 가족은 어떻게 지낼까. 문득 생각해 보니 그저 막연한 불안감과 의문이 가슴에 퍼져 나갔다.

하지만 여기서 아무리 그런 생각을 한들 할 수 있는 것도 없고, 뾰족한 수도 없다.

"해서, 다음은 어떻게 되었지?"

그래서 미라는 그러한 것들을 깊이 생각하지 않기로 했다. 다름이 아니라 지금은 이쪽이 현실이기에. 지금을 바라보며 최대한 즐기자. 그것이 미라가 정한 삶의 방식이었다.

빨리 다음 페이지로 넘기라고 재촉하자 아노테는 뜸을 들이듯 "그럼 간다?"라고 하고서 페이지를 넘겼다.

그렇게 미라 일행은 일지에 기록된 사건들을 조금씩 해독해 나갔다.

일지에 따르면 누명을 쓴 베이그는 그 후, 신뢰할 수 있는 동료의 도움을 받아 처자식과 함께 국외로 탈출했다는 듯했다.

"올란도리오, 좋은 녀석이네!"

"배를 준비하기 위해 사라진 것이었을 줄이야!"

몹시도 살벌한 상황임에도 베이그를 도와준 이들도 있었다. 일지의 내용에 몰입하기 시작한 마이카와 미라는 그야말로 자기 일처럼 기뻐했다. 또한 아노테 일행도 베이그의 가족이 무사해 안심한 눈치였다.

그러나 무사히 국외로 빠져나간 베이그는 장남이 보낸 암살자 및 죄인을 쫓는다는 명목을 띤 국군에 쫓기기 시작했다.

그런 나날이 이어지던 중, 올란도리오라는 인물에게 스포트라이트가 비추었다.

암살자와 싸우던 도중 올란도리오는 홀연히 모습을 감췄다. 그리고 설마 암살자를 끌어들인 것은 그였나, 하고 미라 일행이 의심하던 참에 재등장했다.

이대로 가면 잡히는 건 시간문제라고 생각한 올란도리오는 연줄을 통해 배를 손에 넣고 돌아온 것이다. 아주 멀리, 나라와 장남의 힘도 미치지 않는 땅까지 도망칠 수 있도록.

"아~ 진짜 나이스야, 올란도리오!"

모두 다 배신한 게 아니라 장남 파벌에 들키지 않고 일을 진행하기 위한 작전이었다. 그런 뜨거운 전개에 아노테는 유달리 기뻐했다. 그녀의 마음속에서 올란도리오의 주가가 팍팍 오르고 있었다.

어쨌든 그렇게 배를 손에 넣은 베이그 일행은 드디어 망망대해로 나아갔다.

"그나저나, 어떤 배였는지 궁금하군그래."

"응, 궁금해. 어떤 실험을 했을까."

무심결에 미라가 감상을 늘어놓자, 마논 역시 동의하듯 고개를 끄덕였다.

두 사람은 올란도리오가 조달해온 배에 관해 말한 것이었다.

그 배는 어떤 기술자가 신기술을 실험하기 위해 만든 것이었다고 한다. 하지만 전혀 기능하지 않아 실패작으로 방치해두었던 물건이기도 했다.

실험했던 신기술이 어떠한 것인지에 관한 언급은 없어서 알 방도가 없다. 또한 저자인 베이그도 잘 몰랐던 모양이다.

하지만 그 실패작이었던 배는, 비록 신기술은 가동하지 않았지만 범선으로서의 항행은 가능했다.

그리고 주요 조선소 등은 국군의 감시하에 있었지만 실패작이었던 이 실험선까지는 눈길이 미치지 못했다. 그래서 올란도리오가 구입하여 바다를 통해 탈출하는 데 이용할 수 있었던 것이다.

그런 실패작 실험선으로 베이그 일행은 바다로 나아갔다.

하지만 상대도 상당히 교활했던 데다, 베이그 일행은 장남 파벌에게 지극히 불리한 정보를 잔뜩 가지고 있었던 탓에 그들은 추적을 늦추지 않았다.

머지않아 바다로 나갔다는 사실도 알아내 추적자를 보냈다. 심지어 은근슬쩍 가보를── 신의 힘이 깃들었다고 일컬어지는 장검을 들고 도망쳤다는 이유로 그 목에 현상금까지 걸었다.

그 결과, 베이그는 국군과 암살자, 그리고 현상금 사냥꾼에게 쫓기는 상황에 빠지고 말았다.

"그나저나 본인도 상당했던 모양이지만 동료도 장난 아니군 그래."

"응응, 엄청 멋지네."

배로 도망쳐 다니는 생활은 힘들 듯했지만 베이그는 동료들과 힘을 합쳐 여러 가지 어려움을 극복해 나갔다. 그 쾌활한 활약상에 미라와 유즈하는 감탄했다.

물자 보충을 하다가 악덕 사기꾼에게 속은 후, 그 거점을 괴멸. 근해를 휩쓸고 다니던 해적과 적대관계가 되어 이것도 괴멸. 심지어 국군과 암살자, 현상금 사냥꾼까지 모두 상대하며 미구 날뛰었다.

어쩌면 필자의 주관에 따른 과장 등이 섞였을지도 모르지만,

일지에 적힌 것은 그야말로 모두 소설로 써도 될 듯한 해양 모험 활극들이었다.

“살아남으려고 몸부림쳤을 뿐인데, 너무하다…….”

“세상 사람들에게는 애초에 현상수배범이었으니 어쩔 수 없지 않았을까아.”

다만 그렇듯 마구 날뛴 탓인지. 아니면 이거다 싶었던 장남이 손을 쓴 것인지. 억울하게도 베이그 일행은 언젠가부터 해적으로 불리게 되고 말았다.

그 사실에 아노테는 동정 섞인 의견을 내놓았고, 마논은 낙관적인 답을 내뱉었다.

누명을 쓰기는 했지만 아무것도 모르는 이들에게 베이그는 한낱 범죄자에 불과했고, 도망 중인 현상 수배범이었다. 그런 이들이 바다에서 날뛰었으니 해적이라 불릴 수밖에 없었으리라.

공자였던 베이그 일행은 정신을 차려보니 해적으로까지 전락해 있었다.

하지만 일지를 통해 감정을 유추해 보자면, 그들은 이 사실에 충격을 받은 듯한 낌새가 없었다. 오히려 그렇다면 차라리 마음 편히 날뛰어 주겠다는 듯, 그때부터 해적을 자칭하기 시작했을 정도다.

“설마 이렇게 이어질 줄이야…….”

“그렇게 된 거였구나…….”

미라와 아노테는 거기 적힌 파란만장한 역사와 진실에 가만히 숨을 죽였다.

해적 베이퍼 할로우의 아지트에서 발견한 공작가 차남 베이그의 일지. 전혀 무관할 듯한 그것이 어째서 이런 곳에 있었던 것인가에 대한 의문은 이렇게 풀렸다.

베이그 일행이 자칭한 해적으로서의 이름이 바로 '베이퍼 할로우'였던 것이다.

〈23〉

"그래서, 그후엔 어떻게 됐어?"

"자, 다음 페이지로 넘겨, 얼른."

해적 베이퍼 할로우의 선장은 '구스바르트'라는 나라의 공작가 차남, 베이그였다.

그런 역사적 사실이 발견되어 놀란 것도 잠시뿐. 어정쩡하게 알게 되면 더욱 더 궁금해지는 것이 인지상정. 마이카와 앙투아네트가 빨리 좀 넘기라고 재촉했다.

지금까지도 충분히 농밀한 내용의 사건이 적혀 있었지만, 그럼에도 일지는 아직 절반 정도 남아 있었다. 이후에는 분명 해적이 된 베이그 일행의 이야기가 그려져 있을 것이라는 생각에 미라 일행도 주목했다.

그리고 모두가 바라던 대로 거기에는 읽으면 읽을수록 베이그 일행의 더 많은 활약상이 기록되어 있었다.

원래부터 우수했던 것인지, 아니면 거친 파도에 시달리다 성장한 것인지. 아니면 양쪽 모두인지. 베이그 일행은 이제 어지간한 자객이나 현상금 사냥꾼들이 당해낼 수 있는 존재가 아니게 되었다.

따라서 베이그 일행을 노린 이들은 모두 격퇴당했고, 그 활약상으로 인해 베이퍼 할로우라는 이름은 눈 깜짝할 새에 퍼져 나갔다.

심지어 그들은 해적을 자칭하기는 했지만 상선을 습격하는 등의 으레 해적들이 하는 약탈 행위를 하지 않았다. 왜냐하면 격퇴한 현상금 사냥꾼들의 몸값이나 요즘 들어 눈에 띄는 게 건방지다면서 덤벼드는 동업자들의 현상금 등으로 인해 재정이 윤택해졌기 때문이다.

그야말로 해적 출세 스토리였다.

하지만 그렇게 계속 일이 순조롭게 풀릴 만큼 세상은 만만하지 않다. 해적으로서 지나치게 눈에 띄기도 했거니와 세간 사람들이 정의로운 해적이라 부르기 시작해서 쓸데없이 세력이 커진 탓인지.

결국 '구스바르트'를 필두로 한 연합국 토벌내가 결성되고 만 것이다.

"진짜 악질이네."

"그러게 말이다."

악명만 높았다면 넘어갔을 수도 있었을 거다. 그냥 큰 죄를 짓고 도주한 자였다면 그 발언력을 두려워 할 필요가 없었기 때문이다. 그러나 정의로운 해적이라는 이해할 수 없는 존재로서 베이그 일행은 민중들의 지지를 받기 시작했다.

그러한 영향이 퍼져 나가면 이윽고 민중이 한편이 되어 무시할 수 없을 정도의 발언력을 지니게 될 것이다. 그렇기에 그렇게 되기 전에 형이 군을 움직인 것이리라는 게 일지에 기록된 베이그의 주측이었다.

아노테와 미라 역시 분명 그럴 것이라고 동의하며 비겁한 형을 비난했다.

하지만 비겁하고 교활한 형의 수완은 놀라울 정도였다. 연합국 토벌대는 그야말로 군의 정예로만 구성되어 있었다. 제아무리 베이퍼 할로우라도 이를 상대하기에는 역부족이다. 전투가 벌어지면 전멸할 것이 뻔한 훈련도와 규모였다.

따라서 베이그 일행은 나라의 힘이 닿지 않을 만큼 먼 땅까지 도망치기로 결정했다. 명예와 자존심 같은 것을 모두 버리고 가족을 지킨다는 목표를 최우선시한 것이다.

“이런 판단을 내리기가 쉽지 않았을 텐데.”

“가족을 생각하면 이 방법밖에 없었을지도.”

어느 쪽이 정답이었을지, 마논과 유즈하는 깊이 생각했다.

그 시점에서도 베이그 일행은 그럭저럭 민중의 지지를 받고 있었다. 또한 아군도 늘어났다. 그렇다면 형의 악행을 폭로하고 관직에서 끌어내려, 나라를 바로잡기 위해 움직일 수 있지 않았을까. 그 시점에는 그러한 선택지도 있었을 것이다.

나라를 위해, 정의를 위해. 그리고 국민들을 위해 나라의 관직에 똬리를 튼 악을 간과할 수는 없다고 나서는 거다.

분명 이것이 영웅담이었다면 들고 일어났을 장면일 것이다. 하지만 베이그는 나라도 복수도 정의도 모두 버리고 가족을 택했다.

하지만 그런 결단을 내린 베이그를 보고 겁쟁이라고 욕하는 이는 이곳에 없었다. 오히려 일동은 용기 있는 결단이었다며 가족을 걱정하는 그의 마음을 지지해주었다.

베이그의 일지는 거기서 끝이 아니었다. 하지만 그 이후의 내용은 이전과 달리 그다지 야단스럽지가 않았다.

한결같은 도피 생활인 동시에 기나긴 항해의 시작이기도 했다.

상대는 여러 나라로 이루어진 연합국 토벌대. 심지어 지휘를 맡은 '구스바르트'는 대국이다. 어디로 도망치건 대부분의 나라에 입김이 닿아 있다. 대륙 반대쪽까지 돌아가도 그곳에 안식은 존재하지 않았다.

더불어 현상금 사냥꾼과 다른 해적들도 지금이 기회다, 하고 덤벼들었다.

"이거 아주 넌더리가 났겠구먼."

이제 모든 이들이 베이퍼 할로우의 적이 된 것이나 다름없었다. 일지에서는 겉으로 드러내지 않으려 애를 썼던 베이크의 초소함이 느껴졌다.

그런 가운데, 궁지에 몰린 그들은 한 가지 결단을 내렸다. 나라의 영향이 대륙 전체에 미치고 있다면 그 대륙을 떠나버리자는 것이다.

해적들 사이에서 떠돌던 소문 중 이러한 것이 있었다고 한다. 대해를 넘어가면 다른 대륙이 있다.

소문만 무성할 뿐 확증은 없다. 갔다는 이나 돌아왔다는 이에 관한 소문도 없다. 하지만 베이크 일행은 그곳에 낙원이 있을 거라고, 가족, 그리고 동료들과 함께 살 수 있는 평화로운 곳이 있을 거라 믿고 망망대해로 떠나갔다.

이렇게 도피만을 위한 항해에서, 그 끝에 무엇이 있을지 알 수 없는 대모험이 시작된 것이다.

모든 재산을 기나긴 항해에 필요한 물자로 바꿔 배에 싣고, 수평선 건너편을 목표로 했다.

그때, 그들의 배의 장식품으로만 여겨졌던 실패한 실험 기관이 이래저래 도움이 되었다고 쓰여 있었다. 놀랍게도 바닷물을 끓여서 물을 증류하는 데 딱 좋았다는 것이다.

기나긴 배 여행에서 담수를 확보할 수단이 있다는 것은 상당한 강점이라 할 수 있을 것이다. 그렇기에 일지에서는 그렇게까지 큰 비장함이 느껴지지 않았다. '비축 물자가 먼저 떨어진 연합국 토벌대가 포기하고 돌아갔다, 꼴좋다' 등의 문장에서는 신이 난 베이그의 감정이 전해져 왔다.

그렇게 읽어가던 중, 마논과 마이카가 거기 등장한 실험 기관에 관심이 생긴 모양인지.

"으~음, 이건 결국 어떤 실험을 위한 거였을까. 꽤 신경 쓰이는데에."

"일행이 마실 물을 조달할 수 있었다면, 크기가 상당했겠지? 대량의 바닷물을 효율적으로 끓인다…… 보일러 같은 걸까……?"

"배에 보일러…… 혹시 증기기관의 실험선이었을까? 그건 아닐 것 같은데. 왜, 300년 전의 일이잖아."

"아~ 그러고 보니 300년 전이었지. 우리가 철도 같은 걸 만들 때까지 증기기관 같은 건 없었으니 아니려나~?"

베이그 일행의 배는 실패한 실험선이다. 일지에는 자세히 쓰여 있지 않았지만, 마논이 힌트가 될 법한 부분을 찾아내 고찰했다.

그 후보 중 하나로 거론된 것이 증기기관이다. 하지만 300년도 전에 진행된 실험이었다면 플레이어들이 도입하기 전에 이미 완성되었을 것이다. 그렇다면 지금보다 훨씬 산업이 발전되었을 터다.

"상황으로 미루어 베이퍼 할로우는 멀리 떨어진 대륙에서 이곳으로 온 것 같지 않으냐? 혹, 바다 밖은 아니었을까? 그러하다면, 어쩌면 지금쯤 베이그 일행의 나라에는 이 몸들이 있는 곳과는 다른 문명이 발전했을지도 모르겠구나."

이런저런 의견을 나누는 마논과 마이카에게 미라는 그런 말을 내뱉었다.

그것은 어제 들었던 이야기였다. 외해를 목표로 한 끝에 있었던 빛나는 안개의 벽과 그 건너편에 있는 세계에 관한 이야기.

어쩌면 안개 너머에 있는 곳에서는 이미 300년 전에 증기기관의 이론이 존재했던 게 아닐까. 미라는 그런 가능성을 제시해 보였다.

"그럴 가능성이 없지는 않겠지만……."

"그 안개가 있는 한, 방법이 없잖아."

하지만 마논과 마이카의 반응은 시원찮았다. 왜냐하면 반짝이는 안개의 벽이라는 커다란 문제가 가로놓여 있기 때문이다. 또한 히노모토 위원회의 기술력이 있어도 이를 넘은 수단은 존재하지 않았다.

"하지만 분명, 가능성이 없다고 단정할 수는 없을 것 같아요――."

그런 미라의 생각에 유즈하가 찬동했다.

반짝이는 안개의 벽이 있는 한, 베이그 일행이 외해를 건너왔다고 보기에는 어렵다.

하지만 순간, 유즈하는 또 하나의 가능성을 제시했다. 그것은 바로 '애초에 반짝이는 안개의 벽이 당시에도 있었을지는 모르는 일이다'라는 것이다.

현 시점에서 히노모토 위원회가 관측한 것은 최근 30년 동안의 시간뿐이다. 그리고 그 30년이 시작된 것은 이 세계에 커다란 변화가 일어난 순간이기도 했다.

미라 일행을 비롯한 모든 플레이어 출신자들의 공통점. 게임이 현실이 되었다는 터무니없는 변화다.

"이래저래 보고된 사례가 많잖아요. 게임이었던 시절과 지금의 차이점은. 모르는 던전이 발견되거나, 새로운 계층이 늘어 있다거나, 진입 불가였던 장소에 들어갈 수 있게 되었다거나. 그날을 경계로 많은 게 바뀌었어요. 외해도 그렇지 않았을까요? 게임이었던 시절에 바깥으로 나가려 한 플레이어가 있었다는데, 몇 킬로미터 정도 전진하자 시스템이 강제적으로 복귀시켰다고 해요. 그러니 그 시절에도 안개가 있었는지 어땠는지는 아무도 알 수 없어요."

거기까지 사전 정보를 늘어놓은 후, 유즈하는 그렇기에 충분히 가능성이 있다고 말을 이었다. 현실이 되기 전에는 외해로의 길을 가로막는 안개가 존재하지 않았던 게 아닐까. 그리고 이 베이퍼 할로우라는 해적들은 머나먼 바다를 건넌 끝에 자리한 대륙에서 온 것일지도 모른다.

"이거 정말, 이야기가 너무 커졌네."

아노테는 흥분한 듯 몸을 내민 채 말했다.

이곳과는 다른, 아주 먼 대륙. 그곳에 이 300년 전의 일지에 등장하는 문명이 있었다면, 지금은 얼마나 많은 발전을 이루었을까. 상당히 궁금한 눈치였다.

그리고 그것은 미라 역시 마찬가지였다.

(바다 너머의 세계라……. 대체 어떠한 곳일꼬! ……그나저나 만약 이 예상이 맞아 떨어진다면, 어째서 이 몸은 '구스바르트'라는 나라의 이름을 들어본 적이 있는 것 같은 겐지.)

외해에 있는 대륙. 그것을 상상하던 미라는 문득 떠오른 의문에 낭황했다. 나른 내륙에 존재하는 나라의 이름을 대체 이디서 들어본 것일까.

알카이트 학원 지하에 펼쳐진 거대한 자료고일까? 아니면 아리스파리우스에 있는 대서고일까.

던전 등에서 발견한 석판일지도 모른다. 고지대에 우두커니 자리한 석비일지도 모른다.

음유시인의 노래나, 오랜 역사를 지닌 도시에 전해지는 전승이었던 것 같기도 하다.

그렇게 미라는 여러모로 떠올려 보려 했지만, 결국 이거다 싶은 후보에 다다르지는 못했다.

또한 이 장대한 역사를 두고 정령왕과 마텔 역시 흥분한 듯했다.

지금까지 신경 쓴 적도 없을뿐더러 그 존재에 관해서도 일체 생각해본 적이 없었던 바다 너머의 세계.

그 존재를 알고 생각하게 된 지금, 바깥에서 왔을 가능성이 있는 베이그 일행에게 큰 관심이 생긴 모양이다.

외해와의 왕래를 가로막는 빛나는 안개. 이러한 것을 전개할 수 있는 것은 신 정도다. 어제 그렇게 말했던 정령왕은 호기심이 가득한 투로 이렇게 말했다. 온 힘을 다해 도울 테니 다음에 물어보러 가보지 않겠냐고.

다시 말해서, 삼신과 교신할 수 있는 삼신국의 중추로 가보자는 것이다. 그리고 그를 위해 정령왕의 위광을 한껏 발휘해 주겠다며, 정말이지 어른스럽지 못하게 의욕을 불살랐다.

『그, 그래. 기회가 된다면, 그렇게 하도록 하지.』

베이크 일행은 정말로 바깥 대륙에서 건너온 자들일까. 빛나는 안개에 관한 당시의 상황을 알아낸다면 그것이 사실일 가능성은 단숨에 높아질 거다.

만약 바깥 대륙에서 건너온 것이라면, 그 바깥 대륙에는 어떠한 문명이 구축되어 있을까. 어떠한 나라가 있고, 어떠한 생활을 하고 있을까.

이곳과는 다른 기술이 발전해 있을지도 모른다. 본 적도 없는 광경이 펼쳐져 있을지도 모른다.

실로 낭만 넘치는 가능성이다.

하지만 미라는 그렇게 의욕을 불사르는 정령왕의 말에 난색을 표했다.

잘 알고 있기 때문이다. 삼신과 교신할 수 있는 장소란 곳은, 요컨대 삼신장만이 출입이 허락된 지극히 성스러운 장소라는 사실을.

그런 국가적으로나 종교적으로나 소중한 성역에 정령왕의 위광을 내보이고 들어가려 한다면, 주변 사람들이 어떻게 생각할까. 호기심 넘치는 미라라 해도 일의 규모가 그렇게까지 커질 거라 생각하니 망설일 수밖에 없었다.

분명 삼신이라면 자세한 사정을 알 거다. 하지만 그들과의 해후는 좀 더 원만한 전개를 통해 이루어졌으면 좋겠다고, 미라는 간절히 바랄 따름이었다.

〈24〉

"오오, 드디어 대륙 발견이로군!"

다소 이야기가 다른 길로 새기는 했지만, 미라 일행은 다시 일지를 읽어 나갔다.

항해에 나서고서 10개월 남짓이 지났을 즈음. 바다 마수와의 격전과 표착한 무인도 탐험, 그곳에 살던 정령들과의 교류. 바다 한복판을 떠도는 녹지 않는 유빙(流氷)에, 그곳에서 사는 펭귄족들과 나눈 우정. 상륙했다 싶었더니 몇 시간 후에는 거품처럼 사라져 버린 신기루 도시.

도중에 마주친 신기하고 파란만장한 사건들을 신이 나서 기록해 나간 끝에, 드디어 베이그 일행은 도달했다. 그렇다, 신대륙을 발견한 것이다.

"아아, 그럴 수가……!"

"하지만 뭐, 그렇지. 그렇게 되겠지."

기나긴 항해 끝에 떠돌고 있거나 환상이 아닌, 탄탄한 대지가 그곳에 있었다.

울퉁불퉁한 절벽 지대를 따라 나아가니, 이윽고 상륙이 가능할 듯한 육지가 보이기 시작했다. 하지만 그 이후의 전개에 유즈하는 무의식중에 숨을 죽였다. 그에 반해 마이카는 그럴 수밖에 없다며, 오히려 그럴 가능성도 충분히 있었다며 고개를 끄덕였다.

기뻐한 것도 잠시뿐. 베이그는 그 근해를 경비하고 있던 해군에게 발각되고 만 것이다.

그 해군은 강했다. 더불어 기나긴 항해로 베이그 일행은 이미 녹초가 되어 있었다. 때문에 별다른 저항도 못해보고 포박되었다고 한다.

"호오, 발리 군항국인가. 그렇다면 이자들은 연구소의 입구가 있는 그 부근도 지났을지도 모르겠군."

"뭔가 살짝 감회가 새롭네."

일지에는 이때 조우한 해군의 이름이 기록되어 있었다.

그 이름은 발리 군항국군. 어스 대륙과 아크 대륙 사이에 위치한 카디아스마이트 섬의 국가로 발리 군항국이 자랑하는 최강의 해군이다.

오래 전부터 이 나라의 해군은 최강이었고 지금까지도 유명하다. 베이그 일행도 당해낼 수가 없었을 거다.

하지만 멀리 떨어진 대륙의 해군이다 보니, 그들에게는 장남이나 '구스바르트'의 영향이 전혀 미치지 않았다.

따라서 베이그 일행은 즉시 사형을 당하는 등의 부조리한 일을 피할 수 있었다. 대신 밀항, 영해 침범, 밀수 등의 용의로 취조를 당했다.

안녕의 땅을 찾아왔건만 완전히 범죄자 취급이다. 하지만 그렇기에 베이그는 그곳에서 모든 사정을 이야기했다. 이전에는 공작가의 차남이었다고. 그러나 장남에 의해 부모를 살해했다는 누명을 썼고, 그 결과 나라에서 쫓기는 입장이 되어 목숨만 부지한 채 바다를 건너 조국의 힘이 닿지 않는 이 땅까지 도망쳐왔다고.

베이그는 꼼꼼히 성의껏 사정을 설명했다. 하지만 그러던 도중 베이그가 남긴 치명적인 물증으로 인해 그들이 해적이라는 사실을 들키고 말았다.

그 물증이란 해적의 증표라 할 수 있는 졸리 로저와 미처 처분하지 못한 전리품들이다. 자세히 선내를 조사한 탓에 그것들이 발견된 것이다.

또한 베이그는 변명이라도 하듯 그에 관해서도 기록해 두었다. 졸리 로저의 깃발 자체는 신대륙을 향해 출발하던 당시에 처분했었다고.

그럼 무엇이 발견된 것인가 하면, 바로 도안 쪽이다. 해적으로서 활동하기 위해 졸리 로저의 디자인을 다 같이 의논했을 때의, 굳이 말하자면 샘플 단계의 것이 남아있었던 거다.

거기에다가 현상금 사냥꾼들에게서 빼앗았지만 별 값어치가 없었던 고물들이 약탈품으로 간주되어, 순식간에 해적이라는 사실을 간파당한 것이다.

"도안이라니…… 맹점이라고 해야 하려나……."

그것이 어린애들의 낙서 수준이었다면 그렇게까지 문제가 되지 않았을 거다. 하지만 베이그 일행은 어른스럽지 못하게도 기합을 팍 주고 디자인했었던 모양이다. 수십 장이나 되는 도안에는 상당한 열정이 담겨 있었다. 그를 통해 완전히 간파해 버린 것이다.

이대로 가면 교수대로 직행이다. 하지만 베이그는 그에 관해서는 변명하지 않고, 이어서 해적이 되기까지의 경위를 이야기했다고 한다. 되고자 해서 된 것이 아니라 정신을 차려보니 그런 처지에 몰려버린 것이라고.

그리고 이렇게 된 거 당당하게 행동하자는 생각에 졸리 로저의 깃발을 올린 것이라고. 그렇게 하나도 감추지 않고 자백했다.

그 결과, 솔직하게 모든 것을 털어놓은 것이 빛을 발한 것인지, 베이그 일행에게는 온정적인 처분이 내려졌다. 적어도 영해 내에서의 해적 행위는 하지 않았으니 그 죄는 묻지 않겠다는 판결이 내려진 것이다.

하지만 영해 침범과 기타 등등에 관한 죄는 그대로 남아 있었다. 그러던 중, 해군 측이 베이그에게 어떤 거래를 제안했다고 한다.

"아주 잘됐다고는 못 하겠네에, 엄청 복잡한 심정이야."

"이렇게 이어지는 건가……."

그 내용에 앙투아네트와 아노테는 복잡한 감정을 내비쳤다.

해군 측이 제안한 거래. 그것은 해적으로서 활동하라는 것이었다. 해군은 수많은 현상금 사냥꾼들을 격퇴하고 해적들간의 싸움도 돌파해온 그들의 실력에 눈독을 들인 것이다.

그리고 그 거래 내용은 특정 해역 내에서 특정한 배를 노린다면, 동료들 모두를 무사히 석방하는 건 물론이고 지원도 해주겠다는 것이었다.

그렇다. 여기서 가장 처음에 발견한 석판에 적힌 내용으로 이어지는 것이다. 전쟁이 끝난 후에 배신당해, 평범한 해적으로서 처분당하게 된 베이퍼 할로우의 최후로.

"이때 거절했다면 어땠을까 싶지만…… 이 상황에선 무리였겠지이."

"그랬겠지. 공공연히 떠들 수 없는 거래를 제안 받은 시점에서 선택지는 없었을 터이니."

만약 그대로 영해 침범과 기타 등등의 죄로 처벌을 받았을 경우, 몇 년의 징역, 혹은 국외 추방 조치를 당했겠지만 적어도 사형을 당하지는 않았을 거다.

하지만 그 거래의 등장으로 인해 모든 결과가 뒤집어졌다.

적국에 손해를 입히기 위해 해적 행위를 지원한다. 효과적이기는 하지만 그 해적 행위는 대륙 공통의 법에 의해 금지된 일이다. 따라서 그것을 국가가 허용하는 것은 있을 수 없는 일이었다.

만약 그러한 거래를 제안했다는 사실이 알려진다면 삼신국이 가만히 있지 않을 거다. 설령 최강의 해군을 보유했다 해도 삼신국을 상대하기에는 턱없이 부족할 것이다.

그렇다면 거래 내용이 유출되는 것을 막을 방법은 입을 막는 것뿐. 따라서 그 거래를 제안 받은 시점에서 베이그 일행에게 이를 거절한다는 선택지는 존재하지 않았다.

(고육지책이었겠지.)

일지에는 이때 복잡하게 얽힌 베이그의 심정이 적혀 있었다.

그의 말에 따르면 두 번 다시 해적 행위에 손을 댈 생각은 없었다고 한다. 하지만 가족과 동료들의 목숨을 지키기 위해서는 어쩔 수가 없다는 생각에 결심을 굳혔다. 또한 수락하는 척을 하고 도망친다는 방법도 있었지만, 또 도피 생활을 하게 되면 얼마나 버틸 수 있을지 알 수 없어 불안감 속에 살아야 했을 거다.

그의 바람은 그저 동료, 가족들과 함께 평온한 시간을 보내는 것뿐이었다.

그러나 그의 여정 끝에는 잔혹한 결말만이 기다리고 있었다. 미라 일행은 그런 그의 운명에 할 말을 잃은 채, 침통한 얼굴로 눈을 내리깔고 있을 따름이었다.

발리 군항국의 해적이 된 베이그 일행의 그 이후 행적은, 해저에서 발견한 석판에 새겨진 바와 같았다.

다만 일지 쪽에는 그 후로 최후에 이르기 직전까지의 역사가 보다 상세히 쓰여 있었다.

"그나저나 지금이야 상당히 엄격한 나라라는 이미지가 있지만, 과거에는 여러모로 악독한 짓을 했었구먼."

발리 군항국. 지금은 근해의 치안을 책임지는 최강의 해군으로서 유명한 군사국가다. 이 해군 덕분에 근해에서는 교역이 안정적으로 이루어지고 있다고 해도 과언이 아니다.

그러나 과거에는 어둠에 묻힌 잔인한 역사가 존재했다. 이곳에 있는 일지가 공개된다면 상당한 뉴스가 될 거라며 미라는 쓴웃음을 지었다. 과거의 일이라고는 해도 바다의 안전을 책임지고 있다는 지금의 이미지와는 큰 차이가 있는 내용이니, 소동을 피할 수는 없을 거다.

"하다못해 처음에 표착한 게 어스 대륙 쪽이었다면 어땠을까 싶어."

아노네는 존재했을지도 모르는 다른 가능성에 관해 생각하고 있었다. 그랬다면 분명 다른 결과가 나왔을지도 모른다고.

베이그 일행이 도달한 게 평범한 마을이었다면. 따뜻한 환대를 받고 평화롭게 살아갔다면.

결말을 알기에 더더욱 그런 생각이 든다며 아노테는 눈을 내리깔았다.

무의식중에 그런 생각을 할 만큼 일지는 무거운 내용들로 채워져 있었다. 오히려 목표로 했던 신대륙에 도착하기 전의 항해기 쪽이 훨씬 밝게 느껴졌을 정도다.

다만 개중에는 즐거운 화제도 있었다. 누구누구가 아이를 낳았다거나, 누구누구가 결혼했다는 등의 이야기다.

"가족들이 정말 소중했나 보네."

일지를 읽던 중, 마논이 나직하게 변함없이 느껴지는 인상을 읊었다.

처음부터 지금까지 일지에서 일관되게 전해지는 베이그의 마음. 그것은 가족애였다. 베이그가 남긴 말에는 언제나 그 감정이 또렷하게 새겨져 있었다.

일지에 따르면 해적으로서 활동하기 시작했을 무렵부터 가족들과 떨어져 지내는 일이 많아졌다.

왜냐하면 해적으로서의 나날은 거칠고 위험하기 때문이다. 따라서 비전투원인 아이들과 그들을 돌볼 이들은 배에서 내려, 이 비밀 아지트에서 살게 되었다고 한다.

베이그 일행이 아이들을 만날 수 있는 것은 몇 달에 한 번, 일을 마치고 돌아왔을 때뿐이었다.

또한 부모의 얼굴로 돌아올 수 있는 것도 그 짧은 시간뿐이기도 해서, 베이그는 전반적으로 과보호를 하게 되었노라는 글이 일지 끄트머리에 작게 곁들여져 있었다.

볼 때마다 성장하는 아이들. 환경이 환경인 탓에 사고뭉치로 자라, 눈만 떼면 바다에 빠질 것 같다느니, 위태로워서 눈을 뗄 수가 없다는 말들이 곳곳에 쓰여 있다.

그 부분만은 걱정하면서도 행복해하는 듯한 감정으로 가득했다. 베이그 일행에게 가족과 아이들이 무엇보다도 귀한 보물이었다는 것이 절절히 전해져 왔다.

"이곳에 가족을 남겨둔 채로……. 많이 걱정됐겠지."

베이그 일행은 아지트에 가족을 남겨둔 채 바닷속에 가라앉았다. 그렇기에 미련이 상당했으리라. 아노테는 오두막에서 밖으로 고개를 내밀어 아지트 안을 둘러보았다. 남겨진 가족들은, 그리고 아이들은 어떻게 됐을까 생각하며.

"어머, 뭔가 이 부분은 그때 당시랑 비슷하지 않아?"

마지막을 향해 가는 베이그의 일지. 해적 행위 도중에 살며시 곁들여진 하잘 것 없는 일상의 기록. 앙투아네트는 그런 기록들 중에서 신경 쓰이는 부분이 하나 있다며 내밀어 보였다.

그것은 매우 호기심 왕성하고 사고뭉치로 자란 베이그의 딸의 성장 등을 기록한 부분이었다.

배에 태워 놀새 하던 중, 딸이 본인의 활발함을 한껏 발휘해 뱃전에 섰다. 직후, 파도가 밀려와 균형을 잃고 빠질 뻔했다.

그 직후, 베이그뿐 아니라 모든 선원들이 "위험해!" 하고 달려

들어, 그대로 모조리 바다에 빠져버렸다고 한다.

하지만 빠진 것은 구하려고 달려간 선원들뿐이고, 딸은 훌륭한 운동 신경을 발휘해 뱃전을 붙잡아 무사했다고 한다.

딸은 분명 크게 될 거다. 그 에피소드는 그런 팔불출 같은 말로 끝나 있었다.

"아~ 정말이네. 그때의 나랑 비슷해."

그 한 구절을 확인한 참에 아노테가 확실히 그런 것 같다며 고개를 끄덕였다.

그것은 미라가 균형을 잃고 떨어질 뻔했던 때의 일이다. 아노테는 반사적으로 몸을 날렸다. 하지만 미라는 문제없이 배로 돌아와서, 오히려 자신이 도움을 받게 되었다는 일련의 사건을 말하는 것이다.

그리고 그 사건은 그로 인해 목격하게 된 커다란 괴현상으로 이어지기도 했다.

"뱃전……이라. 흠, 빛나는 눈이 나왔을 때도 그러했지."

최초 목격자이기도 해서인지 미라는 그 유사성을 알아챘다. 그렇다, 해수면에 나타난 무수히 많은 빛나는 눈과 오싹하게 뻗어 나온 손.

몇 가지 시험을 해보고서 알아낸 것은, 미라가 뱃전에 서면 나타난다는 점이었다. 마치 미라를 노리고 바닷속으로 끌어들이려고 하는 듯 보였던 그 현상.

"그거야, 그거! 근데 그건 혹시 다른 의미가 아니었을까, 하는 생각이 들어서——."

앙투아네트는 그렇게 동의하며 방금 느낀 것을 그대로 말로 옮겨 나갔다. 지금 생각해 보니 무수히 많은 빛나는 눈과 수면에서 뻗어 나온 손은 뱃전에 선 미라가 위험해 보여 걱정해서 나타났던 건 아닐까.

일지를 읽고 베이퍼 할로우들의 사람됨을 알게 된 덕에 그들에 대한 인상도 바뀌었다. 여기 적힌 베이그 일행이 지독한 짓을 하려고 했을 리가 없다는 것이 지금의 솔직한 감상이었다.

나라에 배신당했으니 강한 원한이 남아 있을 것 같기는 하다. 하지만 그러한 원한 같은 감정은, 일지뿐 아니라 석판을 보아도 거의 발견되지 않았다. 그지 가족과 동료에 대한 사랑만이 전해질 따름이다.

그렇기에 미라 일행 역시 앙투아네트와 같은 심정이었다.

"응, 그럴 것 같아."

마이카도 그럴 가능성은 충분히 있을 것 같다고 동의했다.

일지에 적힌 글에는 베이그의 딸에 대한 정보도 다소 남겨져 있었다. 그에 따르면 딸의 나이는 대략 열두 살 전후.

다시 말해서 겉모습은 미라와 비슷한 정도인 것이다. 그렇게 딸과 또래인 듯한 여자애가 뱃전에 서 있다면, 과보호 경향이 있었던 베이그 일행은 어떠한 반응을 보였을까.

그것은 일지를 보면 어렵지 않게 상상할 수 있었다.

또한 무엇보다도 그 빛나는 눈과 손은 그냥 오싹해 보였을 뿐, 실제로 뭔가 못된 짓을 하지는 않았다.

앙투아네트의 추측은 어쩌면 진실에 가까울지도 모른다. 이 일지에 쓰여 있는 것처럼, 미라가 바다에 빠지지 않을까 걱정이 되어 그렇게 수면에 나타난 것일지도 모른다.

아니, 분명 그럴 거다. 미라 일행은 그렇게 납득하며 일지의 뒷내용으로 눈길을 돌렸다.

세 권의 일지 중 세 번째 권. 그 마지막 페이지에는 '이제 곧 전쟁이 끝날 것 같다'고 쓰여 있었다.

어쩔 수 없이 해적이 되어, 이면에서 적국에 대한 방해 공작을 했던 베이그 일행은 이로써 평화를 찾을 것이다. 동료, 가족과 평온한 일상을 보낼 수 있을 것이라고 적힌 일지에서는 안도한 듯한 감정이 전해져 왔다.

일지는 거기서 끝이었지만 그 다음 일은 알려진 바와 같다. 기록된 일자로 미루어, 이때부터 석판에 새겨진 사태로 이어진다는 것만은 알 수 있었다.

"참으로, 안타깝구나."

"응, 그러게 말이야……."

베이그 일행은 그저 평온한 일상을 살기를 바랐던 것뿐이다. 하지만 시대와 운명이 그들의 덧없는 꿈을 깨부수었다. 미라와 아노테는 비극으로 끝난 파란만장한 '베이퍼 할로우'의 진실에 눈을 내리깔았다.

앙투아네트 일행 역시 하나같이 복잡한 표정을 한 채, 가만히 묵도했다.

25

일지를 통해 알게 된 베이퍼 할로우의 역사. 미라 일행은 거기 쓰여 있던 것들 중에서도 특히 신경 쓰였던 점을 확인하기 위해 오두막을 나섰다.

그리고 아스트로 일행과 합류하여 모두를 소집한 후, 일지의 내용을 간결하게 전달하고 모두의 힘을 빌려달라고 부탁했다. 이곳에 남겨진 자들의 그 후 행적을 철저하게 조사해달라고.

"——그래, 이보다 신경 쓰이는 일이 또 어디 있겠어. 조사해 보자고. 다들 할 거지?!"

"좋아, 좌우간 우선은 이 장소를 구석구석 뒤져보자고!"

베이퍼 할로우의 역사. 그것에 모두가 감명을 받았는지, 베이그 일행이 걱정했던 가족과 동료들에 대한 추적 조사를 하고자 하는 열의를 내보였다.

또한 어쩌면 그 미련이 유령선이 되어 나타나는 원인이 되었을 가능성도 있었다.

인정과 호기심. 그리고 검증. 이러한 이유로 미라 일행은 움직이기 시작했다.

또한 미라 일행이 일지를 읽는 동안 진행된 조사 결과로 말하자면, 아직 아이들과 관련된 듯한 것은 발견되지 않았다는 듯했다. 장난감 같은 것의 잔해가 다소 발견되었을 뿐이라고 한다.

아지트에 남아 있던 자들은 그 후 어떻게 되었을까. 나머지 조사와 병행하여 그 단서를 중심으로 탐색하기 위한 특별 팀이 결성되었다.

"그러면 우선은 일지에 있던 비밀의 방부터 확인하도록 할까!"

"좋아~!"

리더격인 아노테가 방침을 정하자 팀 전원이 하나가 되어 행동을 개시했다.

비밀의 방. 이곳에는 해적의 아지트답게 얼핏 봐서는 찾을 수 없는 방이 여럿 존재한다는 모양이다. 일지에도 그곳의 존재가 드문드문 언급되어 있었다.

그것은 여차할 때 숨을 곳이 되기도 한다. 또한 중요한 무언가를 숨기는 데에도 쓸 수 있다. 그리고 현 시점에서 그런 비밀의 방은 아직 발견되지 않았다.

그렇다면 남아있는 어딘가에서 단서가 될 만한 무언가를 찾을 수 있을지도 모른다.

미라 일행은 일지에 의지해 대략적인 장소를 추려낸 후, 그 주변을 집중적으로 조사해 나갔다.

첫 번째 비밀의 방이 발견되었다. 하지만 그곳에는 흙으로 된 병 몇 개가 있을 뿐이었다. 아이들이 함부로 손대지 못하도록 감춘 것이리라. 이곳은 약품 보관고로 사용되었던 모양이다.

그리고 두 번째, 세 번째 비밀의 방을 발견해 조사해 보았지만 모두 비슷비슷한 장소들이었다.

"흐~음, 여기에도 단서는 전혀 없구먼……."

또다시 발견한 비밀의 방을 둘러보며 미라는 딱히 이렇다 할만한 것은 없는 듯하다고 판단했다.

보아하니 평범한 창고에 가까웠다. 텅 빈 선반이 간신히 남아 있는 상태다.

그렇게 가볍게 둘러보고서 아무것도 없기에 다음 장소를 찾아보려던 참에——.

"냐냐냥……! 살짝 위화감이 느껴집니다냥."

단원 1호가 수염을 꿈틀거리며 그 방을 구석구석 조사하기 시작했다.

지금까지 단원 1호는 비밀의 방을 발견하는 공적을 히노모토 위원회가 제작한 조사 기재에 모두 빼앗기고 있었다. 그래서인지 더더욱 기합을 넣고 종횡무진으로 뛰어다니며 그 위화감의 정체를 찾아 나섰다.

"좋아, 그러면 이쪽도 조사해 볼까."

비밀의 방 수색 작업에서는 아직 활약을 못 했지만, 이러니저러니 해도 일동은 단원 1호의 능력을 인정하고 있었다. 그 때문에 아노테 일행도 그런 단원 1호의 말이라면 믿어볼만 하다며 재조사를 개시했다.

그러자 단원 1호는 초조해졌다. 위화감을 알아챘음에도 불구하고 그 원인을 발견하는 공적을 빼앗길 수는 없다는 생각에 더더욱 의욕을 불살랐다.

"음~ 여기인가? 이쪽인가아?"

아노테는 조금씩 조금씩 장소를 이동하며 벽과 바닥을 스캔하여 확인해 나갔다.

그렇게 확실하게 조사 범위를 좁혀 나가던 그때.

"냥! 여깁니다냥! 여기 뭔가 숨겨져 있습니다냥!"

마치 승리 선언이라도 하듯 단원 1호가 소리쳤다.

"호오, 훌륭하구나. 해서, 무엇이 있더냐?"

"잠시만, 기다려주십시오냥!"

자아, 무엇이 있었을까. 단원 1호가 말한 위화감의 정체란 무엇일까.

어디 보자, 하고 조사원들이 모여드는 가운데 단원 1호는 바닥의 한 곳을 물끄러미 쳐다보더니 그곳에서 작은 조각을 뽑아냈다. 바닥의 구멍을 막듯이 꽂아둔 듯 보이는, 별다를 것 없는 조각이다.

하지만 거기에는 커다란 의미가 있었다.

"아노테 씨, 부탁드립니다냥!"

단원 1호는 그런 말과 함께 바닥의 구멍을 가리켰다. 그렇다, 좀 전에 베이그의 일지를 발견했을 때와 같은 장치였다.

하지만 이번에는 그때보다 더욱 교묘해서, 얼핏 봐서는 전혀 알아볼 수 없게 만들어졌다. 그렇기에 단원 1호가 조각을 뽑아낸 구멍이 없었다면 그곳에 무언가가 있다는 것을 알 수 없었을 거다.

"아하, 맡겨만 줘!"

장치가 있다는 걸 알아냈으니 나머지는 시간문제다. 아노테는 그 구멍에 칼끝을 끼워 넣고, 조금 전과 마찬가지로 지렛대의 원리를 이용해 바닥의 일부를 들어 올렸다.

그러고서 다 같이 바닥의 널빤지를 옮기자, 눈 깜짝할 새에 지하로 이어진 입구가 등장했다.

"자아, 무엇이 숨겨져 있을까……."

지하로 이어진 계단 앞에서 아스트로가 진지한 얼굴로 숨을 죽인 채 말했다.

해적의 아지트에 숨겨져 있던 방에서, 또다시 숨겨진 입구가 발견되었다. 중요한 비밀이나 귀중한 보물이 잠들어 있으리라고 크게 기대할 수 있는 상황이다.

하지만 미라 일행의 얼굴에도 아스트로와 마찬가지로 긴장감이 감돌고 있었다.

입구를 연 순간 풍겨온 냄새와 기운에서 불온한 분위기가 느껴졌기 때문이다.

하지만 그 불온한 분위기는 가스 같은 것 때문이 아니란 것을 조사 기기가 말해주고 있었다.

"뭐어, 확인해 봐야 알 수 있겠지이."

분명 무언가가 있을 거라며 앙투아네트가 앞장을 섰다. "음, 맞는 말이다"라고 맞장구를 치며 미라가 움직이자 아스트로 일행도 그 말이 맞다며 뒤를 따랐다.

"아아…… 역시."

"과연…… 예상한 대로, 이 기운이었나."

그 광경 앞에서 아스트로는 눈을 내리깔았다. 그리고 미라 역시 어렴풋이 했던 예상이 맞아떨어졌다며 쓴웃음을 지었다.

계단을 내려간 곳에 있던 방. 조명을 밝히자 떠오른 그곳은, 묘지였다.

아니, 정확히는 시신 안치소라고 해야 할까. 그 바닥에는 수십에 이르는 목제 관이 늘어서 있었다.

입구를 열었을 때 미라 일행이 느낀 것은 오랜 세월 이곳에 갇혀 있던 죽음의 기운이었던 것이다.

이 장소의 상태를 보니, 베이그 일행이 바다에 침몰한 이후의 일도 대충은 예상이 되었다.

가족들은, 동료들은 어떻게 되었을까. 어딘가로 무사히 도망쳤을까. 그런 희망이 허무하게 무너져 내리는 광경이었다.

"저기, 이것 좀 봐."

모두가 그런 슬픈 결말을 떠올린 순간, 마몬의 목소리가 또렷하게 들려왔다.

일동이 그 목소리에 퍼뜩 정신을 차리고 고개를 돌려 그녀가 가리킨 방향을 바라보았다.

"이건……."

그것을 본 아스트로는 신중하게 달려가 그 옆에 웅크려 앉았다. 마논이 바라보고 있는 방의 구석. 그곳에는 한 사람 분량의 백골이 있었다.

하지만 그것뿐이 아니었다. 백골 옆, 그 손 근처에 한 권의 책이 널브러져 있었던 것이다.

혹시 이 사람의 일지일까. 그렇다면 이곳에서 무슨 일이 있었는지 더욱 자세히 알 수 있을지도 모른다.

"해서, 어떠냐? 읽을 수 있겠느냐?"

천천히 다가간 미라는 아스트로가 손에 든 그것을 바라보며 물었다.

"그래, 괜찮을 것 같군."

얼핏 보니 상당히 너덜너덜했다. 하지만 그렇다고 찢어지거나 부스러질 낌새는 없었다. 이 장소가 밀실이 된 탓에 일정 상태로 유지된 것이리라.

모두가 주목하는 가운데, 아스트로는 신중하게 그 페이지를 펼쳐 내용을 확인해 나갔다.

여러 개의 관들이 늘어선 방. 그곳에서 발견한 일지는 베이그 일행이 발리 군항국과 교섭하기 위해 출항한 날로부터 2주일 정도가 지난 이후부터 기록되어 있었다.

교섭이 길어지고 있는 것인지, 아니면……. 그 후 너무도 소식이 없어, 아지트에 남은 이들 사이에서 불안감이 퍼지기 시작한 듯했다.

그로부터 또 며칠 후. 발리 군항국의 군함으로 보이는 배가 근해를 드문드문 통과하기 시작했다고 쓰여 있었다.

교섭 결과는 어떻게 되었을까. 아직 판단할 수 없었기에 아지트에 있던 이들은 그대로 몸을 숨기고 있었다는 모양이다.

"……이미 이즈음에는――."

베이그 일행이 귀환하기를 기다리며 몇 달을 기다리는 상태이어셨다. 그것은 석판에 기록된 일자보다 미래의 시간. 다시 말해서 베이그 일행이 발리 군항국군에 의해 바닷속에 침몰한 후다.

그럼에도 믿고 기다렸던 동료들의 이루어지지 않은 희망을 상상한 것인지, 아노테는 입을 꼭 다물고 있었다.

그로부터 1년이 경과. 가족과 동료들은 그때도 아지트에 남아 베이그 일행이 귀환하기를 기다렸다.

다시 몇 년이 지나, 아이들도 그럭저럭 성장했다. 그 때문인지 일지는 어딘가 아이들의 성장 일기 같은 측면도 띠기 시작했다.

다시 몇 년. 베이그 일행은 돌아오지 않았다.

도중에 대체 무슨 일이 생긴 것인지, 베이그 일행은 어떻게 된 것인지 조사하러 나가자는 목소리도 나왔다는 모양이다.

하지만 지금 있는 군도에서 가까운 대륙까지 건너갈 수 있는 배가 없었고, 아지트에 남아 있는 것은 모두 비전투원들이었다. 이래서는 베이그 일행에 관해 조사해 보기도 전에 물고기 밥이 될 게 뻔했다.

"적어도 자급자족이 가능했던 건 다행이라 할 수 있으려나……."

비축된 식량이 바닥나기 전에 밭을 일굴 땅을 발견한 것은 천만다행이었다. 그 작은 행운을 언급하면서도 아스트로는 침통한 한숨을 내쉬었다.

일지 속의 시간은 중간부터 휙휙 넘어갔다. 그 기록은 수십 년 분량에 달했다. 더불어 필적 등도 그때마다 제각각이었다.

누군가가 기록으로 남기기 위해, 각자의 감정과 말을 그때마다 적어 나간 것이리라.

아이가 병으로 죽었다는 일도 기록되어 있었고, 거기에는 하릴없는 고뇌와 어찌할 도리가 없는 괴로움이 남겨져 있었다.

베이그 일행이 돌아오기를 기다린 시간은 길었고, 다행스럽게도 느껴졌다. 하지만 자급자족으로 헤쳐 나간 그들의 생활에도, 적어도 기쁨이나 행복은 존재했던 모양이다.

누구와 누가 결혼했다느니, 쌍둥이가 태어났다느니, 일지에는 그러한 일들이 쓰여 있었다.

또한 20여 년 정도가 경과했을 즈음, 어딘가의 해군의 것으로 추측되는 군함이 근해를 통과하기 시작했다는 모양이다. 경계선을 넓힌 것인지, 군이 더욱 커진 것인지. 마치 자신의 위치를 알리듯이 경적을 울리며 주변의 마물 등을 토벌해 나갔다고 한다.

안전해지니 고마운 일이기는 하지만, 농시에 불안하기도 하다고 일지에는 기록되어 있었다.

그렇게 페이지는 계속 넘어가, 마지막에 남겨진 말에 도달했다. 그것은 일지 옆에 백골이 되어 누워 있던 인물이 적은 것인 듯했다.

거기에는 이렇게 적혀 있었다. 오랜 세월 함께 해온 소꿉친구를 관에 넣고, 드디어 마지막 한 사람이 되고 말았다고.

그 쓸쓸함과 고독, 그리고 해적 베이퍼 할로우는 어떠한 이들이었는지. 그러한 것들을 술회하는 말과 함께 일지는 끝나 있었다.

오르니스. 그것이 마지막까지 살아남은 자의 이름이었다.

이 아지트에 남겨진 자들은 최후를 맞을 때까지의 수십 년 동안, 이곳에서 계속 베이그 일행이 돌아오기를 기다리고 있었다.

참으로 서글픈 결말을 알게 된 비라 일행은 말없이 침묵할 따름이다.

그러던 가운데, 무슨 생각에서인지 아스트로가 관이 늘어선 곳으로 걸어 나갔다.

그가 향한 곳은 방 안쪽에 해당하는 장소에 세워진 석비 같은 것의 앞이었다.

일지에 따르면 거기에는 관에 넣은 자들의 이름을 새겨두었다고 한다. 아스트로는 그런 석비를 물끄러미 쳐다보며 어째서인지 "음~?" 하고 신음하기 시작했다.

대체 왜 저럴까. 뭐 신경 쓰이는 것이라도 있는 걸까.

미라가 그렇게 물으려던 순간――.

"역시, 어디에도 보이지 않는군……."

아스트로는 의문으로 가득한 얼굴을 한 채 그렇게 중얼거렸다.

"뭐가 안 보이는데?"

가장 먼저 반응한 것은 마논이었다. 무슨 일인가, 하고 달려가 석비를 바라보고는 무슨 뜻이냐며 고개를 갸웃했다.

이곳에서 죽은 자들의 이름이 새겨진 석비 앞에 선 감상치고는 영 이상하다. 마논뿐 아니라 모두의 시선이 아스트로에게 집중되었다.

그러자 아스트로는 '모르겠어?'라고 말하는 듯한 표정을 하고서 입을 열었다.

"일지에 자주 나왔잖아, 베이그의 딸 이야기가. '말괄량이 하루'라거나 '개구쟁이 하루'라는 표현이. 하지만 마지막까지, 언제 죽었는지에 관한 언급이 없어. 아닌 게 아니라 열다섯 살 생일이라는 부분부터 완전히 등장하지 않게 됐다고."

거기까지 아스트로가 확인하듯 설명하자, 미라 일행도 그러고 보니 그런 것 같다며 생각에 잠겼다.

돌이켜 보니 그의 말이 맞았다. 전반 부분에는 몇 번이나 등장했었지만, 일자가 휙휙 넘어가기 시작했을 즈음부터 그 이름이 전혀 등장하지 않았다.

아스트로는 말했다. 혹시 그 타이밍에 뭔가 불행한 일이 일어난 게 아닐까. 그래서 일지에 등장하지 않게 된 건 아닐까.

"——그래서 그걸 확인하려고 한 건데…… 보이질 않아. 이 석비에, 하루라는 이름이."

거기까지 말한 후, 아스트로는 '하루'라는 이름 이외의 것이었을 가능성에 관해서도 생각해 보았다고 한다. 그것이 애칭이었을 경우, 본명은 다를지도 모르기 때문이다.

하지만 석비에 새겨진 이름들 중 '하루'라는 애칭으로 불렸을 듯한 것은 '게르하르트'라는 남자의 이름밖에 존재하지 않았다.

더불어 베이그와 같은 성씨를 가진 아내, '아미니카 란돌시아'라는 이름은 석비에 새겨져 있지만 그 밖에 란돌시아라는 성을 지닌 이도 보이지 않았다.

결혼해서 성이 바뀐 것이 아닐까, 하는 의견도 나왔지만 아스트로는 일지의 내용을 통해 이름까지 바꾸는 전통이나 관습은 없었을 것이라고 추측했다.

"그리고 한 가지 더. 여기 새겨진 이름은, 모두 다른 인물들과 일치해——."

지금까지 한 말은 서론에 불과했다는 듯이 아스트로는 자신 있게 단언했다. 석비에 새겨진 이름들은 모두 일지에 등장해서, 누구의 가계인지 특정할 수 있다고.

그의 말에 따르면 일지 전편에 등장하는 베이그 일행의 동료는 총 62명이라고 한다.

그중, 베이그를 포함한 27명은 해적으로서 배를 탔던 자들이다.

그렇게 해서 남은 35명이 아지트에 남은 비전투원과 그 아이들을 합친 인원수라는 것이다.

"그리고. 한 번 세어봐. 여기 새겨진 이름은 33명. 그리고 관의 숫자도 33개. 이 중 부족한 한 사람은 마지막 한 명이 된 오르니스라는 인물이겠지. 하지만 한 사람이 더 부족해. 하루라는 인물만 행방을 알 수가 없다고."

상황상 이곳에 있던 이들 모두가 이 묘지에 안치되었으리라는 것은 분명했다. 베이그의 딸인 하루도 사망했다면 마찬가지로 이곳에 묻혔을 것이다.

하지만 그 이름이 없는 것은 물론이고 숫자도 안 맞는다.

그럼 대체 '하루'라 불렸던 인물은 어디로 간 것일까.

그것이 아스트로가 느낀 의문이라는 것이다.

"어쩌면 하루는, 기다리고 있지 않았던 것일지도 모르겠군."

베이그의 딸이자 하루라 불렸던 인물의 이름이 사망자로서 석비에 새겨지지 않았다.

아스트로가 그러한 사실을 언급하고서 얼마쯤 지나, 생각에 빠져 있던 미라는 그런 말을 입 밖에 냈다.

이 장소의 상황과 맞아떨어지지 않는 것으로 미루어, 하루가 사망한 것은 이곳이 아닌 어딘가였을 거다.

그리고 무엇보다도 일지를 보면 하루라는 인물이 얼마나 활발했는지가 잘 전해져 왔다.

그런 그녀가 이 장소에서 수십 년이나 가만히 있을 리가 없는 것이다.

"역시 미라 씨도 그렇게 생각해? 나도 같은 의견이야. 얌전히 있었을 것 같지는 않아. 게다가——."

아스트로도 그 가능성에 관해 생각하고 있었던 모양이다. 틀림없이 아버지인 베이그의 안부를 확인하기 위해 바다로 뛰쳐나갔을 거라고.

더불어 아스트로는 마음에 걸리는 점이 하나 더 있다고 말했다.

바로 손자 세대다.

대체 어떻게 된 것인지. 일지에 기술된 사건들은 모두 베이그 일행 정도의 부모 세대와 그 자식에 해당하는 세대에 관한 것들뿐이라는 것이다.

"아~ 듣고 보니 그러네~."

그 말에 가장 먼저 반응한 것은 마논이었다. 어쩐지 위화감이 느껴졌는데 듣고 보니 납득이 간다는 표정이었다.

실제로 아스트로의 말이 맞았다. 일지에는 손자 세대에 해당하는 이가 한 명도 등장하지 않았다. 게다가 석비에 새겨진 이름도 모두 베이그와 같은 세대인 부모와 자식 세대까지다.

아이가 태어나고서 수십 년이 경과했다면 그 아이 역시 부모 정도의 나이가 됐을 거다. 하지만 일지에는 그들에 대한 기술이 전혀 없었다.

단순히 손자가 태어나지 않은 것일까. 아니면 다른 이유가 있는 것일까.

"어쩌면 그 부분에 비밀이 있을지도 모르겠군."

소재를 알 수 없는 하루. 그리고 손자 세대. 이 두 가지는 뭔가 연관이 있지 않을까. 아스트로는 그렇게 생각하는 듯했다.

〈26〉

유령선의 수수께끼를 쫓다 보니 해적 베이퍼 할로우의 아지트를 발견하는 데 이르렀다.

그리고 역사의 이면에 묻힌 그 해적들의 진실이 이 자리에서 밝혀졌다. 가족, 그리고 동료들은 이 아지트에서 일생을 마쳤다.

"좋아, 이 정도면 되겠지."

"응, 오히려 지나친 감이 있을지도?"

아스트로와 아노테가 하나의 관 앞에서 만족스럽게 고갯짓을 주고받았다.

그 관은 이곳에서 아스트로 일행이 만든 것이있다. 그리고 지금, 일동은 그 안에 오르니스의 유골을 넣고 있다.

마지막 한 사람이었던 탓에 누구의 추모도 받지 못한 오르니스. 그런 그의 관을 동료들 곁에 놓아주었다.

새것이라는 이유도 있지만 아스트로 일행이 가져온 관의 소재는 하나같이 질이 좋다 보니, 결과적으로 오르니스의 관만 매우 번듯해 보였다.

"응, 이 정도면 되겠지이?"

또한 앙투아네트가 석비에 그의 이름을 새겼다. 이곳에서 사망한 마지막 한 사람의 이름을.

그렇게 이리저리 준비를 하고 나자 진짜 의식이 시작되었다.

아스트로의 제안으로 조사원들을 모두 모아 장례를 치러주기로 한 것이다.

"종파의 차이 같은 건 괜찮을는지……."

삼신교회의 시험을 돌파하여 자격을 얻었다는 자가 사제 역할을 맡은 가운데, 미라는 그런 기본적인 부분을 신경 쓰며 손을 모았다.

"그 부분은 뭐라 확답할 수 없지만, 이런 건 마음이 제일 중요하다고. 좌우간 그 해적들을 위해 기도하도록 하지."

머나먼 바다를 건너온 자들이다. 따라서 어떤 식으로 추모하는 것이 정답일지는 전혀 알 수가 없었다.

따라서 아스트로는 이쪽 대륙에서 가장 대중적인 삼신교의 가르침에 따라 장례를 진행해 나갔다. 상당히 과격하고 억지스러운 감이 없지는 않지만, 현 시점에서 할 수 있는 일은 확실히 그 정도뿐이었다.

이러니저러니 해도 삼신은 정령왕의 친구 같은 존재니, 적어도 눈살을 찌푸리지는 않을 거다.

"……그렇다면, 이 몸도 거들도록 할까."

달리 할 수 있는 일은 없을까. 그런 생각을 하던 미라는 이거다 싶어서 소환술을 행사했다.

사제 역할을 맡은 이에게 방해가 되지 않도록, 살며시 영창해서 소리의 정령 레티샤를 소환한 것이다.

"주주님의 노래, 제2장……! ——을 부를 분위기가 아니에요오."

부름을 받은 레티샤는 드디어 신곡을 선보일 날이 왔구나, 하고 의욕적인 표정을 하고 있었다. 하지만 곧장 주변의 분위기를 알아채고는 풀이 죽어 어깨를 축 늘어뜨렸다.

"소리의 정령님? 우와아, 엄청 미인이네……."

"갑자기 소환을 하기에 왜 저러나 했는데, 그렇구나. 괜찮은 것 같아!"

장례 중에 갑자기 요란하게 소환을 한 탓에 무슨 일인가, 하고 시선이 집중된 가운데 유즈하는 놀란 듯이 레티샤를 바라보았다. 그리고 마이카는 무엇을 하려는지 예상이 된다는 듯이 자신만만하게 대꾸했다.

"이거이거, 미안하게 됐구나. 그쪽은 나중에 듣자꾸나. ──해서, 이번에도 '머나먼 그대에게 보내는 레퀴엠'을 부탁하고자 한다만."

"요청, 접수했어요오."

레티샤의 노래는 영혼에게까지 영향을 미친다. 그렇기에 죽은 자를 위로하는 데에도 도움이 될 거다.

그런 미라의 마음을 받아들인 레티샤는 조용히 노래하기 시작했다. 그것은 온화하면서도 장엄한 진혼곡이었다. 죽은 자를 애도하고, 노래를 듣는 자들의 마음에도 자연스럽게 그러한 감정이 싹트게 하는, 자애로 가득한 노래였다.

장례를 마친 미라 일행은 그대로 조사 기재 등을 정리해 돌아갈 준비를 시작했다.

아지트 쪽은 대충 조사가 끝났기 때문이다. 그리고 이곳에 온 이유 중 하나인 베이그 일행의 걱정── 아지트에 두고 온 동료들의 안부 역시 이렇게나마 확인을 마쳤다.

"이걸로 뭔가 좀 바뀌었을까."

"글쎄. 거의 자기만족으로 한 일이니까."

확인, 그리고 진혼. 할 수 있는 일은 다 했지만 과연 이러한 일들이 정말로 유령선이 출현하는 수수께끼와 연관이 있을까.

문득 아노테가 그런 최초의 의문을 떠올리며 말하자, 아스트로는 완전히 무의미한 일이었을지도 모른다고 답했다.

애초에 석판을 멋대로 해석해서, 오로지 예상과 감만으로 움직여 여기까지 왔기 때문이다. 전혀 관련이 없을 가능성도 충분히 있었다.

(뭐어, 그렇기는 하지…….)

절벽 안쪽에 펼쳐진 비밀 아지트는, 해가 저물기 시작하자 그늘에 뒤덮여 단숨에 깜깜해졌다. 그럼에도 아스트로 일행에게는 사소한 문제였다. 그 즉시 조명을 밝히고 철수 준비를 계속했다.

미라는 그런 그들이 작업하는 모습을 바라보며 과연 의미 있는 일이었을까 생각했다.

"보기에 따라서는, 도굴을 하러 온 것이나 다름이 없으니 말이지……."

해적의 아지트라는 단어에 잔뜩 신이 나서 와보니, 그곳은 바다에서 산화한 베이그 일행이 돌아오기를 한없이 기다린 자들이 생활했던 마지막 거처. 낭만보다 큰 슬픔이 담긴 폐허였다.

결과적으로 무언가를 해결했다는 것을 실감할 수 없어서 미라는 과연 어떠할까, 하고 고개를 갸웃했다.

『모두가 한 일은, 상당히 유의미했다고 생각한다——.』

그렇게 미라가 초조함 같은 것을 느끼고 있던 중, 정령왕이 그러한 말을 건넸다. 이번 일에는 매우 큰 의미가 있었다고.

정령왕의 말에 따르면 미라 일행이 공양을 해준 덕에 이곳에 머무르고 있던 여러 영혼이 '하늘의 피안 사당'을 향해 날아올랐다는 모양이다.

영혼이 돌아가는 장소, '하늘의 피안 사당'. 그곳으로 날아올랐다는 것은 곧, 성불했다는 뜻이기도 했다.

『오호, 그러했는가! 그것참 좋은 소식이로군!』

목적을 달성했는지는 둘째 치고, 적어도 이번 일로 방황하는 영혼을 구제한 것은 분명한 사실인 거다.

"이봐라~ 방금 정령왕공에게 들은 것이다만――."

이는 실로 기쁜 뉴스다. 그렇게 생각한 미라는 곧장 달려 나가 아스트로 일행에게 그러한 정보들을 전달했다.

"오오! 이야, 그런 것까지 알 수 있나 보군."

"잘됐다잘됐어. 성불했구나아."

그 말을 들은 아스트로와 아노테는 정령왕의 말이라는 소리에 놀람과 동시에 매우 기뻐했다.

또한 다른 면면들도 기쁜 듯 웃는 얼굴로 "의미가 있어서 다행이야"라느니 "그렇다니 여기 온 보람이 있었네"라는 말을 주고받았다.

이제 이 아지트에서 할 수 있는 일은 없을 거다.

철수 작업을 마친 조사원들은 다시 한번 몸을 돌려 묘지가 된 아지트를 향해 손 모아 기도한 후, 배에 올랐다.

"이제 유령선 차례로구먼."

마도 엔진의 구동음이 울리는 가운데, 천천히 선회하는 뱃전에 기댄 채 미라는 그런 말을 중얼거렸다.

아지트에 남아 있던 동료들은 성불했지만 유령선 측── 다시 말해서 베이그 일행이 어떻게 됐는지까지는 알 수 없었기 때문이다.

다만 그들도 방랑하고 있다면 마찬가지로 성불시켜주고 싶다고 생각하는 것이 인지상정.

하지만 아직까지 그걸 확인할 방법은 없다. 할 수 있는 일이라고는 향후, 같은 유령선의 목격 정보가 들어올지 어떨지를 지켜보는 것 정도다.

오늘을 경계로 더는 목격되지 않는다면, 이번 일로 미련이 사라져 성불했다고 생각해도 될 것이다.

만약 계속 방황하고 있다면, 가능성이 있는 것은 해저에서 발견한 뼈일 것이다. 그때는 붉게 물들어 오싹해 보인 탓에 그대로 두고 왔다. 하지만 그들의 것이라면 이 장소까지 가지고 돌아와 함께 공양해 주어야 할까.

미라가 그런 생각을 하고 있던 중──.

"이봐, 이게 어떻게 된 거야……."

"아무것도 안 보이는데."

유령선 조사선이 아지트 입구인 동굴에서 나온 순간, 그것은 갑자기 나타났다.

하얀 안개다. 저녁놀이 져서 어둑해진 하늘 아래, 순식간에 퍼진 안개가 주변 풍경을 뒤덮어 나갔다.

"무엇이냐, 이건……."

주변을 둘러싼 하얀 안개. 그것이 자연 현상이 아니라는 것은 금방 알 수 있었다.

갑판 위는 훤히 보였기 때문이다. 그렇다, 하얀 안개는 유령선 조사선을 에워싸듯이 발생한 것이다.

"이봐, 뭔가 있다!"

"세상에……?!"

갑판에 있던 조사원이 당황한 듯 소리치자, 그러한 분위기는 금세 전체로 전파되어 같은 것을 본 모든 이들이 똑같은 소리를 내었다.

"뭣, 이라고……?"

미라 역시 그것을 본 순간 눈이 휘둥그레졌다. 왜냐하면 하얀 안개 속에서 배의 그림자가 나타났기 때문이다.

심지어 거기서 끝이 아니었다. 그것은 서서히 명확한 형태를 이루어 다가왔다.

유령선 조사선과 비슷한 크기의 갤리온선. 하지만 선체 쪽은 저 상태로 항해가 가능한가 싶을 정도로 썩어 있었다.

그럼에도 이상할 정도의 박력이 느껴지는 것은 당당하게 내건 졸리 로저의 깃발 때문일 것이다.

그리고 그 졸리 로저의 깃발은 그곳에 있는 이들에게 매우 익숙한 것이었다.

"설마 저쪽에서 와줄 줄이야."

아스트로는 놀라면서도 어딘가 기쁜 듯이 웃으며 말했다.

그렇다, 그곳에 나타난 것은 소문만 무성했던 유령선 그 자체. 베이그가 이끄는 베이퍼 할로우의 해적선이었던 것이다.

어떻게 이런 일이, 라는 생각에 미라 일행은 숨을 죽였다.

상대가 유령선이기 때문인지, 아니면 해적선이기 때문인지. 긴장감이 퍼짐과 동시에 미라 일행은 압도된 듯 입을 다문 채 그 유령선의 동향을 가만히 살피고 있었다.

이러니저러니 해도 대부분의 조사원들은 유령선을 목격한 게 처음이라, 흥미롭다는 듯이 관찰하는 자가 있는가 하면 정말로 나타났다며 당황하는 자들도 있었다.

(그나저나 이러한 타이밍에 나와 줄 줄이야……. 허나 어찌 보면 절호의 타이밍이라 할 수 있을 듯도 하구먼.)

놀라기는 했지만 이 아지트에 도달한 것은 그에 상응하는 단서가 있었던 덕분이다.

유령선의 목격 정보와 그 해역에 나타난 빛나는 눈, 그리고 해저에 가라앉아 있던 석판. 이러한 것들의 연관성을 우연으로 치부하기는 어려웠고, 그렇다면 어떠한 의도가 있었다고 보아야 마땅할 것이다.

그리고 그 의도는 바로, 동료와 가족을 걱정하는 베이그 일행의 마음이었으리라.

(자아, 어떻게 될는지.)

하지만 또 하나의 전개도 잊어서는 안 된다.

그러한 이유들과는 무관하게, 그저 아지트에 침입자가 들어와서 나왔을 패턴이다.

대체 이번에는 어떻게 될지. 어떠한 이유로 이 상황에 등장한 것일지.

아스트로 일행 역시 같은 생각에 도달했는지, 어느 쪽이든 움직일 수 있도록 준비하며 반응을 살폈다.

"흠, 저것은……!"

유령선측에 움직임이 있었다. 그것을 본 순간, 미라는 다소 기쁜 투로 중얼거렸다.

또한 조사원들 혹시, 설마 하고 술렁거리기 시작했다.

놀랍게도 유령선의 선수 근처에 붉은 옷을 입은 인물이 나타난 것이다.

그렇다, 유령선의 선장으로 추정되는 인물. 다시 말해서 그자가 바로 일지에 등장했던 베이그일지도 모르는 것이다.

동시에 어떻게 보면 진짜 유령이 나온 상황이기도 했다. 지금까지의 놀라움과 긴장감이 가신 것은 아니었지만, 미라 일행의 마음속에 다른 감정이 퍼지기 시작했다.

그것은 바로, 유명인을 만나기라도 한 듯한 설레는 기분이다.

심지어 그러한 상황에 흥분한 것은 미라 일행뿐이 아니었다.

『오오, 나에게도 보이는군. 영혼뿐……인 존재는 아니야. 이는 무엇이라 불러야 할지. 나의 권속에 가깝기는 하나 그와는 다른……. 흠, 참으로 기이한 존재로군.』

『인간의 마음의 힘이란 건 참 굉장해. 정말 신비로운 존재네.

이게 다 사랑의 힘이라니까.』

정령왕과 마텔도 눈앞에 나타난 유령일지도 모르는 의문의 존재를 보고 흥분한 모양이다. 정령왕은 분석을 시작했고, 마텔은 사랑은 생명의 유무나 존재조차도 초월한다며 감동했다.

두 사람이 그런 소리를 하는 것으로 미루어, 역시 눈앞에 있는 저것은 모종의 초자연적인 존재가 분명한 듯했다.

따라서 더더욱 그곳에 서 있는 이가 베이그일 가능성이 높아졌다.

그렇게 미라가 분석을 하던 중, 그 붉은 옷의 선장이 살며시 하늘을 올려다보았다.

그곳에 무엇이 있는 것인지. 모두가 그의 동작을 따라하듯 같은 하늘로 시선을 옮겼다. 하지만 하늘에도 하얀 안개가 퍼져 있어 아무것도 보이지 않았다.

다만 정령왕과 마텔의 반응은 달랐다. 두 사람은 말했다. 그는 분명 '하늘의 피안 사당'으로 돌아가는 가족과 동료들을 배웅하고 있는 것이라고.

아무래도 정확히 그 방향에 돌아가는 영혼들이 있는 모양이다.

"우오오?!"

그렇다면 분명, 그러한 것이리라. 이 유령선은 그들을 배웅하기 위해 나타난 것일지도 모른다. 그렇게 납득한 미라는 그 직후, 비명을 지르며 놀랐다.

왜냐하면 다시 시선을 옮긴 갑판 위에, 이제는 붉은 옷을 입은 선장 혼자만 있지 않았기 때문이다.

선원들의 유령이 주욱 늘어서 있다. 미라에 이어 알아챈 이들이 마찬가지로 놀라거나 펄쩍 뛰며 반응했다.

"오오, 정확히 27명이군."

그런 가운데, 갑판에 늘어선 자들을 헤아린 것인지 아스트로가 예상한 대로라는 듯한 얼굴로 몸을 내밀며 말했다.

유령선의 갑판에 있는 것은 총 27명. 그렇다, 그 유명한 베이퍼 할로우의 해적선에 타고 있던 승조원들과 같은 인원수였다.

다시 말해서 일지에 쓰여 있던 해적들이 모두 모인 상태다. 아스트로는 그곳에 늘어선 유령들의 모습과 특징 등을 관찰하기 시작하더니 저게 누구고 이건 누구라고 맞춰 나갔다.

술을 좋아하는 론기. 활의 달인 기리구드. 무엇이든 해체하는 요리사 할로네스. 교섭이라면 믿고 맡길 수 있는 올란도리오.

아닌 게 아니라 일지에 쓰여 있던 대모험에서 활약한 이들이 눈앞에 있었다. 참으로 가슴 설레는 광경이다.

심지어 아스트로가 구분해낸 것만 봐도 알 수 있듯, 유령이기는 해도 그들의 모습은 판별이 가능할 만큼 또렷해져 있었다.

그래서인지 그들의 표정 역시 미라 일행에게 보였다.

"……."

베이그 일행은 미라 일행을 향해 매우 기쁜 듯이 웃고 있었다. 그리고 어디선가 '고마워'라는 목소리가 들려왔다.

과연 그 목소리는 소리로서 들린 것일까. 아니면 마음에 직접 전해진 것일까. 구분이 안 될 만큼 실로 신비로운 목소리였다.

하지만 한 가지 확실한 것이 있다. 미라뿐 아니라 이 자리에 있는 모두가 목소리를 들었다는 것과, 명확하게 들려온 그 목소리는 다정함과 안도감으로 가득했다는 것이다.

방금 들린 목소리는 혹시. 그러한 생각이 모두의 마음에 싹튼 순간——.

갑자기 강풍이 휘몰아쳐 주변을 뒤덮고 있던 하얀 안개를 쓸고 갔다. 그리고 그곳에 있던 유령선과 선원들 역시 하얀 안개와 함께 하늘 저편으로 떠올라 맑은 하늘에 녹아 없어졌다.

"사라졌어……."

갑작스러운 일에 아노테는 하늘을 올려다본 채 중얼거렸다. 마이카 일행도 너무 갑작스러운 나머지 관측할 새도 없었다는 소리를, 하늘을 멍하니 올려다본 채 중얼거렸다.

아주 잠시 보였던, 거품처럼 덧없는 환상. 분명 만족한 것이리라. 이로써 미련이 사라진 것이리라. 조사원들은 그러기를 바라며 하늘을 올려다보았다.

미라 역시 분명 그러할 것이라 믿으며 하늘을 바라보았다.

그러던 그때.

"오오, 이봐, 저길 봐!"

조사원 중 한 명이 소리를 치며 야단을 피웠다. 대체 무슨 일인가 하고 그가 보고 있는 방향으로 시선을 돌려보니, 그 원인을 알 수 있었다.

아시트의 입구인 신청에, 썩은 잔해더미들이 떠 있었던 것이다. 조금 전까지는 아무것도 없었건만, 지금은 아닌 게 아니라 대형 갤리온선 한 척 분량은 될 듯한 잔해가 떠올라 있었고, 이내

천천히 가라앉았다.

심지어 거기서 끝이 아니었다.

"우와아, 미스터리하네……."

마이카가 약간 경직된 얼굴로 그것을 바라보았다.

무슨 일인가 해서 부두 쪽을 보니, 배를 타고 돌아온 것인지 아니면 미라 일행에게 붙어서 돌아온 것인지. 아노테가 목격했다는 대량의 붉은 뼈가 그곳에 떠올라 있었다.

"……뭔가, 옅어졌는데?"

조심스럽게 그것을 바라보던 아노테가 그런 말을 입 밖에 냈다. 듣자 하니 해저에서 봤을 때보다 붉은 기가 줄어들었다는 것이다.

과연 그것은 무엇을 의미하는 것일까. 알 방도는 없지만 미라 일행은 다 같이 얼굴을 마주보고서 별 수 없다는 듯이 웃음을 주고받았다. 그리고 다시 한번 아지트로 돌아가, 다시 다 같이 인원수에 맞게 관을 만들어 정중하게 명복을 빌어주었다.

결국 자기만족이지만 그러지 않을 수가 없었던 것이다.

하얀 안개는, 이제 보이지 않는다. 그 대신 머리 위에는 별이 가득한 하늘이 펼쳐져 있다. 익숙한 밤하늘이지만 오늘은 유독 환상적으로 보였다.

다시 베이퍼 할로우의 아지트를 뒤로한 미라 일행은 반짝이는 별들을 향해 손을 모으고 있었다. 베이그 일행이 편안히 잠들기를 바라며.

『오오, 또 돌아갔군.』

미라도 기도하던 중. 유령선이 되어 머물렀던 영혼들도 '하늘의 피안 사당'을 향해 날아가는 것이 확인되었는지, 정령왕은 기쁜 투로 그런 말을 입 밖에 냈다.

아무래도 베이그 일행도 성불해준 듯하다. 그 사실을 알게 된 미라는 그렇다면 이제── 라고 생각하며 두 손을 모아 하늘에 기도했다.

딱히 상대를 추모하기 위해서만 기도를 하는 것이 아니다. 자신의 마음속에서 매듭을 짓기 위한 행위이기도 한 것이다.

"이제, 유령선은 안 나오려나."

"아마, 분명 그렇겠지."

미련이 남아 방황하고 있던 것이라면 분명 오늘을 끝으로 유령선의 목격 정보는 사라질 것이다. 그러기를 바라며 미라가 중얼거리자 아스트로 역시 그러기를 바라듯 고개를 끄덕이며 동감했다.

〈27〉

"성불, 했을까?"

"그래, 분명 그럴걸."

"우리가 해냈구나."

사라진 유령선. 아지트로 귀환한 선원들의 유골. 그러한 상황이 모든 것을 말해주어서, 조사원들은 별안간 흥분하기 시작했다.

유령선으로부터 시작된 일련의 조사는 그 원인으로 추측되는 아지트의 발견, 그리고 진혼으로 마무리되었다.

생각보다 깊이 얽히고 말았지만, 결과적으로 나쁘지는 않았다. 오히려 좋은 일을 한 것 같다며 모두가 기뻐했다.

미라 역시 정령왕에게 확실한 정보를 전해 듣고는 이로써 괜찮을 거라며 하늘을 올려다본 채 안도했다.

하지만 그때, 문득 정령왕이 불온한 소리를 했다.

『음? 스물여섯이군.』

스물여섯. 그 숫자는 무엇을 의미하는 것일까. 예감이 별로 좋지는 않았지만, 그에 관해 물어보려던 참에——.

"어라? 미라, 그건?"

문득 아노테가 그런 소리를 했다.

그것이라니, 무엇을 말하는 걸까. 미라는 "음, 무엇 말이냐?"라고 대꾸하며 아노테의 시선을 따라가 보았다.

그러자 놀랍게도. 발치 근처에 낯익은 책이 놓여 있었다.

"오오, 이건…… 어느새에."

아지트에서 몇 권인가 발견했던 일지와 같은 장정이다.

하지만 왜 그것이 이런 곳에 떨어져 있는 것일까. 찾아낸 일지는 모두 아스트로가 자료로 회수해 보관하고 있을 텐데.

따라서 이렇게 아무렇게나 떨어져 있을 리가 없었다.

"어디 보자……."

유령선이 출현했던 좀 전의 상황. 그리고 어느샌가 돌아온 선원들의 유골. 거기에 방금 전에 들은 정령왕의 스물여섯이라는 말.

설마 하는 마음으로 미라는 그 일지를 주워들어 그대로 펼쳐서 내용을 확인했다. 그리고 첫 번째 페이지를 보고는 쓴웃음을 지은 채 어딘가 긴장한 투로 "역시 그러했나"라고 중얼거렸다.

그 일지는 완전히 처음 보는 물건이었다. 기입된 일자로 미루어 아지트에서 발견된 한 권── 교섭을 하러 떠난다는 내용이 적혀 있었던 이후로 이어진다는 것을 알 수 있었다.

"그래서, 미라야……."

아노테가 온몸으로 관심을 내비치며 대체 뭐라고 적혀 있었느냐고 물었다. 이어서 아스트로 일행도 무슨 일이냐며 모여들었다.

미라는 모두를 향해 자신이 본 그대로 답했다.

"이것도 일지로구나."

그렇다, 아지트를 떠나 최후를 맞을 때까지를 기록한, 베이그의 일지였다.

본래는 배와 함께 바닷속에 가라앉아 있었던 낫에 이제는 실물조차 존재하지 않을 터.

하지만 지금은 미라의 손에 있다. 과연 그것은 기적일까, 아니면 유령선이라는 존재가 일으킨 괴기한 현상일까.

어느 쪽이 되었건 이는 분명 유령의 소행일 것이다. 그 사실을 실감한 미라는 마음을 다잡으며 그 일지를 훑어보았다.

일지에 적힌 내용은 생각보다도 짧았다. 교섭을 위해 항해에 나선 이후로 며칠 분량밖에 되지 않았다.

그럴 수밖에 없었다. 그로부터 얼마 지나지 않아서 베이그 일행은 바닷속에 가라앉았으니 말이다.

그리고 어느 정도는 예상한 바였지만, 일지에는 베이그 일행의 잔혹한 운명이 명확하게 기록되어 있었다.

베이그 일행이 교섭을 하러 간 상대는 발리 군항국. 활약에 따라 안주할 땅 등을 마련해주겠다는 약속을 했었다.

하지만 그 교섭은 결렬된 것은 물론이고 발리 군항국측은 애초부터 약속을 지킬 생각이 없었다는 내용이 적혀 있었다.

땅뿐 아니라 어떠한 보수도 지불하지 않고, 그 자리에서 국적(國賊)으로 단정하고 처형을 선고했다는 듯했다.

그러나 베이그 일행도 수많은 역경을 이겨내 온 강자들이었다. 처음부터 그럴 가능성 자체는 염두에 두고 있었던지라 무사히 그들의 포위망을 돌파하고 탈출하는 데 성공. 숨겨두었던 배에 올라타, 서둘러 망망대해로 도망쳤다.

하지만 상대는 얄궂게도 베이그 일행의 활약으로 근해를 지배하게 된 발리 군항국이다. 그들이 지배하는 해역에서 베이그 일행은 서서히 궁지에 몰리기 시작했다.

그리고 그 다음 내용은, 석판에 새겨진 바와 같았다.

"흠…… 이건……."

일지를 읽어나가던 미라는 마지막 페이지에 남겨진 어떠한 말을 발견했다.

석판에는 새겨져 있지 않았던 말. 그것은 베이그가 아내와 딸에게 보낸 유언이었다.

영원히 사랑한다. 일지에는 그저 그러한 말이 쓰여 있었다.

유언치고는 흔해빠진 내용이다. 하지만 그렇기에 거기에는 순수하고 올곧은 마음만이 존재했다.

아내를 사랑하는 남자의 마음. 자식을 사랑하는 아버지의 마음. 이것만은 언제 어느 시대에도 변하지 않는 것이었고, 그렇기에 더더욱 애절하게 느껴졌다.

"뭐라고 해야 할지, 애달프군……."

미라가 유언을 소리 내어 읽자, 아스트로는 어깨를 축 늘어뜨리며 한숨을 내쉬었다. 베이그는 마지막까지 딸인 하루의 신변을 걱정했다. 하지만 아지트를 조사해본 결과, 그 딸은 행방불명되었다는 사실이 밝혀졌다.

하다못해 딸의 묘지 앞에 일지를 전해주고 싶어도 행방을 알 수 없으니 방법이 없는 것이다.

"음……? 오오?!"

실로 안타까운 베이그 일행의 생애. 침통한 분위기가 퍼지는 가운데, 얼마간 그 파란만장한 인생을 안타까워하던 중. 미라는 마음에 걸리는 문자를 유언의 마지막 부분에서 찾아냈다.

"아미니카 란돌시아, 하루미레이아 란돌시아에게. 부디 행복하기를 기도하마——라고 쓰여 있다만 이 이름, 어디선가……."

그렇다, 이름이다. 아미니카는 베이그의 아내의 이름이다. 그렇다면 나머지 하나는 베이그의 딸의 풀네임일 것이다. 여러 일지를 읽은 끝에, 드디어 본명이 등장한 거다.

그리고 그 이름을 알고 나자 애칭이 '하루'였던 것이 납득이 되었다. 문득 미라의 머릿속에 무언가가 떠오르려 했다.

"하루미레이아……. 분명……."

그리고 그 밖에도 같은 느낌을 받은 이들이 있었다. 흐음, 어디서 그 이름을 들었더라, 하고 다들 고개를 갸웃했다.

어쩐지 들어본 듯한 이름이라고 생각하는 자, 전혀 짚이는 바가 없는 자. 그리고 알아챈 자. 각자 다른 반응을 보이던 중——.

"저기, 이 이름은, 카디아스마이트 연합국 대표의 이름 아니야?"

위화감의 정체에 도달……했다기보다는, 뭘 그렇게들 골똘히 생각하냐는 투로 마논이 그렇게 말했다.

카디아스마이트 연합국. 설명이 필요 없는, 발리 군항국을 필두로 한 카디아스마이트 섬의 통치 국가다.

그리고 이 나라를 다스리는 대표의 이름이 카딜라 하루미레이아 오르타바. 오히려 신세를 지고 있는 대표의 이름을 왜 금방 떠올리지 못하는 거냐며 마논은 아스트로 일행을 째려보았다.

"아아, 그래, 그거야! 이야아…… 뭐라고 해야 할지, 계속 카딜라 씨라고만 불렀더니 말이지."

아스트로가 당황한 투로 변명을 입 밖에 냈다. 그의 말에 따르면 하루미레이아 오르타바라는 부분은 대표가 계승하는 칭호 같은 이름인 탓에 기본적으로는 퍼스트 네임만 사용한다는 것이다.

그렇기에 하루미레이아라는 이름을 듣고도 아주 살짝 늦게 알아챈 것뿐이라고 아스트로는 필사적으로 변명했다.

"오오, 그래, 그러했지!"

카디아스마이트 섬의 북쪽에 얹혀살고 있는 히노모토 위원회와는 이래저래 우호적인 관계인 대표의 이름이다. 그곳에 소속되어 있다 보니 마논이 도끼눈을 하고 쳐다볼 수밖에 없었던 것이다.

하지만 미라는 그렇게까지 깊은 관계가 아니었다. 이전에 대표계승식전이 열렸을 때 들른 게 전부인 것이다.

그렇기에 금방 떠올리지 못한 거다. 미라는 마음속으로 그렇게 변명을 늘어놓으며 아스트로 일행이 변명을 하는 모습을 쳐다보고 있었다.

베이그가 마지막으로 남긴 일지. 거기에서 발견한 그의 딸의 이름이 카디아스마이트 연합국에서 대대로 계승되어온 이름에 포함되어 있었다.

이는 과연 우연일까, 아니면 필연일까.

"좋아, 가볼까."

아스트로는 신속하게 그 의문에 대한 판단을 내렸다.

연관성이 있을지, 아니면 무관할지. 그에 관해 직접 물어보기로 한 것이다.

"그건 아무래도——."

"응, 그게 빠르겠네."

"그렇군, 그게 좋겠어."

"오케이, 가자고."

"과거의 자료 같은 게 남아있을지도 모르잖아."

미라는 그렇게 간단한 일이 아니라고 생각했지만, 생각지 못한 반응들이 나왔다. 비교적 상식적인 아노테를 비롯한 모두가 아스트로의 판단을 지지하고 나선 것이다.

상대는 옆나라의 높으신 분이다. 그렇기에 여러모로 신경 써야 할 게 많지 않나 싶은 상대다.

하지만 아스트로 일행의 태도를 보고 있자면, 히노모토 위원회와 카디아스마이트 연합국은 그렇게까지 격식을 차릴 필요가 없는 관계인 듯하다.

그렇다면 이름이 계승되어 온 하루미레이아라는 인물이 어떤 자였는지, 밝힐 수 있을지도 모른다.

그렇게 생각한 미라는 그 이상 아무 말도 하지 않고 아스트로의 제안에 동의했다.

베이퍼 할로우에 관한 많은 정보가 밝혀진 다음 날 아침. 미라 일행을 태운 유령선 조사선은 카디아스마이트 연합국의 항구에 도착해 있었다.

베이퍼 할로우의 아지트에서 밤새 바다를 건너, 오늘 아침에 도착한 것이다.

그리고 미라는 현재 카디아스마이트 연합국의 대표인 카딜라의 집무실에 있었다. 그 밖에도 아스트로와 아노테, 마논이 함께였다. 많은 인원을 이끌고 만나러 가는 건 민폐일 것이라는 의견이 나와, 이쪽도 대표를 정해 방문한 것이다.

또한 인원은 아스트로가 독단적으로 선정했다.

"——과연. 유령선과 과거의 해적, 그리고 내가 이어받은 이름에 그런 관련성이. 아주 흥미로워."

이번 유령선 조사로 얻은 정보를 정리해서 공개하자 카딜라는 즐거운 듯 눈웃음을 지었다.

초로의 나이를 넘겼지만 그 눈빛은 여전히 날카로웠다. 더불어 현역으로 난폭한 이들을 통솔하고 있는 만큼 그 박력 또한 건재했다. 카딜라는 그야말로 여걸이라 부르기에 걸맞은 인물이었다.

"그래서 어떻게든 이 하루미레이아라는 인물에 관해 조사하고 싶은데, 협력을 부탁할 수 있을까?!"

그런 카딜라를 상대로 아스트로는 조금도 망설이거나 움츠러들지 않고 그런 요청을 했다. 다른 것도 아니고 카디아스마이트 연합국의 시초와 관련된 중요한 용건인 탓에 신중하게 진행해야 할 일일 텐데도, 그는 그러한 부분을 그다지 고려하지 않는 듯 보였다.

"아아, 그래. 당신의 부탁이니. 협력해주고 싶은 마음이야 굴뚝 같지만, 듣자 하니 과거의 빌리 군항국이 사고를 쳤던 역사 등도 얽혀 있다면서? 그러면 여러모로 귀찮은 녀석들이 시끄럽게 날뛰어댈 것 같아서 말이야."

재미있을 것 같다고는 생각했는지, 카딜라의 표정 자체는 긍정적이었다. 하지만 연합국은 여러모로 복잡하다. 일지에 쓰여 있던 발리 군항국의 비정한 소행이 사실로 밝혀지면, 강인하고 성실한 현재의 군의 이미지에 악영향을 미칠 수도 있다.

그렇기에 그러한 사태를 우려해 반대할 자들이 나타날 것이라는 게 그녀의 걱정거리인 것이다.

의자에 깊숙이 고쳐 앉은 후, 카딜라는 "하지만 이 나라에 남아 있는 전승까지라면 별문제 없겠지"라고 말을 이었다. 해적 베이퍼 할로우에 관한 것과 그 선장인 베이그의 딸이었다는 점만 언급하지 않는다면 별문제는 없을 것이라고.

요컨대 발리 군항국이 저지른 과거의 악행은 건드리지 않고, 그저 단순하게 카디아스마이트 연합국에 전해지는 영웅에 관해 조사하는 형태를 취하면 이의를 제기할 이는 없을 것이라는 뜻이다.

"좋아, 그렇게 하지. 오히려 과거의 일을 두고 이러쿵저러쿵 할 자격은 우리에게 전혀 없으니까. 정 신경이 쓰인다면 발견한 일지는 카딜라 씨에게 맡기겠어."

아스트로도 그 부분에 관해서는 일체 입 밖에 내지 않겠다고 약속했다. 그러자 카딜라는 웃으며 "뭐어, 당신이 그렇게까지 말한다면야. 특별히 자료고를 열어주지"라고 답했다.

이번에 유령선 조사에서 손에 넣은 일지와 정보는 어쩌면 폭탄이 될지도 모르는 물건이다. 그것들을 토대로 증거를 모았다면 발리 군항국을 상대로 이래저래 정치적으로 이용해 먹을 수 있는 자료가 되었을 거다.

하지만 이번에 아스트로는 그러한 것은 필요 없다고 단언한 것이다. 발리 군항국뿐 아니라 카디아스마이트 연합국을 상대로 한 교섭을 유리하게 진행할 수 있는 자료를 선뜻 내버리겠다고 말이다.

"나 원 참. 당신들은 늘 즐거워 보이는걸."

카딜라는 웃으면서 속으로 쓴웃음을 지었다. 늘 취미를 우선시하는 아스트로 일행의 올곧음. 정치에는 무관심한 태평함. 하지만 그럼에도 여차할 때는 어떻게든 될 거라 믿는 자신감을 꿰뚫어본 그녀는, 그렇기에 너너욱 아스트로 일행을 부럽다는 눈으로 바라보고 있었다.

〈28〉

과연 나라의 영웅이라고 해야 할지. 카딜라가 입실을 허가한 자료고에는 하루미레이아가 얼마나 영웅이었는지를 과시하는 듯한 정보가 갖춰져 있었다.

"이거 참, 절로 감탄이 나올 정도의 영웅이로군."

그러한 것들을 확인한 미라 일행은 하루미레이아가 이뤄낸 위업에 경탄했다. 국가의 공식 자료인 탓에 어느 정도는 과장이 있을지도 모르지만, 그것들에서 엿보이는 사고뭉치 같은 측면들은 그야말로 베이그의 딸인 '하루' 그 자체인 듯했다.

"——국적으로 쫓겼다고 하니, 알아챌 타이밍은 얼마든지 있었겠어."

아스트로가 역사적인 시점에서 그것들을 해독해 나갔다.

공표할 생각은 없지만 수수께끼가 있으면 해명하고 싶은 것이 인지상정.

아스트로는 하루미레이아의 발걸음을 통해 그 심정을 추리해 나갔다.

분명 그녀는 모종의 사건으로 아버지 베이그 일행의 배가 발리 군항국에 의해 침몰되었다는 사실을 알았을 것이다. 하루미레이아가 영웅으로서 첫 걸음을 내디딘 것은 이 시기, 아직 연합국이 아닌 독립국이었던 '실반트 공국'에 신참 용병단으로서 참전했던 일이다.

이 실반트 공국은 발리 군항국과 일촉즉발인 관계였다. 그렇기에 하루미레이아는 아버지—— 베이퍼 할로우의 원수를 갚기 위해 이 나라를 선택한 것으로 보인다고 아스트로는 말했다.

그렇다, 주변 제국을 카디아스마이트 연합국으로 규합한 영웅의 싸움은 복수자에서부터 시작된 것이다.

게다가 이 신참 용병단은 자료로 미루어 하루미레이아와 아지트에 있었던 손자들이 모여 결성한 것으로 추측되었다. 일부 멤버로 기재된 성과 아지트의 석비에 새겨져 있던 성이 모두 일치했기 때문이다.

의도치 않게 베이퍼 할로우와 이어진 공통점을 발견했다. 그리고 그렇기에 모두의 마음도 복수를 하자는 방향으로 일치했던 것일지도 모른다.

하지만 미라 일행의 목적은 그런 역사를 파헤쳐 발리 군항국의 약점을 잡는 것이 아니다. 단순히 이렇게 이어져 있었구나, 하는 사실에 놀라며 손자들이 하루미레이아와 함께 있었다는 사실을 진심으로 기뻐했다.

그렇게 용병단에 들어가고서 얼마쯤 지났을 즈음. 결정적인 사건이 일어났다. 발리 군항국이 망명자를 쫓아 영해를 침범했을 뿐 아니라 실반트 공국 내에서 망명자를 베어버린 것이다.

이 사건으로 인해 쌍방의 관계는 격화. 일촉즉발인 상태였던 탓에 그대로 자연스럽게 전쟁으로 발전했다.

"——우와아, 진짜 멋지다아."

하루미레이아의 활약상을 알면 알수록 아노테는 그러한 말을 입 밖에 냈다. 그야말로 왕언니라 부르기에 걸맞은, 여성이 동경하는 여성상 그 자체라 할 역사가 굵직하게 남겨져 있었다.

누가 상대건 실력으로 진 적이 없다. 동시에 배려심도 겸비하여 훌륭하게 용병단을 이끌어 맹렬한 활약을 펼쳐 보였다. 그리고 권력을 상대로 한 걸음도 물러나지 않은 것은 물론이고 그것을 뛰어넘어 자신의 지위를 높여 나갔다.

그야말로 벼락출세 계열의 이야기 그 자체였다.

“하지만 이 부분에서 무언가가 바뀌었군――.”

복수에서 시작된 하루미레이아 일행의 싸움. 몇 번이나 전장을 내달리며 굵직한 공적을 거듭 올린 결과, 용병단은 언젠가부터 신참이 아니라 에이스로서 선망의 대상이 되기 시작했다.

원수를 갚는 건 시간문제다 싶은 기세였다.

하지만 자료를 읽으면 읽을수록, 중간부터 심경에 변화가 있었던 것처럼 느껴지는 부분이 등장했다.

그것은 발리 군항국군의 장교 ‘오르타바 마키렘쿠스’와 전장에서 겨루고 난 후부터다.

“흠. 이것이 현재로 이어지는 출발점이었던 게로군.”

이야기를 해독하며 읽어나갔던 일지와 달리, 자료에는 그 당시의 상황과 결과가 상세히 기록되어 있었다.

다름이 아니라 이 장교, 오르타바가 쿠데타를 노리고 있었던 것이다. 나라의 비정한 행동방식과 억지스러움에 나날이 불만이 커진 상태였다고 한다.

그리고 장교였던 오르타바는 나라가 베이퍼 할로우와 나누었던 약속과 그것을 배신한 일련의 사건에 관해서도 알고 있었다.

자료에는 쓰여 있지 않았지만, 상당히 이른 단계부터 하루미레이아에게 협조적이었던 점으로 미루어 오르타바는 용병단에 관해 자세히 조사했던 것일지도 모른다.

그리고 싸움 중, 그러한 부분에 대한 교류가 이루어진 것이리라. 그때를 계기로 하루미레이아가 이끄는 용병단에게 복수 이외의 목적이 추가된 것이다. 두 번 다시 비극이 되풀이되지 않도록, 나라 그 자체를 바꿔버리자는 목적이.

실반트 공국과의 전쟁에 내부에서의 쿠데타까지. 그러한 상황에 빠진 발리 군항국은 더 이상 어찌할 방법이 없었다.

“——그렇게 우두머리를 교체하고, 최상의 해군까지 손에 넣은 건가. 이때는 그야말로 누구도 막을 수 없었겠군.”

“응, 이로써 정말, 누구도 방해할 수 없게 됐어.”

자료에서 뽑아낸 정보를 아스트로와 마논이 이야기로서 이어나갔다. 그런 두 사람의 알기 쉬운 설명 덕분에 복잡한 역사가 미라도 이해할 수 있을 만큼 간략화되었다.

결과적으로 전쟁은 실반트 공국의 승리로 끝났다.

그 후, 가장 먼저 실행된 것은 승리에 공헌한 쿠데타군의 요청을 실행하는 것이었다.

우선 잔인무도한 행위를 강행했던 발리 군항국의 수뇌부는 처형되었다. 결코 공표되지 않은 데다 자료에도 그러한 기술은 존재하지 않았지만, 베이그 일행과의 약속을 무시하고 배신한 자들은 이때 단죄된 것이다.

이렇게 하루미레이아 일행의 바람은 이루어졌다. 그러나 그녀의 진짜 활약은 오히려 그때부터 시작이었다.

가장 승리에 공헌한 용병단의 수장, 하루미레이아와 쿠데타의 리더인 오르타바. 두 사람이 양국의 징검다리가 되어 실반트 공국과 발리 군항국의 평화와 상호 협력 관계가 체결되었다.

그리고 이를 계기로 주변 제국과의 교섭으로 발전. 오랜 세월에 걸쳐 카디아스마이트 섬에 존재하는 각국이 합의에 도달하여 지금의 카디아스마이트 연합국이 탄생한 것이다.

"이름이 계승되고 있는 것도 납득이 되는군."

자료 확인이 어느 정도 끝난 참에 아스트로가 감탄한 듯이 고개를 끄덕였다.

하루미레이아, 오르타바. 이 두 사람이 없었다면 지금의 평화롭고 강인한 카디아스마이트 연합국은 존재하지 않았을 거다. 여기 갖춰진 자료에는 진심으로 그렇게 생각할 만큼의 정보가 담겨 있었다.

"영웅 하루미레이아의 검이라…… 궁금하네……."

하루미레이아가 사용했던 검은 국보로 보물고에 보관되고 있다. 자료에 그렇게 쓰여 있는 것을 보고 아노테가 매우 흥미롭다는 듯이 중얼거렸다.

똑같이 검을 사용해서인지, 역시 특별할 듯한 인상을 풍기는 검에 흥미가 동한 모양이다.

"궁금하구나."

하지만 이번에는 미라 역시 아노테의 말에 동의했다.

그 이유는 다름이 아니라, 자료 곳곳에서 등장한 기록 때문이다.

대체 무엇을 어떻게 한 것인지. 때때로 하루미레이아는 단지 강했다는 것만으로는 설명이 안 되는 기적적인 승리를 거뒀던 것이다.

하루미레이아가 사용했던 검. 이에 대한 미라 일행의 예상은 란돌시아 가문에 전해지던 가보인 장검이 아닐까 하는 것이었다.

베이그가 도주하며 혼란을 틈타 본가에서 가지고 나왔다고 하는 가보. 일지에 기록된 대로 정말 신의 힘이 깃들어 있다면 기적적인 승리를 불러들인 것도 납득이 될 듯했다.

하지만 이 물건의 소재 등에 관해서는 어디에도 기재된 바가 없었고, 샅샅이 조사했던 아지트에도 그럴싸한 물건은 존재하지 않았다.

어디선가 분실하거나 팔아치웠다면 거기서 끝이었겠지만, 그렇지 않았다면 세 가지의 가능성이 있다.

하나는 배와 함께 가라앉았을 가능성.

그리고 어딘가에 숨겨두었을 가능성.

마지막으로 누군가가 가지고 나갔을 가능성.

미라 일행은 하루미레이아가 가지고 나갔다……기보다는 분명 모두가 그녀에게 맡긴 것이 아닐까 예상했다.

하지만 그것을 확인할 방법은 없다. 아무리 그래도 그런 이유만으로 보물고를 보여 달라고 부탁할 수는 없는 노릇이기 때문이다. 대상이 신의 힘이 깃든 물건이라면 더더욱 그렇다.

아스트로도 이래저래 뻔뻔한 면이 있기는 했지만 아슬아슬하게 선을 지킬 만큼의 상식은 있는 모양이다.

또한 여담이지만 오르타바가 사용했던 무기도 보물고에 보관되어 있다. 하지만 문헌으로 미루어, 이쪽은 군인으로서 지급된 평범한 검으로 추측되었다.

물론 장교의 검이니 일급품이라 할 명검이었으리라. 그럼에도 하루미레이아의 검이 예상한 것과 같다면 수준이 다른 정도가 아니라 차원이 달랐겠지.

그럼에도 오르타바는 하루미레이아와 동등한 활약을 펼쳤다. 그러니 개인의 실력으로만 치면 하루미레이아보다 한 수 위였을 것이다.

"오, 묘지가 있는 장소도 적혀있군."

게다가 알고 싶었던 또 하나의 정보도 거기에 쓰여 있었다. 베이그의 딸, 하루미레이아가 잠든 장소에 관한 정보다.

미라는 생각했다. 베이그가 남긴 마지막 일지를 딸에게 전해줄 수 없을까, 하고.

그것은 이곳에 오기 전에 정령왕이 중얼거린 스물여섯이라는 말이 신경 쓰였기 때문이다.

그 전후의 이야기를 따져보면 그 숫자가 무엇을 나타내는지는 어렵지 않게 알 수 있었다.

베이퍼 할로우의 배에 탄 승조원은 선장인 베이그를 비롯해서 스물일곱. 스물여섯은 그보다 하나가 적은 숫자다. 게다가 그 말을 중얼거렸을 때, 미라는 하늘을 올려다보고 있었다. 다시 말해서 정령왕도 같은 광경을 보고 있었던 셈이다.

정령왕은 하늘 높은 곳에 존재하는 '하늘의 피안 사당'을 명확하게 인식했고, 인간의 영혼도 볼 수 있었다.

베이그의 마지막 일지가 발견된 것은 유령선이 안개와 함께 사라진 후. 그렇다면 그로부터 도출할 수 있는 답은 하나뿐이다.

미라는 생각했다. 이 일지에는 베이그의 영혼이 깃들어있는 게 아닐까.

그리고 그렇기에 이 일지를 딸에게 전해주고 싶었던 것이다.

"뭔가 의외로 소박한 느낌이네?"

마논이 슬쩍 들여다보더니 그런 솔직한 감상을 입 밖에 냈다.

실제로 자료에는 선방 좋은 산 위에 묘표(墓標)가 세워져 있다고 쓰여 있을 뿐, 특별하다고 느낄 만한 것은 보이지 않았다.

이 많은 활약을 펼친 영웅의 묘지라면 좀 더 거창하지 않을까 싶었지만, 자료에 그려진 그림으로 미루어 그러한 요소는 없는 듯했다.

하지만 그곳은 나라의 영웅을 모신 묘지다. 철저하게 나라에서 관리하고 있어, 마음 편히 성묘를 갈 수 있는 장소가 아니다.

"좋아, 물어볼까."

이걸 어쩐다, 하고 생각하기도 전에 아스트로가 대수롭지 않은 일처럼 말했다. 성묘를 허락해달라고 교섭해 보겠다고.

국가적으로 중요한 장소이기는 하지만 그곳은 보물고와 달리 귀중한 물건이나 위험한 것 등은 존재하지 않는 곳이다. 게다가 부탁할 내용은 이 나라의 영웅에게 경의를 표하기 위해 그 묘지에서 인사를 올리고 싶다는 것.

거절당할 이유가 전혀 없다는 것이 아스트로의 생각이었다.

"흠, 그게 가능하다면 그러고 싶다만……."

아스트로는 쉽게 말했지만 나라의 수장과의 교섭이다. 부모나 친구에게 뭔가 부탁을 하러 가는 것과는 차원이 다르다.

하지만 자료를 다 정리한 후, 아스트로는 그야말로 친구를 보러 가는 듯한 태도로 "그럼 가볼까"라고 말했다.

발걸음은 물론이고 말까지 가벼웠다. 하지만 그의 온몸에서는 자신감이 흘러나오고 있었다. 카디아스마이트 연합국의 대표에게 부탁을 하러 가는 것인데도, 아무런 걱정도 없어 보였다.

(히노모토 위원회의 연구소가 카디아스마이트 섬에 있어서인가……. 아마도 어떤 식으로든 비밀리에 교류를 하고 있는 것이겠지.)

장소와 상황. 그리고 아스트로의 언동. 이를 통해 양측은 서로에게 상당히 유익한 관계이리라는 것을 짐작할 수 있었다. 하지만 미라에게는 그다지 관련이 없는 이야기다. 오히려 말이 통할 것 같다니 잘 됐다며 경쾌한 발걸음으로 아스트로의 뒤를 따랐다.

아스트로의 자신감은 그대로 결과로 이어졌다. 부디 이 나라의 영웅의 묘에 인사를 하러 가게 해달라고 부탁했더니 냉큼 허가가 떨어진 것이다. 아닌 게 아니라 카딜라는 아스트로 일행이 인사를 하러 간다고 하니 기뻐하기까지 했다.

"——헌데, 꽤나 호의적이던데…… 뭔가 뒷거래라도 하고 있는 게냐?"

너무도 일이 술술 풀리는 바람에 결국 호기심을 참을 수 없게 된 미라는 단도직입적으로 그런 질문을 입 밖에 냈다. 히노모토 위원회와 카디아스마이트 연합국은 어떠한 관계냐고.

"아니아니, 뒷거래는 무슨. 사람은 꼭 이해관계를 따지지 않더라도 서로 이해할 수 있는 존재라고."

아스트로는 그렇게 운을 떼더니 우선 간결하게 양측의 관계에 관해 알려주었다.

하지만 그렇게까지 복잡하고 어려운 관계는 아니었다.

우선 카디아스마이트 연합국측은 개척이 어려운 북쪽 땅을 히노모토 위원회에게 대여했다. 게다가 그 땅에서라면 어떠한 실험을 해도 상관없다는 특례까지 붙여서.

그리고 히노모토 위원회는 편리한 도구를 개발하면 우선적으로 유통시키고, 근해에서 문제가 생겼을 경우에 도움을 요청하면 응한다. 이 두 가지 약속을 지켰다.

참고로 편리한 도구란 일용품에 한정된 것으로, 병기류나 병기로의 유용이 가능할 듯한 기술은 대상이 아니라는 모양이다.

"――그리고 뭐, 조사 중에 마수나 도적 같은 걸 겸사겸사 처리하다 보니 만날 기회가 늘어서 말이야. 자연스럽게 이렇게 된 거지."

이어서 아스트로는 그 자신의 사정에 관해서도 알려주었다.

조건 중 하나인 도움 요청에 응한 경우는 과거를 통틀어 두 번 있었다. 카디아스마이트 연합국은 이러니저러니 해도 최상의 해군을 보유했다. 어지간한 문제는 국내에서 대처할 수 있나.

하지만 20년 정도 전에 출현한 레이드급 마수와 9년 정도 전에 있었던 삼신국 방위전 때에는 히노모토 위원회도 요청에 응해 최대 전력을 투입했다고 한다.

하지만 거기까지는 그들이 맺은 조약의 범위에 속하는 일이다. 카딜라와 아스트로가 유독 가까운 사이가 된 것은 그 조약의 범위를 벗어난 행동 덕분이라고 한다.

아스트로 일행은 이번 경우처럼 유령선 조사니 뭐니 해서 매우 빈번하게 주변 해역을 오가고 있다. 그리고 왕래 숫자가 늘어나면 자연스럽게 문제와 조우하는 확률이 높아지기 마련이다.

아스트로 일행은 조사를 하며 마수나 도적 등과 수십 번은 조우했다. 그리고 마주친 이상 그대로 내버려둘 수는 없다는 생각에 그 자리에서 처리한 것이다.

요컨대 요청의 유무와는 무관하게 솔선해서 주변 해역의 치안을 유지해준 셈이다. 그리고 그 후, 이곳에 들러 보고를 하다 보니 자연스럽게 안면을 트게 되었고, 몇 번이고 반복하다 보니 친구가 되었다.

그것이 아스트로의 사정이었다.

"오호라……."

나라의 대표와 친구 사이라니, 대단하기도 하다. 미라는 그러한 일도 있구나, 하고 납득했지만 중간에 마논이 슬그머니 알려주었다.

친구 운운하기 이전에 정의감으로 움직이는 아스트로가 마음에 들어 그렇게 대우를 해주는 것이라고. 그리고 그렇기에 손녀사윗감으로 노리고 있다는 듯했다.

하지만 이 사실은 본인만 모르는 눈치라며 마논은 쓴웃음을 지어 보였다.

〈29〉

카딜라에게 인정받은 남자, 아스트로 덕분에 하루미레이아의 묘지에 성묘해도 좋다는 허가는 쉽게 떨어졌다.

하지만 그 다음 과정이 생각보다 길었다.

왜냐하면 카디아스마이트 연합국의 영웅이 잠든 묘지인 만큼 특별한 장소에 만들어져 있었기 때문이다.

카디아스마이트 섬의 중부에서 다소 북쪽에 위치한 장소. 거대한 호수에 둘러싸인 산 위에 그 묘지가 있다고 한다.

심지어 지금까지 미라 일행이 있었던 도시에서 200킬로미터 이상은 떨어져 있는 지점이었다.

하지만 이번 이동에는 미라의 가루다 왜건을 이용했다. 200킬로미터의 거리도 하늘 길을 통하자 쾌적하고 빠르게 이동할 수 있어서, 서너 시간 만에 목적지에 도착했다.

"이거 원, 터무니없는 곳에 묘지를 만들었구나."

"뭔가 전설의 아이템 같은 게 있을 것 같아."

주변 일대에는 온통 초원이 펼쳐져 있다. 그 끝에는 거대한 호수가 펼쳐져 있고, 목적지인 산도 전방에 당당하게 자리하고 있었다.

시야에 보이는 인공물은 묘지와 그 주변뿐, 그 외의 곳에는 대자연이 하염없이 펼쳐져 있다. 출발 전에 카딜라에게 들은 이야기에 따르면, 이 주변 일대는 특별 보호구로 지정되어 있어, 아무도 손을 댈 수가 없다는 듯했다.

때문에 묘지가 있는 곳 주변은 하루미레이아 일행이 활약했던 시절과 다름이 없는 상태라고 한다.

그런 대자연 속에 오도카니 자리한 묘지는, 어쩐지 이질적이면서 신비로운 박력으로 가득했다.

미라는 그 광경 앞에서 그저 탄성을 흘릴 따름이다. 그에 반해 아노테는 자꾸만 게이머 특유의 시야로 보게 되는 모양이었다.

하지만 이곳에 있는 이들은 그 누구도 그 말을 부정할 수가 없었다. 왜냐하면 모두가 '듣고 보니 그러네'라고 생각했기 때문이다.

"아~ 하나도 안 소박하잖아~."

가까이 갈수록 묘지의 전체상이 또렷하게 눈에 들어왔다. 어찌어찌 호수를 건너 드디어 영웅의 묘지 앞 광장에 착륙하려던 중, 마논이 그런 말을 입 밖에 냈다.

소박하다. 그것은 확인한 자료에 그려져 있던 하루미레이아와 오르타바의 묘지를 보고 마논이 가장 먼저 느낀 인상이었다. 또한 미라 일행도 비슷한 감상을 느꼈더랬다.

하지만 실제로 그 묘지 앞에 서자, 일동은 그 광경에 압도될 수밖에 없었다.

"허어, 크기도 하구먼……."

"이건 그냥, 축척이 잘못했네."

"영웅의 묘지에 걸맞은 박력이군!"

표고 천 미터 정도의 산 정상. 평원처럼 펼쳐진 그곳 한복판에 하루미레이아와 오르타바의 묘표가 세워져 있었다.

아니, 우뚝 서 있다고 표현하는 게 옳을지도 모르겠다. 그곳에는 높이가 100미터도 더 될 만큼 거대한 묘가 두 개 존재했던 것이다.

한참 떨어진 위치에서 보면 분명 자료와 똑같이 보일지도 모른다. 하지만 바로 앞에 서고서 보니, 자료에 속았다는 생각밖에 안 들 만큼 그 인상이 휙 뒤집어졌다.

높이 100미터에 폭은 70미터 정도. 거기에 안길이도 50미터는 될 듯했다.

왜건에서 내린 미라와 아노테, 아스트로 또한 예상과 다른 모습에 놀라며 두 개의 묘를 올려다보았다.

좌측이 하루미레이아. 우측이 오르타바의 묘인 듯했다. 거대한 돌기둥처럼 우뚝 선 묘에는 그 이름이 또렷하게 새겨져 있었다.

"자아, 여기서부터는 자기만족에 불과하지만……."

미라는 하루미레이아의 묘에 다가가, 그 앞에 비치된 공물대에 베이그의 일지를 살며시 올려놓고 합장을 했다.

미라가 중얼거린 대로, 그 행동에는 무언가에 도움이 될 거라는 근거가 전혀 없었다. 그저 돌아가지 않은 한 영혼이 베이그의 것이라고 믿고, 딸의 곁으로 보내주자고 멋대로 생각하고, 굳이 굳이 이러한 곳까지 찾아온 것이었다.

따라서 미라는 일지를 전달한 이후의 일은 전혀 생각하지 않았지만, 만족스러운 미소를 띤 채 몸을 돌리며 "그럼 돌아가도록 할까"라고 아스트로 일행에게 말을 걸었다.

그러자――.

"미…… 미라야, 뒤에……."

"나…… 나왔어요."

"……맙소사, 또렷하게 보이잖아."

그곳에는 눈이 휘둥그레진 아노테와 매우 놀란 표정의 마논, 그리고 놀라서 연신 눈을 껌벅거리는 아스트로가 있었다.

아니아니, 그럴 리가. 이럴 때면 미리 짜고 서프라이즈를 하려 드는 작자들이 나타나기 마련이다.

하지만 아스트로도 그렇고 아노테도 그렇고 마논도 그렇고, 그런 장난을 칠 타입 같지는 않았다.

"허어?!"

그러면 설마, 하고 돌아본 미라는 느닷없이 코앞에 나타난 남녀의 모습을 보고 자신도 모르게 펄쩍 뛰며 물러났다.

그리고 잽싸게 아스트로 일행의 곁으로 돌아가, 그 두 사람을 빤히 쳐다보았다.

"유령선 선장이 맞아."

"음, 그때 본 모습 그대로구먼."

남성 쪽은 이미 본 적이 있었다. 유령선에 타고 있던 붉은 옷의 남자다. 그리고 일지에서 얻은 정보로 미루어, 그는 분명 베이그란돌시아일 것이다.

역시 일지에는 그의 영혼이 남아 있었다. 그렇게 확신한 미라는 그런 그의 맞은편에 나타난 여성에게로 시선을 옮겼다.

베이그와 비슷할 정도로 늘씬하게 키가 큰 여성. 단정한 그 얼굴은 무척 늠름해 보였고, 분위기 또한 당당하고 기품이 있었다.

한 마디로 표현하자면 훌륭한 기사 그 자체 같은 인상이다.

그리고 그렇기에 미라 일행은 그런 두 사람 앞에서 진심으로 놀랐다.

일지를 모두 확인하고 상상했던 하루미레이아의 모습과는 완전히 딴판이었기 때문이다.

"저게 따님……?"

"생각했던 거랑, 많이 다르네……."

아노테와 마논이 그렇게 솔직한 감상을 입 밖에 냈다. 두 사람은 인상이 다르다는 점에 놀라면서도 다음 순간에는 "멋져"라고 중얼거렸다.

아무래도 여성이 봐도 동경하게 되는 타입인 모양이다.

하루미레이아는 사고뭉치에 활발한 건강 우량아일 것 같다는 이미지가 제일 컸다. 장난치는 걸 좋아하고, 정의감이 넘치고, 생각하기도 전에 몸이 움직이는. 일지에서는 그런 골목대장 같은 이미지만이 느껴졌으니 어쩔 수 없는 일이다.

하지만 나타난 여성에게서 느껴지는 인상은 그와 정반대였다. 그런 격차 때문인지, 미라 일행의 머릿속에서 하루미레이아라는 존재의 이미지가 크게 변화하기 시작했다.

아지트에 있었던 시절── 일지에 쓰여 있던 시절 이후에 무슨 일을 겪었기에 이렇게 늠름하고 차분한 여성이 된 것일까. 영웅으로서 싸웠던 나날이 그녀를 이렇게 성장시킨 것일까.

인간은 바뀌려면 바뀌는 법이구나──. 미라 일행은 감탄하며 부녀의 감동적인 재회를 지켜보았다.

갑작스럽게 나타난 베이그 일행…… 이제 유령이라 부를 수밖에 없는 그 두 사람은 대화를 나누는 듯 보였다. 미라 일행에게 그 목소리는 들리지 않았지만 두 사람의 몸짓이나 분위기로 미루어 무슨 이야기를 나누고 있다는 것은 확실했다.

“뭔가 감동적이네…….”

오랜 세월을 뛰어넘어 재회한 부녀. 목소리는 들리지 않지만 분명 지금까지 나누지 못했던 부녀간의 대화로 이야기꽃을 피우고 있는 것이리라. 그리고 그렇게, 만나지 못하고 지냈던 세월을 메꿔 나가고 있는 것이다.

아노테는 분명 그럴 거라며 얼굴을 잔뜩 구긴 채 감동의 눈물을 흘리면서 “다행이다아, 정말 잘됐어어”라고 중얼거렸다.

그리고 미라 일행도 아노테 만큼은 아니지만 그 재회에 감동하고 있었다.

하지만 그런 감동적인 장면에서 상황이 점차 엉뚱한 방향으로 흘러가기 시작했다. 들리지 않는 목소리 대신 몸짓을 통해 전해지는 분위기가, 어딘가 이상해 보였다.

“응? 어딜 보는 거지?”

“어쩐지 어이가 없다는 표정인데…….”

아스트로와 마논이 그 움직임을 보고 의아해 했다.

몇 마디 말을 나누는가 싶더니, 베이그가 문득 재촉이라도 받은 듯이 묘지 쪽을 쳐다본 것이다.

대체 그쪽에 무엇이 있기에, 두 사람은 어떤 대화를 나눈 것일까. 사정은 전혀 모르겠지만 미라 일행도 베이그를 따라 시선을 옮겨 그쪽을 보았다.

"아……!"

"오오?! 한 사람이 더 있었던 겐가……?"

그곳에 있던 예상치 못한 존재를 보고 마논과 미라는 눈이 휘둥그레졌다.

그것은 시선 끝에, 하루미레이아의 거대한 묘의 바닥 근처에 있었다. 마치 몰래 숨다시피 해서 이쪽을 훔쳐보는 여성이었다. 게다가 보아하니 그녀 역시 유령인 듯했다.

그런 여성을 향해 베이그가 뭐라 말하며 손을 흔들었다. 하지만 여성은 뭔가 망설여지는지 숨은 곳에서 나오려 하지 않았다.

하지만 베이그가 몇 번인가 더 말을 걸자, 그제야 그곳에서 나와서 다가왔다.

"어라? 어? 혹시……."

눈물을 글썽거리던 아노테는 다가오는 이의 모습을 보고 놀란 듯이 중얼거렸다. 미라 일행 역시 같은 반응을 보였다.

왜냐하면 하루미레이아의 묘 뒤에 숨어 있던 유령의 모습이, 일지를 읽고 상상했던 '하루'의 인물상과 정확히 일치했기 때문이다.

사고뭉치에 활발한 건강 우량아가 그대로 어른으로 성장한 모습. 어른이 되어 여성스러운 모습이 되기는 했지만, 일지에 쓰여 있던 근본적인 부분은 전혀 변하지 않았다. 본인을 본 적이 없음에도 '하루'의 옛 모습이 또렷하게 남아 있어 마치 기적처럼 일치했다.

그리고 그 후에 이어진 광경을 보고서야 미라 일행은 착각을 했다는 사실을 깨달았다.

순식간에 달려 나간 베이그가 새로 나타난 유령을 힘껏 끌어안았다. 그렇다, 지금이 바로 진짜로 부녀가 재회한 순간이었던 것이다. 이미지가 '하루'와 완전히 일치하는 그녀가 바로 베이그의 딸, 하루미레이아였던 거다.

"어? 그러면……?"

"이쪽 분은……?"

상당한 세월이 경과한 탓인지, 베이그와 하루미레이아의 태도는 다소 어색했다.

하지만 그럼에도 부녀다. 만나지 못했던 시간은 아무것도 아니라는 듯, 금세 이야기꽃을 피우기 시작했다. 여전히 목소리는 들리지 않았지만, 그럼에도 기뻐하는 것 같다는 감정만은 전해져 왔다.

하지만 그러면 한 가지 의문이 발생한다. 저쪽이 하루미레이아라면 이쪽은 뉘신지, 하는 의문이다.

이제는 정체불명의 존재가 된 또 한 명의 유령. 아노테와 마논이 천천히 돌아보자 미라와 아스트로 역시 대체 누구일까, 하고 당황하며 또 한 명의 유령에게로 다시 시선을 돌렸다.

"——."

그 늠름한 여성은 베이그와 하루미레이아를 다정한 미소를 띤 채 지켜보고 있었다. 늠름한 얼굴에 살며시 미소를 띤 그녀는 누가 보아도 가슴이 두근거릴 정도로 아름다워서, 미라 일행은 넋을 놓고 쳐다보고 말았다.

그때, 그런 미라 일행의 존재를 알아챘는지 유령이 문득 이쪽으로 고개를 돌렸다.

"아, 그…… 그런데 당신은, 누구이신지?"

눈이 마주친 순간, 어색해서인지 다소 긴장한 투로 아스트로가 직설적으로 물었다.

이쪽의 목소리는 들리는지 유령이 답했다. 하지만 대체 어떤 이유에서인지 저쪽의 목소리는 들리지 않았다. 유령 역시 뭐라 말한 후, 그 사실을 알아챈 눈치였다. 그녀는 잠시 생각하는 듯한 시늉을 하더니, 이번에는 몸짓으로 답해주었다.

유령은 묘를 가리켰다. 게다가 그것은 하루미레이아의 묘가 아니라 오르타바의 묘였다.

"역시!"

어쩌면 그럴지도 모른다고는 생각했다. 그리고 이번에는 그 예상이 맞았다며 마논이 가장 먼저 탄성을 질렀다.

그 유령이 몸짓으로 밝힌 자신의 정체. 만약을 위해 마논이 다시 한번 목소리를 내서 확인해보니, 유령은 긍정하듯 고개를 끄덕여 주었다.

그렇다, 또 한 명의 유령은 하루미레이아와 어깨를 나란히 하는 영웅, 오르타바였던 것이다.

카디아스마이트 연합국의 대표, 카딜라의 허가를 받아 찾아온 영웅의 묘지. 미라 일행은 그곳에서 또 한 명의 영웅인 오르타바의 유령과 함께 베이그와 하루미레이아의 재회를 따스하게 지켜보고 있었다.

한동안 그러던 중에 상황이 변화하기 시작했다. 재회를 기뻐하던 하루미레이아가 문득 이쪽을 쳐다보더니 쓸쓸한 표정을 지어 보인 것이다.

동시에 베이그가 깊숙이 고개를 숙였다. 그리고 고개를 들더니, 다시 한번 고개를 힘껏 숙였다.

그 행동의 의미는 분명 이곳에 데려와 준 미라 일행에 대한 감사인사, 그리고 딸인 하루미레이아와 함께 있어준 오르타바에 대한 감사인사일 것이다.

아무래도 작별의 시간이 온 것 같다.

베이그와 하루미레이아는 부녀가 사이좋게 다가섰다. 그것은 분명 두 사람이 오랜 세월 동안 기다려온 순간이었을 것이다.

하지만 하루미레이아의 표정은 여전히 어두웠고, 쓸쓸해 보이는 눈빛은 오르타바에게 향하고 있었다.

"그래…… 그렇겠지……."

그 모습 앞에서 아노테는 오열을 했다.

딸과 재회했으니 베이그의 미련은 풀렸을 것이다. 그리고 그것은 하루미레이아도 마찬가지다. 이 재회로 인해 아마도 현세에 대한 미련이 사라졌을 거다.

따라서 이제 성불할 일만 남은 것인데 그 때문에 또 하나의 걱정거리가 생긴 것이리라고, 아노테는 마치 모든 사정을 알아챈 듯이 탄식했다.

다름이 아니라 지금 성불하면 오르타바가 혼자 남게 되는 것이다.

그래서 하루미레이아는 쓸쓸해 보이는 얼굴을 하고 있고, 그렇기에 성불하기를 망설이고 있는 것이다.

실제로 아노테의 말대로 하루미레이아는 망설이고 있는 듯 보였다. 그러자 오르타바가 이런저런 소리를 내뱉었다. 하지만 어지간히도 걱정이 되고 아쉬운지 하루미레이아는 도통 고개를 끄덕이지 않았다.

"응, 응응……!"

아노테는 퉁퉁 부운 눈으로 대화를 나누는 그들을 바라보았다.

두 사람이 무슨 이야기를 나누는지 알겠다——는 것은 아니지만 그럼에도 두 사람의 반응을 통해 대충은 알아챘다고 자신만만하게 답했다.

분명 오르타바는 '내 걱정은 말고 먼저 가라'고 하고 있는 거다. 그리고 하루미레이아는 '그럴 수는 없다. 당신을 남겨두고 어떻게 가라는 거냐'고 답했고, 그러한 대화가 반복되고 있다. 그것이 눈앞의 상황을 본 아노테의 머릿속에서 펼쳐지고 있는 전개였다.

"그 말을 듣고 보니, 그렇게도 보이는군그래……."

미련을 떨쳐내고 성불하려는 하루미레이아와 아직 미련이 남아있는 오르타바. 지금은 그런 두 사람이 이별하려는 순간이다.

진심으로 감정이입을 한 아노테의 말 때문인지, 실제로 대화를 나누는 두 사람의 모습을 보고 있자 신기하게도 정말 그러한 대화를 하고 있는 듯 보였다.

다만 이대로 평행선을 달리는 것일까 생각한 순간, 오르타바가 움직였다. 성큼성큼 하루미레이아에게 다가가더니 두 손으로

철썩, 하루미레이아의 뺨을 감싸듯 누르며 입을 열었다.

"그만 좀 해! 아버지를 만났으니 당신의 소원은 이루어졌잖아. 그럼 그 사실을 기뻐하라고. 이미 당신은 누군가를 위해 충분히 싸웠어. 그러니 이제 자기 일만 생각하라고. 나는 신경 쓰지 말고 얼른 아버지와 함께 가. 아니면 뭐야, 당신이 없으면 내가 어떻게 될지 걱정이야? 날 얕보지 말라고!"

오르타바는 하루미레이아를 콱 붙든 채로 얼굴을 바짝 들이대고서 뭐라고 호통을 치듯이 이야기했다. 그리고 아노테는 그런 그녀의 말을 멋대로 망상해서 실황 중계했다.

하지만 이 또한 눈앞의 상황과 자연스럽게 일치되는 탓에, 신기하게도 정말 그렇게 말하고 있는 듯이 보였다.

그렇게 얼마간 상황을 지켜보고 있자, 서로 납득한 것인지 이번에는 두 사람이 강하게 포옹을 나눴다.

또한 이때 아노테의 오열은 극에 달해, 아주 펑펑 울기만 하는 무언가로 변해 있었다. 따라서 그 다음 장면은 그저 보고 느끼기만 해야 했다.

마음을 정한 것인지, 포옹을 풀고 떨어진 하루미레이아의 얼굴은 매우 밝아져 있었다. 그러더니 짧게 '또 만나'라고 말하듯이 입을 움직이더니, 그대로 기쁜 듯이 베이그와 나란히 서서 태양과도 같은 미소를 지어 보였다.

그리고 베이그와 하루미레이아는 빛이 되어 하늘로 날아갔다. 신이 난 듯 반짝이는 것은 하루미레이아, 포근하게 빛나는 것은 베이그일까.

미라 일행은 저녁놀이 밀려드는 하늘을 바라보며 그런 빛이 보이지 않게 될 때까지 배웅을 했다.

"아……!"

300년이라는 세월이 지나서야 베이그와 하루미레이아의 영혼이 '하늘의 피안 사당'으로 돌아갔다. 그 현장을 함께 하고 감탄하고 있던 중에, 마논이 탄성을 흘렸다.

왜 그러나, 하고 고개를 돌려보니 놀랍게도 오르타바의 모습이 흐릿해지고 있었다.

베이그와 하루미레이아는 미련을 풀고 하늘로 돌아갔다. 하지만 오르타바가 이곳에 계속 남아있는 이유는 알 수 없었고, 그녀에게 어떠한 미련이 있는지도 알 수 없었다.

하지만 이 순간, 어째서인지 오르타바도 성불하려는 듯한 분위기였다.

"그래…… 그런 거였구나."

얼굴은 눈물범벅에 미묘하게 발음도 어눌했지만, 그럼에도 아노테는 오르타바를 바라본 채 납득했다는 투로 말하고서 다시 오열했다.

그런 아노테는 말했다. 분명 오르타바는 하루미레이아를 위해 이곳에서 함께 기다려준 것이라고. 다시 말해서 오르타바의 미련은 하루미레이아였던 것이다.

"……."

오르타바의 목소리는 들리지 않는다. 하지만 이제 와서 생각해보니, 그런 아노테의 예상이 딱 맞았다는 걸 알 수 있었다. 오르타바는 '비밀'이라고 말하듯이 입술에 살며시 손가락을 세워서 가져다댔다.

그렇다, 오르타바는 하루미레이아가 외톨이가 되지 않도록 이곳에서 함께 오늘이 오기를 기다리고 있었던 것이다.

그리고 그 바람이 이루어진 지금, 그녀의 미련도 사라진 것이다. 그걸 알면서도 좀 전에 그렇게나 티격태격한 것은 분명 이 이유를 상대가 아는 게 쑥스러웠기 때문이리라.

오르타바는 그러한 감정을 가슴에 품은 채 하루미레이아를 배웅했고, 잠시 후에 자신도 그 뒤를 따랐다.

그녀는 두둥실, 말 그대로 안개처럼 사라졌다.

"오오? 좀 전과는 다른데, 어떻게 된 거지?"

"성불, 했을까?"

베이그와 하루미레이아 때와 다른 광경에 아스트로와 마논은 당황한 눈치다. 참고로 아노테는 지금, 손도 못 댈 상태였다.

"음, 지금 하늘로 돌아가고 있다는구나."

정령왕에게 물어보니, 그녀도 성불했다는 답변이 돌아왔다. 하늘로 돌아가는 영혼이 또렷하게 보인다고.

다만 하늘을 올려다보며 정령왕의 말을 전하던 미라는 문득 의문이 들었다.

어째서 좀 전의 베이그와 하루미레이아는 반짝이는 빛으로 보였는데, 오르타바는 그렇지 않았던 것일까.

『헌데 정령왕공——.』

그 차이는 대체 무엇일까. 궁금해진 미라는 그 점에 관해 알 듯한 정령왕에게 직접 물어보았다.

그러자 그 물음에 대한 명확한 해설이 돌아왔다.

정령왕의 말에 따르면 영혼을 감지하는 능력이 없는 인간의 눈에는 보이지 않는 것이 정상이라고 한다.

그럼에도 이전에 미라는 세인트 폴리에서 영혼을 배웅한 적이 있었다. 다만 그것은 정령의 영혼이었던 탓에 정령왕의 가호를 지닌 미라의 눈에도 보였던 것이라고 한다.

그럼 왜 이번에는 사람인 베이그와 하루미레이아의 영혼이 빛나는 듯 보였던 것일까. 그에 대한 답은 신기(神器)의 존재 때문이라고 한다.

도중에 란돌시아 가문의 가보인 장검에 관한 이야기가 잠깐 나왔었는데, 이것이 신이 지닌 힘이 충분히 깃들어 있는 신기라면 모든 것이 설명이 된다는 것이다.

정령왕의 말에 따르면 신의 힘을 접한 적이 있는 영혼은 특별한 능력이 없어도 잘 보이게 된다는 듯했다.

신의 힘. 이것이 깃든 물건에는 몇 가지 종류가 있었다. 아티팩트 등으로 불리는 것 말고도 일부 교회의 신상이나 제기(祭器), 전설급으로 분류되는 무구류에도 깃드는 경우가 있다.

다만 영혼을 가시화할 수 있을 정도의 영향력을 지닌 것은 하나뿐이다. 조금 전에 나열한 것들과는 비교도 안 될 정도의 힘이 깃든 물건. 요컨대 신기뿐이라는 것이다.

『오호라…….』

란돌시아 가문의 가보가 신기였다면 이번 현상에 대한 원인으로 완벽하게 부합된다. 심지어 문헌에 남아 있던 하루미레이아의 기적적인 승리도 이 신기의 힘 덕분이었던 것이라고 생각하면 납득이 된다.

남겨져 있던 수많은 정보들이 신기의 존재를 증명한다고 말해도 과언이 아니었다.

(이거이거, 터무니없는 가능성이 나타났군그래.)

미라는 그러한 효과도 있었나, 하고 감탄함과 동시에 이건 터무니없는 사건이란 것을 직감했다.

왜냐하면 현 시점에서 공식적으로 존재가 확인된 신기는 삼신국이 소유하고 있는 셋뿐이기 때문이다.

만약 카디아스마이트 연합국에도 신기가 있다는 사실이 알려진다면 국가 규모의 대소동이 벌어질 것이다.

그렇게 충격적인 비밀을 알아챈 미라를 바라보는 시선이 셋 있었다. 아스트로 일행이다. 상황을 통해 미라가 정령왕과 대화하고 있다는 걸 알아챈 것이리라. 그들의 표정이 대놓고 '그래서, 무슨 얘길 했는데?'라고 묻고 있었다.

"실은 말이다——."

어떻게 할까 고민해 봤지만, 혼자서 떠안고 있기에는 너무도 큰 비밀이다. 게다가 여기까지 와서 아무 말도 하지 않을 수는 없었다. 따라서 미라는 정령왕에게 들은 이 이야기를 아스트로 일행에게도 사세하게 선달했다.

〈30〉

"영혼이 보이게 된다라. 그런 신기한 효과까지 있다니."

우선 가장 먼저 신기가 영혼에 미치는 영향에 관한 사실을 순순히 받아들인 것은 아스트로였다. 소유한 플레이어는 존재하지 않고, 삼신국에서만 존재가 확인된 특별한 존재. 그것이 신기다.

신의 힘이 깃든 가보인 장검. 그것은 전설급일까, 아니면 아티팩트급일까. 아스트로는 대충 그러하리라고 생각하고 있었기에 갑자기 튀어나온 신기의 가능성에 다소 흥분한 눈치였다.

"공표되지 않은 신기……. 뭔가, 엄청 일이 커졌네!"

상당히 섬세한 동시에 폭탄과도 같은 정보다. 아주 신중하게 다룰 필요가 있을 듯했지만, 호기심이 더 컸던 것인지. 마논의 표정은 빛이 날 듯 밝았다. 그리고 그 눈빛은 꼭 확인해 보고 싶다는 호기심으로 물들어 있었다.

하지만 아스트로가 그런 마논에게 못을 박듯 이야기했다. 향후의 관련성이 여러모로 복잡하고 귀찮아질 것 같으니 이 일에 관해서는 다른 곳에서 말하지 말라고.

마논은 역사 조사라면 사족을 못 쓰다 보니, 내버려 뒀으면 자신의 욕망에 따라 그에 관해 파고들었을 것이다.

하지만 사실 아스트로의 말은 지당한 것이었다. 그렇기에 마논은 호기심을 억눌렀다. 얼굴에는 불만이 한가득이었지만 넘어서는 안 되는 선이 있다는 것은 잘 아는 듯했다.

"마논, 약속한 거야."

"……으, 알았어."

아니, 아직 무슨 꿍꿍이가 더 있었던 모양이다. 하지만 아노테의 말을 듣고 그것도 포기한 듯했다. 호기심으로 가득했던 그 얼굴은 순식간에 바람 빠진 풍선처럼 시들해졌다.

"그나저나 신기라니……. 란돌시아 가문은 대체 뭐였지?"

마논은 이제 무해한 존재가 되었으니 문제없을 거다. 그 사실을 확인한 아노테는 근본적인 부분에 관해 언급했다.

그녀의 말대로 그것은 매우 흥미로운 수수께끼였다.

이곳이 아닌 머나먼 대륙에 존재하는 나라, '구스바르트'의 공작가. 그것이 지금 일지를 통해 파악할 수 있는 란돌시아 가문의 모든 것이다.

과거 베이그가 있었던 '구스바르트'가 얼마나 강대한 나라였는지는 일지를 통해서도 대충 예상은 되었다. 상당히 많은 주변국들을 동원한 정황으로 미루어, 이쪽으로 치면 삼신국 규모의 영향력을 가지고 있었을 듯하다.

그런 나라에서 신기를 가보로 계승해온 란돌시아 가문은 대체 어떠한 존재였을까. 또한 이렇게 신기가 반출된 지금, 란돌시아 가문은 어떻게 되었을까, 하는 의문도 생겨났다.

"생각해 보니 그 상자에 들어있던 총도 그렇고, 이래저래 수수께끼가 남아 있었더랬지."

미라는 문득 생각이 난 듯, 그 밖에도 가장 처음에 발견한 수수께끼가 그대로 남아있었다고 입을 열었다.

머나먼 대륙에서 온 베이그 일행이 가지고 있었던 것들 중에서 가장 특징적인 물건. 바로 '총'이다.

제대로 연대측정을 해볼 필요는 있겠지만, 지금까지의 조사 결과로 미루어 볼 때 높은 확률로 베이그 일행의 소지품이었을 것으로 추측되었다.

이 총이 가라앉아 있던 해저에서 발견한 각종 단서. 그것들을 쫓은 결과, 베이퍼 할로우의 아지트를 발견해 지금에 다다랐다.

그렇다면 같은 곳에 있었던 이 총은 베이그 일행의 물건이라고 할 수 있는 것이다.

그 말인 즉 300년도 더 전에 총이 존재했다는 증거라는 뜻이기도 하다. 다만 지금 미라 일행이 있는 이쪽 대륙의 역사에서 총의 존재는 한 번도 등장한 적이 없다.

따라서 그 총은 베이그 일행이 바다를 건너 가지고 온 것일 가능성이 높다.

"'구스바르트'라…… 어떤 장소일지, 매우 궁금하군."

신기뿐 아니라 총이라는 오파츠까지 소유하고 있었던 베이그 란돌시아.

과연 그는 대체 어떠한 나라에 있었던 것일까. 그곳에서는 어떠한 기술이 발달했던 것일까. 수수께끼는 깊어질 따름이다.

"이로써 일단은 골인이로구나."

아무도 없어진 영웅의 묘를 바라보며 미라는 살며시 중얼거렸다.

유령선 소문에서 시작된 조사와 모험은 이 순간을 기해 끝났다고 할 수 있었다.

해적 베이퍼 할로우의 아지트 발견과 그곳에 머물러 있던 영혼의 해방. 그리고 이어서 나타난 유령선의 선원들이 성불하는 모습을 지켜보았다.

나아가 선장 베이그가 그의 미련이었던 딸, 하루미레이아와 재회하는 모습과, 두 사람의 영혼이 '하늘의 피안 사당'으로 돌아가는 모습을 배웅했다.

더불어 하루미레이아와 함께 싸웠던 용병단의 멤버── 요컨대 베이퍼 할로우의 손자 세대들은 자료고에 있던 문헌에 따르면 군인으로 남거나 일반 시민이 되어, 그 후 평온한 삶을 살았다고 한다.

여기까지 조사했으니 소문이 자자했던 유령선에 관한 소문은 완벽하게 해명했다 해도 과언이 아닐 거다. 그리고 그 결말로 미루어, 더 이상 근해에 유령선이 나타나는 일은 없을 듯했다.

"그래, 시원하게 해결됐지. 근데 뭐라고 해야 하나, 이렇게 완결이 되니 어쩐지 허전한 느낌도 드는군."

계속해서 쫓아왔던 유령선에 관한 소문을 모두 해명하고, 300년 동안이나 방황했던 영혼들에게 안식을 주는 데 성공했다.

이는 분명 아무나 할 수 있는 일이 아니었을 거다. 이 팀이었기에 해낸 위업이라 할 수 있었다.

다만 그만큼 정신없이 쫓아나갔기에 덜 싱김 속에 애수가 서였다. 그 감상은 상편 소설의 마지막 장면을 읽었을 때와 비슷할지도 모른다.

"그러면 또 새로운 소문을 찾아봐야겠네."

"나는 소문이 자자한 천공성이 좋을 것 같아."

다만, 끝이 있으면 시작도 있는 법. 책을 다 읽었다면 또 새로운 것을 읽기 시작하면 된다.

다음 조사도 기대된다며 아노테가 웃자 마논이 호기심 어린 표정으로 다음으로 쫓을 소문을 제안했다. 유령선과 함께 이전부터 신경이 쓰였던 소문이라면서.

"그래, 그것도 괜찮군. 천공성, 아주 낭만이 넘쳐나는데?!"

천공성이라 하면 유령선에 필적하는 낭만의 결정체다. 그렇기에 아스트로는 마논의 제안에 긍정적으로 답했다. 심지어 그렇다면 아예 유령선 조사선을 천공성 조사 비공선으로 개조해 버리자는 소리까지 하기 시작했다.

"아니이…… 다른 게 더 낫지 않겠느냐……? 왜, 황금도시 같은 것도 있다고 들었다만."

천공성은, 미라에게는 이미 원인을 특정해낸 안건이었다.

범인은 플로네. 범인은, 플로네다. 그렇기에 천공성 조사에 관해 긍정적으로 이야기하는 아스트로 일행에게 은근슬쩍 다른 소문을 권해 보았다. 하지만 후보 중 하나로 올리는 데서 그쳤을 뿐, 천공성에서 관심을 떼어내지는 못할 듯했다.

심지어 "미라 씨는, 천공성이 궁금하지 않은가 보지?"라는 질문까지 받고 말았다. 굳이 유령선 조사에 즉흥적으로 참가할 정도면서, 왜 천공성에는 관심이 없느냐는 것이다.

(이대로 가면 큰 문제가 될지도 몰라……!)

아스트로 일행의 조사력은 상당한 수준이다. 진심으로 천공성을 찾기 시작한다면 발견하는 건 시간문제일지도 모른다.

하지만 가장 큰 문제는 그게 아니었다.

아스트로 일행이 천공성을 찾아내, 그것을 만든 범인이 플로네라는 사실이 판명된다 해도 이번에는 문제가 되지 않을 거다. 좌우간 플레이어 국가와 히노모토 위원회는 끈끈한 관계이기 때문이다.

들통 난다 해도 비밀로 해달라고 하기는 쉬울 테니, 타국의 국토 강탈과 같은 범행이 대대적으로 알려지는 일은 결코 없을 것이다.

그럼 무엇이 문제인가 하면, 현 시점에서 플로네가 그 존재를 비밀로 하고 있다는 점이다.

그런 그녀에게 우수한 조사대가 접근하면 어떻게 될까. 그건 생각을 하고 말 것도 없다. 플로네가 아스트로 일행에게 온 힘을 쏟아 붓는 미래뿐일 것이다.

하지만 플로네는 기한 이내에—— 한정부전조약의 기한이 종료되기 전에 돌아오겠다고 약속했다.

그때까지는 약 한 달 정도가 남았다. 조사선을 개조하려면 그럭저럭 시간이 걸릴 거다. 경우에 따라서는 조사의 손길이 천공성에 다가가기 전에 플로네가 돌아올지도 모른다.

(일단은 나중에 연락을 해두는 편이 좋으려나…….)

지금 섣불리 유도했다가 혹시라도 뭔가 일고 있는 게 아니냐는 의심을 샀다가는 성가셔진다. 미라는 거기까지 순간적으로 계산

한 후 "그야 당연히——"라면서 천공성에 황금도시, 둘 다 몹시 도 신경이 쓰인다는 무난한 답을 입 밖에 냈다.

"맞아~."

"응, 솔직히 그쪽도 신경 쓰이지."

"그렇지. 언젠가 둘 다 발견해 내고 싶군!"

의심을 사지는 않은 모양이다. 아노테와 마논, 그리고 아스트로는 낭만에 들뜬 얼굴을 한 채 하늘을 올려다보며 소문들에 관해 상상했다.

미라도 "으, 음, 그러게 말이다"라고 하며 그들을 따라 하듯이 하늘을 올려다보았다.

푸르고 맑아, 한없이 이어져 있는 듯 보이는 하늘. 시야 끄트머리에 커다란 구름이 언뜻 보이기는 했지만, 아무리 그래도 이렇게나 하늘이 넓은데 그런 우연이 있을 리가 없다 생각하며 미라는 슬그머니 시선을 돌렸다.

영웅의 묘에서 돌아온 미라 일행은 카밀라에게 감사인사를 하고서 카디아스마이트 연합국을 뒤로 했다.

도중에 일행은 어떻게든 보물고를 조사해서 하루미레이아의 검이 신기인지 어떤지 확인하고 싶다는 충동에 휩싸였다. 하지만 그건 간신히 참아냈다. 사이가 좋기는 하지만 세상에는 깊이 파고들지 않는 편이 좋은 상황도 있기 마련인 것이다.

(삼신국 이외의 곳에 있는 신기…… 궁금하구나!)

하지만 매우 궁금하기는 했다. 미라는 문득 워즈랑베르의 힘을 빌려서 몰래 확인해 볼까 생각했지만, 그래도 그건 좀 그렇지 않나 싶어서 마지못해 포기했다.

그렇게 유령선 조사선으로 돌아가, 연구소를 향해 출항했다.

유령선의 수수께끼를 해명해낸 조사원 일행은 하나같이 만족스러운 표정을 짓고 있었다. 그런 그들에게 미라 일행이 카디아스마이트 연합국에서 얻은 하루미레이아의 정보며 영웅의 묘에서 있었던 일을 이야기해주자 더더욱 흥분했다.

판타지 세계에서도 오컬트는 신비로워서 추구하는 보람이 있다나.

그 밖에도 연구소로 돌아가 다른 사람에게 이야기하는 게 기대된다며 벼르고 있는 자도 있었다.

또한 이 유령선 조사는 임무 같은 게 아니라 이곳에 있는 자들이 취미 삼아 멋대로 하고 있을 뿐이라 보고서 같은 것은 일체 존재하지 않았다.

그럼에도 아스트로는 노트를 펼쳐 거기에 이번 사건에 관한 모든 내용을 기록해 나갔다.

"――그러다, 갑자기 빛나는 눈이 나타났다 이거군."

"음. 그 순간에는 간이 다 철렁했지……."

그 추억 노트를 만들 때, 같은 테이블에는 미라와 같은 팀원들이 동석을 했다.

아니, 굳이 말하자면 이번 조사에 관해 미라 일행이 이야기를 나누던 중에, 마침 잘됐다는 듯이 아스트로가 끼어든 것이었다.

그리고 정신을 차려보니 어느샌가 추억 노트를 만들기 위한 정보를 공유하는 자리가 되어 있었다.

"그나저나 이걸 봤을 때는 놀랐지. 역시 어딜 어떻게 봐도 총이니 말이야……."

사건을 기록해 나가며 아스트로는 조사 도중에 발견한 그것을 꺼내 테이블에 내려놓고 물끄러미 관찰했다.

그런 아스트로를 따라 미라 일행도 총으로 시선을 옮겼다.

얼핏 플린트 록 방식의 총과 비슷한 형태를 띤 그것의 손잡이 부분에는 베이퍼 할로우의 졸리 로저가 새겨져 있다.

이것을 발견한 장소와 조사 결과로 미루어 볼 때, 베이그 일행의 소지품이었던 것으로 판단된다.

"그렇다면, 역시 바다 건너편에는 300년 이상 전부터 총이 있었다는 뜻일까?"

아노테가 사실을 확인하듯 그 점을 언급했다.

미라 일행이 모험을 해온 대륙의 역사에는 총이 존재하지 않았다. 그렇다면 총이 있을 것으로 추측되는 곳은 베이그 일행이 있었던 대륙이다. 바다를 건너오며, 저쪽에서 반입해 왔다고 생각할 수밖에 없는 것이다.

"그러고 보니 그 해적선. 일지에는 무슨 실험선이라고 쓰여 있었는데, 어제 유령선의 전모를 볼 수 있었을 때——."

이어서 아직 확실하게 판명되지 않은 부분을 마논이 언급했다.

그것은 베이그 일행이 탔던 배에 관한 이야기였다.

유령선으로 나타난 베이그 일행의 배의 모습은 모두가 확인했다. 모두가 해적선이 틀림없다고 느끼고 있을 때, 마논은 그러한 해적선스러운 부분 이외의 요소를 확인하고 있었다고 한다.

"——아마도, 그건 굴뚝이었을 거야."

얼핏 보기에는 대형 범선이었다. 하지만 배의 후방부에 실험선스러운 흔적이 남아 있었다고 마논은 자신만만하게 말했다.

그녀의 말에 따르면 돛에 가려져 있었던 데다 그렇게까지 높지도 않아서 눈에 띄지 않았지만, 그 모양새로 미루어 굴뚝이 분명하다는 것이다.

"어머? 굴뚝이 있었다는 건, 혹시……?"

앙투아네트는 그를 통해 한 가지 가능성을 알아챘다. 이어서 유즈하와 아노테도 그 실험선이 무엇을 실험하기 위한 것이었는지에 도달하고는 숨을 죽였다.

"이전에 증기기관 이야기를 잠깐 하기는 했지만, 그 예상이 맞았던 게로군?"

미라 역시 그 답에 도달했다.

그것은 베이그의 일지를 확인하던 때의 일이었다. 보일러 같은 것이 아닐까 예상했지만, 300년 전의 일이니 어렵지 않았을까, 라는 이유로 한 번은 기각했던 가설이었다.

하지만 이번에 실물과 같았을 것으로 추측되는 유령선을 확인함으로써 그 가설이 진실미를 띠기 시작한 것이다.

"응, 맞아. 증기선으로서의 운용은 어려워 보였지만, 그 실험선이라면 오히려 납득이 돼."

마논은 그 유령선 출현 소동 중에 냉정하게 분석하고 있었다. 그 결과, 베이그 일행이 이용했던 건 보일러가 분명할 것이라고 결론을 내렸다는 모양이다.

통상적인 범선에는 필요가 없고, 동시에 증기기관에서는 반드시 필요한 굴뚝의 존재. 그것이야말로 무엇보다 확실한 증거라고.

“300년 이상 전에 존재했던 총과 증기기관이라……. 이거, 흥미로운데!”

그 고찰도 추억 노트에 기록한 후, 아스트로는 씨익 웃으며 그야말로 낭만이라고 소리쳤다.

의문의 빛나는 안개에 가로막혀 앞을 내다볼 수도 없는 바깥세계. 그럼에도 300년 전에는 그 외해에서 온 걸로 추측되는 자들이 있었다.

그리고 그자들── 해적 베이퍼 할로우의 배와 소지품에는 저쪽의 기술의 일부를 추측해볼 수 있는 요소가 남겨져 있었다.

그러한 사실을 통해 미라 일행은 베이그 일행이 있었던 대륙의 현재라는 주제를 두고 이야기꽃을 피웠다.

300년 동안 기술은 얼마나 진화했을까. 신기를 반출당한 란돌시아 가문은 어떻게 됐을까. 베이그 일행은 역사에 어떻게 기록되었을까.

그리고 언젠가 갈 수 있게 되기는 할까.

그 밖에도 많은 이야기를 나누며 까마득히 머나먼 대지의 모습을 상상했다.

“그나저나 세상일은 뭐가 어떻게 이어져 있을지, 알 수가 없군그래.”

유령선을 조사하기 전까지 외해에 있는 대륙에 관한 생각은 그야말로 손톱만큼도 한 적이 없었고, 지금까지 의식해 본 적조차 없었다.

참으로 신기한 인과(因果)라는 생각에 미라가 조용히 중얼거리자, 아스트로 일행도 정말 그렇다며 고개를 끄덕였다.

"언젠가 말야, 외해에 나갈 수 있게 되면 다 같이 확인하러 가고 싶다."

그런 가운데, 문득 아노테가 그런 소리를 입 밖에 냈다.

현 시점에서 외해와의 접촉을 방해하고 있는 빛나는 안개를 어떻게 할 방법은 전혀 없다. 그 가능성조차 보이지 않는 상황이라, 아노테의 말은 그야말로 덧없는 이야기처럼 현실성이 없었다.

"음, 동감이다."

"그래, 베이그 선장의 고향이니 꼭 보러 가고 싶군."

"그거 최고로 좋은 생각인데?!"

"어떤 역사가 있을지, 궁금해."

"꼭 가고 싶어요!"

"좋아, 좋아. 또 다 같이 가자!"

그리고 미라 일행은 두 말 없이 답했다.

일지로 알게 된 베이그 일행의 이야기. 거기에 등장한 아직 보지 못한 세계. 여기에 흥미를 느끼지 않는 자는 이 배에 존재하지 않았다

⟨EX⟩ 솔로몬왕의 약속

"——그런고로 내일은 중요한 용건이 생겼다."

늦은 밤. 알카이트성의 집무실에서 업무를 마친 솔로몬은 내일 예정을 조정하라고 슬레이만에게 말했다.

히노모토 위원회는 미라가 가진 희귀 소재를 손에 넣기 위해 끈질기게 재촉을 해댔고, 솔로몬은 재촉을 하는 그들에게 슬슬 출발할 것이라고 대답했다. 하지만 미라에게는 내일 중요한 용건이 있었다.

따라서 한 번은 거절당했지만, 자세히 들어보니 그 용건은 솔로몬과 관련된 것이었다. 다시 말해서 자신이 대행할 수 있는 내용이라, 그 일을 대신 맡아줄 테니 출발해달라고 부탁했노라고 솔로몬은 갑자기 정해진 약속에 관해 설명했다.

"갑자기 내일이라 말씀하신들 곤란하다고 하고 싶지만, 미라 님과의 약속이시라니. ……알겠습니다. 그렇다면 어쩔 수 없지요."

이런 경우, 어지간히 급한 일이 아니면 슬레이만은 결코 승낙하지 않는다. 특히 연말연시가 다가오고 있는 지금은 더더욱 어림도 없는 일이었다.

하지만 알카이트 왕국을 위해 분주히 돌아다니고 있는 미라를, 슬레이만은 상당히 높게 평가하고 있었다. 무엇보다도 올해 건국제에서 아홉 현자 귀환 보고를 할 수 있었던 것은 미라의 활약 덕분이기 때문이다.

"하지만 밤의 연합 회의 시간은 옮길 수 없으니, 그 전까지는 돌아오십시오."

따라서 미라를 핑계거리로 삼았을 경우의 교섭 성공률은 현재까지 100퍼센트. 이번에도 슬레이만은 한 걸음 물러서 주었다.

하지만 밤에는 꼭 출석해야만 하는 회의가 있으니, 그때가 타임 리미트다.

"그래, 알았다. 고마워. 그 시간까지는 끝날 거야."

그만큼 시간이 있으면 문제없다. 그렇게 생각하며 고개를 끄덕인 후, 솔로몬은 외출 허가를 받는 데 성공했다는 사실에 안도했다.

다음 날. 약속 시간인 정오보다 한 시간 정도 이른 시간.

"그럼 다녀오마. 무슨 일이 생기면 루미나리아 일행을 찾도록."

"알겠습니다."

밤까지 자리를 비울 예정이라 오늘은 업무 내용을 모두 조정해 두었다. 다만, 뒤로 미룰 수 없는 일들은 대신 담당할 자가 필요하다.

솔로몬왕이 움직일 수 없을 때에는 아홉 현자가 정무를 맡게 되어 있었다.

루미나리아 일행에게는 일이 하늘에서 뚝 떨어지는 격이라, 상당히 평이 좋지 않은 규정이다. 하지만 유사시를 위해 대행자를 준비해두는 것도 나라를 운영하는 데에는 반드시 필요한 일.

그것이 오늘인가 하면 뭐라 말하기 어렵지만, 슬레이만은 미라를 위한 용선이라기에 받아들이기로 했다.

이번에는 루미나리아를 필두로 몇 명이 추가로 피해를 보겠지만, 솔로몬은 아랑곳하지 않았다. 건국제 준비로 그렇게나 고생을 하게 만들었으니 오히려 잘 됐다며 웃음까지 짓고 있었다.

루나틱 레이크의 대로. 모험가 종합 조합이 있는 그 길을 걷는 솔로몬은 흔해빠진 로브를 걸치고 변장하고 있었다.

(분명 여기서 만나기로 했댔지.)

어쩐지 견습처럼 보이는 소년 술사 같은 차림새로 술사 조합의 문을 열었다.

로비에서 보이는 범위만 봐도 술사가 많다는 걸 알 수 있었다. 특히 알카이트 왕국은 술사의 나라이기도 해서인지 타국에 비해 특히 많이 모여 있었다.

(자아, 어디쯤에서 기다리고 있을까.)

일찌감치 왕성을 나선 탓에 아직 정오가 되려면 시간이 꽤 남아 있었다. 최대한 빨리 아침 업무에서 빠져나오려 한 탓에 생긴 빈 시간이다.

시간이 될 때까지 느긋하게 기다리자. 그렇게 생각한 솔로몬은 미라가 약속한 아세리아라는 인물에 관해, 사전에 들은 정보를 머릿속에 나열해 보았다.

머리카락과 눈동자의 색에 키, 그리고 아주 크다는 점과 몇 가지 특징.

또한 무엇보다도 상대는 성기사다. 술사 조합이라는 술사가 모여 있는 장소에 여성 성기사가 혼자서 온다면 아세리아일 가능성이 높은 것이다.

따라서 바로 알아볼 수 있을 거라 생각한 솔로몬은 기다리기에 좋을 듯한 장소는 어디일까, 하고 로비를 둘러보았다.

(가능하면 대로도 보이는 창가 같은 곳이——.)

모처럼 성에서 나왔으니 거리의 상태 등을 확인하며 기다리자. 그렇게 생각하며 알맞은 장소를 찾고 있던 그때.

(……응?)

몇 번인가 주변을 둘러보던 참에 솔로몬은 무언가를 느꼈다. 대체 무엇일까. 이어서 천천히 둘러보자, 어느 방향인지 알 수 있었다.

그것은 술사 조합의 구석진 자리에서 느껴졌다. 그래서 이번에는 흘끔 관찰해 봤더니, 그곳에는 웬 여성이 있었다.

분명 평소에는 늠름하게 행동할 듯하지만 붙임성도 있어 보이는 여성이었다. 하지만 지금은 무슨 이유에서인지, 엄청난 표정으로 솔로몬을 물끄러미 쳐다보고 있었다.

(뭔가…… 엄청 째려보는 것 같은데.)

오자마자 눈총을 받을 이유는 전혀 짐작이 되지 않았다. 혹시 자신도 모르게 술사 조합의 규율 같은 부분을 어기고 만 것일까. 아니면 다른 이유가 있는 것일까.

당황한 솔로몬은 그녀가 누구인지 확인하고자 둘러보지 않고 직접 그 여성에게로 시선을 옮겼다.

그러자 어째서인지. 이번에는 좀 전과 달리 여성 쪽이 허둥대기 시작했다.

(……어라? 저 머리와 눈동자 색. 그리고…… 가슴. 그리고 발

치에 있는 방패는, 혹시――?)

여성을 확실하게 확인한 순간, 솔로몬은 알아챘다. 그렇다, 그 여성은 보면 볼수록 미라에게 들은 아세리아라는 인물과 특징이 일치했다.

혹시. 직감한 솔로몬은 그 여성의 자리로 다가갔다.

그러자 그 여성은 허둥대는 정도를 넘어서 거동수상자의 영역에 돌입하고야 말았다. 과연 무엇을 표현하려는 것인지, 요상한 짓을 멈추지를 않았다.

"그쪽이 아세리아 씨야?"

솔로몬은 그런 그녀 앞으로 다가가서 그렇게 말했다.

그 직후.

"허욱…… 내 이름을?! 그리고그리고 목소리까지 똑같다니 대체 어떻게 된 거야아――?!"

수상쩍은 행동을 반복하는가 싶던 여성은, 이번에는 작은 목소리로 소리치더니 솔로몬의 질문에 답하지도 않고 승천할 듯한 표정으로 몸을 젖힌 채 졸도해 버렸다.

의자 위에서 축 늘어진 그녀는 예상한 대로 미라의 약속 상대인 아세리아라는 인물이 맞는 모양이다.

"설마, 벌써 와 있었을 줄이야……."

약속시간이 되려면 아직 꽤 남았다. 하지만 아세리아는 이렇게 미리 와서 기다리고 있었던 모양이다.

그만큼 오늘을 기대하고 있었다는 뜻일까. 기합을 단단히 넣은 듯한 그 모습에 솔로몬은 이 상황을 어떻게 해야 하나 싶어 쓴웃음을 지을 따름이었다.

“헉…… 여기가 어디지? 그건…… 꿈이었나?”

장소를 옮겨, 술사 조합의 의료실. 그곳의 침대에서 정신을 차린 아세리아는 덧없는 꿈이라도 꾼 것 같다며 고개를 갸웃한 채 하늘을 올려다보았다.

“여어, 좋은 아침. 정신이 든 것 같네.”

아직 잠에 취한 듯한 그녀에게 솔로몬은 경쾌하게 말을 걸었다.

“아, 네. 좋은 아침이비다으악?!”

아직 멍한 얼굴로 고개를 돌린 아세리아는, 바로 옆에 있던 로브 차림의 소년을 보자마자 침대 위에서 또다시 뒤집어졌다.

또 기절해버리는 건 아닐까 싶었지만 아슬아슬하게 견뎌낸 아세리아는 간신히 마음을 다잡고 침대 위에 똑바로 앉았다.

“왜, 왜찌하여 이러한 곳에 계시온지요……?!”

순식간에 긴장한 수준을 넘어선 차원에 돌입해버렸지만, 아세리아는 아슬아슬하게 제정신을 유지하는 데 성공한 듯했다. 하지만 눈을 마주치려 하지 않았다. 그런 노골적인 반응으로 미루어 그녀는 이미 솔로몬의 변장을 알아챈 듯했다.

“어라아, 역시 벌써 들통 난 건가? 꽤 신경 써서 변장하고 온 건데.”

복장뿐 아니라 세세한 부분까지 신경을 쓴 변장이었다. 실제로 이곳에 올 때까지 아무도 못 알아채서, 다음에 빠져나올 때는 이렇게 하고 오자고 생각했을 정도다.

하지만 그만큼 자신이 있었던 변장을 그녀는 순식간에 간파해 냈다.

"그게…… 저에게는 평소와 조금 다른 정도라서요. 솔로몬 님에게서 넘쳐나는 빛이, 그 정도로 억제될 리가 없으니까요!"

아세리아는 겸손한 투로 답했지만, 그 가슴에는 타오르는 정열이 장미처럼 흐드러지게 피어나 있었다.

지금까지 건국제에서 솔로몬이 선보였던 변장으로 단련을 해와서, 이 정도의 변장은 손쉽게 꿰뚫어볼 수 있다고 한다.

또한 올해는 유달리 어려웠지만 마부의 특징적인 움직임으로 알아챘다는 모양이다.

"……대단하네."

"감사합니다!"

미라에게 어느 정도 이야기를 듣기는 했지만, 설마 이 정도일 줄은 몰랐던 탓에 솔로몬은 꽤나 놀랐더랬다.

"그런고로. 그 애 대신 내가 온 건데, 어때? 놀랐어?"

변장을 순식간에 간파당할 줄은 몰랐지만 그건 그거고. 지금의 상황—— 약속했던 미라가 아니라 솔로몬 본인이 오게 된 경위를 설명한 솔로몬은 반응을 기대하는 얼굴로 아세리아를 쳐다보았다.

또한, 당사자인 아세리아는 아무래도 말을 할 여유조차 없는지. 연신 고개를 끄덕여 간신히 심경을 표현하고 있었다.

본래는 환호하며 춤이라도 추고 싶은 심정일 것이다. 하지만 지금의 아세리아는 기쁨이라는 감정이 정점을 돌파한 상태였다.

동경하던 솔로몬과 마주 보고 있는 현재의 상황은 완전히 미지의 영역이었다. 때문에 그녀는 지금 이 순간에 대응할 말은커녕 아무런 준비도 되어 있지 않았다.

그럼에도 고개를 끄덕인 것은 본능에 따른 반사 행동 덕분이나 다름없었다.

"응, 그렇다면 대성공이네."

그런 아세리아의 반응으로 미루어, '미라가 아니라 본인이었습니다' 서프라이즈는 성공했다고 봐도 될 듯했다. 밝히기도 전에 놀라기는 했지만 성공해서 다행이라며 솔로몬은 짓궂은 미소를 지어 보였다.

"하우웅!"

그러자, 평소에는 공공연히 보이지 않는 천진한 솔로몬의 모습에 아세리아는 몸부림을 쳤다. 그 충격으로 말하자면 심장을 사방팔방에서 푹푹 찔린 듯하다고 해야 할까.

그야말로 즉사할 수준이다. 하지만 아세리아는 이 순간을 잃을 수는 없다는 생각에 심쿵사하기 직전에 간신히 의식의 끈을 붙잡았다.

"그러면 약속한 것 말인데, 말로만 설명할 게 아니라 이왕 만났으니 실제로 해보는 편이 좋겠지?"

미라가 아세리아와 했던 약속은 '솔로몬의 특훈 방법을 전수한다'는 것이었다. 하지만 이번에는, 이렇게 본인이 시접 왔다. 그렇다면 말로 전수하기보다는 실제로 해보는 편이 이해가 잘 될 것이라는 것이다.

"하우웅! 좋아요오~!"

하지만 솔로몬의 그 제안은 아슬아슬하게 버티고 있던 아세리아를 다시금 궁지로 모는 추가타나 다름없었다.

솔로몬에게 직접 전수를 받는 것. 그것은 아세리아를 비롯한 솔로몬 팬들에게 본래는 이룰 수 없는 꿈이었기에.

"응응, 그러면 바로…… 시작하려고 했는데, 여기서는 안 되겠지?"

솔로몬은 몸부림을 치는 아세리아의 모습을 유쾌하다는 듯이 바라보며, 어디 훈련이 가능한 장소는 없을까 생각했다. 술사 조합에서 이야기는 가능할지 몰라도, 성기사의 특훈은 그렇지가 않았다.

전사 조합이라면 어느 정도는 설비가 갖춰져 있겠지만, 모두 공동 설비다. 그런 곳에서 가르치다가는 정체가 들통 나 소란이 벌어질지도 모른다.

그럼 어디서 가르칠까. 차라리 그녀를 왕성까지 데려가서 그곳에 있는 훈련동이라도 쓸까. 솔로몬은 그런 생각을 하기 시작했다.

"저, 저기…… 그거라면 갈 만한 곳이 한 군데……."

그렇게 몇 가지 후보를 떠올리던 중. 그렇다면 딱 좋은 장소가 있다고 아세리아가 진언했다.

듣자 하니 에카르라트 카리용의 거점에 모험가라면 누구나 사용할 수 있는 훈련실이 있다고 한다. 심지어 그곳에는 개인실도 있어서 임금님이라는 사실을 들킬 걱정도 없다는 모양이다.

거기까지 설명한 다음 순간, 아세리아는 얼굴이 새빨개진 채 굳어져 버렸다.

(어라? 나, 지금…… 솔로몬 님을 개인실로 불러낸 거야?!)

그렇게 볼 수도 있는 상황이라는 걸 알아챈 아세리아는 "아, 근데――" 하고 개인실에 관한 부분을 애매하게 얼버무리려고 했다.

"아하, 좋은걸? 그렇다면 그곳을 사용하도록 할까?"

길드 동료들뿐 아니라 모험가 동료들에게도 협력적인 에카르라트 카리용. 그렇게까지 준비를 해두었다니 대단하다며 감탄한 솔로몬은 아세리아가 말을 잇기도 전에 좋은 아이디어라고 말하며 채용했다. 그러고는 "그러면 바로 출발하자"라면서 자리에서 일어났다.

"아, 네!"

뭐라 말을 하기도 전에 결정되고 말았다. 하지만 솔로몬이 정한 바라면 불만이 있을 리가 없어서, 아세리아는 곧장 그 뒤를 따랐다.

약속했던 대로 특훈 방법을 전수받기 위해 술사 조합을 나서서 대로를 십여 걸음 걸었을 즈음.

"응? 저건 대체 뭘 하고 있는 거지?"

솔로몬은 도중에 서점 한구석에 생긴 인파를 보고 멈춰 섰다.

오늘 인기작이라도 발매되는 것일까. 아니면 뭔가 이벤트라도 열린 걸까. 왕이라 해도 모든 것을 파악할 수는 없는 일이다. 오히려 규모가 작은 사건들에 관한 이야기는 귀로 들어오지도 않는다. 중요성과 긴급성이 높은 것들만 보고가 올라오기 때문이다.

그 반동이라고 해야 할지. 지금의 솔로몬은 별일 아닌 작은 사건에도 큰 관심을 보였다.

"그게, 저쪽에서는 지금, 개인이 취미로 제작한 책을 판매하고 있겠네요. 분명 오늘부터는 '미드나이트 서처'라는 소설이 주제였을 겁니다."

그 서점을 확인한 아세리아는 도움이 될 기회라며 기합을 주고 기억을 더듬어 상황을 설명했다.

"아하, 동인지구나. 이야기를 듣기는 했지만, 평범하게 서점에서 취급하나 보네."

아직 즉석판매회나 전문점 같은 것이 존재하지 않는 가운데, 동인지는 어떻게 유통되고 있을까. 진실의 일부를 알게 된 솔로몬은 그렇구나, 하고 즐거운 듯이 웃었다.

"어이쿠, 저쪽 서점에서도 하고 있나. 그런데 좀 전과 달리 남자들만 있네."

조금 더 걸어가다가 옆길을 들여다보니, 그 끝에 보이는 서점에도 사람들이 모여 있었다.

"아…… 그, 그러게요. 점포별로, 아니, 가게 주인의 취향에 따라 다루는 주제가 다르다 보니, 상당히 그게…… 장르 같은 게 여러모로 다르거든요."

"헤에~ 그렇구나."

"그, 그보다 어서 가죠, 그러시죠!"

조금 전과 달리 아세리아는 어쩐지 대답하기 껄끄러워 하더니, 솔로몬이 관심을 보이려 하자 허둥지둥 재촉을 하기 시작했다.

아세리아는 알았다. 그곳에 어떠한 동인지가 진열되어 있는지를. 그래서 한시라도 빨리 솔로몬을 멀리 떨어지게 하고 싶었던 것이다.

"그래. 어서 가자."

아세리아의 심정을 아는지 모르는지. 솔로몬은 재촉하는 아세리아에게 순순히 고개를 끄덕여준 후, 약간 아쉬워하면서도 다시 걸어 나갔다.

또한, 그 서점에서는 성인들이 주로 찾는 책들이 진열되어 있었더랬다.

서점뿐 아니라 그 밖에도 곳곳에서 솔로몬이 관심을 보이면 아세리아가 답을 해주었다. 그러기를 몇 번이나 반복하며 대로를 걷다가 조촐한 규모의 광장에 들어선 순간.

맛있는 냄새가 곳곳에서 풍겨왔다.

"앗——."

그러자 그런 냄새 때문인지 아세리아의 배에서 꼬륵 소리가 났다.

순간, 아세리아는 말로 형용할 수 없는 비명을 질렀다. 바로 옆에 다른 사람도 아니고 자신이 동경하는 솔로몬이 있는데. 만약 그런 소리를 듣고서 식탐 많은 여자애라고 생각하면 어쩌니 싶어서, 거의 공황 상태에 빠졌다.

"헤에, 이야기로 듣기는 했지만 노점이 이렇게까지 늘어났었구나."

못 들었나 보다. 아니면 못 들은 척을 하고 있는 걸까. 솔로몬은 아무런 반응도 보이지 않고, 눈을 반짝거리며 눈앞에 있는 노점 광장을 둘러보았다.

"아, 그게. 건국제에서 한 발표 덕분에 관광객이 늘 거라면서, 노점 주인들이 엄청 기뻐했습니다. 최근에는 거의 매일 새로운 노점이 보일 정도예요."

못 들었기를 바라며 아세리아는 최근에 보고 들은 노점 사정을 슬그머니 입 밖에 냈다.

아홉 현자가 귀환했다는 뉴스는 뜨거운 화제가 되어 대륙 전토로 퍼져 나갔다. 그리고 그 영향력도 상당했다. 그렇기에 이 노점 광장은 그 특수를 노리고 있는 것이다.

"좋지, 노점 요리도."

장사 수완이 만만치 않은 노점 협회에 관한 생각은 둘째 치고. 솔로몬은 풍겨오는 냄새의 포로가 되어 있었다.

왕이라는 입장 탓에 기본적으로 그는 왕성에 살았다. 그리고 음식도 상당히 고급스러운 것만 먹었다. 때문에 솔로몬은 이러한 B급 음식 같은 것과는 꽤나 멀어져 있었고, 그러다 보니 참을 수가 없게 된 것이다.

"그런데 말이야, 벌써 점심은 먹었어? 나는 좀 바빠서 아직이거든. 그러니 조금 먹고 갈까 하는데, 어때?"

"네, 그러죠!"

솔로몬의 요청에 응하기 위해, 그리고 허기진 배를 달래기 위해 아세리아는 즉답했다.

그렇게 두 사람은 노점을 돌아다니며 마음껏 군것질을 하기 시작했다.

"응응, 이 농후한 맛이 중독적이란 말이지."

솔로몬은 진한 소스맛이 특징적인 야키소바를 만족스러운 얼굴로 맛보았다. 하지만 그것만으로는 한참 부족한지. 또 뭘 먹을까 찾기 시작했다.

"어째 놀랍네요. 솔로── 아니, 당신이라면 좀 더 굉장한 걸 드실 거라 생각했는데."

이곳에 있는 것과는 비교도 안 될 만큼 맛있는 요리를 먹고 있을 텐데, 흔해빠진 노점 요리에 이렇게나 기뻐하는 솔로몬의 모습에 놀란 모양이다. 아세리아는 살짝 기쁜 듯하면서도 의외라는 표정이었다.

"뭐, 확실히 맛있는 건 잔뜩 먹고 있지. 하지만 역시 이런 건, 이렇게 갑자기 확 먹고 싶을 때가 있기 마련이라고."

가격의 문제가 아니다. 흔히 말하는 소울푸드에 가까운 무언가가 노점 요리에는 있는 것이다.

"그리고 새삼스럽지만, 아직 호칭 같은 걸 안 정했네. 그런고로 나는, 솔로 군이라고 부르도록 해. 최근 데뷔한 견습 술사야."

"소…… 솔로 군?!"

솔로몬이 변상의 콘셉트를 슬그머니 말해주자 아세리아는 순간적으로 당황했다. 콘셉트는 둘째 치고 솔로 군이라고 부르는

것 자체가 송구스러운 일이라면서.

하지만 정체가 들통 나지 않도록 부탁 좀 하겠다고 솔로몬이 추가타를 날리자 아세리아는 필사적으로 "네, 네……! 알겠습니다!"라고 답하며 고개를 끄덕였다.

"그러면 다음 장소로 갈까, 아세리아 누나?"

그렇게 말하며 솔로몬이 생긋 웃어 보인 다음 순간, 온몸으로 퍼져 나간 너무도 강렬한 충격에 아세리아는 하늘을 올려다본 채 기절했다.

아세리아가 억지로 의식을 되찾은 후. 노점 광장에서 배를 채우고 다시 에카르라트 카리용의 거점으로 향하기 시작하고서 몇 초가 지났을 즈음.

"어라, 저건 아홉 현자 놀이인가?"

즐거운 듯한 목소리에 시선을 돌려보니, 그곳에는 현자의 로브 복제품을 걸치고 놀고 있는 아이들이 있었다.

"아홉 현자님들이 귀환하신 영향인지, 요즘 애들 사이에서 유행이라나 봐요."

"그렇구나, 그것 참 기쁜 이야기인걸."

아이들이 활기차고 즐겁게 지내는 것은 국가적으로 바람직한 상태다. 소소하게나마 그러한 한 장면을 목격한 솔로몬은 동료들이 돌아와서 정말로 다행이라고 진심으로 생각했다.

"그나저나 그 밖에는 어떤 영향이 나타나고 있는지, 혹시 알아?"

그렇게 생각하고 나니 다른 영향도 궁금해지기 시작했다. 솔로몬은 테이블 위의 숫자로만 아는 변화를 알고 싶다는 생각에, 아세리아의 말에 귀를 기울였다.

"어, 변화요……? 으~음, 글쎄요……. 아, 할아버지, 할머니의 옛날이야기가 요즘 들어 길어졌죠. 아홉 현자님들을 실제로 봤던 추억이 많기 때문일까요……. 그게, 듣다 보면 어느샌가 아홉 현자님들이 이런저런 활약을 펼치셨다는 방향으로 탈선해 버리고는 하지만요."

"아~……."

아세리아가 곧장 생각난 것을 이야기하자, 솔로몬은 뭐라 형용할 수 없는 표정을 지어 보였다.

하지만 확실히 왕의 귀까지는 들어오지 않는 변화이기는 했다. 그렇다면 그 밖에도 아는 게 있을 것 같다는 생각에 솔로몬은 다음 이야기를 재촉했다.

"다른 거요……? 아, 모험가들 사이에서 학원에 관한 이야기가 자주 오가고 있습니다——."

끙끙거리며 생각하던 아세리아는 이어서 그러한 화제를 꺼냈다.

그녀의 말에 따르면 발단이 된 것은 건국제 당일. 아홉 현자와 학원의 관계가 언급되었을 때 오갔던 대화라는 모양이다.

아홉 현자가 각 술과의 수업에 관여하게 된다면, 졸업생들은 이전보다 더욱 엘리트 술사가 될 거다. 그런 이야기가 퍼져서 모험가들이 눈독을 들이기 시작했다는 모양이다.

요컨대 미래의 유망한 술사에게 미리미리 침을 발라두자는 움직임이 곳곳에서 보이기 시작했다는 것이다.

그리고 유망주를 찾아내기 위해, 우수한 인재를 스카우트하기 위해 사전 교섭에 조사를 하는 등, 모험가들간의 경쟁이 격화되기 시작했다.

"그건, 문제가 될 것 같네. 과열되지 않도록 살짝 경고를 해두어야 하려나."

그런 모양새로 영향이 나타난 건가, 싶어서 솔로몬은 모험가들의 열의에 쓴웃음을 지었다. 하지만 그 활동이 과열되면 학생들에게 어떤 영향을 미칠지 모른다. 따라서 솔로몬은 이 일을 기억해두었다가 대책을 협의해 보기로 결심했다.

아이들의 활기찬 목소리를 등진 채, 솔로몬은 기쁜 듯이 걸어나갔다.

그렇게 얼마간 더 걸어가던 중.

"어라, 저건?"

이번이 벌써 몇 번째인지. 또다시 신경 쓰이는 광경을 발견한 솔로몬은 호기심 어린 눈으로 쳐다보며 아세리아에게 물었다.

"네, 저쪽은 말이지요——."

조금 적응이 된 것인지. 아세리아는 솔로몬이 무엇을 보고 있는지 곧장 알아채고는 그 이유와 원인을 상세히 설명해주었다.

듣자 하니 올해 건국제의 영향 중 하나가 벌써 나타나기 시작했다고 한다. 특히 알카이트 왕국에 애성이 있는 이들이 축하하기 위해 앞다투어 달려오고 있다는 모양이나.

솔로몬이 본 것은 그렇게 늦게라도 건국제를 축하하러 달려온 자들을 환영하고 있는 장소였다.

아세리아의 말에 따르면 그곳의 한구석에서는 지금도 후야제가 이어지고 있다는 모양이다. 그날, 그때의 충격과 감동과 기쁨을 축하하며 매일 다 같이 분위기를 내고 있는 것이다.

"기쁜걸, 그후로 벌써 일주일은 지났는데. ……근데, 일주일이나 어떤 이야기를 하고 있을까. 궁금하네에."

사람들의 유입 소식은 어느 정도 들었지만, 설마 이런 모임이 생겨났을 줄은 몰랐던 탓에 놀란 동시에 궁금해지기도 했다.

솔로몬의 귀로 들어오는 것은 어느 정도 정리가 된 정보로서의 목소리다. 하지만 지금 눈앞에 있는 저곳에는 나라를 사랑하는 백성들의 목소리가 있다. 그렇기에 솔로몬은 꼭 그것을 접해보고 싶다고 생각한 것이다.

"그렇다면 가보시죠!"

솔로몬이 바란다면 어디든 갈 거다. 그 말을 들은 아세리아는 자신만만하게 좋은 장소를 알고 있다고 하며 앞장을 서기 시작했다.

그렇게 솔로몬 일행은 아직까지도 후야제가 이어지고 있는 상점가의 한구석에 숨어들었다.

시민들이 멋대로 계속하고 있는 후야제에는 각자 좋아하는 것을 마음껏 가지고 모여들었다. 또한 몇몇 음식점들도 협력하고 있는 듯했다.

아세리아가 말했듯이 이곳에는 타국에서 온 자들도 많았고, 종족 등도 매우 다양했다.

하지만 그런 가운데에서도 확실한 공통점이 있었다. 그것은 모두의 얼굴에 미소가 넘쳐난다는 점이었다.

"그건 완전, 농업 혁명이었지."

"끼워 팔기 상술이 따로 없었지만 말이야."

"또 이렇게 살아있는 중에 아홉 현자님들의 모습을 뵙게 될 줄이야."

"덤블프 님은 안 계셨지. 나이가 나이라서 그런가? 소환술과만 또 차이가 벌어질 것 같아."

귀를 기울여보면 사람들의 목소리가 한없이 들려왔다.

그곳에서는 건국제에서 발표된 일에 관해서도 이야기하고 있었는데, 그중 가장 많은 비중을 차지한 것은 아홉 현자에 관한 이야기였다.

(이미지상 역시 그렇게들 생각하겠지.)

덤블프에 관해서는 이래저래 보류하고 있는 부분이 많았는데, 사실 이게 가장 골치 아픈 문제였다.

향후 덤블프의 제자인 미라가 취임할 예정이기는 하지만, 표면적으로는 유일하게 차세대로 넘어간 아홉 현자라는 모양새가 되는 탓에 국민들이 어떻게 반응할지가 미지수다.

모습이 많이 바뀌었다는, 천인족 특유의 변명을 이용해서 미라가 바로 덤블프라고 밝힌다면, 그렇게까지 큰 혼란은 일어나지 않을 거다. 다소 수군거리기야 하겠지만 시간이 해결해줄 거다.

하지만 이 방법은 미라 본인이 단호히 거부하고 있다. 디볼이 모험가 미라였기에 각국을 돌아다닐 수 있었던 것인데, 알고 보니 아홉 현자 덤블프였다는 사실이 알려지면 그건 그것대로 국제 문제로 발전할 가능성이 있었다.

(뭐어, 그때가 되면 생각할까.)

하지만 그 일에 관해서는 편리하게 부려먹었던 솔로몬에게도 책임이 있었다. 따라서 솔로몬은 생각하기를 그만두고 지금 눈앞에 펼쳐진 공간에서 들려오는 목소리에만 귀를 기울였다.

국민들의 살아있는 목소리를 듣기 위해 솔로몬은 아세리아의 안내에 따라 거리 이곳저곳을 돌아다녔다.

그렇게 마음껏 지금의 거리를 알아가던 참에.

"어라? 언제 이렇게 어두워졌지……?"

가로등에 불이 밝혀지는 모습을 보고서야 솔로몬은 현재 시간을 알아챘다.

이런 기회는 흔치 않다는 생각에 의욕적으로 돌아다닌 결과, 어느샌가 해는 한참 기울어졌고 하늘은 어슴푸레한 저녁놀로 물들어 있었다.

"어? ……아?!"

또한 솔로몬을 안내하느라 여념이 없던 아세리아도 그제야 해가 저물 시간이 되었다는 걸 알아챘다.

"앗, 미안해. 특훈을 위해 이것저것 알려주기로 약속했었는데."

솔로몬은 이래저래 바쁘다. 밤에는 빼먹을 수 없는 회의가 있어서 어찌어찌 쥐어짜낸 시간도 다 끝나가고 있었다.

미라가 상대였다면 표표하게 얼버무렸을 테지만, 이번에는 실수를 했다고 인정할 수밖에 없었다. 사과를 하는 솔로몬의 얼굴에는 미안한 마음이 듬뿍 담겨 있었다.

"아뇨아뇨아뇨아뇨! 천만의 말씀이에요! 이렇게 함께 한 것만으로도 감개무량하거든요!"

애초에 안내를 한 아세리아 자신도 오늘의 목적을 잊고 있었을 정도다. 아닌 게 아니라 동경하던 솔로몬왕과 함께 시간을 보낸 것이 무엇보다도 기뻤던 그녀는 이미 만족한 듯한 미소마저 짓고 있었다.

따라서 아세리아는 이제 충분하다고, 미라와 약속했던 것 이상의 시간을 보냈다고 말을 이었다.

"아니아니, 그럴 수는 없지. 약속은 약속이니까. 똑바로 지키지 않으면 면목이 없다고."

아세리아는 미라와 한 약속이 지켜질 날을 애타게 기다렸다고 한다. 그런데 자신이 대신 나선 탓에 미달성되는 것은 용납할 수 없다며 솔로몬은 자신을 다그쳤다.

"오늘은…… 어려울 테니——."

솔로몬은 뭔가 좋은 수가 없을까 생각했지만, 오늘은 상당히 억지로 시간을 만든 것이었다. 그리고 내일 이후의 예정도 빡빡하다.

"저기…… 저는 괜찮으니……."

일국의 임금에게, 무엇보다도 솔로몬에게 민폐를 끼칠 수는 없다고, 이미 충분하다고 아세리아는 말했다.

하지만 솔로몬도 상당히 고집이 세서, 그럴 수는 없다고 답하며 수첩까지 꺼내 들었다.

"좋아, 다음 달의 이 날짜로 하자. 그리고 또 같은 시간과 같은 장소에서 만나기로 약속하면 어떨까?"

미리미리 일정을 잡아두면 어떻게든 될 시기다. 그렇게 판단한 솔로몬은 아세리아에게 다시 한번 기회를 달라고 부탁했다.

"아, 아뇨! 솔로몬 님의 귀중한 시간을 저 같은 걸 위해서 쓸 수는——."

아세리아는 순간적으로 기뻐했지만, 금세 마음을 다잡고 고개를 가로저었다. 오늘만 해도 특별했는데 다음 기회를 바라는 건 송구스러운 짓이라고. 하지만——.

"안 될까……?"

"솔로몬 님의 사정이 되실 때라면, 언제 어디로든, 몇 번이든 달려가겠습니다!"

그렇게 부탁하며 눈치를 살피는 듯한 솔로몬의 눈빛은, 아세리아의 굳센 마음과 겉치레를 단숨에 날려버렸다.

"에이, 호들갑은. 하지만 다행이야. 그러면 한 달 후 이 날, 같은 시간과 장소에서 보자. 다음엔 정말 특훈 방법을 제대로 전수해줄게."

그렇게 약속한 후, 솔로몬은 종소리를 듣자마자 "그럼 또 보자"라고 하며 달려 나갔다.

"아, 네, 감사합니다!"

그 뒷모습을 향해 있는 힘껏 답한 후, 아세리아는 그대로 솔로몬의 모습이 보이지 않게 될 때까지—— 보이지 않게 되고서도 한동안, 계속 그 길을 바라본 채 꿈에 취한 듯한 미소를 짓고서 말을 이었다.

"굉장해…… 우와우와우와우와!"

오늘은 솔로몬 왕 본인을 만난다는, 엄청나게 놀라운 경험을 했다. 심지어 그런 경험을 다음 달에 또 할 수 있다.

그 약속은 이제 아세리아의 가슴 속에서 크게 부풀어 올라, 전에 없는 희망과 기쁨을 안겨주고 있었다.

꿈에 취한 듯한 시간은, 아직 끝나지 않았다. 당분간 끝날 것 같지 않다는 생각에 환희하며 아세리아는 흥분이 채 식지 않은 채로 거리를 한 바퀴 뛰어다녔다. 그러고도 가라앉지 않은 감정에 몸을 맡겨 두 바퀴째에 돌입했다.

참고로 온 도시를 하염없이 달리는 것도 솔로몬이 했던 특훈 중 하나였지만, 그 사실을 아세리아가 알게 되는 것은 얼마 후의 일이었다.

후기

구입해주셔서 감사합니다!

22권이네요. 2야옹2야옹권입니다!

뭐, 우리 집에는 고양이가 없는 데다 애초에 반려동물 금지라 상관없는 이야기지만요. 대신 단원 1호가 작중에서 분발해주었으니, 나이스 2야옹2야옹권!

이렇게 한 권 한 권 걸어왔다는 사실이 진심으로 기쁠 따름입니다.

구입해주셔서 정말로 감사합니다!

자아, 표지에서부터 이미 바다의 낭만이 물씬 풍기는 분위기군요.

머릿속의 이미지를 전달하는 건 어려운 일이지만, 이렇게까지 충실하게 옮겨주신 후지 초코 선생님께는 그저 감사한 마음뿐입니다.

그리고 이번에는 그런 바다의 낭만과 호러의 정석이라 할 수 있는 유령선의 이야기가 되었습니다. 천공성의 정체는 좀 거시기했지만, 이번엔 진짜라니까요!

그런 느낌으로 작중에서는 해결이 되었는데…….

현실에서는 어떨까요. 있네 없네 논쟁에 결판이 날 낌새는 없고, 향후에도 결판이 날지 어떨지 모르겠네요.

유령이 존재한다는 것은 증명할 수 없을 것 같고, 그렇다고 해서 존재하지 않는다는 걸 증명하는 것도 불가능할 것 같으니까요.
지금보다 더더욱 과학이 진보하면 오컬트를 증명하는 것까지 가능해지거나 할까요?
그리고 만약 존재한다는 게 증명된다면, 어떻게 될까요?
오컬트 대책과라든지, 오컬트 전문업자라든지, 오컬트 관광 투어 같은 게 당연해지는 세상이 될까요?
궁금하네요오…….
하지만 그런 미래가 온다 해도 대체 몇 년 후, 몇 십 년 후, 몇 백 년 후일까요?
분명 그 즈음이면 저도 살아있지 않겠죠…….
하지만!
일본 국내에서 출판된 책을 모두 수집, 보관하고 있다는 그 국립국회도서관에는 분명 제 책도 있을 거라 믿습니다.
그리고 저는 그 책에 깃든 유령이 되는 겁니다. 그러면 미소녀 영능탐정이 그 도서관의 자료를 찾아 조사하러 오는 거죠.
그렇게 운명의 만남을 가지는 두 사람!
그 결과, 저는 그녀의 조수가 되어 미래 세계에서 대활약한다는 멋진 인생 설계를 기획 중입니다. 오컬트가 존재한다면 꿈은 아닙니다!
그럼 다음 권에서 또 뵙겠습니다!

현자의 제자를 자칭하는 현자 22

2026년 2월 15일 1판 1쇄 발행

저 자 류센 히로츠구
일 러 스 트 후지 초코
옮 긴 이 정대식
발 행 인 유재옥
이 사 조병권
편 집 부 정영길 조찬희 박치우 이소의 정지원 최유정 김혜주
디자인랩팀 김보라 전세연
디지털사업팀 김지연 윤희진 장혜원
라이츠사업팀 김정미 유아현
영업마케팅팀 최연욱 김민
물 류 팀 백철기 이새롬
경영지원팀 최정연
인쇄제작처 ㈜코리아피엔피
발 행 처 ㈜소미미디어
등 록 제2015-000008호
주 소 서울시 마포구 토정로222, 502호 (신수동, 한국출판콘텐츠센터)
판매 및 마케팅 (070) 8822-2301

ISBN 979-11-384-8945-4
ISBN 979-11-5710-460-4 (세트)